KB093423

삼각파도 속으로

삼각파도 속으로

ⓒ황세연 2020

초판 1쇄   2020년 7월 28일

지은이   황세연

출판책임	박성규	펴낸이	이정원
편집주간	선우미정	펴낸곳	도서출판 들녘
디자인진행	김정호	등록일자	1987년 12월 12일
편집	이동하·이수연·김혜민	등록번호	10-156
디자인	한채린		
마케팅	전병우	주소	경기도 파주시 회동길 198
경영지원	김은주·장경선	전화	031-955-7374 (대표)
제작관리	구법모		031-955-7381 (편집)
물류관리	엄철용	팩스	031-955-7393
		이메일	dulnyouk@dulnyouk.co.kr
		홈페이지	www.dulnyouk.co.kr

ISBN   979-11-5925-568-7 (03810)   CIP   2020029474

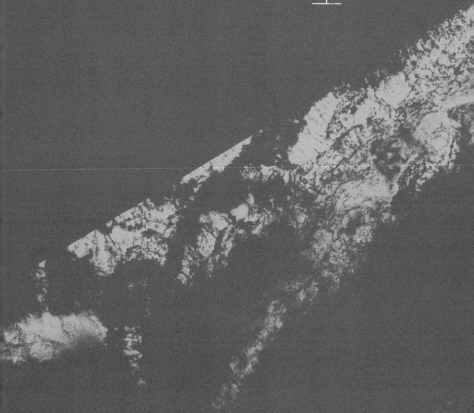

삼각파도 속으로

황세연
해양미스터리
장편소설

차 례

프롤로그

01시 10분. 509 혼성 부대에 긴급 특별명령이 하달되었다.

'목표물을 찾아내 반드시 격침할 것.'

01시 40분. 티니안 기지(남태평양 마리아나제도)에 대기 중이던 B-29 신형 폭격기 9대가 활주로를 달려 연달아 밤하늘로 날아올랐다.

07시 10분. 최고 속력으로 날아서 5시간 30분 만에 한반도 서해상에 도착한 폭격기들은 목표물을 찾기 위한 산개비행을 시작했다.

11시 50분. 연료 여유분을 모두 소진하고도 목표물을 찾아내지 못했다. 귀환 명령이 떨어졌다. 동체 무게를 줄여 비행거리를 늘리기 위해 226킬로그램 소형폭탄 1개를 제외한 모든 폭탄을 바다에 투하했다.

12시 5분. 귀환 중 목표물로 추정되는 선박이 우리 폭격기의 레이더에 탐지되었다. 옅은 구름을 뚫고 하강을 시작했다.

12시 10분. 바다 한가운데 떠 있는 하얀 철선이 눈에 들어왔다.

가까이 접근하니 뱃전에 녹십자 마크가 선명했다. 일본군 병원선이었다. 우리가 찾고 있는 병원선으로 보였지만 병원선 격침은 제네바 협약 위반이었다. 목표물이 확실한지 재차 확인이 필요했다. 위험을 무릅쓰고 저고도로 선회비행을 했다.

우려했던 반격은 없었다. 선상 어디에도 사람은 보이지 않았고 갑판 곳곳이 붉은 피로 물들어 있었다. 유령선 같은 느낌이었다.

배의 크기와 모양으로 봐서 우리의 목표물인 일본군 731부대 병원선이 틀림없었다.

남은 폭탄은 1발, 명중확률을 높이기 위해 기수를 낮추며 다가갔다. 폭탄 투하 직전 눈앞에서 번개가 치는 듯한 폭발 섬광이 번쩍이며 시뻘건 불기둥과 검은 연기가 공중으로 치솟아 올랐다. 기수를 급히 꺾어 불기둥을 피하며 보니 731부대 병원선 옆쪽에 커다란 구멍이 뚫려 있었고 그곳에서 불길과 검은 연기가 공중으로 치솟고 있었다.

주변을 살펴봤지만 인근에 우리 폭격기 이외의 다른 폭격기나 잠수함은 보이지 않았다.

알 수 없는 폭발로 선체에 커다란 구멍이 뚫린 731부대의 병원선이 좌측으로 급격히 기울기 시작했다. 우리는 목표물의 침몰을 지켜볼 시간이 없었다. 침몰해가는 병원선에 226킬로그램 소형폭탄 1발을 투하하고 곧장 남쪽 하늘 구름 속으로 고도를 높였다.

-1945년 5월 17일, 찰스 스웨니 소령의 일기

8

빨 강

철썩! 철썩! 철썩…!

잠수기 어선 영광호가 거친 파도에 널을 뛰어댔다.

"야! 술은 우리 머구리들에겐 독약이여! 목마르면 물을 마셔야 지…."

갑판 위에 가득 쌓인 키조개 자루에 걸터앉아 잠수복을 벗던 박판돌이 옆에서 막걸리를 병째 들이켜고 있는 최순석을 보며 타이르듯 말했다.

"하아! 물은 흡수가 너무 느려유."

"펭계는…. 아직 시체 다 못 건졌나?"

순석은 박판돌의 시선을 따라 선수 쪽으로 고개를 돌렸다. 1킬로미터쯤 떨어진 해상에 해군과 해경 경비함, 경비정들이 무리 지어 있었다.

사고는 어젯밤 9시께 일어났다. 군산항에서 중국으로 가던 대형

상선과 작은 어선이 충돌해 어선이 침몰했고 어부 3명이 실종되었다.

"어라? 저 여자는 왜 무릎을 꿇고 있는 겨?"

해경 경비함 후미 갑판에서 흰옷 입은 여자가 경찰관 앞에 무릎을 꿇고 있었다.

호기심이 생긴 순석은 막걸리병을 든 채 비틀거리며 조타실로 들어가 쌍안경을 집어 들었다.

쌍안경의 초점을 해경 경비함 갑판에 맞추자 해경 잠수사들이 철수하기 위해 잠수장비를 정리하고 있는 것이 보였고 그 옆쪽으로 경찰 간부 앞에 무릎을 꿇고 울고 있는 여자가 보였다. 순석 또래의 낯선 여자였다. 거센 바람에 여자의 검은 단발머리가 파르르 흩날렸다. 여자의 창백한 얼굴이 눈물로 번들거렸다.

"선장님! 배 좀 잠깐 저 경비함에 붙여봐유."

순석이 쌍안경에 눈을 그대로 붙인 채 선장에게 말했다.

"아따, 왜 그러는디? 저 밀려오는 파도 안 보여. 빨리 돌아가야 혀…."

"아, 제가 그래도 자율구조대 대원인디, 잠깐 인사는 하고 가야쥬. 10분이면 돼유, 10분!"

선장이 떨떠름한 표정으로 배의 속도를 줄이며 키를 돌렸다.

순석은 경비함 선미에 영광호 선수가 닿기도 전에 경비함 갑판으로 뛰어 올라갔다.

"제발 찾아주세요. 오빠도 못 찾았는데 아버지까지 못 찾으면….

으흐흐흑…"

무릎을 꿇은 채 경찰 간부에게 사정하고 있는 여자를 경찰관 두 명이 일으켜 세우려고 했다.

"아가씨, 진정해요. 그 심정은 알겠지만, 날씨가 이러니 우린들 어쩌겠어."

"아저씨 제발요, 아저씨…. 우리 아버지 못 찾으면 우리 엄마까지 죽어요. 제발 좀 찾아주세요. 오빠 잃고 지금까지 얼마나 힘겨운 세월을 사셨는데…."

"아가씨, 이게 떼쓴다고 될 일이 아니잖아? 우리 잠수 대원들 안전도 생각해야지. 폭풍 지나가고 나면 다시 작업 재개하자고. 어이, 이 아가씨 좀 안으로 데려가."

"안 돼요! 못 가요, 못 가! 아버지! 아버지!"

여자가 다시 갑판에 풀썩 주저앉으며 무릎을 꿇었다.

순석은 지금까지 이렇게 젊고 예쁜 여자가 이토록 슬피 우는 걸 본 적이 없었다. 여자의 우는 모습은 순석까지 슬프게 만들었다. 눈에 눈물이 고였다.

아버지 때문에 울고 있는 여자의 모습이 여동생 순영의 얼굴과 겹쳐졌다. 이 여자의 아버지처럼 바다에서 사고를 당해 중증 치매 환자가 되어 오래도록 병상에 누워 있는 아버지. 학업도 포기한 채 몇 년째 그 옆을 지키고 있는 여동생 순영의 처량한 얼굴….

"으흐흑! 제발 우리 아버지…. 우리 아버지 좀 찾아주세요. 불쌍

한 우리 아버지…."

여자가 경찰 간부의 다리를 잡고 매달렸다. 경찰 간부가 난감하다는 듯이 낮은 한숨을 쉬었다.

"에이, 그래! 내가, 내가 찾아줄게!"

악 쓰는 듯한 순석의 목소리가 끼어드는 바람에 여자가 울음을 멈췄다. 여자가 고개를 옆으로 돌려 눈물이 줄줄 흐르는 눈으로 순석을 올려다봤다.

"그게 무슨 소리요? 잠수부요?"

해경 간부가 잠수복을 입고 있는 순석의 몸을 훑어보며 말했다.

"아 젠장! 파도 좀 치는 게 뭐 대수라고…. 제가 이 아가씨에게 고용된 거로 하고 물속에 들어가 찾아보겠습니다. 물속은 파도 영향을 덜 받잖습니까. 배와 공기호스로 연결된 후카 장비도 해경이나 해군 잠수 대원들이 쓰는 공기통보다 자유롭지는 못해도 파도와 조류엔 덜 위험하니, 한동안 수색이 가능할 겁니다."

순석의 말투는 몇 달 전까지 군대에서 썼던 군대 말투였다.

"이름이 뭐요? 사체 인양 경험이 있소?"

해경 간부가 못 미덥다는 눈초리로 물었다.

"최순석이라고 합니다. 해군 유디티 출신이고, 자율구조대 대원입니다. 군대 가기 전 사체 인양 전문회사에서 한동안 잠수사로 일한 경험이 있습니다. 지금은 산업잠수사로 일하고 있습니다."

뻥이었다. 유디티 출신을 제외하고는 모두 거짓말이었다. 군대 가기 직전에 약 1년, 군대 갔다 와서 몇 달간 아버지 친구인 박판돌을 따라다니며 키조개 채취작업을 한 게 잠수경력 전부였다.

"뭐어? 네가 시체를 인양하겠다고?"

뒤늦게 경비함 갑판으로 올라온 박판돌이 말도 안 된다는 표정으로 말했다.

고개를 꾸뻑 숙여 아는 체하는 해경 간부에게 손을 들어 보이고 난 박판돌은 눈물로 얼굴이 번들거리는 여자의 눈치를 보며 순석의 손을 잡아 난간 쪽으로 이끌었다.

"너 술 취했냐? 이런 날씨에 어떻게 바다로 뛰어들어 시체를 인양혀?"

"아, 아저씨! 잠수 한두 번 하셨슈. 파도 좀 치는 게 뭐 대수라고 아마추어처럼 그래유? 아저씨는 그냥 여기 갑판에 서서 텐더나 좀 봐주시면 돼유."

순석이 자신을 간절한 눈빛으로 쳐다보는 여자를 힐끔거리며 큰소리쳤다.

"에이, 똥고집은 최영근이 닮아가지고…. 에이 씨발! 어두컴컴한 바닷속에서 두 눈 부릅뜬 채 죽은 허연 시체와 마주치는 거 정말 기분 드러운디…. 그래 씨발! 한번 들어가보자. 대신, 시체는 니가 안고 나와야 혀. 나는 찾기만 할 겨."

"뭐유? 아, 됐슈! 망둥이가 뛰니 꼴뚜기까지 뛴다고, 노친네가 나서기는 왜 나서…"

13

"뭐 노친네? 야 이놈아! 나서지 말아야 할 놈은 젖비린내 나는 너여. 네가 머구리질을 얼마나 했냐? 난 말여, 니 엄마와 니 아버지 최영근이가 막걸리 마시고 척척 떡을 쳐서 실수로 너를 낳기 휘얼씬 전부터 이 짓을 해왔단 말여 이눔아."

"아, 알았슈. 또 그놈의 얘기…. 마음대로 허슈!"

박판돌이 순석과 같이 잠수하겠다고 나서자, 몇 번 만류하고 난 해경 간부가 결국 잠수를 허락했다.

장항과 군산에서 바다를 터전으로 먹고사는 사람이라면 박판돌을 모르는 이가 없었다. 박판돌은 산업잠수사 등 머구리 생활을 40년 가까이 했고 익사한 시체도 수없이 건졌다. 이 방면에서는 베테랑 중의 베테랑이었다.

순석과 박판돌은 영광호에 실려 있는 저압 컴프레서를 배가 커서 파도의 영향을 덜 받는 해군 경비함으로 옮겨놓고 해군 잠수사들에게 어디까지 수색했는지 대충 이야기를 들었다. 오전에 해군과 해경 소속 잠수사들이 침몰선과 그 주변을 수색했고 침몰선 안에서 사체 한 구를 찾아내 인양했다고 했다. 남은 실종자는 두 명이었다.

순석과 박판돌은 평소 작업 때의 30킬로그램짜리보다 조금 더 무거운 40킬로그램짜리 납 벨트를 허리에 차고 물속으로 뛰어들었다.

몸이 파도에 떠밀려 거꾸로 곤두박질치며 천천히 바다 깊은 곳으로 가라앉기 시작했다. 거친 파도에 바닷물이 뒤집히기 시작했는지 물이 꽤 탁했다. 가시거리는 2미터가 채 안 될 것 같았다.

고막이 터질 것 같은 수압에 순석이 침을 몇 번 삼키는 사이 주변이 점점 어두워져 왔다. 물속에서는 빛과 색이 빨주노초파남 순으로 사라진다. 빨주노초파남 순으로 빛의 파장이 짧고 빛의 흡수가 잘되기 때문이다.

주변 물빛이 어두운 파란색으로 변했다가, 어두운 남색에 이어 시커멓게 변해갔다.

다행히, 바닷속 깊이 들어갈수록 물의 흐름이 잔잔해졌다. 바닷속 깊이 잠수하는 잠수부들은 파도보다 조류의 영향을 더 받는다.

곧 몸의 하강이 멈추며 고운 개흙 속에 발이 푹 빠졌다. 수심 33미터 바닥이었다.

아파트 10층 정도 높이의 바닷속, 수중 33미터는 전문잠수부들도 극복하기 쉽지 않은 깊이이자 높이였다. 수중에서는 수심이 10미터 깊어질 때마다 1기압씩 높아져 수중 30미터에서는 인체가 4기압의 압력을 받게 되고 폐도 지상에서의 4분의 1 크기로 쪼그라든다. 이렇게 폐가 줄어들면 인체의 부력이 약해져 물속 깊이 들어가면 들어갈수록 하강하는 속도가 빨라지고 떠오르기도 쉽지 않다.

순석과 박판돌은 검은 펄 위에 나란히 서서 폭이 좁은 헤드랜턴 불빛을 이리저리 비추며 천천히 앞으로 걸어 나아갔다.

무거운 납 벨트를 허리에 차고 있어도 부력이 있는 물속에서는 지상과 달리 발에 체중이 거의 실리지 않는다. 이런 상황에서 바다 위쪽의 빠른 조류와 거친 파도가 이리저리 잡아당겨대는 공기호스를 이끌고 넘어지지 않게 조심하며 발이 푹푹 빠지는 개흙 위를 걷는 것은 무거운 밧줄을 끌어당기며 경사가 가파른 모래언덕을 걸어 올라가는 것 이상으로 힘들다. 한순간의 실수로 넘어지기라도 하면 조류나 파도에 몸이 떠밀리며 이리저리 나뒹굴게 되고 그러다 공기호스가 꼬이기라도 하면 숨을 쉬지 못해 질식사하게 된다.

침몰하여 옆으로 누워 있는, 옆부분이 심하게 부서진 5톤짜리 어선이 눈앞에 나타났다. 침몰선 안쪽은 이미 해경과 해군 잠수사들이 수색을 마쳤다니 다시 살펴볼 필요는 없었다.

익사체를 수없이 인양한 경험이 있는 박판돌이 엄지로 우측을 가리켰다. 어젯밤의 조류 흐름으로 볼 때 그쪽에 시체가 있을 확률이 높다고 판단한 것 같았다.

순석과 박판돌은 적당한 거리를 유지한 채 다시 어둠 속을 걷기 시작했다.

낚시에 걸린 물고기를 이리저리 끌어당겨대는 낚싯줄 같은 공기호스를 이끌고 좌로 움직여 가도, 우로 움직여 가도 보이는 것은 줄곧 헤드랜턴에 비치는 탁한 바닷물과 시커먼 개흙뿐이었다.

짙은 어둠 속에서 헤매던 순석이 어느 순간 옆을 돌아보니 희미하게나마 보여야 할 박판돌의 헤드랜턴 불빛이 보이지 않았다.

순석이 박판돌이 있을 것으로 추정되는 우측으로 움직여 가려는데 뭔가가 몸을 뒤로 확 잡아챘다.

'동작 그만!'

비상상황임을 감지한 순석은 잠수수칙대로 모든 동작을 멈췄다. 이제 확인하고, 생각해야 했다.

역시 폐그물이 온몸을 칭칭 휘감고 있었다.

'제기랄!'

순석은 오른손만을 움직여 왼쪽 팔뚝에 찬 칼집에서 단도를 뽑아 왼팔에 걸려 있는 그물부터 잘라내기 시작했다. 탄성이 있는 나일론 줄을 칼을 쥔 한 손으로만 잘라내는 것은 결코 쉬운 일이 아니었다. 가위가 있었더라면 좋았을 거라는 생각이 들었다.

'앗!'

굵은 줄을 칼로 썰어대다가 칼을 놓쳤다. 칼이 빠른 조류에 떠밀려가며 흙탕물 속으로 사라졌다. 재빨리 엎드려 물컹거리는 진흙 속을 더듬었다. 하지만 칼이 만져지지 않았다. 당황한 순석이 칼을 찾기 위해 몸을 크게 움직이자 그물이 몸에 더욱 칭칭 감겨왔다. 빠른 조류를 고려하여 조금 더 앞쪽을 더듬어보려고 한 발 나아가자 폐그물의 굵은 밧줄이 허리를 옥죘다. 앞으로 나아갈 수가 없었다.

손이 닿는 곳들을 반복해 더듬어보았지만 칼은 없었다.

이제 남은 방법은 단 하나뿐이었다. 해군 경비함 갑판에 있는 사람들에게 구조신호를 보낼 수밖에 없었다. 큰소리치고 바닷속으로 뛰어들었기에 체면이 말이 아니었지만 어쩔 수 없었다.

허리 뒤쪽의 공기호스를 잡고 크게 툭툭 잡아챘다. 그런데 느낌이 이상했다. 호스가 뭔가에 걸려 신호가 전달되지 않는 것 같았다. 역시나 선상에서 신호를 포착한 뒤 보내는 답신이 없었다. 불길한 예감에, 공기호스를 천천히 끌어당겨 보았다. 팽팽한 압력이 걸린 채 끌려오던 공기호스가 어느 순간 전혀 끌려오지 않았다. 게다가 공기호스가 뻗어 있는 방향이 머리 쪽이 아닌 옆쪽이었다. 공기호스가 바닷속 무엇인가에 걸린 것이다.

공기호스는 잠수부의 유일한 생명줄이다. 힘껏 잡아당겨 볼 수가 없었다. 쉽게 끊어지는 재질은 아니지만, 침몰선의 파손된 날카로운 어딘가에 걸려 있다면 세게 잡아당기는 것은 자살 행위나 마찬가지였다.

순석은 공기호스 대신 폐그물의 굵은 줄을 잡고 줄다리기를 하듯 몸을 뒤로 뻗대며 힘껏 잡아당겼다. 그물이 좀 끌려오다가 어느 순간 고무줄처럼 다시 순석을 확 잡아챘다.

탁하고 빠른 바닷물처럼 혼탁한 시간이 빠르게 흘러갔다.

빛도 들지 않는 수심 33미터 어두운 바닷속에서 오도 가도 못하게 되었다는 생각을 하자 심장이 빠르게 뛰며 머릿속이 하얗게 변했다.

약간의 호흡 곤란이 느껴졌다. 공기호스가 꼬인 것일까? 아니, 질소중독 증상 같았다. 이번이 첫 번째 잠수가 아니다. 키조개를 채취하느라 오전에 새벽 5시부터 11시까지 꽤 오랜 시간 물속에 있었다.

이미 다이브 테이블의 권장 잠수시간을 몇 배나 넘겼다. 압축 공기 속의 질소가 점점 체내에 녹아들어 질소 마취 증상이 나타나고 있는 게 틀림없었다.

졸음운전을 하는 운전자처럼 자꾸 눈이 감겼다. 자면 죽는다는 것을 알면서도 몰려오는 졸음을 물리칠 수가 없었다.

'최순석, 정신 차려! 자면 죽어!'

정신이 자동차 깜빡이처럼 깜빡였다. 계속 눈꺼풀이 밀려 내려왔다. 독한 수면제라도 먹은 것 같았다.

'최순석 안 돼! 안 돼! 잠들면 죽어!'

순석은 졸음을 물리치기 위해 자신이 죽었을 때를 가정해 어머니와 순영의 슬픈 얼굴을 떠올리며 발악하듯 그물을 이쪽저쪽으로 당겨댔다.

툭!

어느 순간, 무엇인가에 단단히 걸려 있던 그물이 확 끌려왔다. 머릿속에서 환한 빛이 번쩍 빛났다. 살았다!

순석은 끌려오는 그물을 가슴 앞에 모아가며 빠르게 잡아당겼다.

'어?'

그물을 끌어당기는 속도를 줄였다.

'저게 도대체 뭐지?'

그물이 일으키는 흙탕물 사이로 사람 모양을 한 허연 뭔가가 해파리처럼 너울너울 춤을 추며 다가오고 있었다. 사람 모양의 허연 물체는 긴 줄에 묶여서 농부가 줄을 잡아당길 때마다 흔들리는 허수아비처럼 순석이 그물을 당기는 리듬과 속도에 맞춰 팔을 이리저리 흔들어댔다.

'물, 물귀신?'

마치 허연 소복을 입은 물귀신이 덩실덩실 춤을 추며 다가오고 있는 것처럼 보였다.

"으으흡…"

그물에 걸린 허연 물체가 코앞까지 끌려와 형체가 또렷해지는 순간 순석은 뭉쳐 끌어안고 있던 그물을 앞으로 확 떠밀었다. 그물에 걸려 끌려온 것은 조금 전까지 열심히 찾아 헤맸던 바로 그 익사자였다.

뭉쳐 잡고 있던 그물을 놓았는데도 익사체는 조금도 뒤로 물러나거나 멀어지지 않았다. 순석은 시체에서 조금이라도 더 떨어지기 위해 몸의 균형까지 잃어가며 뒤로 몇 걸음 물러났다. 그러자 뭉쳐 있는 폐그물과 허연 시체도 거리를 유지하며 순석을 따라왔다. 시체가 걸려 있는 폐그물이 허리에 매달려 질질 끌려왔다. 그를 폐그물에 감아 저 깊고 어두운 바닷속으로 끌고 가려는 물귀신 같았다. 물에 빠져 죽어 물귀신이 된 사람은 다른 사람을 물속으로 끌어들여 죽여야만 비로소 그 자리를 벗어날 수 있다지 않던가.

'저리 가, 저리 가란 말이야!'

순석은 뭔가에 머리를 세게 얻어맞은 것처럼 정신이 하나도 없었다. 이러다 저 시체처럼 되겠구나, 그물에 걸려 죽어서 썩어가는 오래된 물고기처럼 저렇게 허옇게 변해버리고 말겠구나….

허우적대며 힘겹게 도망가는 그의 도피는 채 열 걸음도 가지 않아 끝이 났다. 허리 부분에 얽혀 있는 폐그물의 굵은 줄이 다시 허리를 꽉 조이며 몸을 뒤로 확 잡아챘다.

순석이 뒤를 돌아보는 순간 폐그물에 걸려 끌려오던 허연 시체가 조류를 타고 다가와 마치 끌어안듯이 등에 찰싹 달라붙었다.

"우헉!"

시체의 얼굴을 보지 않으려고 고개를 급히 앞으로 돌리던 순석은 또 한 번 기겁했다.

앞쪽에서 또 한 구의 시체가 순석을 향해 꿈틀꿈틀 다가오고 있었다. 게다가 그 시체는 상체밖에 없었고 머리 뒤에서 밝은 후광까지 빛나고 있었다. 다리도 없는 시체가 조류를 거슬러 꿈틀꿈틀 다가오고 있었다.

그 하체가 없는 시체가 코앞까지 다가와 앞으로 손을 내미는 순간 심장에서 쿵 소리가 났다. 동시에 극심한 호흡 곤란이 느껴졌다. 숨을 쉴 수가 없었다.

"아아아악!"

비명을 지르며 눈을 번쩍 뜬 순석은 숨을 몰아쉬며 눈동자를 빠르게 굴려 주변을 살폈다. 그가 누워 있는 곳은 커다란 관처럼 생긴 둥근 통 속이었다.

조류를 거슬러 꿈틀꿈틀 다가오던 다리 없는 물귀신…. 극심한 호흡 곤란과 함께 눈앞이 검게 변해가던 마지막 기억….

'내가 물에 빠져 죽은 건가?'

목덜미가 서늘해졌다.

"최순석! 야! 정신 차려!"

익숙한 목소리에 순석이 눈을 치켜떴다. 박판돌이 머리맡에 앉아 빙그레 웃으며 순석을 내려다보고 있었다.

"야 이놈아! 송장 보고 놀라 기절하는 시체만도 못한 놈이 시체를 건지겠다고?"

"여긴…?"

"어디긴 어디여, 관 속이지. 너 때문에 나까지 물귀신 된 겨!"

"예에?"

"하핫! 또 기절하려고? 그려, 안 죽었어. 해군 군함 감압챔버여."

순석이 바닷속에서 정신을 잃기 직전에 본 것은 박판돌이 찾아낸 또 한 구의 익사체였다. 박판돌이 하체가 없는 시신 한 구를 찾아내 끌어안고 바닷속을 헤매다가 그물에 걸려 있는 순석을 발견했는데, 검은 잠수복을 입은 박판돌이 끌어안고 있는 허연 시체를 본 순석이 정신을 잃었다는 것이었다.

"어쩐지…. 시체 뒤통수에서 부처님 같은 후광이 비치더라니…"

"후광은 무슨 후광. 눈이 삔 겨? 잠수부가 어떻게 헤드랜턴 불빛하고 후광도 구별 못 하냐?"

박판돌이 찾아낸 시체는 허리 아랫부분이 잘려나가고 없었는데 손상 부위를 살펴본 사람들은 커다란 상어가 잘라 먹은 것 같다고 했다. 시체의 뼈에 상어의 이빨 자국이 남아 있었다.

하지만 해경은 백상아리 출현 적색경보를 발령하지는 않았다. 죽은 사람의 사망원인이 식인상어에 의한 것인지, 아니면 이미 익사한 사체를 인간을 공격하지 않는 어떤 상어나 돌고래가 뜯어 먹은 것인지 확실하지 않은 모양이었다.

순석이 정신을 잃으면서 찾아낸 익사자가 바로 해군 경비함에서 처량하게 울던 그 아가씨, 이윤정의 아버지였다.

—

순석은 저녁 8시가 되어서야 흔히 '감압쳄버'라고 부르는 재압체임버에서 나왔다. 부재중 전화가 다섯 통 있었다. 두 통은 여동생에게 걸려온 것이었고 나머지는 최동곤에게 걸려온 것이었다. 최동곤은 통화가 안 되자 문자메시지를 보냈다.

'바닷속에서 이상한 것을 건졌음. 보물선을 찾은 것 같음.'

순석은 먼저 여동생 순영에게 전화해서 몇 마디의 말로 별일 없음을 알린 뒤 곧바로 최동곤에게 전화를 걸었다. 그러나 전화를 받지 않았다. 약간의 간격을 두고 전화를 몇 번 더 걸었지만 계속 받지 않았다.

몸이 천근만근이었다. 순석은 기절하듯 잠이 들어 밤새 꿈조차 꾸지 않고 죽은 듯이 잠을 잤다.

잠자리에서 일어나니 오전 10시였다. 밤새 언어맞은 것처럼 온몸이 쑤셨다.

방문을 열고 밖을 살펴보니 집 안에 아무도 없었다. 박판돌은 순석을 하루 쉬게 하려고 혼자 일을 나간 것 같았다. 어시장에서 일하는 박판돌의 아내도 이른 아침에 집을 나갔을 것이다.

대천이 집인 순석이 장항 박판돌의 집에서, 방 하나를 공짜로 빌려 자취하고 있는 것은 어머니 몰래 키조개 잠수부 일을 하기 위함이었다. 잠수부 일은 힘들고 위험했지만 그만큼 다른 막노동에 비해 일당이 셌다. 순석은 아버지의 병원비 때문에 돈을 많이 벌어야 했다.

최동곤에게 두 번 연속 전화를 걸어보았지만 받지 않았다. 이상했다.

'지금쯤이면 분명 선상에 있을 텐데?'

순석과 같은 최 씨인 최동곤은 서른여덟 살로 순석보다 나이가 열두 살이나 많았지만 친구처럼 지내고 있었다. 농촌과 마찬가지로 어촌 역시 사람들이 모이면 육이오 전에는 어쩌고저쩌고, 육이오 후에는 어쩌고저쩌고 하는 고령사회이다 보니 육이오 이후에 태어난 사람들은 스무 살이든 육십 살이든 모두 똑같은, '이마에 피도 마르지 않은 것들'로, 동급이었다.

컵라면에 밥을 말아 먹고 나서 전화를 걸어보았지만 역시 전화를 받지 않았다. 뭔가 이상했다.

순석은 흰색 체육복 차림으로 집을 나섰다.

최동곤의 집은 박판돌의 집에서 2킬로미터쯤 떨어진 야산 중턱, 외진 곳에 있었다.

6월의 연녹색 오솔길을 걸어 최동곤의 집 앞에 도착하니 바깥마당에 최동곤이 늘 타고 다니는 1톤 트럭이 서 있었다. 일을 나가지 않은 듯했다.

"동곤이 형?"

안마당에 들어서며 큰 소리로 불러보았다. 대답이 없었다.

현관문 손잡이를 돌려봤다. 잠겨 있었다.

고개를 갸웃거리며 주머니에서 휴대전화를 꺼내 최동곤에게 다시 전화를 걸었다. 신호음이 두세 번쯤 갔을 때 어디서 희미한 음악 소리가 들려왔다. 전화기에서 귀를 떼고 들어보니 집 안에서 흘러나오는 소리였다. 하지만 벨 소리가 멈추고 음성사서함으로 넘어가도록 전화를 받지 않았다.

'전화기를 놓고 외출했나?'

그렇게 생각하기에는 외출할 때 늘 타고 다니는 트럭이 집 앞에 있는 게 이상했다. 뭔가 불길했다.

집주변을 맴돌며 커튼이 쳐진 창문을 기웃거리던 순석은 부엌으로 통하는 뒷문 문손잡이를 돌려봤다. 잠겨 있지 않았다.

"문이 열렸네?"

순석은 일부러 크게 중얼거리며 뒷문을 열고 부엌 안을 살폈다. 집 안은 거실의 벽걸이 시계 초침 소리가 들릴 정도로 고요했다.

"어휴, 이게 무슨 냄새야?"

집 안에 갇혀 있던 퀴퀴한 냄새가 코를 자극했다. 찌든 담배 냄새, 싱크대에서 풍겨오는 생선 내장이 썩고 있는 듯한 악취, 그리고 어떤 낯선 냄새.

부엌을 지나 거실로 다가가자 도둑이라도 들었던 것처럼 옷가지와 가방 등이 거실에 아무렇게나 흩어져 있는 게 보였다.

"뭐, 뭐야?"

불길한 생각에 순석은 급히 안방으로 다가가 방문을 열었다.

"헉! 뭐, 뭐야?"

안방 가운데에 누군가가 이불을 머리끝까지 쓰고 누워 있었는데 이불 일부가 붉은 피로 물들어 있었다.

얼어붙은 듯 서 있던 순석이 달려들어 이불 한 귀퉁이를 잡고 확 들췄다. 피투성이 남자가 피로 물든 방바닥에 엎어져 있었다. 최동곤이었다.

"도, 동곤이 형!"

순석은 최동곤의 뻣뻣한 몸을 억지로 뒤집어 누이고 피가 흥건한 가슴에 귀를 가져다 댔다. 심장이 뛰지 않았다. 숨도 쉬지 않았다. 죽었다! 몸이 차가운 거로 봐서 죽은 지 꽤 시간이 지난 것 같았다.

경황이 없는 순석의 눈에 사체 옆의 방바닥에 피를 찍어 손가락으로 쓴 것 같은 검붉은 글씨들이 들어왔다. 여러 개의 숫자와 세 글자 정도의 한글 같았는데 한글은 이불이 닿아 뭉개져 알아볼 수 없었고 숫자들은 비교적 또렷했다.

순석은 휴대전화를 꺼내기 위해 덜덜 떨리는 손을 체육복 바지 주머니로 가져갔다.

끼이익!

분명 현관문이 열리는 소리였다. 현관문은 조금 전까지 잠겨 있었다.

'살인자다!'

장롱 옆에 무기로 쓸 만한 나무옷걸이가 서 있는 것이 보였다. 순석은 최동곤의 시체를 펄쩍 뛰어넘어가며 옷걸이를 향해 손을 쭉 뻗었다.

꽈당!

치명적인 실수였다. 피에 발이 미끄러지며 뒤로 크게 넘어졌다.

순석은 피 묻은 손으로 옷걸이를 움켜쥐고 벌떡 일어났다. 옷걸이를 거꾸로 세워 흔들어 옷을 털어가며 거실로 뛰어나갔다. 좀 전까지 굳게 닫혀 있었던 현관문이 활짝 열려 있었다. 놈이 막 밖으로 도망친 것 같았다.

순석은 옷걸이를 창처럼 앞세우고 현관문 밖으로 뛰어나갔다. 그 순간 뭔가가 머리로 날아들었다.

너무 뜨거웠다. 폐 속으로 뜨거운 공기가 몰려 들어와 숨이 턱턱 막혔다. 머리가 깨질 것처럼 아팠다.

'머리의 이 통증은…? 아!'

갑자기 목덜미에 소름이 쫙 돋았다. 생존본능이 발동해 의식이 빠르게 회복되기 시작했다.

힘겹게 눈을 뜨고 고개를 쳐들었다. 그가 누워 있는 곳은 최동곤의 집 안마당 한가운데였다. 최동곤의 집이 거센 불길에 휩싸여 있었다.

"동, 동곤이 형?"

휘청이는 다리에 힘을 주며 겨우 일어서고 있는데 바깥마당에 트럭 한 대가 급정거했다. 양동이, 세숫대야 등을 든 사람들이 트렁크에서 우르르 뛰어내렸다.

대문 안으로 가장 먼저 뛰어 들어온 남자가 순석을 발견하고 달려오며 물었다.

"어떻게 된 거야? 괜찮아?"

"안, 안방에 동곤이 형이, 안방에…."

순석의 목구멍에서 쉰 목소리가 겨우 흘러나왔다.

"뭐? 동곤이가…? 안방에 사람이 있다!"

사람들이 안방 창문 쪽으로 우르르 몰려가 기웃거렸지만 불길 때문에 접근할 수가 없었다. 우왕좌왕하는 사이 갑자기 거실의 통유리가 와장창 깨지며 거센 불길이 폭발하듯 창밖으로 치솟았다.

5분쯤 뒤 첫 번째 소방차가 도착했다.

소방관들이 쏘아대는 거센 물줄기에 하늘 높이 솟구치던 불길이 금세 잦아들었다. 산으로 번지던 불길도 사그라졌다.

"살인사건 같아. 경찰 불러!"

소방관 한 명이 최동곤의 불탄 시체가 있는 안방에서 나오며 다른 소방관들에게 말했다. 순간, 집주변에 모여 있던 사람들의 시선이 일제히 순석에게 쏠렸다. 순석의 손과 발, 옷에 흙과 함께 검붉은 피가 묻어 있었다.

순석은 이 모든 일이 현실 같지가 않았다. 바닷속에서 기절한 어제 낮부터 줄곧 몽롱한 꿈을 꾸고 있는 것만 같았다.

"범인이 눈앞에 있었는데 아무것도 보지 못했다? 범인에게 맞아 정신을 잃었는데, 범인이 남자인지 여자인지도 모른다?"

순석을 신문하던 형사가 이상하지 않냐는 듯이 다른 형사들을 쳐다봤다.

"순식간에 일어난 일이라 범인이 어떤 놈인지 볼 틈이 없었습니다. 순식간에 일어난 교통사고처럼요."

순석은 '순식간'이라는 말을 강조했다.

"그건 그렇다 치고, 끔찍한 살인을 저지른 범인이 자신을 목격한 목격자는 왜 그냥 두고 갔을까?"

"저는 아무것도 못 봤다니까요."

"출입문을 빠져나오다가 괴한이 휘두른 뭔가에 머리를 맞고 정신을 잃었다고 했지?"

"예."

"그런데 현관 앞이 아니라 불길에서 꽤 떨어진 마당 한가운데에 누워 있었다고? 뭔가 이상하지 않나?"

형사는 계속 고개를 갸웃거렸다. 순석을 의심하고 있는 것이 틀림없었다.

"아, 제 머리 좀 보십시오. 범인에게 맞지 않았다면 왜 이런 상처가 생겼겠습니까?"

긴장한 순석은 군대에서 선임자에게 말대답할 때처럼 표준 어투로 또박또박 변명했다.

순석은 태어나서부터 줄곧 장항과 군산 바닷가에서 살아왔다. 이곳을 처음 떠난 것이 군대였는데, 군대에서 제주도 사투리를 쓰는 선임자에게 맞아가며 표준말 비스무리한 것을 배웠다. 그 이후 순석은 긴장만 하면 표준말 비스무리한 것이 '자동소총 총알처럼 자동으로' 입에서 튀어나오는 버릇이 생겼다.

"바로 여, 여기를 맞았습니다."

순석은 머릿속의 상처를 보여주기 위해 머리를 숙이고 머리카락을 이리저리 헤쳤다.

"그거야 다른 사람에게 맞은 것일 수도 있지."

"예? 다른 사람 누구 말입니까?"

"죽은 사람도 있잖아…?"

"예에? 아, 동곤이 형은 이미 죽어 있었다니까요! 제가 가기 훨씬 전에…."

"중학교는 어디 나왔나?"

신문하던 형사가 좀 쉬었다가 하자는 듯이 커피잔을 집어 들며 물었다.

"장, 장항중학굡니다."

"아, 그래? 나도 장항중학교 나왔는데. 고등학교는?"

"장항고등학교 졸업했습니다."

표정으로 봐서 형사는 고등학교부터는 타지에서 다닌 것 같았다.

"대학은?"

"군산대학교 경영학과 다니다가 2학년 때 자퇴했습니다."

"자퇴? 왜?"

"사정이 있었습니다. 아버지가 일하시다가 크게 다쳐서…."

신문이 끝나고도 형사들은 순석을 풀어주지 않았다.

순석은 경찰서 유치장에서 혼란스럽고, 불안하고, 불편한 하룻밤을 보냈다.

순석은 다음날도 아침부터 조사를 받았다. 그런데 점심때 구내식당에서 점심을 먹다가 말고 급히 유치장으로 온 형사 선배가 유치장 문을 열어주며 집에 가라고 했다.

"너, 이윤정이라고 알지?"

"이윤정유?"

"아 왜, 엊그제 선박사고로 아버지를 잃은 여자…."

"아! 맞아유, 이윤정. 그런데 왜유?"

"그 여자 꽤 당돌하던데…."

한 시간쯤 전, 영구차 한 대가 서천경찰서 안으로 들어왔다. 영구차가 멈추자 소복을 입은 채 아버지 유골함을 든 이윤정이 영구차에서 내려 서장 면담을 요청했다. 경찰서장을 만난 그녀는 이틀 전 자신의 아버지 익사 사건을 이야기하며, '남의 불행을 보고 그냥 지나치지 않고 폭풍이 몰아치는 거친 바닷속으로 뛰어들어 정신까지 잃어가며 익사자를 인양한 선하고 의로운 사마리아인이, 그 바로 다음 날, 친한 동네 형을 잔인하게 살해했다는 게 말이 됩니까? 최

32

순석 씨가 살인을 저질렀다는 무슨 명확한 증거가 있습니까?' 하고 조목조목 따지면서 석방을 호소했다는 것이다.

"얼마나 논리적으로 말을 잘하는지, 서장님이 그 아가씨 앞에서 쩔쩔매다가 어쩔 수 없이 과장님을 불러 자넬 당장 풀어주라고 지시했다고 하더라고. 사실 서장님 입장에서야, 해상 사고로 아버지를 잃은 젊은 아가씨의 특이한 행동과 이번 살인사건이 같이 엮여서 구설에 오르고 언론에 보도되는 것이 꽤 부담스러우셨겠지. 서장부터는 진급이란 게 다 정치거든. 기사 한 줄에 훅 가기도 하니까 말이야."

형사 선배에게 오전에 있었던 일을 들은 순석은 말없이 실실 웃기만 했다.

"그리고 사실, 최동곤 씨는 네 주장처럼 밤에 살해된 게 맞는 것 같아. 아직 부검 결과가 나오지는 않았지만, 검안한 전문가들 말이 그래. 고생했어."

"고마워유."

순석은 집으로 가는 동안 줄곧 이윤정을 생각했다.

이윤정. 참 당찬 여자라는 생각이 들었다. 비쩍 마른 몸에 두 치수는 더 큰 듯한 헐렁한 옷을 걸쳤고, 일 년에 단 하루도 햇볕을 쬐지 못한 것 같은 흰 피부, 그런 흰 피부와 대비되는, 금방 피가 스며 나올 것 같은 붉은 입술. 여고생 같은 나풀거리는 단발머리. 눈물이 줄줄 흘러내릴 것 같은 눈망울…. 이게 순석의 눈에 들어온 그녀의 첫 인상이었다. 한마디로, 가련하고 연약해 보이는 여자였다. 그런데….
크게 잘못 본 것 같았다.

그녀 또한 순석을 잘못 본 것은 마찬가지였다.

'내가 선하고 의로운 사마리아인이라고?'

순석은 양심이 찔렸다. 자신이 그녀를 도운 것은 정의로운 사람
이어서 그런 것이 아니었다. 바다에서 사고를 당해 익사한 그녀의
아버지에게서 바다에서 사고를 당해 병상에 시체처럼 누워 있는 자
신의 아버지가 연상되었고, 또 아버지 때문에 슬프게 우는 그녀의
모습에서 불쌍한 여동생 순영의 모습이 떠올랐기 때문이었다.

순석은 박판돌네 집으로 걸어가며 계속 휴대전화를 만지작거렸
다. 형사 선배가 알려준 이윤정의 전화번호로 전화해 고맙다는 말
을 하고 싶었다. 그런데, 전화 한 통 하는 것이 짝사랑 고백할 때처
럼 긴장되고 어렵게 느껴졌다.

망설이던 끝에 결국 문자메시지로 대신하기로 했다.

짧은 문장을 적고 나서 몇 번이나 반복해 고쳐댔다.

'경찰서에서 저의 석방을 위해 노력하신 이야기 들었습니다.
고맙습니다. -최순석'

최순석이라? 자신의 이름을 기억이나 할까 싶었지만 달리 표현할
방법이 없었다. 경비함에서 만났던 그 최순석, 당신의 아버지 시체

를 인양한 그 최순석, 이렇게 설명할 수도 없는 노릇이었다.

문자메시지를 한참 들여다보다가 전송 버튼을 눌렀다.

다시 길을 걷기 시작했다.

드드드드….

박판돌의 집 대문 안으로 막 들어서려는데 손에 쥐고 있는 휴대전화가 진동했다. 재빨리 화면을 봤다. '이윤정'이라는 이름이 떠 있었다. 진동이 계속 울렸다. 문자가 아니었다.

순석은 누가 엿듣기라도 할세라 박판돌의 집 대문을 급히 벗어나며 휴대전화기를 귀에 가져다 댔다. 꽤 긴장되었다.

"여, 여보세요?"

－여보세요, 최순석 씨? 저 이윤정이에요.

이윤정의 목소리는 차분하고 담담했다. 목소리만으로도 많이 배운 똑똑한 여자일 거라 생각되었다. 학벌 좋고 똑똑한 여자들이 이렇게 명료한 발음으로 차분히 말한다.

"낮에 있었던 일, 형사님에서 들었습니다. 그래서 감사하다고…"

순석은 사투리가 아닌 표준말 투로 문자 보낸 것을 변명하듯 말했다.

－감사하다니, 무슨 말씀을요. 감사하다는 말은 제가 해야죠. 우리 아버지 찾아주셔서 정말 고마워요. 이 은혜 절대 잊지 않을게요.

이윤정의 '은혜'라는 말에 순석은 다시 양심이 찔렸다.

"으, 은혜는요. 그거야, 제, 제가 가진 능력이 그것뿐이니 당연히…"

-만나 뵙고 인사를 드리려고 했는데 아직 경황이 없어서….

"아, 그러시겠죠. 갑자기 큰일을 치렀으니 정신이 없으실 겁니다. 자, 장례식에 갔어야 했는데 경찰서에 붙잡혀 있는 바람에…."

-오셨더라면 아버지께서 꽤 좋아하셨을 텐데…. 여유 생기는 대로 곧 찾아뵐게요.

"아, 아니, 그러시지 않아도…. 아니, 그게 아니라…."

순석은 고마워하지 않아도 된다는 말을 하고 싶었는데 적당한 표현을 생각해내지 못하고 말을 더듬었다.

-그럼 나중에 뵈어요.

"예, 그럼…."

순석은 발걸음을 멈춘 그대로, 연결이 끊어진 전화기 화면을 아주 오랫동안 들여다봤다.

모르는 전화번호였다.

"여보세유?"

-저, 순석 씨?

"누구…?"

-나 최다반이 엄마, 그러니까 최동곤 씨….

여자가 말끝을 흐렸다.

"아, 형수님! 아, 아니…, 누나!"

몇 달 전에 최동곤과 이혼한 뒤 타지로 떠난 박미경이었다.

－순석 씨, 잘 지냈지?

"예. 저…, 동곤이 형이 돌아가셨는데, 이야기 들으셨슈?"

－그것 때문에…. 경찰서에서 연락이 왔는데, 우리 다반이 아버지 데려가라고…. 동곤 씨 장례를 치러야겠는데 뭘 어떻게 해야 할지 몰라서…. 상주인 다반이도 너무 어리고, 동곤 씨 친구들 연락처도 모르겠고….

곧바로 박미경을 만난 순석은 그녀와 상의해서 장례식장을 잡았고, 전세 낸 구급차를 타고 국과수 중부분소로 가서 부검이 끝난 사체를 실어왔다.

장례식장 접객실에 앉아 술잔을 기울이는 문상객들은 거의 같은 이야기를 주고받았다.

"동곤이가 바닷속에서 건져 올린 게 뭘까?"

"수조 원어치 금괴를 싣고 침몰한 일본 병원선 명판이라잖여."

"아니, 무슨 금괴가 수조 원어치나?"

"아따, 그 얘기 아직 못 들었남? 태평양전쟁 때 일제가 전쟁 비용으로도 쓰고, 또 전후 복구비용으로 쓰려고 아시아 여러 나라에서 금은보화를 약탈했잖여. 그걸 우리나라를 거쳐 일본으로 실어 날랐는디, 미군기가 폭격하는 바람에 배 몇 척이 우리 연안에 침몰한 겨. 예전에 태평양전쟁 때 일본 놈들이 공출이랍시고 집집마다 돌아다니며 놋쇠 젓가락 하나 안 남기고 금속이란 금속은 모조리 긁어간 적이 있지 않남? 밥 먹을 젓가락 숟가락이 없어서 나무를 깎아서 썼잖여."

"그려. 보물선이 가라앉아 있다는 말이 틀린 말은 아닐 겨. 내가 어렸을 적에, 해방 직전 오월이었던가? 그때는 하늘을 나는 비행기를 볼 수 없던 시절인디, 바닷가에서 조개를 잡고 있는디 하늘에서 무슨 소리가 나서 손바닥으로 햇빛을 가리고 하늘을 올려다보니 프로펠러가 네 개나 되는 커다란 비행기가 이리저리 날아다니더라고. 그다음 날인가 바다에 나가 보니 기름띠하고 불에 탄 명주실 타래 같은 것이 둥둥 떠다녔어. 사람들은 그게 미군기의 폭격으로 침몰한 일본 배에서 흘러나온 것이라고들 혔어. 일본 놈들이 병원선인지, 위장 병원선인지에 중국에서 모은 금괴를 잔뜩 싣고 일본으로 가다가 미군기의 폭격으로 침몰했다고들 혔지."

"맞아, 그런 일이 있긴 있었어. 그 뒤 일본 놈들이 잠수부들 잔뜩 배에 태우고 바다를 열심히 뒤지고 다닐 때, 그런 소문이 나돌았었지. 하지만 침몰한 배는 끝내 찾지 못했을걸 아마? 그때는 수색기술이 지금만 못한 데다가 전쟁 때문에 정신도 없었고, 일본 놈들이 금방 패망해서 우리나라를 떠났으니께…"

순석이 나이 많은 조문객들의 대화를 어깨너머로 듣고 있을 때, 박판돌과 함께 양복을 입은 50대 중반 정도의 낯선 남자가 마스크를 쓴 채 장례식장 안으로 들어왔다.

조문을 끝낸 박판돌이 낯선 남자를 순석에게 소개했다.

"이분은 이도형 씨라고, 군산에서 사업하시는 분이구먼. 얘는 영광호에서 나하고 같이 일하는 잠수부유. 얘 아버지가 최영근인디, 혹시 모르슈?"

"최영근 씨요?"

이도형이 고개를 갸웃거렸다.

"얼굴을 보면 아실 텐디…. 내 불알친구고 한동안 나랑 같이 머구리 일을 했었쥬."

"집이 어딘데요?"

"몇 년 전까지만 해도 장항 우리 옆 동네서 살았었는디, 지금은 대천 병원에 입원해 있슈. 오 년쯤 전에 머구리 일을 하다가 뇌를 크게 다쳤슈. 병원 옆에 전세 얻어 이사 갔지유."

"재래식 잠수부 일은 요즘 젊은이들이 꺼리는 일인데…?"

"다 돈 때문에 하는 거쥬. 우리나라 의료보험이 잘돼 있다고 해도 병원비가 꽤 들어유. 머구리 일이 어렵고 위험하긴 혀도 일당은 세잖유. 근디, 요즘도 보물 찾으러 다니슈?"

"글쎄…."

이도형은 긍정도 부정도 아닌 대답을 했다.

"요즘은 그냥 조용히 살고 있슈. 사람들이 다들 미쳤다고들 하니…. 가족들까지 그러는디…."

"누군들 안 그러겄슈. 그 많은 가산 다 탕진하며 수십 년간 금괴만 찾으러 다니고, 놋젓가락 하나 집으로 가져가지 않았으니…."

박판돌의 말을 들은 이도형이 소주잔의 소주를 단번에 입에 털어 넣고 나서 고개를 푹 숙였다.

이도형의 빈 잔에 소주를 따라주고 난 순석이 눈치를 보다가 질문했다.

"그런데 정말, 동곤이 형이 발견했다는 그 침몰선에 금이 실려 있을까유?"

이도형이 갑자기 고개를 쳐들며 순석을 매섭게 노려봤다. 순석은 이도형의 심기를 건드린 것 같아 불안했다.

"당연히 있지!"

목소리에 힘을 주어 단호하게 대답하고 난 이도형이 그동안 알아낸 사실들을 순석에게 이야기했다.

1937년 일본은 일본 천황이 지은 시의 제목과 같은 '긴노유리(きんの ユリ, Golden Lily, 황금 백합)'라는 특수부대를 만들고 천황의 동생 치치부 왕자를 최고 책임자로 임명했다. 이 부대는 일본이 항복하여 태평양전쟁이 끝날 때까지, 아시아 12개 국가가 수천 년 동안 축적해놓은 부(富)인 황금과 각종 보물, 문화재 등을 약탈하여 일본으로 운반하는 '황금백합작전'을 펼쳤다.

긴노유리 부대는 중국과 한국 등 아시아 각지의 금, 골동품, 보석은 물론 시체에서 금이빨까지 빼내 모아서 일본으로 보냈지만, 약탈물 중 상당량이 일본에 도착하지 못하고 바다에 수장되거나 땅속에 묻혔다.

바닷속에 수장된 것은 미군의 공격 때문이었고 땅속에 묻힌 것은 일본이 전쟁에서 패하기 직전 일본으로 가져갈 수 없게 된 황금과 보물을 일본 왕자들의 명령을 받은 수하들이 땅속에 묻었기 때문이다.

이렇게 묻힌 보물 중 '야마시타 보물'이 가장 유명하다.

1943년 초부터 일본의 군함과 화물선들은 미국의 잠수함과 폭격기들의 봉쇄로 인해 안전하게 필리핀을 벗어날 수 없었다. 그래서 엄청난 양의 보물을 필리핀에 쌓아둘 수밖에 없었다.

태평양전쟁 말기, 패전을 예견한 필리핀 방면 일본군 사령관 야마시타 도모유키 장군은 루손섬의 험준한 산악지대에 아시아 여러 국가에서 약탈한 엄청난 양의 금을 숨겨놓았다. 그 작업을 지시한 사람은 히로히토[裕仁] 천황의 사촌인 다케다 쓰네요시였다.

일본 왕자들의 감독 아래 필리핀의 루손섬 전역에 175개의 일본 황실 보물창고가 건설되었다. 미군 탱크가 밤방(Bambang)에 근접한 1945년 6월 초, 창고 건설을 담당한 175명의 수석 엔지니어들은 220피트(67미터) 지하에 건설된 '터널-8'이라는, 금괴가 가득 찬 거대한 구축물 안에서 송별 파티를 했다. 그들은 밤이 깊도록 술을 마시며 애국의 노래를 부르고 '반자이'를 외쳐댔다. 한밤중이 되어 야마시타 장군과 왕자들이 빠져나간 직후 터널 입구에서 다이너마이트가 터졌다. 이 사건으로 보물이 어디에 묻혔는지 알고 있던 감독관, 작업자들 모두가 생매장되었다.

그 이후 왕자들은 잠수함을 타고 일본으로 탈출했다. 그곳에 남아 있었던 보물 관리 책임자인 야마시타 장군은 3개월 뒤인 9월 2일 미군에 항복했다. 그는 이듬해 전범으로 사형당하면서도 황금에 대한 비밀을 지켰다. 그러나 미군은 이미 OSS대원을 통해 황금에 대한 정보를 입수하고 있었고, 야마시타 장군 대신 그의 부관이자 운전병인 고지마 소령을 심문하고 고문하여 금이 숨겨진 장소 일부를 알아냈다. 그리고 두 곳에서 엄청난 양의 금괴를 발굴했다.

현지답사를 가 2미터 높이로 쌓여 있는 금괴를 확인한 맥아더 장군은 이 금괴들을 어떻게 처리할 것인지 당시 대통령이던 트루먼, 그리고 국무장관 존 포스터 덜레스와 상의했다.

이 금들은 당시의 정치 논리에 의해 발굴 사실이 비밀에 부쳐졌고 2년에 걸쳐 42개국 은행 176개 계좌에 숨겨졌다. 이후 미국 정부는 이 돈을 대내외 통치자금으로 사용했다. 소련과 중공에 의한 공산주의 확산을 막는 반공전선 구축, 쿠바의 카스트로 견제, 전후 유럽의 재건사업 지원, 우방국에 대한 공작 자금 등으로 사용했다.

일본이 한국전쟁이 터져 물자 조달이라는 특수 경기가 생기기 전, 전후 3년 만에 부흥할 수 있었던 것은 황금백합작전으로 모은

부가 밑천이었다는 분석이 있다.

미국은 일본을 중심으로 한 환태평양 반공 노선을 만들어 중국, 소련에 대항하기 위한 정략적 차원에서 일본이 황금백합작전으로 약탈한 금괴로 재기하는 것을 눈감았고, 또 특혜까지 베풀었다. 미국은 독일에 450억 달러의 전쟁 배상금을 물린 반면, 일본은 면제라는 특혜를 줬는데 그 이면에는 일본이 중국과 아시아에서 약탈한 야마시타 골드의 일부를 미국이 챙기는 조건으로 그 몫을 상쇄했기 때문이라는 것이다.

그 이후 또 필리핀에서 마르코스에 의해 엄청난 양의 금괴와 보물이 발굴되었다.

이 사실이 공식적으로 드러난 것은 미국에서 벌어진 하나의 소송사건 때문이었다.

오랫동안 필리핀 대통령을 하며 독재자로 명성을 떨쳤던 마르코스가 권력을 잃고 미국으로 망명하자 로겔리오 로저 로자라는 한 필리핀인이 마르코스를 상대로 소송을 냈다. 그는 일본군이 지하 황금 창고를 건설할 당시 인부였는데, 2차 대전이 끝난 뒤 굴을 파고 터널 속으로 기어들어 가 화려한 순금 불상을 발견했다. 결가부좌 한 금불상은 높이가 28인치였으며 전형적인 버마(미얀마) 스타일로 1톤 정도의 무게가 나갔다. 이것은 일본군이 만달레이(Mandalay)의 한 불교단체에서 몰수한 것이었다.

이후 로저 로자가 발굴한 이 금불상을 마르코스가 훔쳤고, 이후 마르코스는 로저 로자가 황금을 발굴했던 지역에서 엄청난 양의 금괴를 발굴해 갑부가 되었으며 그 자금으로 필리핀의 대통령이 되었다.

로저 로자는 소송 중에 의문사했지만 마르코스가 망명하여 살던 미국 하와이의 호놀룰루 법정은 황금의 최초 발견자인 로저 로자의 유족들에게 마르코스가 막대한 배상을 하도록 판결, 일본 약탈 보물의 실체를 인정했다.

황금백합작전 때 일본군이 숨겨놓은 보물은 이곳 이외에도 여러 곳에서 발견되었지만 대부분 비밀에 부쳐졌다. 일본군이 약탈해 숨겨놓은 보물이 발견되었다는 사실이 알려지면 소유권 분쟁 등 여러 가지 문제가 발생할 수 있었다. 1970년대 필리핀 마르코스 정부가 인양한 보물선 '나지이호'가 그 하나의 예이다.

황금백합작전* 초기 일본 히로히토 천황은 연합군 비행기들의 공격으로부터 보물을 보호하기 위해 치치부 왕자에게 수천 톤급의 위장 병원선 4척을 제공했다. 당시 일본은 국제표준인 적십자 마크 사용을 거부하고 있었기에 이 배들은 흰색 바탕에 커다란 녹십자 마크를 그려 넣었다.

---

* '황금백합작전'은 워싱턴포스트 출신의 폭로 전문기자인 '스털링 시그레이브'와 '페기 시그레이브'가 공동 집필한 저서 『일본인도 모르는 천황의 얼굴The Yamato Dynasty』에 의해 널리 알려졌다. 시그레이브 부부는 히로히토의 동생 '다카마쓰' 왕자의 총 8권으로 된 일기를 토대로 그의 운전사였던 벤 발모레즈를 면담하고, 또 각종 역사적 사실과 제보를 바탕으로 미국 국무부, 재무부, 펜타곤, OSS의 후신인 CIA 등을 취재하는 등 20년 동안 관련 내용을 추적 조사하여 『The Yamato Dynasty』를 집필했다.

일본은 점령지에서 빼앗은 황금 등의 보물을 이들 위장 병원선 등을 이용해 자국으로 실어 날랐다.

1945년(소화 20년) 5월 17일, 군산 앞바다에서 침몰한 일본 대련 기선(신화해운 전신) 소속의 화물선 '초잔마루', 즉 '장산환(長山丸)'은 1944년 일본군이 징발하여 731부대의 병원선으로 사용하던 배였는데 몇 차례 황금백합작전에 투입되었다.

일본은 패망 직전인 1945년 5월 초부터 6월까지 자국의 전후 재건사업을 위해 중국에서 금은 등의 보물을 집중적으로 약탈하여 일본으로 실어 날랐다. 중국은 이 짧은 시기 수천 년 동안 아시아를 지배하며 쌓아놓았던 부를 일본에 약탈당했다.

일본의 군사 문서인 '대동아전쟁 징용 선박 행동 개견표'에는 초잔마루가 3,938톤이며 길이는 107미터라고 기록되어 있다. 그런데 특이한 것은 이 배가 침몰하기 직전 해군 중장 미아사토 히데도쿠[宮里秀德] 제독이 이 배의 함장으로 임명되었으며 호위함까지 붙어 있었다는 기록이다.

이 배가 단순히 수송선이었거나 병원선이었다면 해군 중장이 함장이었을 리 없으며 호위함이 붙어 있었을 리도 없다. 초잔마루[長山치는 당시 뭔가 특수한 임무를 맡았던 것이다.

731부대 병원선 초잔마루는 침몰 전 중국 해안을 타고 북상하여 중국의 대련에서 나무 상자 수십 개를 은밀히 환적한 뒤 한반도 서해안을 따라 남하하기 시작했다. 그리고 어느 날 갑자기 사라졌다.

침몰 당시 초잔마루에는 금 28톤과 상당량의 보물, 그리고 내용물이 무엇인지 알려지지 않은 꽤 많은 상자가 실려 있었다. 목격자들에 의하면 이 비밀 상자들은 황금이 든 상자들보다도 더 조심스럽게 다루어졌다고 한다.

일본방위연수소 전사실의 극비문건인 '대동아전쟁 상실(喪失)선박 일람표'에는 당시 한반도 근해에서 침몰한 215척 가운데 40여 척이 서해에서, 그 가운데 10여 척이 고군산 군도 인근에서 가라앉은 것으로 기록되어 있다. 그 배들은 대부분 일본 패망 직전인 4월부터 8월 사이에 침몰했다.

사람들은 약탈한 보물을 일본으로 실어 나르던 통로였던 한반도 근해에서 침몰한 여러 척의 침몰선에 아시아 사람들이 수천 년 동안 축적해온 부의 일부인 엄청난 양의 금괴가 실려 있을 것으로 추정하고 있다.

이도형은 일제강점기 한반도 인근에서 여러 척의 크고 작은 보물선들이 침몰했음에도 2011년 5월에 중국 은화와 주화 4톤 정도를 인양한 253톤급 화물선 '시마루 12호(추정)' 이외에 다른 보물선이 발견되지 않고 있는 것은 한반도 연안의 특수성 때문이라고 이야기했다. 한반도의 서해와 남해는 조류가 세고 시야가 좁아 바닷속에서 뭔가를 발견하기가 결코 쉽지 않다는 것이다.

또 침몰선을 발견했다고 해도 펄이 가득 들어찬 뱃속 어딘가에서 뭔가를 찾아내기 위해서는 상당한 시간과 노력, 돈이 필요하다고 했다.

"하! 금 28톤이라? 돈으로 치면 얼마나 될까…?"

박판돌이 순석을 쳐다보며 중얼거렸다.

순석이 휴대전화를 꺼내 포털사이트의 금값 계산기로 계산했다.

"이거, 동그라미가 도대체 몇 개여? 1조 9천억 원, 2조 가까이 되네유."

"이야, 진짜 엄청나네이."

"그걸 다 갖는 것은 아니고, 공유재산 매장발굴규정에 따라, 인양한 보물의 20퍼센트는 국가에 귀속되고 나머지 80퍼센트가 발굴자 소유죠."

이동형이 술잔을 집어 들며 설명했다.

"그래도 1조 5천억 정도는 되겠는디…. 그런디 최동곤이와는 어떻게 아는 사이유?"

"어제 첨 봤슈. 최동곤 씨가 어제 군산에 있는 우리 회사 사무실로 나를 찾아왔었습니다. 바다에서 건진 '건조자 명판(Builder's plate)'을 들고."

"건조자 명판유?"

"아따, '건조자 명세판'이라고 부르기도 하는 거 있잖아요. 집으로 치면 머릿돌 같은, 이 배의 이름이 뭐고 어느 나라 어디에서 언제 건조되었고…."

"아, 뭔지 알겠슈. 늘 보던 건데 이름이 낯설어서…."

"최동곤 씨가 바다에서 건져낸 그 금속판이 바로 내가 평생을 찾아 헤매던 바로 그 배, 초잔마루의 건조자 명판이었죠."

"그걸 어디서 발견했다고 하던가유?"

박판돌이 이야기를 재촉했다.

"아, 형님 같으면 그런 엄청난 정보를 남한테 그렇게 쉽게 알려주 겠슈? 나도 물어봤지만 그물질을 하다 건져냈다고만 할 뿐 자세한 것은 하나도 말하지 않더라고요. 동곤 씨는 또 바닷속에서 건져 올렸다는 일본 훈장도 하나 보여줬는디…."

"훈장유?"

"그 훈장은 일본어로 '긴시군쇼'라고 발음하는 황금솔개훈장, 즉, 금치훈장(金鵄勳章)이더라구요. 우리의 화랑무공훈장같이 일본에서 공을 세운 군인들에게 주는 무공훈장이죠. 나중에 자료를 찾아봤 는디, 금치훈장은 일본의 첫 천황인 신무(神武)천황이 야마토[大和] 로 반란세력을 정벌하러 갔을 때 잡고 있던 활 끝에 금빛 나는 솔 개 한 마리가 날아와 앉아 어둡던 사방을 환하게 밝혀주었다는 설 화를 바탕으로 만들었다더라고요. 깃털 문양의 팔각형 틀에 방패 와 화살 문양이 있고 맨 위에 금빛 솔개 한 마리가 날개를 펴고 있 는 형태죠. 이 훈장은 1등급부터 7등급까지 있는디, 최동곤 씨가 보여준 것은 공3급(功三級) 훈장이었죠. 꽤 계급이 높은 군인이 공을 세우고 받았던 훈장이 아닐까 싶더군요. 태평양전쟁 때 금치훈장을 받은 일본군은 약 60만 명쯤 된다고 하던데 3급만 해도 흔치 않아서, 일본 인터넷 장터에서 이천만 원 정도에 거래되고 있더군요. 단순히 무게로만 치면 순금보다 훨씬 비싼 셈이죠. 최동곤 씨가 아마 그 훈장을 먼저 발견하고 그것을 단서로 바닷속을 수색해서 침몰선을 발견한 것이 아닌가 싶더군요."

"그래서 어떻게 했슈?"

"같이 보물을 인양하자, 보물을 인양하면 인양한 보물의 총량에서 30퍼센트를 주겠다고 제의했죠. 시큰둥한 표정이기에 35퍼센트까지 주겠다고 제의를 했는디 고개를 옆으로 흔들더군요. 35퍼센트가 적어 보여도 수천억 원에 해당하는 액수죠."

"예에, 수천억유?"

"최동곤 씨에게 35퍼센트 이상 줄 수 없는 이유를 설명했죠. 발견한 보물의 20퍼센트를 국가에 내야 하고…. 또 '보물찾기'는 비용이 많이 들어가고 투자금을 모두 날릴 위험이 큰 벤처사업인디, 이런 고위험 사업에 투자하는 투자자들의 몫도 생각하지 않으면 안 되는 거고…. 하지만 최동곤 씨는 자신의 몫이 반은 되어야 구체적인 이야기를 하겠다고 하더라고요. 그래서 하룻밤 생각해본 뒤 내일 다시 만나서 이야기하자고 했죠. 그런디, 그 하룻밤 사이…. 수십 년 동안 찾아 헤매던 보물선을 드디어 인양할 수 있게 되었다는 생각에 마음이 들떠 밤새 한숨도 못 자고 설쳤는디, 보물선의 위치를 아는 유일한 사람이 이렇게 되어버렸으니…."

순석이 따라준 소주를 입에 털어 넣고 난 이도형이 크게 한숨을 쉬었다.

"한반도 바다 전체를 뒤지는 것도 아니고 전후좌우 수십 킬로미터를 뒤지는 건디, 바닷속에서 70여 년 전 침몰한 배 한 척을 찾아내는 것이 그리 어려운 일인가유? 4천 톤급이면 상당히 큰 밴디…."

이도형이 질문을 한 순석의 얼굴을 빤히 쳐다보았다.

"자네 초짜 머구린가? 머구리가 그런 말을 하니 이상하게 들리는군. 바닷속에 들어가 봤으니 알겠지만, 바닷속이라는 곳이 어떤 덴가? 전에 백령도 인근에서 침몰한 천안함을 생각해봐. 생존자들도 많고 침몰하는 것을 지켜본 목격자들도 있고, 열상카메라에 침몰하는 장면이 찍혔고, 침몰하는 순간이 레이더에 잡히기까지 했는데도, 국가 차원에서 첨단장비를 갖춘 군함과 어선을 총동원하고도 침몰선 선체가 가라앉은 지점을 찾는 데만도 며칠이 걸리지 않았나. 그런데 초잔마루는 며칠, 몇 달 전에 침몰한 배가 아니라 75년 전에 침몰한 배여. 침몰지점이 어딘지도 정확하지 않고, 선체도 이미 대부분 펄 속에 묻혀버렸을 테고…."

장대비와 바람이 창문을 덜컹덜컹 흔들어댔다.

순석은 여기저기 처박아놓았던 묵은 빨랫감들을 찾아내 한데 모았다. 그가 쉬는 날은 기상 여건이 나빠 배를 탈 수 없는 날들뿐이었다. 비가 온다고 빨래를 하지 않을 수 없었다.

묵은 빨랫감들을 세탁기 안에 집어넣던 순석은 흙과 피로 얼룩진 흰색 체육복 바지를 집어 들고 이리저리 살폈다. 버려야 하나, 빨아서 입어야 하나? 최동곤의 시체를 발견하던 날 입고 있었던 옷이었다.

'어? 이게 뭐지?'

흙투성이 체육복 바지 엉덩이 부분에 어떤 붉은 무늬가 찍혀 있었다. 단순한 핏자국이 아니었다.

체육복 바지를 뒤집자 붉은 무늬, 아니, 붉은 숫자가 더욱 선명히 보였다.

순석은 그게 무엇인지 금방 깨달았다.

최동곤의 시체를 발견했을 때, 이불을 떠들자 방바닥에 피로 쓴 숫자들이 말라가고 있었다. 현관문이 열리는 소리를 듣고 무기로 쓸 옷걸이를 집으려다가 피에 발이 미끄러져 엉덩방아를 찧었는데, 그때 방바닥의 숫자들이 엉덩이에 찍힌 것이었다.

무슨 숫자인지 확인하기 위해 한참을 들여다봤다. 하지만 맨눈으로 알아볼 수 있는 것은 4자와 8자뿐이었다.

순석은 서천경찰서의 중학교 선배 형사에게 전화를 걸었다.

일주일 뒤, 순석은 서천경찰서 형사 선배에게 다시 불려갔다.

"이게 그때 살인사건 현장에서 본 그 숫자들인가?"

형사 선배가 순석에게 숫자들이 적힌 A4용지를 내밀며 물었다. 첫째 줄에는 '5628 12', 둘째 줄에는 '5048 67'이 적혀 있었다.

형사 선배는 국립과학수사연구원에서 어떤 방법을 써서 순석의 체육복 바지 엉덩이와 허벅지에 찍혀 있던 숫자들 대부분을 알아냈다고 했다.

"그대로 찍힌 거니 맞겠쥬 뭐. 그런디…, 방바닥에 쓰여 있던 숫자들은 이보다 훨씬 더 많았던 것 같은디…?"

"일부만 찍힌 거라고?"

"그런 것 같아유. 제 엉덩이가 그리 큰 편은 아니거든유."

순석은 자리에서 일어나 엉덩이를 형사 선배에게 보여줬다.

"아! 됐어, 됐고! 이게 무슨 숫자 같은가?"

"글쎄유? 전화번호는 아닌 것 같고…. 꽤 복잡한 숫잔디, 외우고 있었던 것을 보면 비자금 통장번호…?"

"통장번호는 아니야."

"그럼 뭘까유? 적어가도 돼유? 연구해 보게."

순석은 휴대전화 카메라로 숫자들을 찍었다.

"동곤이 형 살인범은 아직 못 잡았슈?"

"유력한 용의자가 한 명 있기는 있는데 이미 중국으로 튄 것 같아."

형사 선배가 책상 서랍에서 흐릿한 사진 한 장을 꺼내 순석에게 내밀었다.

"이놈 본 적 없어?"

사진이 흐려서 얼굴을 알아보기 어려웠지만 본 적이 없는 사람임은 분명했다.

"첨 보는 사람인데유. 이 사람, 동곤이 형과 어떻게 아는 사이래유?"

"특별히 아는 사이는 아닌 것 같고, 탈북해서 중국에서 선원 생활을 좀 하다가 남한으로 온 사람인데, 사건이 벌어지기 전 며칠 동안 최동곤 씨의 배에서 일당 받고 일했다고 하더라고. 둘이 같이 있을 때 최동곤 씨가 그 일본 훈장을 찾아냈거나 보물선을 찾아낸 것이 아닌가 싶어."

"동곤이 형은 왜 죽인 걸까유? 보물선이 있는 위치를 알아내기 위해서…? 아니면 건져 올린 뭔가를 빼앗기 위해서…?"

"모르지. 어쩌면 보물선이 있는 위치를 알아내기 위해서가 아니라, 그 위치를 혼자만 알고 있기 위해 최동곤 씨를 죽인 것일 수도 있다는 생각이 들어. 물론, 추측이야. 자세한 건 놈을 잡아야만 알 수 있는 거고…."

"하지만 놈이 보물선의 위치를 알고 있다고 해도 경찰에 쫓기는

53

이상 우리나라에 다시 들어와서 보물을 인양해가지는 못할 거 아뉴?"

"그렇겠지. 아마도 놈은 우리나라 사람 누군가와 손을 잡거나 보물선 정보를 팔아먹으려고 시도하겠지."

장항과 군산에 소문이 돌기 시작했다. 누가 무슨 최첨단장비를 구매해 바닷속을 뒤지고 있다느니, 누가 외국의 침몰선 인양 업체와 손을 잡고 보물선 수색작업을 벌이기로 했다느니….

소문뿐만이 아니라 실제로도 많은 이들이 군산 앞바다로 몰려들고 있었다. 전문 잠수사들은 물론 인터넷 잠수동호회 회원들까지 공기통을 메고 군산 앞바다를 헤매고 있었다.

순석은 틈틈이 '5628 12, 5048 67'이라고 적힌 메모지를 펼쳐놓고 무슨 숫자일까 곰곰이 생각하곤 했다. 하지만 전혀 감이 오지 않았다.

금괴가 가득 실린 보물선을 바닷속에서 찾아낼 수만 있다면 얼마나 좋을까. 아니, 커다란 금괴를 하나만 손에 넣을 수 있어도 순석은 온 가족의 고통을 일시에 해결할 수 있었다.

일을 끝내고 자취방에 돌아오자마자 순석은 낡은 노트북을 펼쳐서 포털사이트의 인공위성지도를 띄웠다. 순석은 일 때문에 침몰선을 찾으러 다니지 못하는 대신 틈틈이 인공위성에서 찍은 바다 사진을 들여다보며 바다 색깔이 이상한 곳은 없는지, 배 모양의 그림자를 드리우고 있는 곳은 없는지 살피고 있었다.

순석은 더 선명한 인공위성사진이 있었으면 좋겠다고 생각하다가 '구글어스' 프로그램을 내려받았다. 구글어스를 화면에 띄우자 마우스 포인트가 닿는 곳마다 바다 깊이와 함께 위도와 경도가 표시되었다.

"아, 그래! 위도와 경도!"

순석은 엄청난 진리라도 깨달은 것처럼 갑자기 소리쳤다.

이렇게 단순한 것을 그동안은 왜 생각지 못했던 것일까?

바다에서는 위도와 경도가 곧 주소였고 최동곤은 늘 위도와 경도를 눈에 달고 사는 배의 선장이었다.

중학교 선배 형사는 범인이 보물선의 위치를 독점하려고 최동곤을 죽였을 수도 있다고 말했다. 그렇다면 반대로, 최동곤은 죽어가면서 범인 이외의 누군가에게 보물선의 위치를 알리고 싶었을 것이다.

하지만 순석의 체육복에 찍힌 숫자들은 최동곤이 써놓은 글씨 중 일부일 뿐이었다.

순석은 친구들과 돈내기 화투를 치다가 삼팔광땡을 잡았을 때처럼 부들부들 떨리는 손으로 마우스를 움직여 '5628 12, 5048 67'과 맞아떨어지는 경도와 위도, 또는 위도와 경도를 찾아보았다.

보물선이 침몰해 있을 만한 곳은 단 세 지점뿐이었다. 숫자들의 조합으로 만들어지는 좌표 중 단 세 곳을 빼고 나머지는 군산과 너무 멀리 떨어져 있는 바다이거나 내륙이었다.

보물선이 있을 가능성이 있는 첫 번째 좌표는 '북위 35도 56분 28.12초, 동경 125도 50분 48.67초', 두 번째는 '북위 35도 56분 28.12초, 동경 124도 50분 48.67초', 세 번째는 '북위 35도 50분 48.67초, 동경 125도 56분 28.12초'뿐이었다.

첫 번째와 세 번째 좌표는 수심이 40미터 내외였고 두 번째 좌표는 수심이 80미터였다. 일반 잠수장비로 잠수할 수 있는 잠수 한계선은 수심 40미터였다.

7월 1일부터 8월 31일까지는 키조개를 채취할 수 없는 금어기였다. 일하러 바다에 나가지 않아도 되었다.

7월 1일. 날이 밝자마자 순석은 잠수복이 든 가방을 어깨에 메고 장항어선물양장으로 향했다.

군산에 사는 군대 동기이자 방학을 맞이한 대학생인 이상홍이 물양장 한쪽에 1.97톤짜리 낚싯배를 대놓고 순석을 기다리고 있었다. 이상홍은 크고 작은 배를 몇 척 가진 선주 집안의 아들이었다.

배에 올라가 보니 갑판에 80큐빅피트와 105큐빅피트짜리 잠수용 공기통 십여 개와 잠수장비들이 놓여 있었다. 공기통 중에는 녹색 바탕에 위아래로 노란색 띠를 두르고 있는, 나이트록스 기체가 든 공기통도 몇 개 보였다.

순석은 GPS플로터에 머릿속에 있는 두 개의 좌표 중에 첫 번째 좌표를 입력했다.

장항항을 빠져나간 낚싯배는 금강하구를 따라 달리다가 새만금 방파제 앞을 지나고 말도와 십이동파도 사이를 지났다.

십이동파도는 등대섬으로 더 잘 알려진 장자섬을 비롯해 약 12개의 작은 섬들이 U자 모양으로 늘어서 있는 무인도인데, 2003년 섬 인근에서 고려 때 침몰한 청자 운반선이 발견되어 고려청자를 무더기로 인양한 곳이다.

옛날 뱃길이었다는 십이동파도, 비안도, 야미도 인근 바다에서 고려청자를 대량으로 발견할 수 있었던 것은 바다를 대규모로 막은 새만금 간척사업으로 조류가 달라지거나 빨라져 침몰 이후 침몰선 위로 층층이 쌓였던 펄이 물살에 쓸리고 씻겨나가 고려 시대 침몰선과 청자들의 일부가 모습을 드러냈기 때문이었다.

2011년에 인양한, 1945년 7월에 은화와 보물을 싣고 장항에서 출발해 일본으로 가던 중 선유도와 비안도 사이에서 미군기의 폭격을 받고 침몰한 253톤급 일본 화물선 '시마마루 12호(추정)' 역시 새만금 간척사업 영향으로 조류가 바뀌어, 펄에 묻혔던 선체가 다시 모습을 드러냈을 가능성이 있었다.

최동곤이 75년 전에 침몰한 초잔마루를 찾아낸 것 역시도 바뀐 조류의 영향일 수 있었다.

"다 왔다!"

직도를 지나 한참을 더 달리던 배가 바다 한가운데서 멈춰 섰다.

순석과 이상홍은 잠수장비를 착용하고 바다에 뛰어들었다. 물이 차갑다기보다 시원하게 느껴졌다. 시야는 평소보다 나쁜 편이었다. 겨우 2미터 정도 나왔다.

산소 32퍼센트에 질소 68퍼센트 비율로 압축(EAN32)한 나이트록스 기체가 든 공기통을 메고 수심 40미터 바다 밑바닥에 다다른 순석과 이상홍은 헤드랜턴으로 주변을 비춰봤다. 보이는 것은 시멘트 가루를 뿌려놓은 것 같은 회색의 개흙과 바닷속을 떠돌고 있는 뿌연 부유물들뿐이었다.

두 사람은 침몰선을 찾기 위해 어두컴컴한 물속을 열심히 헤맸지만 펄 이외에는 아무것도 없었다.

순석의 손목에 차고 있는 다이브 컴퓨터가 삐삐거리며 경고음을 냈다. 상승해야 할 시간이었다. 채 20분이 안 되는 시간은 넓은 바닷속에서 무엇인가를 찾기에 너무나 짧았다.

두 사람은 선상에서 30분 정도 휴식을 취하고 나서 새 공기통을 메고 다시 잠수했지만 역시 20분 동안 아무것도 찾아내지 못했다.

"아따! 바닷속에서 뭔가를 찾는다는 게 생각보다 훨씬 어려운 일이구만…"

"이렇게 잠깐씩 뒤져서 이 넓은 바다에서 언제 침몰선을 찾아내나…?"

선상에서 점심 도시락을 먹고 한 시간 정도 쉬고 난 둘은 물때에 맞춰 다시 잠수했다.

바다 밑바닥을 헤매고 다닌 지 10분쯤 지났을 때 순석이 옆을 돌아보니 옆에 있어야 할 이상홍이 보이지 않았다. 잠수는 안전을 위해 반드시 짝을 이뤄서 해야 했다.

이상홍이 있었던 곳으로 헤엄쳐가니 10미터쯤 떨어진 어두운 물속에서 전등 불빛이 희미하게 빛났다가 사라졌다. 순석은 불빛을 놓치지 않기 위해 빠르게 헤엄쳤다.

뿌연 물속을 십여 초 정도 헤엄쳤을 때 갑자기 코앞에 암벽이 나타났다. 둥근 암벽은 옆으로 꽤 길게 뻗어 있었다. 암벽을 넘어가려고 하는데 일정한 간격으로 늘어선 작은 기둥들이 앞을 가로막았다. 순간, 짜릿한 전율이 등줄기를 타고 올라와 뒤통수를 때렸다. 자연 암반이 아닌 인간이 만든 구조물이었다.

옆으로 누워 있는 침몰선은 선체 대부분이 펄에 묻혀 있었고 옆쪽 일부만이 드러나 있었다.

침몰선 난간을 살피고 있는 순석의 목덜미를 무엇인가가 확 끌어당겼다. 깜짝 놀라 목을 움츠리며 옆을 돌아보니 헤드랜턴도 켜지 않은 이상홍이 순석의 목덜미를 꽉 움켜쥔 채 시커먼 물귀신처럼 서 있었다. 이상홍의 왼손에 들려 있는 날카로운 단검이 순석의 헤드랜턴 불빛에 뿌옇게 빛났다. 놀란 순석이 이상홍의 손에서 벗어나려고 하자 녀석은 팔로 목을 더욱 단단히 휘감으며 단검을 순석의 얼굴 앞에 들이댔다.

"우억!"

순석이 놀라는 것을 본 녀석이 팔을 느슨하게 풀며 눈에 시선을 맞췄다. 그리고 칼을 쥔 왼손 손가락 두 개를 펴서 자신의 눈을 찌르는 시늉을 한 뒤, 그 손가락 두 개로 순석의 뒤쪽을 가리켰다. 뒤를 돌아보라는 의미였다.

순석은 재빨리 뒤를 돌아보았으나 아무것도 보이지 않았다. 어둠 속에서 뿌연 부유물들만 떠다니고 있을 뿐이었다.

다시 이상홍이 순석의 목을 끌어당겨 순석의 머리에 붙어 있는 헤드랜턴을 끈 뒤 팔을 끌어당겨 침몰선 난간 너머로 이끌었다. 난간을 먼저 넘어간 이상홍이 난간 밑에 엎드렸다. 순석은 영문도 모른 채 이상홍이 시키는 대로 따라 했다.

검은 물속을 쳐다보고 있자 눈이 조금씩 어둠에 익어갔다.

난간 저 멀리 어둠 속에서 뭔가가 희미하게 나타났다. 뿌연 무엇인가가 점점 다가왔다. 허연 것이 유유히 헤엄쳐오다가 배의 난간이 앞을 가로막자 갑자기 방향을 옆으로 틀었다. 긴꼬리가 난간을 스치며 다시 어둠 속으로 사라졌다. 틀림없는 백상아리였다. 크기가 5미터는 될 것 같았다.

보물선을 발견했다는 기쁨이 순식간에 사라지며 온몸에 소름이 돋았다.

순석은 이상홍처럼 왼팔에 차고 있는 칼집에서 칼을 뽑아 들고 동작을 멈췄다. 내뱉고 있는 공기 방울 소리를 줄이기 위해 숨까지 최대한 참았다.

백상아리는 계속 같은 자리를 빙빙 맴돌고 있었다. 시커먼 바닷속으로 사라졌다가 다시 나타나길 반복했다. 로렌치니 기관으로 두 사람을 감지한 백상아리가 먹이인지 아닌지 탐색 중인 것 같았다.

순석은 얼마 전 이윤정의 아버지 시체를 인양할 때 바닷속에서 본 하체가 없는 시체가 떠올랐다. 그 시체의 하체를 잘라 먹은 놈이 바로 이놈일 수도 있었다.

가만히 있어도 공기통의 공기는 점점 줄어들고 있었다. 앞으로 버틸 수 있는 시간은 길어야 10분 정도였다.

몇 분 동안 상어가 모습을 드러내지 않았다. 이상홍이 순석의 팔을 잡고 위로 올라가자는 신호를 보냈다.

어떻게 하는 것이 좋을까? 섣불리 움직여 상승하다가는 백상아리의 표적이 될 수도 있다는 생각과 이게 유일한 기회일지도 모른다는 생각이 동시에 교차했다.

이상홍이 순석의 대답도 듣지 않고 공기통과 호스로 연결된 부력조절기의 인플레이터 버튼을 꾹 눌렀다. 조끼처럼 입고 있는 이상홍의 부력조절기가 점점 부풀어 오르기 시작했다. 순석도 인플레이터 버튼을 누르지 않을 수 없었다.

부력조절기가 충분히 부풀기도 전에 둘이 손을 맞잡으며 발로 바닥을 박차고 올랐다. 빠르게 오리발을 저었다. 뿌연 흙탕물이 연기처럼 피어났다.

백상아리가 갑자기 나타나 발목을 물고 늘어지기라도 할세라 오리발을 빠르게 휘저었다. 점점 속도가 붙었다. 어느 순간 상승 속도가 너무 빠르다는 생각이 들었다. 이대로 상승하면 폐가 파열되거나 감압병에 걸릴 수도 있었다.

순석이 손목에 차고 있는 다이브 컴퓨터가 시끄럽게 삐삐 울어댔다. 경고음이었다. 수심계가 빠르게 변해갔다. 30미터, 25미터, 20미터, 15미터…. 상승을 멈추고 최소한의 감압이라도 해야 했다.

오리발 젓기를 멈춘 순석은 부력조절기의 디플레이터 버튼을 다급하게 눌러댔다. 하지만 공기 배출이 너무 느렸다. 순석이 손에 든 칼로 자신의 가슴 부분을 푹 찌르고 나서 곧바로 이상홍의 부력조절기를 찔렀다. 찢어진 부력조절기에서 나온 공기 방울 덩어리가 수면을 향해 왈칵 솟구쳐 올라갔다.

두 사람의 급상승이 겨우 멈추었다. 다이브 컴퓨터를 들여다보니 수심 4미터였다.

두 사람은 조류에 떠밀려가지 않도록 배의 닻줄을 잡은 채 상어가 관심 갖지 않도록 익사한 시체처럼 물속에 둥둥 떠서 눈만을 굴려 발밑과 주변을 살폈다.

3분 정도 지났을 때 시커먼 것이 발아래 쪽으로 지나갔다. 형체가 뚜렷이 보이지는 않았지만 백상아리가 틀림없었다. 순석은 급히 몸에서 공기통과 납벨트를 풀어냈다. 이상홍 역시 공기통과 납벨트를 몸에서 재빨리 떼어내며 빠르게 오리발을 저었다. 허겁지겁 배 위로 기어 올라간 두 사람은 동시에 다리를 번쩍 쳐들어 물속에서 건져냈다.

"하아! 상어 밥 되는 줄 알았네. 하하하."

이상홍은 배에 오르자마자 갑판에 벌렁 드러누워 거친 숨을 몰아쉬었다. 얼굴에 웃음이 가득했다.

"보물선 맞지? 우리가 보물선 발견한 거 맞지? 하하하."

"하하. 그래, 틀림없어!"

"배가 생각보다 크다야. 금괴를 찾으려면 고생 좀 하겠는디…"

"4천 톤 정도 되는 배라잖여. 군산 내항 진포해양테마공원에 있는 위봉함 정도 크기여."

"하하. 세상이 다르게 보이는구만. 금괴를 건져 올리면 여자들 꼬실 스포츠카부터 한 대 뽑아야겠다. 페라리로 살까, 람보르기니로 살까? 넌 수천억이 생기면 뭐부터 하고 싶냐?"

"수천억이라…"

이상홍의 말에 순석은 푸른 하늘을 올려다보며 잠시 생각했다. 우선 아버지를 더 좋은 시설로 옮겨 치료를 받게 해야 할 것이다. 외국 의료진의 의술이 더 좋다면 외국으로 보내 치료를 받게 할 것이다. 그리고 무엇보다 먼저, 아버지에게 간병인을 붙이고 싶었다.

아버지 병간호를 하느라 청춘을 썩히고 있는 여동생에게 자유를 주고 싶었고 대학에 보내 맘껏 공부하게 도와주고 싶었다.

퇴행성관절염으로 통통 부은 다리를 절뚝거리며 아버지 병원비를 버느라 하루도 쉬지 못하고 식당에서 허드렛일을 하는 어머니도 아들 덕에 지긋지긋한 고생을 끝내고 남들처럼 행복한 여생을 보낼 수 있을 것이다. 좋은 집에서 편히 자고 편히 쉬며 고생스러웠던 과거를 추억이라 이야기할 수 있을 것이다. 그리고…

"뭐부터 하고 싶냐니께?"

이상홍이 다시 물었다.

"글쎄? 어머니 틀니부터 하나 해드릴까 싶어. 여기서 건진 누런 순금으로 말여. 그럼 늘 이가 훤히 보이도록 웃으시며 다닐 겨. 아들이 해준 거라고 자랑하려고 말여…"

"하하하. 어머니를 늘 웃게 만드는 황금 틀니라니…"

이상홍이 상상만 해도 재미있다는 듯이 배를 잡고 웃었다.

순석과 이상홍은 침몰선 속의 금괴를 인양하려면 어떤 절차가 필요한지 은밀히 알아봤다. 첫 단계는 정부 기관의 허가를 받는 것인데 그러기 위해서는 최소 수억 원의 인양보증금을 내야 했다. 두 사람이 마련할 수 있는 액수가 아니었다.

다른 대안이 없었다. 죽은 최동곤처럼 그들 역시 보물사냥꾼 이도형을 찾아가지 않을 수 없었다.

"조건은?"

두 사람의 이야기를 들은 이도형이 단도직입적으로 물었다.

"7 대 3이 어떻습니까?"

"7 대 3?"

"예. 저희가 7을 갖고 사장님께서 3을 갖으시면 적당할 것 같습니다만…"

이도형이 시선을 창밖으로 돌리며 손사래를 쳤다.

"5 대 5. 국가에 내야 하는 20퍼센트를 제외하고 나머지를 반씩 나눕시다. 물론 인양비용과 장비는 다 내가 대는 조건이고. 전체로 보면 20퍼센트를 국가에 내고 나머지를 40퍼센트씩 나눠 갖는 겁니다."

이도형은 전에 장례식장에서 만났을 때와 달리 순석에게 존댓말을 하고 있었다.

"전에 죽은 최동곤 씨에게 제시했던 조건보다 5퍼센트 많은데, 어떻습니까?"

순석은 그 정도면 그리 나쁘지 않다는 생각이 들었다. 그들의 몫 40퍼센트 중에서 절반인 20퍼센트를 순석이 갖고 초잔마루를 최초로 찾아낸 최동곤의 어린 아들에게 10퍼센트, 나머지 10퍼센트를 이상홍에게 주면 될 것 같았다.

실려 있는 금괴가 정말 28톤이라면 5.6톤이 순석의 몫이었다. 돈으로 치면 4천억 원 가까이 되었다. 4천억 원이면 5억 원짜리 아파트 800채, 10억 원짜리 아파트 400채를 살 수 있었다.

　

다음날 오후, 순석은 꽤 오랜만에 대천행 버스에 올랐다. 가족들을 만나러 가는 길인데도 병원에 갈 때는 항상 서글프고 답답하기만 했다.

아버지 병실은 6인실이었다. 마스크를 쓴 채 문을 열고 들어서자 텔레비전을 쳐다보고 있던 사람들의 시선이 일제히 순석에게 쏠렸다. 누군가를 기다리고 있었던 듯한 환자들과 나이 많은 환자 보호자들. 오랜만에 왔더니 환자들이 모두 바뀌어 모르는 사람들뿐이었다.

순석은 병실에 있는 다수를 향해 꾸벅 고개를 숙이고 나서 병실 구석에 있는 병상으로 시선을 옮겼다. 거기 아버지 침대가 있었다. 철제침상 난간에 압박붕대로 손을 묶어놓은 뼈만 앙상한 아버지. 그리고 그 옆에서 고개를 숙인 채 무엇인가를 하고 있는 순영이.

천 마스크를 쓴 순영은 오빠가 코앞에 서 있는 것도 모르고 손가락 끝에 쥐고 있는 작은 구슬에 가는 철사를 꿰기 위해 온 신경을 집중하고 있었다.

"됐다."

순영은 팥알 크기의 인조진주 구멍에 금색의 작은 철사를 끼우고 나서 무릎 위에 놓아두었던 펜치를 집어 철사를 둥글게 말기 시작했다. 순영의 발밑 병실 바닥에는 재료와 완성된 귀걸이들이 가득 든 작은 종이상자가 몇 개 놓여 있었다.

"어이 순영아, 손님 왔다."

옆 침상 환자의 보호자 말에 순영이 고개를 들어 코앞에 서 있는 오빠를 올려다봤다. 그리고 재빨리 손에 들고 있던 만들다가 만 귀걸이와 펜치를 종이상자 안에 던져 넣고 자리에서 일어나며 종이상자들을 발로 밀어 침대 밑에 감췄다.

"그건 뭐여? 구슬 꿰기 사업 시작했냐?"

순석은 마음이 언짢았으나 내색하지 않고 농담하듯 물었다.

"아, 아니, 비즈공예…."

"그래, 돈은 좀 되냐?"

"그냥 심심해서 해본 거야. 시간이나 때우려고…."

"돈이 되긴…."

옆 침상의 환자 보호자가 혀를 차며 끼어들었다.

"온종일 눈구멍 빠지게 꿰어봤자 몇 천 원도 안 돼야. 종일 그러느니 새벽에 우유배달 다니는 게 낫다니께."

"아니야 오빠. 그냥 심심해서 하는 거야."

눈가가 빨개진 순영이 순석의 눈치를 보며 급히 변명했다.

순석은 다른 때 같았으면 돈은 내가 벌 테니 이런 쓸데없는 짓 하지 말고 책이나 들여다보고 있으라고 한마디 했겠지만 이번엔 아무 말도 하지 않았다. 침몰선에서 금괴만 건져 올리면 순영의 이런 고생도 완전히 끝나게 된다. 또래의 다른 친구들처럼 대학도 다니고 해외 배낭여행을 하면서 고생스러웠던 과거를 예비군들 군대 이야기하듯 하게 될 것이다.

"아버지는 주무시나 보네."

순석의 아버지는 눈을 감은 채 어떤 미동도 없이 누워 있었다. 얇은 눈꺼풀 속으로 눈동자가 이리저리 빠르게 굴러다니고 있는 것으로 보아 악몽이라도 꾸고 있는 것 같았다.

"자, 이거…"

순석은 손에 들고 있던 음료수 상자를 순영에게 넘겼다.

순영이 상자를 뜯어 순석에게 하나를 내밀고 나서 음료수 상자를 들고 병실을 돌아다니며 환자와 환자 보호자들에게 음료수를 건넸다.

"괜찮여. 아가씨나 들어."

"헤헤, 드세요. 그동안 늘 얻어먹기만 했는데 이거라도…"

음료수 상자를 들고 순영이 다시 순석의 앞으로 왔을 때는 음료수가 달랑 하나 남아 있었다. 순석이 손에 들고 있던 음료수를 따서 순영에게 내밀었다.

"자, 마셔라."

"오빠 마셔. 난 여기 있잖아."

"힘들지?"

"힘들긴…. 돈 버는 엄마하고 오빠가 힘들지."

"밥은 먹었냐?"

"오빠?"

"아직도 밥을 안 먹었냐? 나가서 밥이나 먹고 오자."

"그게….”

순영이 머뭇거리며 침대에 누워 있는 아버지를 쳐다봤다. 바로 그때, 아버지가 갑자기 눈을 번쩍 떴다. 표정이 심하게 일그러져 있었다. 역시 악몽이라도 꾸신 것일까?

"어어어…."

잠에서 깬 아버지가 마비되지 않은 몸의 반쪽을 이리저리 비틀어댔다. 침대 난간에 압박붕대로 묶어놓은 왼손을 빼내려고 이리저리 발버둥을 쳤다.

"또 시작이네. 이그, 나도 병실을 바꿔 달라고 하든지 해야지 원….”

옆 침대의 환자가 인상을 찡그리며 반대쪽으로 돌아누웠다.

"아버지, 정신 차려 봐요. 오빠 왔어, 오빠! 알지, 오빠?"

순영의 말에 아버지의 시선이 잠깐 순석의 얼굴에 머물렀다. 순석이 마스크를 벗어 얼굴을 보였으나 아버지의 눈동자가 곧바로 다른 곳으로 돌아갔다.

"으거 푸어. 으거 푸어, 이녀나."

발작 같은 아버지의 몸부림이 시작되자 순석은 어쩔 줄 몰라 하며 순영의 눈치를 보다가 아버지의 뼈만 남은 앙상한 손을 못 움직이도록 꼭 붙잡았다. 그러자 아버지는 온전한 왼발로 이불과 허공을 걷어차며 더욱 발버둥을 쳤다.

"이러 시브러얼, 나! 이거 나, 개새갸!"

순석은 욕을 해대는 아버지의 손을 놓을 수가 없었다. 손을 풀어주면 팔에 꽂혀 있는 링거주사 바늘을 빼내고 소변줄을 빼내고, 걷지도 못하면서 밖으로 나가려고 침대에서 굴러 떨어지는 등의 더 큰 소란을 일으킬 것이다.

몇 년 전까지만 해도 아버지는 가족들을 위해 열심히 일하던, 순석처럼 바닷속에서 온종일 키조개를 채취하던 잠수부였다. 그런데 어느 날, 수중작업을 하던 중 지나가던 어선의 프로펠러에 생명줄인 공기호스가 감기는 사고를 당했다. 깊은 물속에 있던 아버지는 숨을 쉬지 못하는 상태에서 순식간에 수면으로 끌려 나왔고 그때 폐 속의 공기가 갑자기 팽창하여 폐가 파열되었다. 파열된 폐를 통해 혈관으로 공기가 들어가는 기체색전증이 발생했고 공기방울들이 뭉쳐서 심장에서 뇌로 보내는 혈류를 막아 심각한 뇌 손상을 입었다.

아버지의 뇌 손상은 신체 일부를 마비시켰고 정신도 온전하지 못하게 만들었다. 아버지는 현재 신체의 반을 쓰지 못했고 대소변도 가리지 못했다. 또 사람들을 거의 알아보지 못했고 인격도 변해 버렸다. 중증의 치매 노인 같았다. 미쳐 날뛰는 동물처럼 즉흥적으로 행동했다.

아버지가 부상당한 초기에 순석은 목숨만이라도 건진 것이 다행이라고, 이렇게 세상에 살아 있어 줘서 감사하다고 생각했었다. 하지만 변하지 않는 짜증스러운 시간이 반복되다 보니 그 생각이 조금씩 바뀌었다. 오랜 병수발에 효자 없다는 말은 순석에게도 예외가 아니었다. 순석은 이미 오래전부터 아버지가 그때 세상을 떠났더라면 훨씬 좋았을 거라는 생각을 하고 있었다. 아버지나 가족들 모두에게.

"이 시브러얼 노아, 이거 푸어. 이 시프얼 녀나⋯."

몸부림을 치며 듣기 민망한 욕을 뱉어내던 아버지가 못 움직이게 손을 잡고 있는 순석의 얼굴을 향해 침을 퉤퉤 뱉어댔다. 하지만 아버지의 뒤틀린 입에서 나온 침들은 공중으로 튀어 오르지 못하고 자신의 입 주변만 더럽혔다.

30분 정도 지나자 제풀에 지쳤는지 아버지는 움직임 없이 가만히 누워 있었다. 아버지의 이마에도, 순석의 이마에도, 순영의 이마에도 땀방울이 송골송골 맺혀 있었다.

순영은 혼자서 이런 일을 날마다 몇 번씩 겪고 있을 것이다. 이런 순영의 삶에 도대체 무슨 낙과 희망이 있을까?

"여기는 내가 있을 테니 넌 가서 밥 먹고 와라. 아니, 나가는 김에 집에 가서 오랜만에 샤워도 좀 하고 옷도 좀 갈아입고 와. 아니, 아니다. 어차피 간이침대도 하나고 여기 둘이 있을 필요 없으니 친구 불러내 영화라도 한 편 보고 집에 가서 푹 자고 내일 와. 올 때 필요한 거 있으면 사 오고…."

순석은 주머니에서 지갑을 꺼내 만 원짜리를 몇 장 뽑아 순영에게 내밀었다.

"아니, 됐어. 돈은 나도 있어. 오빠 밥 안 먹었지? 오빠 먼저 밥 먹고 와. 엄마, 요 앞 식당 주방에서 일하셔. 이제 바쁠 시간은 지났으니, 엄마도 보고 밥도 좀 얻어먹어."

순영의 말에 순석은 어머니 모습을 떠올렸다. 농촌과 어촌을 오가며 일하느라 관절을 너무 혹사해 잘 걷지도 못하는 어머니가 식당 주방 구석에 구부정한 자세로 쭈그리고 앉아 산더미처럼 쌓인 불판과 그릇들을 정신없이 닦고 있는 모습이 눈에 선했다.

"난 밥 먹었어. 어머니는 나중에 보면 되고."

순석은 배가 고팠지만 거짓말을 했다. 밥 한 끼, 그런 건 그의 인생에서 아무것도 아니었다.

"오빠. 아버지 옆에는 그래도 내가 있어야 해. 낯선 사람이 있으면, 아니…, 내가 없으면 불안해하시고 더 소란을 피우시는데…."

"괜찮아. 아버지가 아들 얼굴 몰라보실까…. 너무 오랜만에 봐서 그렇지…."

순석은 순영의 등을 억지로 떠밀어 병실 밖으로 내몰았다. 그리고 아버지 침대 옆에 앉아 병실 천장을 멀뚱멀뚱 바라보고 있는 아버지의 얼굴을 노려봤다. 예전에는 총명하시고 자상한 아버지였는데 어쩌다 이렇게 시체만도 못한 사람이 되었는지 서글펐다. 아버지로 인해 자신만 고통을 받는다면 참을 수 있겠는데 어머니와 순영이 받는 고통을 생각하면 그동안 열심히 살아왔다는 것밖에는 아무 잘못이 없는 아버지가 미워지기까지 했다. 장애인 아들을, 치매에 걸린 부모를 죽이고 자살하는 사람들의 심정이 충분히 이해가 갔다.

'그래. 순영아 조금만 참자. 금괴만 건지면 이 모든 일이 해결된다. 이 지긋지긋한 삶도 이제 얼마 남지 않았다.'

주 황

7월 10일.

순석은 드디어 이도형으로부터 기다리던 연락을 받았다. 내일 금괴 인양선이 출항한다는 내용이었다.

순석이 대낮부터 친구들을 불러내 축하주를 마시고 있는데 휴대 전화 벨이 울렸다.

"여보세유?"

-저, 다반이 엄마인데…. 저, 내일, 우리 동곤 씨가 발견한 보물선에서 금괴 인양을 시작한다고…?

박미경이 머뭇거리며 이혼한 남편을 '우리 동곤 씨'라고 불렀을 때 순석은 꽤 당혹스러웠다. 순석은 박미경이 더 말을 하기 전에 재빨리 말을 받았다.

"아, 그렇지 않아도 누나에게 전화하려고 했었는데요. 다반이에게 동곤이 형의 몫으로, 우리가 건질 금괴의 십 퍼센트를 주기로 했거든요."

-몇 퍼센트?

"십 퍼센트요, 십 퍼센트!"

-십 퍼센트….

박미경의 목소리가 꽤 작았다. 너무 적다고 생각하는 것일까?

"실려 있다고 알려진 금괴를 다 찾기만 하면 다반이 몫이 천오백억
이 좀 넘을 겁니다. 동곤이 형이 보물선의 위치를 누군가에게 알려주
고 돌아가셨더라면 몫이 좀 많았을 텐데, 입을 다문 채 돌아가셔서…."

순석은 말을 더듬으며 자신의 몫이 보물선의 최초 발견자인 최
동곤의 몫보다 더 많은 것에 대한 변명을 늘어놓았다.

-그, 그래…. 십 퍼센트나 이십 퍼센트나 그게 그거지 뭐…. 찾기
만 한다면 어차피 평생 쓰지도 못할 큰돈인데…. 그건 그렇고…. 순
석 씨, 나도 따라가서 금괴 인양작업에 참여하면 안 될까?

순석은 난감했다. 최동곤의 아들인 최다반의 어머니이니, 아들의
몫이 곧 박미경의 몫이었지만 아무리 건질 금괴에 대한 지분을 많
이 가지고 있다고 해도 선상에서 오랜 시간 빈둥거릴 수는 없었다.

곧 좋은 아이디어가 떠올랐다. 박미경은 요리 솜씨가 꽤 괜찮은
편이었다. 많은 사람들이 배에서 생활하려면 주방에서 일할 솜씨
좋은 요리사도 필요했다.

순석의 전화를 받은 이도형은 군말 없이 박미경을 금괴인양팀에
합류시켰다.

7월 11일 아침.

순석은 박판돌, 박미경, 이상홍과 함께 군산 내항에 도착했다. 선착장에 마린보이호가 대기하고 있었다. 군산 앞바다에 떠다니는 연안 여객선 정도의 크기였는데 커다란 짐가방을 든 사람들이 그 앞을 서성이고 있었다.

"어?"

순석은 사람들 무리 속에서 의외의 인물을 발견하고 깜짝 놀랐다. 마스크를 쓰고 있었지만 단번에 알아볼 수 있었다.

순석이 이윤정을 알아보는 순간 이윤정도 마스크를 쓴 순석과 박판돌을 알아보고 커다란 여행 가방을 질질 끌고 다가오며, 얼굴을 보여주려는 듯 마스크를 벗고 활짝 웃었다. 순석은 그녀가 웃는 모습을 처음 보았다. 순석은 이윤정의 아름다운 미소가 아련한 봄날의 벚꽃처럼 사방으로 흩날리는 것 같다고 생각했다.

"안녕하세요!"

이윤정이 경쾌한 목소리로 소리치며 박판돌과 순석을 향해 고개를 꾸벅 숙이고 나서 마스크를 다시 쓰며 바람에 흩날리는 단발머리를 하얀 손으로 쓸어 넘겼다.

"아가씨가 여긴 웬일여?"

박판돌 역시 의외라는 말투였다.

"배를 타려고요."

"배? 무슨 배?"

이윤정이 마린보이호를 가리켰다.

"마린보이호에?"

이윤정이 눈웃음을 치며 고개를 끄떡였다.

박판돌의 이야기에 의하면 이도형은 한마디로 '보물찾기' 인생을 살아온 사람이었고 마린보이호는 이도형의 '보물찾기 인생'에서 가장 중요한 동반자였다.

이도형이 태어난 동네에는 일본강점기에 비철금속 제련소인 조선제련주식회사(장항제련소)에 근무했던 어른들이 여러 명 있었다. 그는 어려서부터 그들에게 보물선에 관한 이야기를 종종 들었다. 당시 일본인들은 중국에서 약탈한 금을 장항제련소로 가져와 녹여서 금괴로 만들어 일본으로 싣고 가곤 했는데, 그때 금을 실어나르던 배가 군산 앞바다에서 미군기의 폭격을 받고 침몰하는 것을 봤다는 등의 그럴싸한 이야기였다.

어려서부터 그런 생생한 이야기를 듣고 자란 이도형은 보물선에 관심이 많을 수밖에 없었고, 군산고등학교 3학년 때부터 자료조사에 착수했다. 하지만 금방 한계를 느꼈다. 국내에는 일본 선박 침몰에 대한 자료가 거의 없었다.

고등학교 졸업 후 포항제철에 입사한 이도형은 몇 년 뒤 일본 가와사키제철에 1년간 위탁 교육을 받으러 가게 되었다. 이도형은 이를 최대한 활용했다. 시간이 날 때마다 일본의 박물관과 도서관들을 샅샅이 뒤졌다. 드디어 2차 세계대전 당시 우리나라 서해 연안에서 침몰한 선박들의 침몰 위치, 수심, 폭격지점, 배의 톤수 등이 적혀 있는 자료를 발견하게 되었다.

한국으로 돌아온 그는 보물선 탐사비용을 마련하기 위해 회사를 그만두고 고향으로 돌아와 어패류 수출사업에 뛰어들었다. 그는 사업에 소질이 있는 사람이었다. 사업이 잘되어 상당한 돈을 벌었다. 그는 그 돈으로 값비싼 탐사 선박과 장비를 사서 본격적인 보물선 탐사에 나섰다. 그는 배에서 생활하다시피 하며 군산 앞바다를 헤매고 다녔다. 일본 자료에 나오는 침몰선 40척의 위치를 꼼꼼히 조사했다.

그러던 중 일본 어느 지방대학도서관에서 결정적인 문서를 손에 넣었다. 1945년 5월 17일, 산 사람을 이용한 생체실험으로 악명 높은 731부대의 군용 병원선 초잔마루가 중국에서 약탈한 금 28톤과 갖은 보물을 싣고 가다가 미군 B-29기의 폭격을 받아 군산시 옥도면 말도 서쪽에 있는 작은 무인도 인근에서 침몰했다는 내용이 담긴 문서였다.

이것은 어렸을 적 어른들이 해줬던 이야기와 유사했다.

위도에 사는 주민들은 그날 생전 처음 보는 거대한 폭격기 몇 대가 날아가는 것을 목격했고 곧 멀리서 번쩍이는 불빛을 보았다. 그 뒤 침몰한 배에서 흘러나온 것으로 보이는 연료용 기름과 배의 파편들이 뒤범벅되어 바다 위를 떠다녔다. 불에 타다 만 배의 파편들은 1980년대까지도 인근 해변에서 쉽게 찾아볼 수 있었다.

이도형은 침몰한 초잔마루를 찾기 위해 군산 앞바다를 이 잡듯이 뒤졌지만, 성과가 없었다.

1999년, 이도형은 1905년 러일전쟁 당시 울릉도 인근에서 꽤 많은 금괴를 싣고 침몰했다고 알려진 러시아 군함 돈스코이호*의 탐사작업에 투자자 자격으로 참여했다.

돈스코이호 인양팀은 몇 개월의 탐사 끝에 심해에 침몰해 있는 돈스코이호를 발견하기는 했지만 돈스코이호는 심해의 해저산에 침몰해 있어 금괴가 실려 있다고 해도 당시의 기술로는 인양이 불가능했다.

이후 언론에서 돈스코이호 금괴 인양작업의 진실은 파산 직전이었던 동아건설이 주가를 높이기 위해 진행한 사기 사건이었을 가능성을 보도해 그 사업에 투자했던 사람들은 가산을 탕진한 것으로 끝나지 않고 한탕주의에 빠져 한심한 사기 사건에 놀아난 멍청이들로 낙인찍혔다.

---

* 돈스코이호는 2018년에도 '신일그룹'이라는 회사에서 인양하겠다며 대대적인 언론플레이를 했지만, 결국 암호화폐 관련 투자금 사기로 밝혀졌다.

사람들의 비웃음 속에서도 이도형은 초잔마루 찾기에 더욱 매진할 생각으로 거금을 들여 새로운 보물 탐사선 마린보이호를 사들였다. 마린보이호는 국가연구소에서 해양지질탐사용으로 사용하던 특수한 형태의 배였는데 이도형이 사들인 뒤 곳곳을 개조했다.

마린보이호로도 초잔마루의 흔적조차 찾지 못한 이도형은 보물을 싣고 군산 앞바다에서 침몰했다고 알려진 다른 두 척의 침몰선 탐사에 나섰다. 비슷한 크기의 침몰선 두 척을 찾아내기는 했지만 결과는 참담했다. 한 척은 1970년대에 침몰한 한국 배로 밝혀졌고 다른 한 척은 1940년대에 침몰한 일본 배가 맞긴 했지만 금괴를 실은 보물선이 아니었다.

이도형이 오랜 시간 가족들을 외면한 채 재산만 탕진하자 보물찾기에 대한 가족들의 반발이 점점 거세졌다. 부인은 '허황된 꿈'이라며 노골적으로 말렸고 딸은 아버지가 금괴 귀신에 씌었다는 말까지 했다.

하지만 이도형은 731부대 병원선 찾는 일을 멈추지 않았다. 그 과정에서 태평양전쟁 때 중국 화폐를 몇 톤 싣고 가다 침몰한 일본 화물선을 찾아내기도 했지만 초잔마루는 흔적도 없었다.

어느 날 아내가 더는 못 참겠다며 등을 돌렸다. 아내에게 미친놈 취급당하며 이혼한 그날 그는 혼자 술에 취해 이렇게 울부짖었다고 한다.

"이제 초잔마루에 실려 있는 금괴의 금전적 값어치는 나에게 아무 의미가 없어. 이제 초잔마루의 금괴는 내 명예이자 내 자존심이 되어버렸어. 반드시 그 금괴를 건져 올려서 나를 비웃은 사람들에게 내가 평생 허황된 꿈을 좇은 것이 아니라는 걸 증명해 보이고야 말겠어. 반드시!"

하지만 그 뒤에도 몇 번이나 보물선 인양에 실패한 이도형은 결국 빚 때문에 마린보이호를 매각하지 않을 수 없었다. 마린보이호를 팔고 난 그는 초잔마루 찾기를 완전히 포기한 사람처럼 다시 착실히 어패류 수출사업을 했다. 착실히 빚을 갚고 돈을 모았다. 겉으로 보기에는 그랬다.

그러나 이도형은 빚더미에 올라앉아 가진 재산을 모두 팔아치울 때도 매장물 발굴사업 종료 보고서를 단 한 곳도 제출하지 않았다. 매장물 발굴사업 종료 보고서를 제출해 매장물 발굴사업을 취소했더라면 매장물 발굴허가 신청 시 보증금으로 맡겨놓은 목돈을 돌려받을 수 있는데 그렇게 하지 않았다.

이도형은 초잔마루가 발견되자마자 제일 먼저 마린보이호부터 다시 사들였다.

마린보이호는 길이 50미터, 폭이 10미터쯤 되었다. 맨 뒤에 크레인도 하나 달려 있었다.

마린보이호에는 20인 이상이 잠잘 수 있는 큰 객실이 하나 있었고 4인용 객실이 여러 개 있었다. 회의실, 식당, 휴게실이 하나씩 있었고 규모가 꽤 큰 창고가 상갑판과 하갑판에 하나씩 있었다. 선미의 상갑판은 웬만한 크기의 마당만큼이나 넓었다.

장비로는 레이더와 어군탐지기, 흔히 '감압챔버'라고 부르는 사제 '재압체임버' 등이 갖추어져 있었다. 예전에는 바닷속을 탐색할 수 있는 첨단장비들도 있었는데 전에 배를 매각할 때 같이 팔아치웠다고 했다.

금괴 인양 작업자들이 초잔마루에 탑승해 갑판에 모이자 이도형이 사람들을 소개했다.

마린보이호의 선원은 선장, 기관장, 항해사, 갑판장 총 4명이었다. 나이는 40대와 50대였다.

물속에 들어가 금괴 인양작업을 할 잠수사들은 모두 6명이었다. 순석의 군대 동기인 26세 이상홍, 50대 후반의 박판돌, 50세 정도의 안길식, 40세 정도의 이하민, 30대 중반의 손철근.

보물 찾는 과정을 촬영하고 기록해 다큐멘터리영화를 만들 예정이라는 김성실은 여자로 서른 살 정도였고 키 165센티미터쯤에 약간 통통한 편이었다. 얼굴은 평범했는데 말투나 행동은 털털했고 중성적인 이미지를 풍겼다.

박미경은 요리사로 소개되었고 다음이 순석이 가장 궁금해하는 사람, 이윤정의 차례였다.

"여기 이윤정 씨는 스물여섯이고 한강대 약대를 졸업한 약사입니다. 얼마 전까지 대기업 계열의 의학연구소에서 연구원으로 일했는데 현재는 개인 사정으로 휴직 중입니다. 보물인양팀의 건강관리도 필요할 것 같고, 어떤 급할 일이 생길 수도 있고, 우리 배에 의료진이 한 명쯤은 있어야 할 것 같아 제가 초빙했습니다."

이도형이 이윤정을 소개하는 동안 순석의 기분은 불규칙한 너울처럼 크게 출렁거렸다. 나이는 순석과 동갑이었다. 그런데 한강대 약대를 졸업하고 대기업 연구소에서 일하던 약사라는 말을 듣는 순간 순석은 가슴에 구멍이 뚫린 것 같은 상실감과 절망감을 느꼈다. 얼굴도 예쁜데 학벌까지….

순석은 노래에 소질이 있었다. 음대에 들어가는 게 꿈이었다. 하지만 수업료 비싼 음대에 들어가 노래나 부르고 있을 가정 형편이 못 되었다. 결국, 집에서 가까운 군산의 국립대학교를 선택해 취직 잘된다는 경영학과에 입학했다. 2학년 1학기 초 아버지가 바다에서 치명적인 사고를 당했다. 사고를 낸 소형 어선은 보험조차 가입하지 않았다. 한순간에 집안이 몰락했다. 어머니와 상의도 없이 학교를 자퇴한 순석은 아버지 친구인 박판돌에게 사정해서 1년 동안 키조개 채취 잠수부 일을 하다가 나이가 차서 군대에 입대했다.

약간의 인연으로 꽤 친근하게 느껴졌던 이윤정의 정체를 알고 나니 꽤 거리감이 생겼다. 이윤정은 다른 세상 사람이었다.

선실은 꽤 여유가 있었다. 50명 정도 생활할 수 있는 여러 개의 선실을 14명이 사용하면 되었다.

남자들은 갑판 밑의 큰 방과 작은 방들을 나누어 쓰기로 했다. 이도형과 선원 4명에겐 이미 정해진 방이 있었고 잠수부들만 방을 배정하면 되는데, 이도형은 잠수부 6명이 같은 공간에서 생활하며 친해져야 대화가 어려운 바닷속에서도 손발이 잘 맞을 거라며 이들을 20인용 큰 방에 몰아넣었다.

마린보이호는 조타실 뒤에 방이 2개 있는데 특이하게도 조타실과 연결돼 있지 않았고 올라가는 계단도 달랐다. 다큐멘터리를 찍는 김성실이 밤새워 영상편집작업을 해야 한다는 등의 이유로 조타실 뒤의 방 하나를 독차지했고 이윤정과 박미경이 그 건너편 방을 같이 쓰기로 했다.

잠수팀의 작업은 2인 1조로, 3교대였다. 순석은 이상홍과 한 조가 되고 싶었다. 그러나 이도형은 평소 일하던 사람과 같이 일하는 것이 손발이 잘 맞을 거라며 순석과 박판돌을 한 조로 묶어놓았다.

이도형은 박판돌 다음으로 나이와 잠수경력이 많은 안길식을 잠수 경험이 많지 않은 이상홍과 한 조로 묶었다.

마린보이호는 바다 위를 두 시간쯤 달려서 침몰선을 표시해둔 부표에 도착했다.

배가 닻을 내리자마자 갑판에 고사상이 차려졌다. 침몰선에서 금괴를 인양하는 동안 사고가 발생하지 않도록 바다의 신, 그리고 침몰선과 함께 바닷속으로 가라앉은 영혼들을 위로하는 고사였다.

사전답사 차원에서 잠수부들 전부가 조류가 약해지는 정조 시간에 맞추어 공기통을 메고 잠수했다. 옆으로 비스듬히 누워 선체 대부분이 펄에 묻혀 있는 침몰선은 배의 위쪽 브리지 부분이 훼손되어 사라지고 없었다. 폭격 때문이거나 침몰할 때 지면과 부딪혀 파괴된 뒤 배에서 떨어져 나간 것 같았다.

침몰선의 길이는 100미터쯤 되는 것 같았고, 폭은 15미터가 조금 넘을 것 같았다.

저녁을 먹고 난 사람들은 큰 방에 둘러앉아 작업회의를 했다.

"내가 전에 어렵게 찾아낸 초잔마루 사진인데…."

이도형이 주머니에서 화면이 6인치 정도 되는 휴대전화를 꺼내 해상도 낮은 흑백사진 한 장을 띄워 사람들 앞으로 내밀었다.

사람들이 이도형의 스마트폰을 돌아가며 들여다봤다.

"금괴가 이 배의 어디에 실려 있을 것 같습니까?"

이도형이 사람들을 둘러보며 물었지만, 아무도 대답하지 않았다.

"금 28톤이면 크기가 얼마나 되려나?"

박판돌이 '뭘 알아야 대답하지.' 하는 투로 말하자 이윤정이 나섰다.

"비중이 1인 물은 가로, 세로, 높이 각 1미터가 1톤인데, 금은 비중이 19.3 정도 되니, 금 28톤이라고 해도 부피가 그리 크지는 않겠는데요. 금괴만 차곡차곡 쌓는다면 가로, 세로, 높이가 한 1.5미터 정도. 보관상자 안에 들어 있다고 해도 전체 부피가 그리 크지는 않을 것 같아요. 창고가 아니어도 어디든 실을 수 있겠는데요."

"그럼 금이 창고가 아닌 다른 곳에 실려 있을 가능성도 있겠네이?"

"금이 어디에 실려 있든, 우리가 당장 배 안으로 뚫고 들어갈 수 있는 부분은 펄 밖으로 선체가 드러난 이곳뿐입니다."

이도형이 배의 옆부분을 손가락으로 짚었다.

7월 12일.

선상의 첫 아침이 파도 소리와 함께 밝아왔다.

공기통을 멘 잠수팀의 첫 작업은 침몰선 위쪽에 얽혀 있는 폐그물들을 잡아당기고 자르고 말아서 침몰선 난간 밖으로 치우는 일이었다. 다음으로 잠수부들은 마린보이호의 닻줄을 침몰선의 앞과 뒤에 단단히 고정하는 앵커링(anchoring) 작업을 했다. 단순한 작업이었지만 시간이 꽤 걸렸다.

마린보이호가 침몰선에 단단히 고정되어 후카장비(hookah system) 사용이 가능해졌다. 수중의 잠수부들이 선상으로부터 공기호스를 통해 공기를 무한정 공급받을 수 있게 된 것이다.

잠수조의 작업은 3교대였다. 한 조가 하루에 잔업준비 1시간, 수중 작업 2시간, 뒷정리 30분 등 총 3시간 반 정도만 일하면 되었다.

하지만 수중 40미터에서 2시간 일한다는 것은 지상에서 20시간 일하는 것만큼이나 힘들었다. 잠수부들은 겨우 3시간 반을 일하고 나서 2시간 달리기를 한 마라톤선수들처럼 지쳐서 나머지 시간은 대부분 잠을 잤다.

호스로 고압의 바닷물을 쏘아 침몰선 선상을 뒤덮고 있는 두꺼운 펄을 제거하는 워터젯 작업을 이틀 동안 벌였다. 선체의 철판이 드러나자 산소 아크 절단법으로 철판에 구멍을 뚫기 시작했다.

A조의 수중 절단 작업은 항만준설 공사장에서 오래 일한 경험이 있는 박판돌이 했고 순석은 옆에서 일을 돕는 보조역할만을 했다.

7월 15일. 3일간 18시간을 작업한 끝에 철판에 사람이 드나들 수 있을 정도의 구멍을 뚫었다. 침몰선 안쪽에도 개흙이 가득 차 있었다.

8월 10일.

금괴 인양작업을 시작한 지 벌써 한 달이 흘러갔다. 그러나 실제 작업 일수는 21일이었다. 폭풍이 몰려오고 바다가 거친 날이 많아 인근 항구로 피항하기 바빴다. 그렇게 한 번 피항했다가 돌아오면 다시 배를 침몰선에 고정하고 작업준비를 하는 데만도 한나절이 걸렸다.

그동안 세 개의 격실 안에 가득 들어차 있던 개흙이 제거되었다. 배의 전체 크기로 볼 때 이제 겨우 몇 퍼센트를 작업한 것이었다.

8월 12일.

순석은 두 번째 작업조였다. 박판돌을 따라 마린보이호에서 침몰선으로 이어져 있는 밧줄을 타고 40미터를 내려갔다. 그 인도줄의 맨 끝에, 짙은 흙탕물이 흘러나오고 있는 시커먼 구멍이 철판에 뚫려 있었다.

이미 작업이 끝난 두 번째와 세 번째 격실은 통로가 있는 첫 번째 격실에서 오른쪽 벽을 뚫고 들어갔고, 현재 작업 중인 네 번째 격실은 첫 번째 격실에서 왼쪽 벽을 뚫고 들어갔다.

이미 작업이 끝난 다른 격실들에 비해 규모가 큰 네 번째 격실 안으로 들어간 두 사람은 첫 번째 작업조와 교대했다. 두 사람은 적당한 거리를 유지한 채 손에 샌드펌프 흡입관 하나씩을 쥐고 개흙을 빨아들이는 작업을 시작했다.

1미터도 내다보이지 않는 짙은 흙탕물 속에서 1시간쯤 작업을 하다가 갑자기 목덜미가 서늘해 뒤를 돌아본 순석은 모골이 송연해졌다. 사람 형체의 청백색 빛이 바로 등 뒤에서 둥둥 떠다니고 있었다. 도깨비불, 즉 인광이었다.

순석은 처음 겪는 일이었지만 이상홍을 비롯해 잠수부들 대부분이 이 침몰선 안에서 이미 인광을 보았다.

－아직 해골이 하나도 발견되지 않은 게 이상한 거지, 그 인광은 하나 이상할 게 없어. 그 불빛은 이 배에 타고 있다가 죽은 사람들의 뼛속에 있던 인 성분이 녹아 나와 어딘가에 뭉쳐 있다가 우리가 펄을 파내자 떠돌아다니는 거라구. 이 배가 가라앉을 때 얼마나 많은 사람이 같이 수장되었겠어? 뼈만 모아놔도 이 방에 꽉 들어찰걸….

이상홍이 도깨비불을 봤다고 했을 때 안길식이 했던 말이었다.

후두둑 후두둑….

작업종료 직전, 순석이 쥐고 있는 흡입관에서 부드러운 개흙이 아닌 거친 입자가 빨려 들어오는 진동이 느껴졌다. 순석은 급히 흡입관을 치우고 손을 뻗어 개흙 속을 더듬었다. 썩은 나무상자 같은 것이 만져졌다.

순석과 박판돌은 출수하지 않고 교대조와 함께 손으로 개흙 파내는 작업을 계속했다.

곧 개흙과 썩은 나무상자 사이에서 백자처럼 광택이 있는 허연 항아리가 모습을 드러냈다. 뚜껑이 단단히 닫혀 있는 항아리는 유골함과 크기와 생김새가 비슷했다.

6명의 잠수부가 동시에 투입되었다. 장시간 작업으로 개흙 속에서 파낸 항아리 17개를 인양했다.

늦은 저녁을 먹고 난 사람들이 회의실로 모여들었다.

김성실이 캠코더를 들고 의자에 올라서서 테이블 위의 항아리를 찍기 시작했다. 이도형이 칼로 항아리의 뚜껑 옆에 붙어 있는 촛농 같은 물질을 꼼꼼히 제거한 뒤 코르크로 된 항아리 뚜껑을 이리저리 잡아당겨보고 돌려봤다. 하지만 뚜껑은 조금도 움직이지 않았다.

"뭐가 이리 꼭 잠긴 겨?"

급기야 이도형이 손바닥으로 뚜껑을 탁탁 쳐댔다.

"그렇게 막 충격을 줘두 괜찮을까유? 안에 폭발물 같은 게 들었 기라도 하면…?"

박판돌이 불안해하는 표정으로 말했다.

"제가 한번 해보쥬."

옆에서 지켜보던 덩치 좋은 이하민이 나섰다. 40대 초반인 이하 민은 키는 작았지만 바다 사나이답게 온몸이 근육질이었다. 상체는 보디빌딩 선수처럼 역삼각형이었고, 팔뚝은 짧으면서 굵었다.

이하민은 의자에 앉아 항아리를 반바지를 입은 사타구니에 끼우고 굵은 허벅지로 조인 상태에서 두 손으로 뚜껑을 감아쥐고 이쪽 저쪽으로 힘을 가했다. 목에 굵은 핏대가 드러났고 얼굴이 붉게 상기되었다.

"으싸, 으싸…."

드디어 뚜껑이 조금씩 열리기 시작했다.

7센티미터 정도 길이의 커다란 코르크 뚜껑이 항아리 속에서 완전히 뽑혀 나오자 뻥 소리가 났다. 그동안 밀봉이 잘 되어 있었던 것 같았다. 항아리 안에서 시큼한 냄새가 풍겨 나왔다.

항아리 안에는 쌀뜨물 같은 뿌연 액체가 가득 차 있었다. 액체 속에 뭔가가 들어 있었지만 거의 보이지 않았다.

이상홍이 주방에서 넓은 고무통을 가져왔다. 이도형이 사기 항아리 속에 든 액체를 고무통에 조심스럽게 쏟았다. 뿌연 물과 함께 개구리 알처럼 생긴 검은색 작은 알갱이들이 쏟아져 나왔다.

"이게 뭐랴?"

"글쎄, 무슨 알 같은디요. 나무 열매 같기도 허구…."

"세월이 75년이나 지났는디 썩지 않았네이."

이도형이 상의 호주머니에서 볼펜을 꺼내 내용물을 헤집어 보다가 액체가 묻은 볼펜 끝을 코앞에 대고 킁킁 냄새를 맡았다.

"이게 뭘까?"

이도형이 이윤정에게 살펴보라는 듯이 들고 있던 볼펜을 건넸다. 이윤정이 한참 동안 검은 알갱이들을 휘저으며 살폈다.

"처음 보는 건데요. 무슨 알 같아요. 표면에 보호막 같은 게 있는데요. 현미경이라도 있으면 좋을 텐데…."

"이 액체는 뭘까? 방부제 같기도 헌디…."

"냄새로 봐서는 알코올이나 포르말린은 아닌 것 같아요. 식초처럼 신 냄새가 약하게 나는데요."

"그럼 뭐여? 초절임이라는 얘기여?"

박판돌이 고개를 갸웃거리며 말했다.

"다른 항아리 안에도 이런 게 들어 있을까요?"

순석이 사투리가 아닌 표준 말투로 이윤정에게 물었다.

"글쎄요."

이윤정이 순석을 쳐다보며 알 수 없는 미소를 지었다. 가슴이 설레면서도 한편으로는 무슨 실수를 해서 웃는 게 아닌가 불안했다.

"이게 뭐든, 잘 보관했다가 나중에 생물연구소 같은 데 보내보자구."

순석과 이상홍은 빈 항아리와 항아리에서 나온 내용물이 든 고무통을 들고 다른 항아리들이 있는 상갑판 창고로 갔다.

"상하지 않게 하려면 항아리에 다시 담아야 하는 거 아녀?"

고무통을 들고 창고로 들어가려던 이상홍이 발길을 멈추며 말했다. 그럴듯한 말이었다.

두 사람은 고무통을 양쪽에서 마주 잡고 내용물을 다시 빈 항아리에 조심스럽게 쏟았다.

"아앗, 이런!"

고무통에서 한꺼번에 너무 많은 양이 쏟아져 항아리가 균형을 잃고 쓰러졌다.

순석이 주방으로 달려가 비와 쓰레받기를 가져 왔지만 엎질러진 액체를 회수하는 것은 불가능했다. 검은 알갱이들도 갑판 틈새에 박혀 4분의 1 정도는 포기할 수밖에 없었다.

8월 25일.

요즘 순석의 가장 큰 즐거움은 수중작업을 마치고 갑판으로 올라오면 기다리고 있던 이윤정이 타주는 따뜻한 커피 한잔이었다. 한여름을 지나 물이 점점 차가워지자 잠수부들은 작업시간 내내 추위에 떨었고 갑판으로 올라와서도 땡볕에서 한동안 몸을 떨고 있기 일쑤였다. 그런 모습을 본 이윤정이 며칠 전부터 자발적으로 나서서 작업을 마치고 올라오는 잠수부들에게 뜨거운 커피나 차를 타주고 있었다.

순석은 작업시간 내내 물 밖으로 나가면 화사하게 웃으며 반겨주는 이윤정을 볼 수 있다는 기대감에 어려운 줄도 모르고 일을 했다.

순석은 물 밖으로 나갔을 때 이윤정이 기다리고 있다가 반겨주는 것처럼, 아침에 눈을 떴을 때 가장 먼저 보이는 사람이 이윤정이고, 일을 마치고 집에 돌아갔을 때 이윤정이 웃으며 반겨준다면 하루하루가 얼마나 행복할까, 하는 생각을 종종 했다.

8월 28일.

갑판 양지바른 곳에 널어놓았던 잠수복을 집어 들던 순석은 흠칫 놀랐다. 잠수복 밑의 그늘에 커다란 쥐 한 마리가 웅크리고 있었다.

순석은 갑판에 놓여 있는 삼지창 모양의 작살을 집어 머리 위로 쳐들었다. 하지만 정작 쥐를 내려치지는 못했다. 요즘 하는 일이 목숨을 잃을 수도 있는 위험한 일인지라 살생이 꺼려졌다.

그런데 쥐의 행동이 이상했다. 쥐가 도망가지 않고 순석에게 덤비려는 듯이 이를 드러냈다. 순석은 작살 끝을 쥐의 얼굴 가까이 들이대고 위협해보았다. 쥐가 잽싸게 달려들어 작살 끝을 물고 늘어졌다.

"어머! 쥐잖아요!"

순석에게 다가오다가 쥐를 발견한 이윤정이 움찔 놀라며 순석의 뒤쪽으로 물러났다.

"어허 요놈 봐라. 성깔 있네…. 자기가 불독인 줄 아나?"

"왜 도망가지 않고 덤비는 거죠?"

이윤정 역시 이상하다는 듯이 물었다.

"글쎄요. 어디서 술이라도 훔쳐 먹었나…."

작살을 들어 올리니 쥐가 작살 끝을 문 채 대롱대롱 매달렸다.

쥐의 행동이 이상하기도 하고 신기하기도 해서 쳐다보고 있는데 뭔가가 날아오듯 달려들어 작살 끝에 매달려 있는 쥐를 휙 낚아채 달아났다.

"어머나!"

바동거리는 쥐를 문 검은 고양이가 창고 쪽으로 사라졌다.

"이 배에 고양이가 있었네요?"

순석이 수중작업을 마치고 출수하자 갑판에 식품을 비롯한 생활 필수품들이 잔뜩 쌓여 있었다. 소주와 맥주 상자도 보였다. 보급품을 실은 배가 다녀간 것이다.

저녁식사 시간이 되자 사람들이 식당 대신 갑판으로 모여들었다. 오랜만의 전체회식이었다. 선상 한쪽에 작은 뷔페가 차려졌다.

처음에는 이도형을 중심으로 술판이 벌어졌는데 몸이 피곤하다며 이도형이 먼저 자리를 뜨고 나자 술에 취한 사람들이 두세 명씩 무리 지어 앉아서 별것도 아닌 이야기를 하기 위해 목소리를 높여 댔다.

이윤정은 자리에 가만히 앉아서 이 사람 저 사람이 해대는 그렇고 그런 시시콜콜한 이야기가 재미있다는 듯이 손뼉을 치고 감탄사를 연발해댔다.

"호호, 정말요! 호호, 진짜요!"

몇 잔의 술에 붉게 상기된 얼굴로 하얀 이를 드러내며 방글방글 웃는 이윤정은 다른 때보다도 더욱 예뻐 보였다. 순석은 사람들과 건성으로 이야기를 하며 그런 이윤정의 아름다운 옆모습을 힐끔힐끔 훔쳐봤다.

이윤정과 한 배에서 같이 생활한 지도 벌써 한 달 보름이 넘었다. 이제 그녀를 편하게 대할 수 있을 만큼의 시간이 흘렀는데도 순석은 이상하게 그 반대였다. 요즘은 이윤정의 그림자만 봐도 심장이 벌렁거리고 쿵쾅거렸다. 이윤정과 대화하려고 하면 군대에서 맞아가며 배운 그 어수룩한 표준말이 자동으로 튀어나오고 목소리까지 가늘게 떨렸다.

"순석 씨는 금괴를 찾아 부자가 되면 뭘 하실 거예요?"

이윤정이 옆을 돌아보았다가 순석과 시선이 마주치자 눈을 반짝이며 물었다. 그녀의 동그란 눈은 언제나 반짝반짝 빛을 발했다. 그 눈빛을 보기만 해도 공부를 많이 한 똑똑한 여자라는 것이 느껴졌다.

"돈이 많이 생긴다면…. 아버지를 더 좋은 병원에 입원시키고 싶습니다. 여동생도 대학에 보내고, 어머니는 식당일 그만두고 편히 좀 쉬게 했으면 좋겠고…. 해외 관광도 시켜드렸으면 좋겠고…."

순석은 이윤정 앞에서는 늘 체면치레를 했지만 집안 형편만큼은 숨기지 않았다.

"효자네요."

"효, 효자요?"

순간 순석은 예전에 누군가에게 들었던, '여자들은 효자를 좋아하지 않는다'라는 말이 떠올랐다.

"효자는 무슨, 나 절대 효자 아닙니다."

"살아계실 때 잘하세요. 돌아가시면 잘하고 싶어도 할 수 없어요."

죽은 아버지를 생각하는지 이윤정이 술잔을 든 채 슬픈 표정으로 하늘을 올려다봤다. 하늘에 밝은 별이 총총했다.

이윤정이 갑판을 떠나 선실로 들어가자 술자리 분위기가 금세 썰렁해졌다. 다른 사람은 몰라도 순석의 느낌은 그랬다.

순석이 자리에서 일어나 선실로 들어가려는데 술에 취한 이상홍이 순석의 손목을 잡았다.

"아이 새끼! 한잔 더하자. 너 윤정 씨 좋아하지? 내가 눈치가 9단이다, 인마."

그 민감한 말에 순석은 급히 주변을 둘러봤다. 갑판에 남아 있는 사람들은 모두 술에 취해 큰 목소리로 떠들어대느라 정신이 없었다.

"에이, 무슨. 윤정 씨는 나와는 다른, 나와 다른 세상 사람여…."

"허허 참, 소심하기는…. 너 인마, 넌 옛날의 네가 아니야. 금괴만 찾아봐라. 세상사람 그 누구한테도 꿀릴 게 없다니께. 뒤늦게라도 일류대 가고 싶으면 까짓것 머리로 안 되면 미국 명문대에 몇 십억 기부하고 들어가면 되는 겨. 한강대를 나온 미모의 약사가 아니라 하버드대를 나온 양코백이 여자라고 해도 이제 하나 꿀릴 게 없어야. 아파트 한 채에 평생 목매는 세상에서 너와 결혼만 하면 서울 강남 아파트 수백 채, 수천억 재산이 다 자기 것이 되는데 어떤 여자가 널 마다할 수 있겠어? 네가 눈이 없냐 코가 없냐, 아니면 못 봐줄 정도로 흉측하게 생겨 먹길 했냐. 네가 갑부가 되면 이제 오히려 윤정 씨가 너에게 콤플렉스를 갖게 될걸⋯. 조만간 윤정 씨는 지금의 너처럼, 너야말로 다가가기 어려운 상류사회의 다른 세상 사람이라고 생각하게 될걸⋯."

"허허. 그래, 그래. 돈이 좋긴 좋지! 빨리 금괴 찾자."

이상홍의 진지한 이야기에 같이 진지해지는 것이 머쓱해서 순석은 농담조로 대답하며 바닷물에 뛰어들 것처럼 배의 난간에 오른발을 걸쳤다.

"순석아! 자신 있게 행동해라. 초잔마루에서 금괴만 건지면 너는 대한민국 최고의 신랑감이다."

"그래, 그런 날이 빨리 왔으면 좋겠다. 윤정 씨 같은 여자들을 아주 우습게 여기는 그런 날이 빨리 왔으면 좋겠다!"

그제야 순석은 좀 진지한 표정으로 대답했다.

하지만 순석은 자신이 아무리 부자가 된다고 해도 결코 그런 날은 오지 않으리란 생각이 들었다. 이 세상에 이윤정만큼 아름다운 미소를 가진, 이윤정만큼 똑똑한 여자가 또 있을까? 이윤정과 결혼할 수 있다면 영혼이라도 팔려는 남자들이 수두룩할 텐데 그런 여자의 마음을 과연 돈으로 살 수 있을까?

돈으로 사랑까지 살 수는 없었다.

그래도 순석은 이상홍의 말을 듣고 나니 더 빨리 금괴를 건져 올려 부자가 되고 싶어졌다. 이윤정의 마음을 돈으로 살 수는 없겠지만 돈이 많으면 외적인 자격은 갖추는 셈이었다. 자신이 부자가 되면 마음을 드러내도 이윤정이 창피해할 것 같지는 않았다.

8월 31일.

순석은 한 치 앞도 보이지 않는 뿌연 흙탕물 속에서 오래도록 같은 작업을 반복하고 있노라면 이승도 아니고 저승도 아닌 그 중간쯤의 공간에 갇혀 있는 느낌이 종종 들었다.

'내가 오래전에 물에 빠져 죽은 물귀신인데 죽은 줄도 모르고 생전에 하던 일을 계속 반복하고 있는 건 아닐까?'

우우우웅… 푸후훗―. 푸후훗―.

개흙을 빨아들이던 샌드펌프 흡입구를 뭔가가 막아 호스가 크게 요동쳤다.

흡입관을 옆으로 치우고 손을 뻗어 만져보았다. 벽돌처럼 생긴 물체였다. 손을 조금 더 밀어 넣어 벽돌 크기의 물체를 개흙 속에서 뽑아냈다. 꽤 무거웠다. 쇠보다 훨씬 무거운 물체였다.

작은 벽돌 크기의 물체를 눈앞에 대고 손으로 문질러 개흙을 제거하니 헤드랜턴 불빛에 허옇게 빛났다. 자연광이 들지 않는 수중에서는 조명의 색깔에 따라 물체의 색이 달라 보이기에 금속의 정확한 색은 알 수 없었다. 심장이 빠르게 쿵쾅거렸다.

순석과 박판돌이 작업시간 중간에 출수하자 사람들이 선미의 다이빙덱으로 몰려들었다.

"그게 뭐여? 은괴여?"

벽돌 크기의 금속은 은색에 가까웠고 틀에 넣어 찍어낸 주물이었다. 금속의 한쪽 표면에는 두 개의 동그라미 속에 영어 알파벳으로 보이는 글자가 찍혀 있었다. F자와 P자 같았다.

거친 수세미를 가져다 금속괴를 문질러대자 겉의 이물질이 조금씩 벗겨지며 원래 색깔이 드러났다. 반짝반짝 빛이 나는, 색깔이 없는 금속이었다. 원 안에 찍혀 있는 글씨도 보다 선명해졌다.

"에프(F)와 피(P)면, 무슨 약자지?"

"금이면 영어로 골드니께 약자가 지(G)일 텐디…. 은이 영어로 뭐지? 아, 실버지! 백금은 영어로 뭐지?"

안길식이 금속괴를 손에 들고 들여다보며 사람들에게 물었다.

"플라늠."

이윤정이 혀를 굴려 대답했다.

"뭐라고?"

실수했다는 것을 깨달은 이윤정이 다시 발음을 고쳤다.

"플래트넘."

"아, 플래트놈! 그럼 약자가 피(P)잖여?"

"그럼 뭐여? 황금 금괴에 영어로 '파인 골드'라고 찍는 것처럼 백금 금괴, 파인 플래트넘이라고 약자로 찍어놓은 겨?"

박판돌의 말을 들은 사람들의 얼굴에 환한 미소가 피어올랐다.

"아직 단정할 일은 아닙니다. 이게 뭔지는 비중을 재보거나 성분을 분석해봐야 알 수 있어요."

이도형이 너무 흥분하지 말라는 듯이 말했다.

"금괴든 은괴든 건져 올릴 수 있는 데까지 신속히 건져 올리쥬? 날씨가 시시각각 나빠지고 있는디…"

"이거 완전 특종이네…"

이상홍이 휴대전화를 꺼내 금속괴 사진을 찍어댔다.

"뭐 하려고?"

순석이 들뜬 목소리로 물었다.

"인증샷! 아, 여기저기 카톡 날려야지. 드디어 백금괴가 나왔다고. 페이스북에도 올리고!"

"아, 잠깐!"

이도형이 이상홍에게 다가가며 크게 소리쳤다. 사람들의 시선이 이도형에게 쏠렸다.

"아무래도 지금부터 정보통제, 보안통제에 들어가야 할 것 같습니다."

"보안통제요?"

"1981년도던가. 일본 쓰시마섬 인근에서 민간인들이 많은 양의 금괴를 싣고 침몰한 것으로 알려진 제정 러시아 발트함대 보급선 나히모프호 선체와 백금괴 17개를 발견한 적이 있습니다. 그런데 이 소식이 알려지자 옛 소련이 소유권을 주장했죠. 국제법상으로는 러시아 소유가 맞습니다. 그러자 일본인들은 발견한 것이 백금괴가 아니었다고 발표하고 인양을 중단했죠. 우리도 그런 일이 일어나지 말라는 법이 없으니 신중에 신중을 기해야 합니다. 물론 우리가 건질 금괴들은 일본이 타국에서 약탈한 것들이기에 나히모프호와 달리 일본 정부는 국제적 비난 때문이라도 소유권 주장을 하지는 못하겠지만 대신 약탈을 당한 중국이나 다른 동남아 국가들이 소유권을 주장할 가능성이 큽니다."

사람들의 얼굴에서 웃음기가 사라졌다.

"좀 불편하겠지만, 일단 밖으로 자유로이 연락을 취하는 방법에 제한을 둬야 할 것 같습니다."

"어떻게유?"

"핸드폰을 모두 걷어 한 사람이 관리하도록 하는 것이 좋을 것 같습니다. 급한 전화가 걸려오면 관리자가 받아 말을 전하면 될 테고 전화를 걸 때는 관리자 앞에서만 해야 합니다. 우리 모두를 위한 일이니 불편하시더라도 협조해주시기 바랍니다."

"각자 스스로 입단속을 하면 되지 굳이 핸드폰까지 걸을 필요가 있겠슈?"

안길식이 주머니에서 휴대전화를 꺼내 만지작거리며 말했다.

"아녀, 아녀! 입이란 건 결코 믿을 게 못 돼. 사람들이 누군가에게 너만 알고 있으라고 하고 비밀을 말해주면 며칠 지나면 온 나라 사람이 다 알게 되잖어. 확실히 해두는 게 좋아."

박판돌이 이도형의 말을 거들었다.

이도형이 이윤정을 전화기 관리자로 지명하고 나서 주머니에서 휴대전화를 꺼내 이윤정에게 건넸다.

"자, 모두 휴대폰하고 충전기 가져다 약사 선생에게 맡겨요."

다시 금속괴 인양작업이 시작되었다. 저녁 늦게까지 격실의 개흙을 완전히 치우고 4개의 금속괴를 추가로 인양했다.

파도가 점점 높아지고 있었다.

늦은 저녁을 먹고 난 사람들이 회의실로 모여들었다.

"아까 건진 백금괴 말유. 언제 어디로 보내 감정을 하실 건가유?"

이하민이 이도형에게 물었다.

"글쎄? 아무래도, 빠를수록 좋겠지? 아니, 보안상, 건질 수 있을 만큼 건져낸 뒤 한꺼번에 하는 것이 좋을까? 소문나지 않게 은밀히 감정할 곳을 찾아야 할 것 같은데…. 내일 날씨를 보고 결정합시다."

이도형의 지시로 선장이 조타실 금고에서 금속괴 한 개를 가져왔다. 제일 먼저 안길식이 손에 들고 무게를 가늠했다.

"내가 쓰는 아령보다도 훨씬 무거운디. 백금괴가 틀림없어. 못해도 무게가 10킬로그램은 넘을 것 같어."

이하민이 금속괴를 받아 들었다.

"10킬로가 뭐여, 15킬로는 나갈 것 같은데요. 백금 15킬로그램이면 값이 얼마나 하려나?"

"백금이 황금보다 조금 더 비싸지 아마. 못해도 1그램에 육칠만 원은 할걸?"

"이야. 15킬로그램이면 10억 정도 되겠네이."

"와! 그럼, 우리가 이런 걸 하나 건질 때마다 서울 아파트 한 채씩 건지는 셈이네유."

"그렇지!"

"그런디, 백금치고는 색깔이 좀 이상하지 않어? 때깔이 백금보다는 은이나 다른 금속 같지 않어?"

박판돌이 고개를 갸웃거리며 중얼거렸다.

"아따! 부정 탈 소리 하지 말아유! 아저씨가 언제 백금을 보기나 허셨수?"

"나도 백금 반지 정도는 봤어. 어디 광이 얼마나 나는지 이물질을 제거해보자구."

박판돌이 주방에서 철 수세미를 가져와 시멘트가 달라붙어 있는 듯한 금속괴 표면을 문질렀다.

"아, 살살해요. 지금 떨어져 나간 부스러기만도 백만 원어치는 되겠네."

"조금씩 광이 나는디."

박판돌이 수세미를 내려놓고 금속괴의 회색 이물질이 제거된 부분을 옷소매로 문질러 닦았다. 점점 밝은 빛이 났다.

"확실히 쇠는 아니여. 빛나는 거로 봐서 이건 스테인리스거나 백금이 틀림없어. 그런디 스테인리스는 이렇게 무겁지 않단 말이지."

백금이 아닐 거라며 의심하던 박판돌이 백금 같다는 말을 하자 사람들의 얼굴에 환한 미소가 번졌다. 모두들 "우리는 이제 부자여!"라고 말하는 것 같은 표정들이었다.

"앞으로 이런 게 얼마나 더 나올까?"

"28톤이 실려 있다잖유."

"그런디…, 그 격실은 이미 바닥이 드러났잖여?"

"다른 격실에 나뉘어 실려 있겠쥬. 실을 때 일부러 분산해서 싣지 않았겠슈?"

"김칫국 너무 많이 마시지 마. 어쩌면 이게 전부일지도 몰러."

"박씨 아저씨, 벤즈 먹었슈? 왜 자꾸 김빠지는 소리만 하슈?"

"아니, 난 단지 이럴 때일수록 냉정히 현실을 보자는 거여… 금괴가 앞으로 더 나오지 않고 이거 달랑 다섯 개가 전부라고 해도 오십억인디, 오십억이 김빠지는 결과는 아니지…."

"뭐, 그렇긴 허쥬."

배가 점점 더 심하게 흔들렸다. 커다란 파도들이 뱃전을 때렸다.

"이 사장님, 파도가 점점 높아지는데 어떻게 하죠? 내일 아침까지는 파도가 꽤 높을 거라는디…."

선장이 이도형에게 물었다. 항구로 피항할 것인지 말 것인지에 대한 질문이었다.

"오늘은 그냥 버텨보자고."

이도형은 피항할 마음이 전혀 없는 것 같았다. 아마도 금속괴 때문인 것 같았다. 피항하면 사람들이 배에서 내릴 테니 사람들의 입을 통제하기도 어려웠고, 돌아와서도 다시 앵커링을 해야 하는 등 금괴 인양 준비에만 한나절 정도 시간을 허비할 수밖에 없었다.

⚓

밤 10시쯤, 이윤정이 잠수부 선실로 순석을 찾아왔다.

"동생한테 전화 왔어요."

이윤정이 액정 한쪽이 깨진 휴대전화기를 순석에게 내밀었다. 전화기 뒷면에 '최순석'이라고 쓰인 예쁜 손글씨 라벨이 붙어 있었다.

"파도가 높아 돌아다니기 위험한데. 내일 말해주셔도 되는데…."

하지만 그건 빈말이었다. 어머니나 여동생에게 전화가 걸려오면 순석은 늘 불안했다.

순석은 이윤정 앞에 서서 전화를 걸었다. 신호가 가자마자 순영이 전화를 받았다. 육지에서 꽤 떨어진 바다라서 감이 멀었다. 순석은 큰 소리로 말하지 않을 수 없었다.

"전화했었다며?"

-응. 오빠, 별일 없지?

목구멍에 뭔가 걸려 있는 것 같은 여동생의 목소리.

"나야 잘 지내지. 무슨 일 있냐?"

-엄마가 교통사고가 나셨어.

"뭐? 어머니가?"

-아냐, 아냐! 큰 사고는 아니고 오토바이에 치여 조금 다치셨는다….

"어디를 얼마나 다치셨는데?"

-그게, 왼쪽 정강이뼈가 부러지셨어….

"이런! 그 오토바이, 보험은 들었대?"

-아니 그게, 뺑소니라서….

"뭐, 뺑소니? 어떤 새끼가 사람을 치고…."

순석은 무보험 어선에 뇌를 다친 뒤 제대로 보상을 받지 못한 아버지를 떠올리며 욕을 퍼부으려다가 앞에 있는 이윤정을 의식하고 말을 끊었다.

"지금 어느 병원에 입원해 계시냐?"

-일단, 아빠 있는 이 병원에 입원시켰어. 이 병원이 동네병원보다

병원비가 비싸지만 간병할 사람이 없으니 어쩌겠어. 내가 병실을 왔다 갔다 하며 간병하려고.

"수술비는?"

-그게…. 아버지 이번 달 병원비도 내야 하고 해서, 엄마 퇴원할 때까지 모두 합쳐 한 오백 가까이 들어갈 것 같은데….

순영이 말을 잇지 못했다.

"그래, 그래. 돈 걱정은 하지 마. 돈은 내일 입금해놓을게. 내일 입금하고 다시 연락할게…."

-오빠가 무슨 돈이 있다고…? 통장 텅텅 비어 있던데….

"왜 없어. 그 정도 돈은 있으니까 걱정하지 마. 그리고 이번에…."

순석은 순영에게 이번에 백금괴를 건져 올렸으니 조금만 참으면 고생 끝난다고 말하려다가 참았다. 그 말은 해서는 안 되는 말이었다.

-미안해 오빠….

"네가 미안할 게 뭐 있냐? 내가 미안하지. 조금만 참아. 그러면 더는 고생할 일 없을 거야."

순석은 전화를 끊고 휴대전화기를 이윤정에게 다시 건넸다. 이윤정이 가지 않고 그의 얼굴을 빤히 쳐다봤다. 무슨 일이냐고 묻는 표정이었다.

"어머니가 뺑소니 오토바이에 치여 다리가 부러지셨답니다."

순석은 이윤정에게 사실대로 말했다.

"저런!"

이윤정이 예쁜 얼굴을 찡그렸다.

"한번 가봐야지 않겠어요?"

순석은 아무 대답도 하지 않았다. 가본다고 뭐가 달라질 것인가? 순석은 무엇보다 돈을 어디서 어떻게 마련하나 그것이 걱정이었다.

"돈은 있어요?"

순석은 바로 대답하지 못했다.

"제가 좀 모아놓은 게 있는데 빌려드릴까요?"

"아니…."

순석은 순간적으로 말을 얼버무렸다. 아무리 돈이 급하기로 이윤정한테까지 돈을 빌리고 싶지는 않았다. 하지만 당장 돈이 필요한데 돈을 빌릴 만한 사람이 떠오르지 않았다.

"계좌번호 말해주세요. 모바일 뱅킹으로 바로 입금할 수 있어요."

"고, 고맙습니다."

순석은 이윤정에게 계좌번호를 알려줬다. 이윤정에게 늘 당당한 모습만 보이고 싶었는데, 더욱 초라해지는 느낌이었다.

9월 1일.

거센 폭풍에 마린보이호가 밤새 요동쳤다. 새벽녘이 돼서야 흔들림이 조금씩 잦아들었다.

소변을 보고 난 순석이 다시 잠자리에 누우려는데 몇 사람이 상 갑판 위를 급히 뛰어다니는 발소리가 들려왔다. 평범하지 않은 발소리였다.

무슨 일이 일어났나 싶어 순석이 상갑판으로 나가는데 선실 문이 활짝 열리며 낯선 남자 3명이 나타났다. 괴한들의 손에는 사제 권총이 한 자루씩 들려 있었다.

"쥬싸우!"

외국어였다. 순석은 말뜻을 몰랐지만 위급한 상황임을 직감하고 두 손을 번쩍 쳐들었다.

선원들에 이어 잠수부들, 이어서 여자들이 갑판으로 끌려 나왔다. 잠자다가 끌려 나온 남자들은 대부분 헐렁한 반바지에 메리야스 차림이었다. 이윤정과 김성실은 잠옷 차림이었다. 주방 담당인 박미경은 일찍 일어나서 옷을 갈아입었는지 구겨지지 않은 반바지에 산뜻한 티셔츠 차림이었다. 입술에 붉은 립스틱까지 칠하고 있었다.

작은 어선 한 척이 다이빙덱에 묶여 있었다. 놈들이 타고 온 배였다. 괴한들은 모두 4명이었다.

"여기 책임자가 누구지?"

이마에 칼에 베인 듯한 흉터가 있는 검은 피부의 남자가 조선족 같은 발음으로 인질들에게 물었다. 놈이 대장인 것 같았다.

"접니다."

다른 인질들과 함께 쪼그려 앉아있던 이도형이 자리에서 일어나며 대답했다. 그러자 칼자국이 갑자기 발로 이도형의 배를 걷어찼다.

"윽!"

이도형이 무릎을 꿇으며 앞으로 고꾸라졌다.

"내가 일어나라고 했나? 시키지 않은 행동은 하지 마!"

칼자국이 뒤로 한걸음 물러서며 다시 입을 열었다.

"금괴 인양을 하고 있다고? 그동안 뭔가 건진 게 있을 텐데 어딨지?"

인질들이 서로의 얼굴을 쳐다봤다.

아무도 대답하지 않자 칼자국이 권총을 쳐들더니 총구로 인질들의 머리를 죽 훑어 나아갔다.

"대답 안 하겠다는 건가? 그럼, 누구부터 죽여줄까? 우리가 여기 놀러 온 줄 알아? 우린 저 조그만 배로 어둠과 폭풍을 뚫고 중국에서부터 수백 킬로미터를 달려왔단 말이다."

어젯밤의 그런 폭풍 속으로 저런 작은 어선을 띄웠다고? 순석은 믿기지 않았다. 저런 작은 배가 어젯밤의 폭풍을 뚫고 중국에서 왔다는 것보다, 놈들이 어젯밤의 그런 폭풍 속으로 일부러 배를 띄웠다는 것이 더 믿기지 않았다. 미친놈들!

"자, 누가 먼저 죽을래?"

순석은 괴한들과 눈이 마주치지 않도록 고개를 더욱 푹 숙였다.

하지만 곧바로 뭔가 차가운 것이 이마에 와 닿았다.

"고개 들어!"

칼자국이 사제총 총구로 순석의 이마를 떠밀었다.

"어디에 있지? 말 안 하면 방아쇠를 당기겠다."

순석은 이미 총이라도 맞은 것처럼 머릿속이 하얗게 변하는 느낌이었다. 찰나의 시간이었지만 하나뿐인 목숨과 그의 인생에서 유일한 희망인 백금괴를 놓고 갈등하지 않을 수 없었다.

"자, 5초를 주겠다. 하나, 둘, 셋…."

하얀 머릿속에 근심이 가득한 어머니의 얼굴과 아버지의 얼굴, 순영이의 얼굴이 빠르게 스쳐 지나갔다. 그리고 이윤정의 얼굴….

순석은 고개를 옆으로 살짝 돌려 이윤정을 돌아봤다. 이윤정은 겁에 질린 창백한 표정으로 순석을 쳐다보고 있었다.

"…넷, 다섯!"

"우리는 아직 아무것도 건져 올리지 못했습니다!"

순석은 결국 목숨을 걸고 거짓말을 했다. 침몰선의 금괴는 그의 유일한 희망일 뿐만 아니라 여기 있는 사람들 모두의 희망이었다.

"하핫, 그래? 죽어도 좋다는 걸 보면 뭔가 목숨과 맞바꿔도 좋을 만한 것을 건지긴 건진 모양이군. 그래, 그게 목숨보다 중요하다면, 죽어라!"

칼자국이 사제총의 방아쇠를 천천히 당기기 시작했다. 순석이 어깨를 움츠리며 눈을 질끈 감았다.

"잠깐! 금괴는 조타실 금고에 있어요!"

박미경이 늦지 않게 말하려고 빠르게 외쳤다.

칼자국이 박미경을 돌아보며 순석의 머리에서 총을 거뒀다.

"하핫! 운이 좋은 친구군. 영점일 초만 늦었어도 머리에 커다란 바람구멍이 났을 텐데. 너, 저 여자 덕에 목숨 건진 거야."

잠시 뒤 선장이 칼자국의 감시를 받으며 바퀴가 달린 여행 가방을 힘겹게 끌고 왔다. 백금괴가 든 가방이었다.

괴한들이 인질들을 가두기 위해 상갑판의 제1창고로 데려갔다. 이도형이 열쇠로 창고문을 열자 칼자국이 먼저 창고로 들어가 안을 살폈다.

"이게 뭐지?"

창고 구석에 침몰선에서 인양한 항아리들이 줄지어 놓여 있었다.

"바닷속에서 건진 겁니다."

이도형이 대답했다.

"그건 나도 알아. 안에 뭐가 들어 있냐고?"

"글쎄 그게…."

이도형이 대답을 못 하고 머뭇거리자 칼자국이 쪼그리고 앉아 항아리 하나의 뚜껑을 열어보려 했다. 하지만 뚜껑은 꿈쩍도 하지 않았다. 칼자국이 항아리를 들고 일어나 항아리를 창고 바닥에 내던졌다.

퍽!

항아리가 산산이 깨지며 안에 들어 있던 허연 액체와 생선 알 같은 것이 창고 바닥에 넓게 퍼졌다. 식초 냄새 비슷한 신 냄새가 풍겼다.

발로 내용물을 헤집어보고 난 칼자국이 다른 항아리를 집어 바닥에 내던졌다.

픽!

이번에는 포르말린 냄새가 진동하며 해파리의 다리 같은 것이 수십 개 달린 테니스공 크기의 허연 살덩어리가 튀어나왔다. 지금까지 순석이 한 번도 보지 못한 것이었다. 어떤 동물의 장기나 신체조직 같아 보였다.

칼자국은 항아리를 계속해서 창고 바닥에 던져댔다. 항아리가 깨지는 픽픽 소리가 날 때마다 항아리 안에서 허연 액체와 함께 색깔이나 크기가 조금씩 다른 알, 괴상하게 생긴 벌레, 사람 또는 어떤 동물의 장기조직, 칼로 자른 뇌 조직 같은 것이 쏟아져 나왔다. 어떤 항아리는 내용물이 사라지고 바닷물만 가득 들어 있는 것도 있었다.

침몰선이 인간 생체실험으로 유명한 일본 731 마루타 부대의 병원선이라는 말이 맞는 것 같았다.

칼자국이 이마의 땀을 훔치고 나서 다시 항아리 하나를 집어 들어 바닥에 내던졌다.

픽!

항아리 파편들 위에 새 항아리 파편이 흩어졌다. 그런데 이번 것은 깨지는 소리가 달랐다.

칼자국이 항아리 던지기를 멈추고 발로 항아리 파편들을 헤집었다. 마지막에 깬 항아리 속에 검은 점들이 무수히 찍혀 있는 얼룩덜룩한 실타래가 들어 있었고 그 실타래가 갈색 유리병을 감싸고 있었다. 칼자국이 신발 끝으로 실타래 속의 갈색 유리병을 건드리자 금이 가 있던 유리병이 두 쪽으로 분리되며 안에 들어 있던 누런 두루마리 종이가 모습을 드러냈다.

칼자국이 깨진 병 속에서 두루마리 종이를 꺼내 펼쳤다. 폭 20센티미터, 길이 1미터 정도 되었다.

잠시 두루마리 종이를 들고 살피던 칼자국이 별것 아니라는 듯이 두루마리 종이를 항아리 파편들 위에 툭 내던졌다. 칼자국이 다시 항아리 하나를 집어 깨트렸다. 픽! 그 항아리에서도 허연 액체와 함께 노르스름한 알 같은 것이 쏟아져 나왔다.

남은 항아리 몇 개 중에 다시 하나를 집어 들려던 칼자국이 손을 거두며 두 손을 옷에 문질러 닦았다.

인질들을 창고에 몰아넣은 괴한들은 철문을 닫은 뒤 밖에서 문을 잠그고 불을 껐다.

괴한들의 발소리가 사라지자 창고 안이 소란스러워졌다.

"저 새끼들은 도대체 뭐여? 북한 간첩여?"

"중국 해적 같은데요."

"놈들에게 금괴 다 빼앗긴 겨?"

사람들이 한마디씩 하고 있을 때 이도형은 깨진 항아리 파편 위에 쪼그리고 앉아 항아리 하나에서 나온 두루마리 종이를 살폈다. 창고 벽 한쪽의 작은 창문을 통해 아침 빛이 들어와 두루마리 종이에 빽빽하게 쓰인 연필 글씨가 흐릿하게나마 보였다.

사람들이 이도형의 옆으로 모여들었다.

"한문은 아닌 거 같은디, 이거 일본 글씨쥬?"

"무슨 내용일까유? 이걸 읽어보면 침몰선에 대해 알 수 있지 않을까유?"

몇 사람이 젖은 두루마리 종이를 손바닥으로 받쳐서 바닥이 젖지 않은 곳으로 조심스럽게 옮겼다.

"누구 일본어 할 줄 아는 사람?"

이도형이 사람들을 둘러보며 물었다.

"제가 조금 하는데요."

이윤정이 대답했다.

"어느 정도나?"

"그냥 읽고 쓰는 정도인데요."

"나도 대충 읽고 쓸 줄은 알아. 종이가 마르면 같이 살펴보자고…"

"그런데 좀 이상한데요?"

김성실이 두루마리 종이를 손가락으로 가리키며 말했다.

"뭐가?"

"왜 저걸 병 속에 넣고 또다시 항아리 속에 넣었을까요?"

"중요한 문서니까 그랬겠지."

안길식이 대답했다.

"중요한 문서든 그렇지 않은 문서든, 그냥 항아리 속에만 넣어도 되는데 왜 군이 어렵게 병 속에 넣어 밀봉하고 다시 항아리 속에 넣어 밀봉했냐는 얘기죠?"

"중요한 문서니까 물에 빠져도 젖지 않게 하려고…."

"제 말이 그 말이에요. 저 종이가 물에 빠져도 젖지 않게 하려고 그랬다? 그렇다면 저걸 병에 넣은 사람은 저걸 병에 넣을 때 이미 이 배가 침몰할 걸 알고 있었다는 이야기 아니겠어요?"

"아!"

그럴듯한 의문이었다.

"자자, 이렇게 계속 서 있을 수는 없잖여. 일단 저 끔찍한 것들부터 좀 치웁시다."

"이걸 어디로 치우죠?"

"깨진 항아리 파편들은 창문 밖 바다에 버리고 내용물은…. 아, 저기 양동이와 고무통이 있네. 저기에 쓸어 담아 창고 구석에 놔두자고."

청소를 끝낸 사람들은 하나둘 젖지 않은 바닥 쪽에 자리를 잡고 앉았다.

"너무 상심들 말어. 놈들에게 빼앗긴 것은 28톤의 금괴 중에 겨우 몇 개일 뿐여."

박판돌이 사람들을 둘러보며 위로했다.

"어제는 그게 전부일 수도 있다고 하시더니…?"

창고 문에 귀를 대고 밖의 동정을 살피던 이하민이 투덜거렸다.

"저놈들이 언제 이 배를 떠날까요? 백금괴를 손에 넣었으니 오늘 밤에 떠날까요?"

박미경이 이도형을 보며 물었다.

"글쎄…?"

"그런데, 저 중국에서 온 해적 놈들이 우리가 여기서 금괴 인양 작업을 하는 걸 어떻게 알았을까요? 아, 그거야 소문을 들었다 치고…. 저놈들이 우리가 백금괴를 건져 올린 걸 어떻게 알았을까요?"

사람들의 시선이 의혹을 제기한 이상홍에게 집중되었다.

"우리가 백금괴를 건져 올린 걸 저놈들이 알고 있었다고?"

"저놈들이 우리가 백금괴를 건져 올리자마자 그 즉시 뺏으러 왔잖아유. 어젯밤의 그런 폭풍을 뚫고. 이 배에 목숨과 맞바꿀 만한 뭔가가 있다는 확신이 없었다면 어젯밤의 그런 폭풍 속으로 절대 배 못 띄우죠."

그럴듯한 말이었다. 아니, 맞는 말 같았다.

옅은 어둠 속의 검은 얼굴들이 의심 가득한 눈으로 서로의 얼굴을 쳐다봤다.

"저 혹시…. 혹시나 싶어서 그러는디…. 전화나 무전기로 외부의 누군가에게 우리가 백금괴 건져 올린 사실을 말한 사람 있나? 친구나 친척에게…?"

박판돌이 사람들을 둘러보며 물었다.

"설마…? 우리 중에 놈들과 내통자가 있다고 생각하시는 거유?"

이하민이 그럴 리 없다는 듯이 말했다.

"아니, 내통자라기보다… 누군가와 통화를 하다 말실수로 비밀을 누설해서 그게 놈들의 귀에까지 들어가서…"

"금괴를 건져 올린 이후 누군가에게 전화를 걸었거나 누군가의 전화를 받은 사람이 누구누구지?"

안길식이 이윤정에게 큰소리로 물었다.

"그게….."

난처하다는 듯이 이윤정이 잠시 머뭇거렸다.

"왜 망설여? 이야기해봐!"

"일곱 분인데요. 어제 오후에 손철근, 이하민 아저씨가 통화했고, 저녁때 박판돌, 최순석, 김성실, 박미경, 갑판장님, 기관장님이 통화했는데요."

이윤정의 입에서 사람들의 이름이 튀어나올 때마다 사람들의 시선이 이리저리 옮겨갔다.

"그 외에는?"

"글쎄…. 없는 것 같은데요…"

"없으면 없는 거지, 없는 것 같다고 하면 안 되지. 확실히 말혀."

"없어요."

"통화할 때 모두 옆에 있었나?"

"예."

"혹시 금괴에 대해 이야기한 사람 있었어?"

"그런 분은 없었는데요."

"없다?"

"가만… 어제 핸드폰을 걷을 때 즉석에서 내놓은 사람은 누구누구고, 나중에 가져온 사람은 누구누구지?"

갑판장이 심문이라도 하듯 이윤정에게 물었다.

"핸드폰을 늦게 낸 분은 박판돌 아저씨하고, 또…."

"너도 늦게 냈지?"

이하민이 손철근을 보며 물었다.

"아, 예… 어제는 선실에서 급하게 나오다 보니 핸드폰 대신 리모컨을 가지고 나와서…. 핸드폰을 걷는다는 말을 듣고 주머니를 뒤져보니 주머니 안에 묵직하게 들어 있던 게 핸드폰이 아니라 TV 리모컨이더라고요. 그래서…."

손철근은 당시 상황을 필요 이상으로 자세히 설명했다.

"무전기는 어때요?"

이하민이 선장을 보며 물었다.

"무, 무전기가 어떻다니? 지금 날 의심하는 겨?"

"아니, 선장님을 의심하는 게 아니라, 무전기는 다룰 줄만 알면 아무나 사용할 수 있잖아요. 조타실은 밤이나 낮이나 열려 있고 또 배가 이렇게 멈추어 있을 때는 비어 있을 때가 태반이잖유. 그러니 아무도 없을 때 누군가가 조타실로 들어가 무전기로 외부의 누군가와…. 무전기를 쓸 줄 아는 사람이 누구누구죠?"

"그야, 우리 선원들은 어깨너머로라도 보고 배웠을 테니 쓰려고 마음만 먹으면 누구나 쓸 수 있지 않을까 싶은디…"

선장의 대답에 사람들의 시선이 선원들을 훑었다.

"그런디, 순서로 치면, 우리를 의심하기 전에 외부로 연락할 수 있는 핸드폰 전부를 가지고 있던 사람부터 의심해봐야 하는 거 아녀?"

기관장이 화살을 이윤정에게로 돌렸다.

"저는 아, 아닌데요."

이윤정이 난처하다는 듯한 표정을 짓자 순석이 재빨리 끼어들었다.

"아, 핸드폰은 선장님도 가지고 계시잖유. 비상연락 등을 이유로 선장님 핸드폰은 걷지 않았잖유."

"그만들 둬!"

돌아가는 상황을 묵묵히 지켜보던 이도형이 버럭 소리를 질렀다.

"저놈들이 빼어간 그 금속괴들은 백금괴가 아니야."

"예에?"

"물의 밀도가 1이라면 백금은 밀도가 22.48로, 무게가 물보다 무려 20배 이상 무겁고 황금보다도 조금 더 무거운 게 백금여. 세상에서 가장 무거운 물질 중의 하나가 백금인데, 저건 너무 가벼워. 저게 백금괴라면 무게가 20킬로그램은 나가야 할 텐데 무게가 백금의 절반 정도밖에 안 돼. 은이나 납 같은 다른 금속이라는 이야기지."

"그럼 은괴란 말씀유?"

"아니! 아마도 납에 뭔가를 칠했거나 도금한 것이 아닌가 싶어."

이도형의 말에는 확신이 있었다. 이도형은 잠수부들이 건져 올린 금속괴가 백금괴일 확률이 거의 없다고 단정하고도 사기 저하 등의 이유로 침묵하고 있었던 것 같았다.

"그게 사실이면, 결국 저놈들은 빈손으로 돌아갈 수밖에 없다는 이야긴디, 우리에게 분풀이나 하지 않을는지…?"

박판돌이 새로운 근심거리가 생겼다는 투로 중얼거렸다.

"입조심 해야죠. 저게 뭐든…"

"하지만 우리 중에 내통자가 있다면 입조심을 해봤자…"

이상홍이 다시 의혹을 제기하려다가 말을 끊었다. 출입문 밖에서 발소리가 들려온 때문이었다.

총을 든 칼자국과 중국인 한 명이 출입문을 열었다.

"누가 주방 일을 하지?"

"저, 전데유."

박미경이 손을 들었다.

"나와!"

박미경이 불안한 표정으로 창고 안의 사람들을 돌아보며 밖으로 나갔다.

순석은 놈들이 박미경에게 무슨 나쁜 짓을 하지 않을까 걱정되었다.

순석은 초조한 표정으로 이윤정을 돌아봤다. 만약 놈들이 여자들을 어떻게 해보려고 노린다면 이윤정이 그 첫 번째 목표가 될 게 뻔했다. 배에 탄 세 명의 여자 중 이윤정이 가장 젊고 가장 예쁘고 가장 매력적이었다.

순석의 불안을 아는지 모르는지, 순석과 시선이 마주치자 이윤정은 보일 듯 말 듯한 예쁜 미소를 지어 보였다. 역시 이윤정은 진흙 속에서도 빛나는 진주였다.

순석은 이 안에 놈들을 불러들인 내통자가 있다면 그게 누구일까 생각해보았다.

순석이 믿을 수 있는 사람은 이상홍, 이윤정, 박판돌, 박미경 정도였다. 이윤정을 제외하고는 모두 순석이 이번 일에 끌어들인 사람들이었다. 그리고 또 한 사람, 이도형도 정황으로 보아 괴한들을 이 배로 불러들였을 것 같지 않았다. 침몰선에서 건질 보물의 가장 많은 지분을 가진 사람이 과연 이런 일을 벌일 필요가 있었을까? 다른 사람들에게 나누어줘야 하는 몫과 국가에 내야 하는 20퍼센트의 세금까지 모두 독차지하기 위해 이런 짓을 저지르지 말란 법은 없었지만, 금괴를 육지로 내가는 타이밍을 결정할 수 있는 이도형이 놈들과 공범이라면 현시점은 놈들을 불러들이기에 그리 적당한 때가 아니었다. 며칠 지나면 더 많은 금괴를 건져 올릴 확률도 있고 바다도 잔잔할 테니 그때 공범들을 불러들이는 것이 훨씬 유리했다.

괴한들이 목숨을 걸고 파도가 몰아치는 바다를 건너온 것은 내통자가 이도형이 다섯 개의 금괴를 언제 육지로 내갈지 모르기에 공범들에게 최대한 빨리 오라고 지시했기 때문일 것이다.

이도형까지 제외하면 이제 놈들과 공범일 확률이 있는 사람들은 모두 9명이었다. 선장을 포함한 선원 4명, 잠수부 3명, 김성실.

"이마에 칼자국 흉터가 있는 놈, 어디서 본 듯한 얼굴인데, 혹 아는 사람 없어요?"

항해사가 사람들을 둘러보며 물었다.

"어디서 보다니? 어디서…?"

"글쎄, 그걸 잘 모르겠어요. 기억이 안 나요. 칼자국 흉터는 최근에 생긴 것 같은데…."

그 이야기를 듣는 순간 순석은 머리에 떠오르는 것이 있었다.

"혹시, 그 살인자 아닐까요? 동곤이 형을 살해하고 중국으로 밀항했다는 탈북자? 그놈이 금괴에 미련을 버리지 못하고 중국에서 강도들을 모아 데리고 돌아온 게 아닐까요?"

"아, 맞네, 맞아! 그럴 수도 있겠네."

순석은 이 자리에 최동곤의 이혼한 아내 박미경이 없어서 다행이라고 생각했다.

순석은 전에 서천경찰서에서 본 사진 속의 얼굴을 기억해내려고 애썼지만 기억나지 않았다. 확실한 것은 사진 속 인물의 이마에는 칼자국 흉터가 없었다는 것이었다. 같은 인물이라면 칼자국 흉터는 근래에 생긴 것 같았다.

"그런디, 저놈이 그 살인자라면 우리 중에 내통자가 없어도 말이 되는 거 아녀?"

박판돌이 사람들을 둘러보며 말했다.

"그게 무슨 말유?"

"중국으로 내뺀 그 살인자가 침몰선 발견과 상관이 있다며? 그럼 스스로 찾아왔을 수도 있는 거 아녀?"

"그래도 그렇죠. 우리가 백금괴를 찾았다는 사실을 모른다면 굳이 어젯밤 같은 날씨에 올 필요가…? 아저씨 같으면 이 배에 금이 있는지 없는지 모르는 상황에서 어젯밤처럼 폭풍이 치는 바다에 작은 어선을 띄우겠슈?"

"나야…, 당연히 안 띄우지."

"거 보슈."

"대신, 바다가 거친 날은 해경이나 해군의 감시가 소홀하잖여. 그러니 일부러 그런 날을 잡은 것일 수도 있지."

"아, 그만들 혀유. 이러다 우리 중에 최동곤 씨를 죽인 범인이 있다는 소리까지 나오겠네."

"쉿! 놈들이 와유."

이하민이 입에 손가락을 가져다 대며 항해사의 말을 끊었다.

자물쇠 푸는 소리에 이어 출입문이 열렸다.

칼자국이 손에 들고 온 뭔가를 창고 안으로 내던졌다. 둔탁한 금속음을 내며 창고 바닥에 떨어진 것은 금속괴 반쪽이었다.

"이게 백금이면 이것만 가지고 조용히 사라져주려 했는데 아쉽게도 백금이 아니야. 납이야."

칼자국의 말에 사람들의 시선이 일제히 이도형을 향했다. 이도형의 예상이 적중한 것이다.

"거기, 거기, 두 여자 밖으로 나와."

칼자국이 이윤정과 김성실을 권총 총구로 가리켰다.

"왜, 왜요?"

김성실이 겁에 질린 표정으로 물었다.

"나오라면 빨리 나와!"

이윤정과 김성실이 불안한 표정으로 창고 밖으로 나갔다.

창고 문이 닫히자마자 손철근이 창고 바닥에 떨어져 있는 반쪽짜리 금속괴를 재빨리 집어 들고 창가로 달려가 잘린 단면을 들여다봤다. 다른 사람들도 우르르 창가로 몰려갔다.

"정말 납이네이. 표면과 안쪽의 색이 완전히 다르잖여. 도금은 아닌 것 같고, 납에 니켈이나 뭔가를 얇게 칠한 것 같네."

"사람 헷갈리게 왜 이런 걸 만들어 배에 실었을까유?"

"일본 놈들이 무슨 이유로 적들의 눈을 속이기 위해 선적한 가짜 백금괴 아닐까요? 진짜 금괴는 다른 배로 빼돌리고 이 배에 가짜 금괴를 실어서…."

"그건 밸러스트야."

이도형이 이상홍의 말을 끊으며 담담한 목소리로 말했다.

"밸러스트요?"

"왜 있잖아, 배의 무게 중심이 높으면 폭풍이나 높은 파도에 배가 전복될 위험이 있으니, 배의 무게 중심을 낮추기 위해 배 밑바닥에 쌓아두는 돌이나 쇠 따위의 물건들…."

사람들이 각자의 자리로 돌아가 힘없이 털썩 주저앉으며 창고 벽에 등을 기댔다.

"그런디, 놈들은 어떻게 저걸 잘라볼 생각을 다 했을까유? 우리는 그럴 생각을 하지 않았잖유. 아니, 못한 건가?"

"도적놈들이니 성질이 급하고 과격하겠지…. 가만! 지금 몇 시쥬?"

이하민이 사람들을 둘러보며 물었다. 손목시계를 차고 있는 사람은 선장이 유일했다.

"8시 거의 다 됐어."

"아까 박미경이 놈들에게 불려 나간 것이 몇 시였죠?"

"왜? 한 7시 30분쯤이지 않았을까?"

"그럼 놈들이 저 납덩어리를 들고 온 게 몇 시였죠?"

"한 7시 40분이나 50분쯤…?"

"뭐여? 설마 지금 미경이를 의심하는 겨? 미경이가 우리가 한 이 야기를 듣고 가서 저게 가짜 백금괴라는 것을 놈들에게 말해줘서 놈들이 잘라본 것이다, 이거여?"

박판돌이 고개를 옆으로 흔들며 말을 이어갔다.

"에이, 말도 안 되는 소리! 미경이가 밖으로 나간 지 10여 분 만에 놈들이 저걸 잘라 와서 우리에게 보여줬는디 그게 시간상 가능한 감? 미경이가 밖으로 나가 여기서 들은 이야기를 놈들에게 전하고, 놈들이 어딘가에 놔뒀던 저 가짜 백금괴를 가져오고, 그라인더나 쇠 톱을 찾아 자르고, 자른 금속을 몇 번씩 살펴보고, 서로 의견을 주 고받고, 우리에게 와서 보여주는디 단지 10여 분밖에 안 걸렸다?"

"저는 단지, 여러 가지 가능성을 생각해보자는 거죠."

이하민이 말꼬리를 내렸다.

"씨팔!"

갑자기 박판돌이 손바닥으로 아랫배를 감싸쥐며 자리에서 일어 났다.

"오줌보 터지겠네."

아랫배를 쥐고 쩔쩔매던 박판돌은 결국 창고 구석에 놓여 있는 고무통에 오줌을 눴다. 그 고무통 안에는 항아리에서 나온 이상한 알들과 어느 동물의 신체조직들이 가득 들어 있었다.

박판돌이 오줌을 누고 나자 다른 사람들도 차례로 달려들어 양동이에 오줌을 눴다.

"이거 감방이 따로 없구먼."

"여자들은 어떻게 하지? 여자들이 돌아오면 오줌이나 똥을 누는 문제 말여?"

"씨팔, 어떻게 되겠죠."

한 시간쯤 뒤, 창고에 불이 들어오며 출입문이 열렸다. 출입문 앞에는 총을 든 해적들과 함께 고무 함지박을 든 박미경과 이윤정이 서 있었다.

"아침이에요. 밥을 조금씩 폈어요. 식량을 아끼라고 해서…."

"식량을 아껴? 왜?"

"삐쭈이!"

출입문 밖의 돼지같이 생긴 해적이 권총을 흔들어대며 대화를 중단시켰다.

"그럼 맛있게 드세요."

다시 남자들만을 남겨두고 창고 문이 닫혔다.

김치와 깍두기 반찬으로 대충 아침 식사를 마친 이도형이 불이 켜져 있을 때 살펴보자는 듯이 창고 구석으로 가서 말리기 위해 펼쳐놓은 두루마리 종이 앞에 쪼그리고 앉아 상의 주머니에서 돋보기 뿔테안경을 꺼내 착용했다.

"뭐라고 쓰여 있슈?"

"글쎄…. 빠르게 휘갈겨 쓴 글씨라 글자를 알아보기조차 어렵네.

한 자 한 자 읽어서는 뜻을 파악하기 어려울 것 같고, 일본어에 능통한 사람이 전체 문맥을 살펴봐야 대충 해석이 가능할 것 같은데…. 훼손된 부분도 꽤 있고…."

다시 창고 문이 열리고 권총을 든 괴한들이 안으로 들어왔다.

"잠수부, 자리에서 일어나!"

칼자국의 지시에 순석을 비롯한 잠수부들이 하나둘씩 자리에서 일어났다. 그런데 손철근만은 여전히 그대로 자리에 앉아 있었다.

"어이, 당신이 선장이라고 했지?"

칼자국이 사제총으로 선장을 가리키며 물었다.

"예."

"어이, 아저씨는 직책이 뭔가?"

"기관장인데요."

"아저씨는?"

"갑판장입니다."

"아저씨는?"

칼자국의 사제총이 이도형을 가리켰지만 이도형은 대답하지 않고 칼자국의 얼굴을 올려다봤다.

"어이, 하는 일이 뭐냐니까?"

"여기 총책임자입니다."

칼자국이 눈싸움이라도 하듯 이도형을 노려보다가 갑자기 달려들어 배를 걷어찼다.

"으흑!"

느닷없이 배를 걷어차인 이도형이 뒤로 쓰러졌다. 돋보기안경이 벗겨져 바닥에 나뒹굴었다.

순식간에 일어난 일에 모두 깜짝 놀랐다. 40세 정도로 보이는 칼자국이 나이가 열댓 살은 많은 이도형을 별것도 아닌 이유로 힘껏 걷어찬 것이었다.

"나는 두 번 말하는 거 싫어하는 사람이야."

두 손으로 배를 움켜쥔 채 쓰러져 숨을 헐떡거리고 있는 이도형의 얼굴을 밟으려는 것처럼 오른발을 번쩍 쳐들었던 칼자국이 이도형의 얼굴 앞에 떨어져 있는 돋보기안경을 꽉 밟아 뭉갰다. 투둑! 칼자국의 등산화 밑에서 안경이 부러지고 깨지는 소리가 새어 나왔다.

"이렇게 두꺼운 안경을 쓰고 있으니 뵈는 게 없지! 앞으로 이 배에서 조금이라도 반항하거나 필요 없는 인간이 발견되면 배 밖으로 던져버리겠다. 당신! 앞으로도 계속 이곳 우두머리라고 생각하다가는 제명에 못 죽어."

칼자국이 이번에는 손철근의 머리에 총을 겨눴다.

"넌?"

"예?"

이도형이 맞는 것을 본 손철근은 꽤 겁을 먹은 표정이었다.

"넌 이 배에서 뭐 하는 사람이냐고?"

"저는, 저는…. 잠, 잠수부…인데요."

"그래? 그런데 왜 아까 잠수부 일어나라고 할 때 안 일어났지?"

"그, 그게…"

순간 칼자국이 손철근의 배를 발로 걷어찼다. 하지만 발이 날아올 것을 예상한 손철근이 반사적으로 칼자국의 발길질을 피했다.

"어쭈!"

칼자국이 사제 권총을 고쳐 쥐며 총구를 손철근의 이마에 가져다 댔다. 손철근의 표정이 하얗게 질렸다.

"내가 반항하면 어떻게 된다고 했지? 어디 한번 총알도 피해 봐."

타앙!

다음 순간, 옆에 가부좌하고 앉아 있던 항해사가 누군가에게 떠밀리기라도 한 것처럼 뒤로 풀썩 쓰러지며 바닥에 머리를 쿵 찧었다.

순석은 몸이 얼어버린 것처럼 모든 동작을 멈춘 채, 쓰러진 항해사에게 머물러 있던 시선을 옆으로 살짝 돌렸다. 총구에서 연기가 피어오르고 있는 칼자국의 권총이 손철근이 아닌 항해사를 가리키고 있었다. 다시 항해사를 향해 시선을 옮기니 항해사의 머릿밑에서 검붉은 피가 흘러나와 바닥을 타고 흐르기 시작했다. 그제야 누군가의 입에서 비명이 터져 나왔다.

"으악, 으아악!"

비명을 지른 사람은 이상홍이었다. 그러나 이상홍의 비명도 금방 멈췄다. 칼자국의 신경을 건드리면 또 무슨 해코지를 당할지 몰랐다.

"왜 저 사람이 죽었는지 아나?"

칼자국의 총구가 다시 손철근을 가리켰다.

"바로 너와 저 사람 때문이야."

칼자국이 지목한 다른 한 사람은 쓰러져 있는 이도형이었다.

"앞으로도 반항하는 사람이 있으면 반드시 다른 사람 한 명을 처형하겠다. 죽고 싶지 않으면 서로서로 감시 잘해."

놈은 단지, 일어서라고 했는데 일어서지 않았다고 사람을 죽인 것이었다. 그것도 다른 사람을.

순석은 아무것도 생각할 수 없었다. 뇌가 사라져 머릿속이 텅 비어 있는 느낌이었다. 지금 이 상황이 현실처럼 느껴지지 않았다.

"저 사람, 당신들 둘 때문에 죽었으니, 두 사람이 시체 처리해."

칼자국은 이도형과 손철근에게 항해사의 시체를 바다에 던지라고 지시했다가 다시 기관실로 옮기라고 말했다. 시체를 바다에 버리면 놈들이 마린보이호를 떠나기 전에 누군가에게 발견될까 염려되어 그런 것 같았다.

해적들이 창고 안에 갇혀 있던 잠수부들을 두 명씩 선상으로 끌어내 잠수 준비를 시켰다.

놈들은 만약 잠수부들이 도망가면 손철근 대신 항해사를 죽였던 것처럼 선상에 남아 있는 다른 누군가를 대신 죽이겠다고 협박했다. 그러면서 '당근'에 해당하는 조건도 내걸었다. 맨 먼저 금괴를 찾아낸 사람에게는 찾아낸 금괴의 10퍼센트를 주고 나머지 사람들에게도 얼마씩의 금을 나눠주겠다고 했다.

첫 잠수조는 순석과 박판돌이었다. 두 사람이 잠수복을 입고 물 속으로 뛰어들자 잠수장비를 착용하고 있던 해적 한 명이 뒤따라서 물속으로 뛰어들었다.

순석은 침몰선 안으로 따라 들어와 주변을 얼쩡대는 해적 잠수 부의 목을 졸라 죽이고 싶은 충동을 느꼈지만 선상에서 총을 들고 지키고 있는 놈들 때문에 그럴 수 없었다.

해적 잠수부는 작업자들을 줄곧 감시할 거라는 순석의 예상과 달리 침몰선 안팎과 작업현장을 둘러본 뒤 출수했다.

해적 잠수부가 사라지자마자 박판돌이 작업 격실의 천장을 손가 락으로 가리켰다. 격실 천장에는 잠수부들이 내뱉은 공기가 밖으로 빠져나가지 못하고 고여 있는 에어포켓이 있었다.

순석이 천장의 공기층 안으로 머리를 들이밀자 박판돌이 따라와 입에서 호흡기를 떼어내며 말했다.

"씨팔, 어떻게 하지? 우리가 도망가면 놈들이 정말 남아 있는 사 람들을 죽일까?"

"아까 저 개새끼들이 항해사 아저씨 죽이는 걸 직접 보고도 그 런 소릴 허슈."

"우리가 지금 남들 목숨 걱정할 때가 아니잖여. 너나 나나 언제 항해사처럼 죽을지 몰러…. 나중에 후회하지 말고 도망갈 수 있을 때 도망가는 겨. 어머니, 아버지, 그리고 순영이 생각해보라고…."

하지만 순석의 머릿속에 떠오른 것은 가족들이 아니라 선상에 있는 이윤정과 박미경이었다. 자신이 도망감으로써 박미경나 이윤정이 놈들에게 살해되기라도 한다면 평생 죄책감에 시달리며 지옥 같은 삶을 살게 될 게 뻔했다.

"아저씨! 설사 우리가 여기서 잘 도망쳐서 놈들의 시야에서 벗어났다고 쳐유. 그다음은유? 우리가 이 망망대해에서 구조될 확률이 얼마나 되겠슈?"

"구조될 확률…?"

"전에 배가 침몰해 조난당했던 아저씨 친구분 있잖유, 임정현 씬가? 그분 경험담도 못 들었슈. 파도가 겨우 이삼 미터 일고 있었을 뿐인데 바다 위에 떠서 아무리 소리를 지르고 두 손을 흔들어도 일이백 미터 코앞으로 지나가는 배들이 자신을 발견하지 못하더라고. 그때 그 배들은 실종자 수색을 하느라 눈에 불을 켜고 바다를 살피고 있었잖유. 그랬는디도 그런디…."

"그렇긴 허지…. 구조된다는 보장이 없는 게 문제긴 허지…."

박판돌이 고개를 끄떡였다.

도망갈 수 없다면 작업을 재개해야 했다. 물속에서 일하는지 그렇지 않은지는 물 밖에서도 쉽게 알 수 있었다. 침몰선에서 개흙을 제거하기 위해 리프팅 작업을 하면 흙탕물과 공기가 함께 수면으로 떠올라, 누런 바닷물이 부글부글 끓는 것처럼 보였다.

A조 다음으로 잠수한 B조도 시간이 되자 물 밖으로 모습을 드러냈다. 역시 도망가지 못한 것이다. 그건 C조도 마찬가지였다.

저녁때가 되자 남자들이 갇혀 있는 창고로 이윤정과 김성실, 박미경이 밥을 날라왔고, 여자들도 다시 창고에 갇혔다. 여자들은 낮에 주방에 갇혀 밥을 짓고 음식을 만들고 설거지를 했다고 했다.

밤이 찾아왔지만 창고 안에 갇혀 있는 사람 그 누구도 쉽게 잠들지 못했다. 순석은 눈만 감으면 칼자국에게 살해되던 항해사의 모습이 선명히 떠올라왔다. 우는 것인지 박미경만이 가끔 훌쩍거리는 소리를 냈다.

그나마 다행인 것은 항해사가 살해될 때 여자들이 창고 안에 있지 않았고 처참한 시체도 보지 않은 것이었다.

'그런데 칼자국은 왜 아무 잘못도 하지 않은 항해사를 총으로 쐈을까?'

순석의 머릿속에는 항해사가 죽기 전에 했던 말, 칼자국을 어디서 본 것 같다고 했던 말이 계속 맴돌았다. 항해사는 끝내 기억해내지 못했지만 혹시 항해사와 칼자국 간에 어떤 악연이 있었던 건 아닐까?

노 랑

9월 2일.

아침이 밝자 해적들이 다시 박미경과 이윤정, 김성실을 밖으로 불러내 주방으로 데려갔다.

여자들이 밖으로 나가자마자 순석은 어두운 창고 구석에 놓여 있는 고무통으로 달려가 참았던 오줌을 눴다. 순석이 양동이에서 물러나자 다른 사람들도 차례로 고무통과 양동이에 참았던 오줌을 눴다.

"씨팔, 나는 똥도 마려운디… 어? 이게 뭐지?"

양동이에 오줌을 누고 난 안길식이 양동이 안을 들여다보며 중얼거렸다.

"벌써 구더기가 생겼나…?"

"뭐가 있는데 그래요?"

오줌 눌 차례를 기다리던 이상홍이 안길식처럼 허리를 숙이고 양동이 속을 들여다봤다.

"이게 뭐여? 머리카락, 하얀 머리카락 같은 게 꿈틀꿈틀 움직이는데요."

이상홍과 안길식이 놀란 표정을 하고 뒤로 주춤 물러났다.

"고무통 속의 알이 부화했나봐요. 내용물이 팍 줄었잖아요. 알 일부는 빈껍데기만 남았슈….."

"에이, 말도 안 되는 소리! 75년이나 된 것인디….."

사람들이 하나둘 자리에서 일어나 두 사람 쪽으로 몰려갔다.

순석 역시 허리를 굽히고 어둠침침한 창고 바닥을 살폈다. 정말 머리카락처럼 가늘고 긴 것들이 양동이 속은 물론 양동이 주변에 쫙 깔려 있었다. 어떤 것은 흰 머리카락처럼 허연색이었고 어떤 것은 회색이었다. 그 머리카락처럼 생긴 것들이 느리게 몸을 꿈틀거려 사방으로 퍼져나가는 중이었다.

"에이 씨팔, 이게 뭐여? 벽에도 덕지덕지 붙었는디요."

그때, 빗방울이라도 떨어지듯이 뭔가가 순석의 머리 위로 툭툭 떨어져 내렸다. 위를 올려다보자 이번에는 뭔가가 얼굴로 떨어져 내렸다. 순석은 얼굴에서 꿈틀대는 것을 엄지와 검지 손톱으로 잡아 떼어내 눈앞에 대고 들여다보았다. 흰 머리카락 같은 것이 손끝에서 꿈틀거리고 있었다.

"에이씨! 도대체 이게 뭐여?"

순석은 손을 흔들어 머리카락 벌레를 손가락 끝에서 떼어낸 뒤 재빨리 뒤로 이동하여 상체를 숙이고 머리를 손으로 탈탈 털어댔다.

"에이 씨발!"

"도대체 이게 뭐지? 왜 사람을 향해 떨어지는 거지?"

이상홍이 천장을 올려다보며 중얼거렸다.

천장에 붙어 있는 머리카락같이 생긴 벌레들은 아래에 사람이 없으면 결코 떨어져 내리지 않았다. 천장에 붙어서 사람이 있는 쪽으로 꿈틀꿈틀 움직이다가 열대지방의 산거머리들처럼 밑에 사람이 있을 때만 일시에 후드득 떨어져 내렸다.

사람을 향해 달려드는 벌레들을 그대로 둘 수는 없었다. 순석은 티를 벗어 머리를 감싼 뒤 하나뿐인 비로 천장을 반복해 쓸어댔다. 다음으로 이상홍이 벽을 쓸어 청소했고, 손철근이 바닥을 쓸었다.

비로 쓸어 모은 머리카락 모양의 벌레들은 쓰레받기에 담아 창문 밖 바다에 버렸다. 고무통에 들어 있는 부화하지 않은 알들도 모두 창밖에 버렸다.

칼자국이 깬 항아리에서 나온 검은 점들이 무수히 찍힌 실타래와 두루마리 종이에 붙어 있던 머리카락 벌레들은 이도형이 일일이 손으로 떼어내 제거했다.

대청소가 끝나자 순석이 이상홍을 밝은 창가로 데려갔다.

"아까 저거 몇 마리가 내 머리로 떨어졌는디, 아직도 머릿속에서 꿈틀대는 기분여."

이상홍이 순석의 짧은 머리카락을 헤치며 살폈다.

"너 뒤통수에 새치 있다."

"뭐? 아얏!"

순석은 뒤통수에서 이상홍이 한 번에 머리카락을 열 개쯤 뽑는 듯한 날카로운 통증을 느꼈다.

"이런 제기랄!"

이상홍이 인상을 쓰고 있는 순석의 눈앞으로 손을 내밀었다. 순석의 머리에서 뽑아낸 머리카락 벌레가 그의 엄지와 검지 손톱 사이에서 꿈틀거리고 있었다.

"피 빨아먹는 벌레인가? 도대체 이게 뭐여?"

이상홍이 주머니에서 라이터를 꺼내 불을 붙여 꿈틀거리는 머리카락 벌레에 가져다 댔다.

치지직!

생김새뿐 아니라 타는 냄새도 머리카락 타는 냄새와 비슷했다.

─

해적들은 잠수부들에게 하루 3시간씩 수중작업을 시켰다. 작업 교대는 기존과 달리 수중이 아닌 선상에서 이루어졌다. 입수하는 시간, 출수하는 시간을 제외하면 실제 작업시간은 2시간 30분 정도였다.

이틀 전까지만 해도 순석이 힘든 수중작업을 마치고 밖으로 나가면 이윤정이 기다리고 있다가 웃는 얼굴로 따뜻한 커피를 타주곤 했는데 이제는 총을 든 해적들이 기다리고 있었다.

저녁 식사 후 해적들은 박판돌을 창고 밖으로 데리고 나가 기존에 잠수부들이 쓰던 20인용 선실 출입문 바깥쪽에 문을 잠글 수 있는 빗장을 용접해 달았다. 그리고 인질들의 숙소를 그 선실로 바꿔줬다.

대형 선실이 창고보다 월등히 좋은 점은 안에 화장실이 있다는 것이었다.

9월 3일.

순석과 박판돌이 수중작업 첫 번째 조였다.

침몰선 안으로 들어가자마자 박판돌이 순석을 작업 격실 천장의 에어포켓 안으로 이끌었다.

"우리 중에 놈들과 내통하는 내통자가 있을지도 몰라서 사람들이 모여 있는 데서는 어떤 말도 하기가 조심스러워. 우리가 살아남으려면 역시 놈들을 처치할 수밖에 없을 것 같어."

"어떻게유?"

"기회는 우리가 물속에 있을 때뿐인 것 같어. 에어리프팅을 하여 흙탕물을 피워 물속에서 열심히 작업하고 있는 것처럼 보이게 한 뒤 놈들 몰래 물 위로 올라가는 겨. 놈들은 대부분 배 뒤의 갑판에 모여 시간을 보내니 배의 앞쪽이나 옆쪽을 통해 갑판으로 올라가면 들키지 않을 겨."

"배의 앞이나 옆은 뱃전이 너무 높아서 물속에서는 손이 닿지 않는디 어떻게…?"

"그러니 기회를 봐서 미리 뱃전에 밧줄을 묶어놔야지. 아! 이렇게 하면 더 쉽겠네. 놈들 중에 한 놈이 우리를 따라 물속으로 들어왔을 때 물속에서 그놈을 먼저 죽이고 선상으로 올라가 나머지 세 놈을 처치하는 겨. 네 놈보다는 세 놈이 처리하기 쉬울 거 아녀."

누군가를 죽인다는 말을 듣자 순석은 꽤 긴장되었다.

"언제 기회가 올지 모르니, 뱃전에 밧줄을 묶어두는 등 사전작업을 철저히 해놓고 때를 기다리자고. 이 이야기는 너만 알고 있어야 혀. 누가 내통자인지 알아내기 전까지는 누구도 믿어서는 안 돼."

"알, 알았슈."

우려하던 일이 일어났다.

잠수를 마치고 올라온 순석이 갑판에서 잠수복을 벗으려는데 어디선가 여자의 날카로운 목소리가 들려왔다. 저압 컴프레서를 비롯해 여러 대의 기계에서 나는 시끄러운 기계음 때문에 대화 내용까지는 알아들을 수 없었지만 분명 심상치 않은 목소리였다.

"하지 말아요!"

갑판 모퉁이를 돌아가 조타실 뒤의 선실 쪽을 올려다보니 짜증을 내는 듯한 박미경의 목소리가 조금 더 선명히 들려왔다.

"싫다는데 미친 사람처럼 자꾸 왜 이러는 거냐고?"

순석은 앙칼진 목소리를 쫓아 텅텅텅 소리를 내며 빠르게 철계단을 뛰어 올라갔다. 순석이 층계참에 다다르자마자 박미경이 왼쪽 선실에서 복도로 뛰어나왔다. 티셔츠가 가슴께까지 밀려 올라가 유방 밑 부분이 그대로 드러나 있었다.

순석을 본 박미경이 급히 뒤돌아서며 옷을 추슬렀다. 곧 선실 안에서 칼자국이 손에 권총을 든 채 밖으로 나왔다. 박미경이 칼자국을 피해 복도 밖으로 뛰어나와 순석의 등 뒤로 숨었다.

칼자국이 침으로 번들거리는 입술을 권총 쥔 손의 손등으로 훔치며 걸어와 순석을 향해 권총을 겨눴다.

"이렇게 마음대로 돌아다녀도 되나?"

"이게 무슨 짓입니까?"

순석이 버럭 소리를 질렀다.

"내가 너한테 뽀뽀라도 했나? 왜 네가 지랄인데?"

칼자국이 권총으로 순석의 가슴을 꾹 찔렀다. 순석이 칼자국을 노려보며 그대로 버티고 있자 박미경이 순석의 팔을 잡아 뒤로 끌어당겼다. 통로가 확보되자 칼자국이 비웃듯이 피식 웃으며 순석의 앞을 지나쳐 철계단을 터벅터벅 걸어 내려갔다.

박판돌과 다른 해적들이 철계단 밑으로 몰려와 지켜보고 있었다. 칼자국은 그들도 본체만체하고 그들 사이를 빠져나가 모퉁이를 돌아 사라졌다.

"무슨 일이야?"

순석은 박판돌이 묻는 말에 대답하지 않고 박미경을 쳐다봤다.

"개 같은 새끼!"

박미경이 욕을 하며 계단 바닥에 침을 퉤 뱉고 나서 손등으로 입술을 닦았다.

9월 4일.

수심 40미터 물속에서 3시간 동안 작업하고 나와 몸이 녹초가 된 순석은 저녁을 먹자마자 곯아떨어졌다가 한밤중에 깨어났다.

방 한쪽이 환하게 밝았다. 불빛은 이윤정이 뒤집어쓰고 있는 얇은 이불 속에서 번져 나오고 있었다. 이불 속에 잠수용 손전등을 켜놓은 것 같았다.

"잠 안 자고 뭘 하십니까?"

잠이 덜 깬 상태에서도 순석의 입에서는 표준말이 튀어나왔다.

이윤정이 이불 밖으로 고개를 내밀었다.

"순석 씨, 깼어요. 불빛이 신경 쓰이죠? 이걸 좀 읽어보려고요."

이윤정이 들여다보고 있던 것은 침몰선에서 건져 올린 항아리에서 나온 두루마리 종이였다. 두루마리 종이의 일본어를 번역하여 노트에 옮겨 적고 있었던 것 같았다.

"일본어를 잘하시나 봅니다?"

"그냥 조금 읽을 줄 알아요."

"거기 뭐라고 쓰여 있습니까?"

"항해일지…. 아니, 공식적인 기록은 아니고 개인의 일기에 더 가까운 것 같아요. 그런데 일부분이에요."

"일부분요?"

"항해하는 동안의 기록 전체가 아니라 1945년 5월, 배가 침몰하기 직전 며칠간의 일을 기록해놓은 것 같아요."

"그때 무슨 특별한 일이 있었나? 금이나 보물이 어디에 얼마만큼 실려 있는지 적혀 있으면 좋을 텐데요."

"그러게요. 그런데 문제는 글씨가 손으로 흘려 쓴 것인 데다 옛말이 많아 내용 파악이 쉽지 않아요. 종이가 훼손되거나 글씨가 지워져 알아보기 어려운 부분들도 꽤 있고요. 일본어 사전이라도 있으면 좋을 텐데 노트북까지 빼앗겨서…. 제 실력으로는 독해가 아니라 완전 암호해독 수준인데요."

"어디까지 읽었습니까?"

"앞부분 조금요."

이윤정의 말대로, 그녀 앞에 펼쳐져 있는 공책에는 연필 글씨가 첫 장 반 페이지 정도 채워져 있을 뿐이었다. 첫 줄은 '소화 20년 5월…'로 시작되고 있었다.

"여기에 무슨 이야기가 적혀 있는지 궁금한데, 뭔가 나오면 제게도 좀 알려 주세요."

"그럼요. 당연하죠."

이윤정이 예쁘게 미소 지으며 말했다.

이윤정은 어쩌면 말도 저리 예쁘게 할까. '당연하다'라는 말에 순석은 자신이 이윤정에게 특별대접을 받는 사람 같아 기분 좋았다.

—

9월 5일.

아침밥을 먹은 순석이 갑판으로 불려 나가 잠수 준비를 하는데 바람의 방향이 바뀌며 어떤 고약한 악취가 풍겨왔다.

"이게 무슨 냄새쥬?"

순석의 질문에 박판돌이 해적들을 쳐다보며 더욱 인상을 썼다.

"무슨 냄새겠어? 개새끼들!"

생각났다. 언젠가 맡아본 냄새였다. 틀림없이 시체가 썩는 냄새였다. 기관실 어딘가에 숨겨놓은, 살해된 항해사의 시체에서 풍겨 나오는 냄새가 틀림없었다. 누군가가 시체를 건드린 것 같았다.

순석과 박판돌이 파도 속으로 뛰어들어 깊은 어둠을 향해 뻗어 있는 인도줄을 잡고 침몰선으로 내려가고 있는데 머리 위쪽에서 풍덩 하는 소리가 들려왔다.

'뭐지?'

하지만 물이 흐려 물 밖에서 비쳐드는 허연 하늘빛 이외에는 아무것도 보이지 않았다.

잠시 뒤, 머리 위쪽에 허연 것이 나타나더니 두 사람 쪽으로 빠르게 다가왔다. 그 허연 것은 마대 자루였고 마대 자루 밑에 커다란 쇳덩이가 매달려 있었다. 시체가 든 불룩한 마대 자루가 무거운 쇳덩이에 이끌려 두 사람의 옆을 빠르게 지나쳐갔다. 마대 자루는 거센 조류에 떠밀리며 깊고 어두운 물속으로 사라졌다.

분노가 일었다.

'개새끼들! 다 죽여버리고 말겠어!'

"제기랄! 오줌을 그냥 싸버렸네."

다이빙덱에서 갑판으로 올라온 박판돌이 잠수복을 벗으며 모두가 들으라는 듯이 투덜거렸다.

나체로 다이빙덱에 쪼그려 앉아 잠수복을 바닷물에 몇 번 헹구고 난 박판돌이 물이 뚝뚝 떨어지는 잠수복을 들고 갑판을 왔다

갔다 했다. 곧 손가락 굵기의 밧줄을 찾아 든 그는 배의 중간쯤으로 가서 난간에 밧줄을 묶어 빨랫줄을 만들어 잠수복을 널고 다시 선미로 돌아왔다.

"오늘은 웬일로 잠수복을 그리 소중히 다루는 거유?"

하지만 박판돌은 상기된 얼굴로 해적들을 힐끔 쳐다봤을 뿐 순석의 질문에 아무 대답도 하지 않았다.

다음 날 오전.

작업시간이 되자 박판돌은 빨랫줄에서 마른 잠수복을 걷고 나서 빨랫줄의 한쪽만을 풀어 난간 너머로 집어 던졌다.

'아!'

박판돌의 행동을 본 순석의 등줄기에 전율이 일었다. 박판돌은 물속에서 갑판으로 타고 올라올 밧줄을 설치한 것이었다.

이제 거사를 치르는 일만 남았다. 해적 잠수부가 침몰선의 작업 상황을 살피기 위해 그들을 따라 바닷속으로 들어오는 날이 놈들의 제삿날이었다.

'그런데 내가 과연 사람을 죽일 수 있을까?'

9월 6일.

간조와 만조의 차가 가장 큰 사리 때라서 바닷물의 흐름이 성난

강물처럼 빨랐다. 6시간 간격으로 있는 정조 시간을 맞추다 보니 오전 10시가 넘어서 첫 번째 조인 C조가 입수했다.

A조인 순석과 박판돌은 교대시간이 되지 않았는데 입수하라는 지시를 받았다. B조가 수중에서 공기호스를 여러 번 잡아채는 비상 신호를 보낸 탓이었다.

두 사람은 바다 밑으로 뻗어 있는 인도줄을 타고 급히 하강했다. 침몰선 철판 구멍을 통과해 몇 개의 빈 격실을 거쳐 작업 격실로 다가갔다.

리프팅 작업에 쓰이는 흡입관들이 개흙을 빨아들이는 대신 실내의 흙탕물을 빨아들여 밖으로 내보내는 물갈이를 하고 있었다.

흙탕물이 짙게 깔린 개흙 위에 엎드려서 무엇인가를 하고 있던 이상홍과 안길식이 순석을 보자마자 손가락으로 이상홍의 발밑을 가리켰다. 이상홍에게 다가간 순석이 허리를 굽히자 흙탕물 속에서 사람 머리 모양의 뭔가가 어른거렸다. 손을 뻗어 더듬어보았다. 머리가 울퉁불퉁하고 귓불이 늘어진 조각상이 만져졌다. 불상 같았다.

A조가 B조 작업에 가세했다. 네 사람이 장갑 낀 손으로 조심스럽게 개흙을 파헤쳤다.

50센티미터 크기의 좌불이 온전히 형체를 드러내기도 전에 불상 옆의 개흙 속에서 다른 골동품들이 추가로 모습을 드러냈다. 청동 그릇, 촛대, 주전자 같은 것들이 무더기로 쌓여 있었다.

박판돌이 개흙을 파내다 말고 다른 잠수부들에게 따라오라는 신호를 했다.

박판돌이 세 사람을 데려간 곳은 개흙 제거작업이 이미 끝난 옆 격실 천장의 에어포켓이었다. 사람들이 차례로 공기층 안으로 머리를 들이밀고 입에서 호흡기를 떼어냈다.

"저게 뭐지?"

박판돌이 바닷물을 퉤퉤 뱉어내며 물었다.

"일본 놈들이 중국이나 우리나라에서 약탈한 문화재 같은디…."

"어떻게 하쥬?"

"글쎄? 저게 뭐든 지금 건져 올리면 놈들이 다 가져갈 거 아녀."

"잘 판단해야 혀유. 문화재는 정말 골칫거린디…."

이상홍이 사람들이 무엇인가를 놓치고 있다는 듯이 말했다.

"골칫거리?"

"금괴와 문화재는 우리에게 의미가 크게 달라유."

"뭐가?"

"초잔마루는 일제강점기 때의 배라서 문화재도 아니고, 초잔마루 안에 있는 금괴는 아무나 건져 올려도 돼요. 처리에 있어서도 건져 올린 금괴의 20퍼센트만 국가에 내면 되고. 하지만 초잔마루 안의 문화재는 상황이 크게 달라요. 문화재는 발견 즉시 문화재청에 신고해야 하고 마음대로 발굴하거나 한 점이라도 빼돌렸다가는 교도소에 가게 돼요."

"맞어. 예전에 바다에서 그물로 건져 올린 도자기들을 몰래 팔았다가 감옥 간 어부들 꽤 있지."

"더 큰 문제는, 금괴는 약탈한 금을 녹여서 만든 것이니 어디에서 약탈한 것인지 확인이 어렵지만 문화재는 달라요. 어느 나라 어디에 있던 것인지 어렵지 않게 알 수 있어요. 문화재를 약탈당한 나라는 당연히 문화재 반환을 요구할 테고, 또 금괴와 문화재가 같은 침몰선에 실려 있었던 것을 근거로 자기네 나라에서 약탈당한 것이라며 금의 소유권도 주장할 거예요."

"그런 소유권 분쟁이 생기면 국제법상으로는 어떻게 되지?"

"아니, 시방 그게 문제유? 지금 급한 건 저 위에 있는 해적들에게 저런 걸 발견했다고 알려야 할지 말아야 할지, 그거 아뉴. 알리면 놈들이 우리에게 모두 건지라고 해서 가져갈 테고, 안 알렸다가 들키면 죽이느니 살리느니 할 테고…."

"순석이 말이 맞어유. 지금은 찾지도 못한 금괴 걱정할 때가 아녀유. 위에 있는 놈들이 문제지. 어떻게 하죠?"

"혹시 여기 저놈들과 내통하고 있는 사람 있나?"

박판돌이 사람들을 둘러보며 물었다.

"설마, 우리 중에 그런 사람이 있겠슈?"

"그려, 내 생각도 그려. 우리 중에는 그런 배신자가 없을 거라고 난 믿어. 이걸 나중에 어떻게 처리할지는 그때 가서 생각하기로 하고, 해적들에게는 절대 넘겨줄 수는 없다는 겨."

"만약 놈들이 내려와 본다면유?"

"그러기 전에 저것들을 놈들의 눈에 뜨이지 않을 만한 곳으로 옮기는 건 어떨까?"

안길식이 끼어들었다.

"그게 가능할까? 최소 며칠은 걸릴 텐디…."

이상홍이 뒤를 돌아보며 자신의 공기호스를 손으로 움켜잡았다.

"놈들이 밖으로 나오라고 공기호스를 잡아채는데요. 의심받지 않으려면 그만 나가봐야 할 것 같아요."

"그래. 일단 B조는 나가라고. 하지만 이런 게 나왔다는 사실은 이 사장님은 물론 그 누구에게도 말하면 안 돼. C조에게는 내가 몰래 말할게. 우리 잠수부들만 알고 있는 이 사실을 해적들이 알게 된다면 그건 우리 중에 놈들과 내통하고 있는 내통자가 있다는 이야기겠지…."

박판돌의 말에 다시 사람들이 서로의 얼굴을 쳐다봤다.

"아, 그리고 B조. B조가 비상 신호를 보내고 늦게 나온 이유는 펄 속에서 크고 무거운 철판이 나와 여러 사람 힘이 필요했기 때문이라고 둘러대. 알겠지?"

B조는 출수했고 순석과 박판돌은 작업 격실로 이동했다.

순석과 박판돌이 불상을 개흙 속에서 꺼내 선체 밖으로 옮겨놓고 다시 작업 격실로 돌아오는데 지상에서 누군가가 순석의 허리에 묶여 있는 공기호스를 네 번 툭툭툭툭 잡아챘다. 비상 신호였다. 아마도 좀 전에 출수한 잠수부 누군가가 놈들 몰래 보낸 신호 같았다. 해적 잠수부가 밑으로 내려오니 대비하라는 경고 같았다.

순석과 박판돌은 작업 격실 안에 일부러 더욱 짙은 흙탕물을 피웠다.

20분쯤 지나서 해적 한 명이 작살을 앞세우고 침몰선 안으로 들어왔다. 해적 잠수부는 작살을 출입구 쪽에 내려놓고 작업 격실의 바닥을 두 손으로 더듬어대며 흙탕물 속을 돌아다녔다. 그러다 급기야 순석의 바로 앞에서 촛대 하나를 찾아내 손전등 불빛에 비추어 보았다. 해적 잠수부가 미소를 짓는 순간 해적 잠수부의 등 뒤로 검은 그림자가 다가왔다. 그리고 곧바로 해적 잠수부의 허리 뒤쪽에서 굵은 공기 방울들이 부글부글 치솟기 시작했다.

"컥컥!"

해적 잠수부가 사레라도 들린 것처럼 기침을 해대며 공기 방울이 치솟고 있는 등 뒤를 살펴보려고 머리를 뒤로 돌린 채 제 자리에서 빙글빙글 돌았다. 그의 등 뒤에 묶여 있는 공기호스가 반쯤 잘려 기역 자 모양으로 꺾여 있었고 그곳에서 공기 방울들이 쉴 없이 흘러나오고 있었다. 박판돌이 양철가위로 해적 잠수부의 공기호스를 자른 것이다.

손으로 등 뒤의 잘린 공기호스를 만져보고 상황파악을 한 해적 잠수부가 몸을 돌려 흙탕물 저편의 박판돌을 향해 달려들었다. 순석도 놈을 향해 곧장 몸을 날렸다.

흙탕물 속에서 놈이 박판돌의 목을 팔로 감아 조르며 박판돌의 오른손에 들려 있는 양철가위를 빼앗으려고 했다. 순석이 놈의 머리를 뒤로 잡아당기자 놈이 순석의 얼굴을 팔꿈치로 가격했다.

픽!

물안경에 여러 개의 금이 가 시야를 가렸다.

놈에게 팔을 잡힌 채 목이 졸린 박판돌이 양철가위를 흙탕물 속으로 떨어트리자 놈이 박판돌의 입에서 호흡기를 뽑아내 자신의 입에 물었다.

"음음으흡…."

박판돌의 입에서 공기 방울과 함께 신음이 흘러나왔다.

순석은 놈에게 다시 달려들어 목을 두 팔로 끌어안고 힘껏 졸랐다. 놈이 몸부림치며 순석의 호흡기를 잡아챘다. 호흡기가 입에서 쑥 뽑혀나가며 짠 바닷물이 입안으로 밀려 들어왔다. 그때 뭔가 뾰족한 것이 순석의 엉덩이를 쿡 찔렀다. 순석은 재빨리 왼손을 엉덩이 밑으로 뻗어 더듬었다. 가늘고 뾰족한 것이 잡혔다. 아까 해적 잠수부가 집어 들었다가 놓친 청동 촛대였다. 순석은 끌어안고 있던 놈의 목을 놓으며 청동 촛대를 두 손으로 단단히 움켜쥐고 놈의 목을 향해 촛대의 뾰족한 끝을 힘껏 찔러 넣었다.

푹!

촛대가 잠수복을 뚫고 들어가 목뼈에 부딪히는, 끔찍하면서도 짜릿한 감촉이 생생히 느껴졌다. 한 번, 두 번, 세 번, 네 번. 순석은 촛대를 반복해 놈의 목에 힘껏 찔러 넣었다. 하지만 더는 숨을 참을 수 없었다. 놈의 손에 쥐어져 있는 호흡기를 빼앗아 허겁지겁 입에 물었다. 급히 공기를 빨아들이자 공기와 함께 바닷물이 기도로 울컥 넘어왔다.

"컥컥컥!"

순석이 폐를 토해낼 것처럼 기침하는 사이 해적 잠수부가 다시 순석의 호흡기를 움켜쥐었다. 순석은 호흡기를 빼앗기지 않기 위해 한 손으로 입에 물고 있는 호흡기를 움켜쥐며 거꾸로 쥐고 있는 촛대를 망치처럼 휘둘러 놈의 얼굴을 후려치려고 했다. 하지만 흙탕물보다 더 진한 붉은 핏물이 시야를 가렸다. 금이 간 물안경과 핏물 때문에 앞이 전혀 보이지 않았다. 촛대를 잘못 휘두르면 박판돌이 크게 다칠 수도 있었다.

순석이 몸을 옆으로 조금 이동하자 시야를 가리고 있던 핏물이 얼굴을 비켜났다. 깨진 물안경을 통해 다시 약간의 시야가 확보되었다. 청동 촛대로 해적 잠수부의 얼굴을 내려치려던 순석은 동작을 멈췄다. 더는 공격을 할 필요가 없었다. 놈은 이미 온몸을 축 늘어트리고 있었다. 놈의 목에서 붉은 피가 흘러나와 점점 색깔을 잃어가며 주변으로 번지고 있었다.

놈의 입에서 호흡기를 빼내 입에 문 박판돌이 컥컥 기침하며 순석의 손을 잡아 이끌었다. 순석은 박판돌을 따라 옆 격실로 가서 천장의 공기층으로 얼굴을 들이밀었다.

"푸아! 컥컥컥!"

입에서 급히 호흡기를 빼낸 박판돌은 눈물까지 흘려가며 한참 동안 기침을 해댔다.

"제길! 바닷물을 한 바가지는 먹었네! 빨, 빨리 움직여야 혀! 지금 바로 위로 올라가서, 놈들을, 놈들을 모두 처치해야 혀. 이제 놈들은 세 명뿐이여. 당장, 당장 올라가자고."

순석은 입에 호흡기를 문 그대로 고개를 끄떡이고 나서 다시 물속으로 잠수했다.

작업 격실 입구에 개흙 먼지를 뒤집어쓴 각종 연장이 가지런히 놓여 있었다. 순석은 커다란 도끼를 집어 들었고 박판돌은 해적이 가져와 놓아둔 작살을 집어 들었다.

무기를 앞세운 채 침몰선을 빠져나간 두 사람은 침몰선에서 마린보이호로 이어져 있는 인도줄을 타고 상승을 시작했다. 두 사람은 느슨해진 공기호스가 수면에 떠오르는 걸 방지하기 위해 공기호스를 사려가며 상승했다.

수면까지 10미터 정도를 남겨두고 두 사람은 준비해 간 끈으로 공기호스 중간 부분을 인도줄에 묶었다. 그리고 곧장 인도줄을 벗어나 침몰선에 묶여 있는 닻줄을 타고 마린보이호의 앞쪽으로 올라갔다.

두 사람은 선수 쪽 배 밑에 바짝 붙어 선상의 동태를 살폈다. 인기척이 느껴지지 않았다. 순석이 먼저 물 밖으로 고개를 내밀었다.

'어?'

크게 당황하지 않을 수 없었다. 박판돌이 배의 난간에 묶어 배 밖으로 늘여놓았던 빨랫줄이 보이지 않았다.

'반대쪽인가? 아니, 분명 배의 좌현이었는데…'

박판돌도 그가 직접 설치해놓은 밧줄이 보이지 않자 몹시 당혹스러워했다. 두 사람이 입수하기 직전까지만 해도 분명 뱃전에 밧줄이 걸려 있었는데 한 시간 사이 밧줄이 사라진 것이다.

이제 갑판으로 올라가는 방법은 선미의 다이빙덱을 통하는 방법밖에 없었다. 하지만 그곳에는 총을 든 해적 세 놈이 버티고 서서 바닷속에 들어간 동료가 나오길 눈이 빠지게 기다리고 있을 터였다.

최악의 상황이었다. 이미 해적 한 놈을 죽였기에 계획을 바꾸거나 미룰 수도 없었다.

"이제 어쩌죠?"

순석이 입에서 호흡기를 떼며 낮은 목소리로 물었다.

순석의 얼굴을 빤히 쳐다보던 박판돌이 다시 잠수하자는 손짓을 했다.

"어쩌려고요?"

박판돌은 어떤 말도 없이 먼저 물속으로 모습을 감췄다.

두 사람은 공기호스와 인도줄을 타고 조류를 거슬러 힘겹게 침몰선으로 내려갔다.

작업 격실 안의 펄 위에 엎어져 있는 해적 잠수부의 시체로 다가

간 박판돌이 공기 방울이 부글부글 새고 있는 공기호스를 시체의 허리에서 잘라내 분리한 뒤 시체를 밖으로 끌어냈다. 순석이 박판돌을 따라가려는데 박판돌이 해적 잠수부의 공기호스를 순석의 손에 쥐어줬다. 그가 시체를 처리하는 동안 선상에서 무슨 신호가 오면 대응하라는 의미 같았다.

박판돌 혼자서 시체를 끌고 흙탕물 속으로 모습을 감췄다.

초조한 시간이 흘러갔다.

'왜 이렇게 오래 걸리는 거야? 시체를 도대체 어디에 감추기에…?'

박판돌은 작업시간이 거의 다 끝나갈 무렵에 돌아와 순석을 옆 격실 천장의 에어포켓 속으로 데려갔다.

"씨발, 일이 더럽게 꼬였네."

"어떻게 하죠?"

"어쩌겠어. 상어가 나타났다고 하자고. 작업을 마치고 올라오는데 커다란 백상아리가 나타나 그 해적 놈을 물어갔다고 하자고. 전에 여기서 너와 이상홍이가 커다란 백상아리와 맞닥뜨렸었다며?"

"믿어줄까요?"

"어떻게든 믿게 해야지…."

"시체는 어떻게 하셨어요?"

"수색이 벌어질지 몰라, 찾기 어려운 곳에 잘 감춰놨어."

"떠올라서 놈들의 눈에 띄지는 않겠죠?"

"걱정 말어. 빨리 서두르자구."

순석은 어떤 핑계를 어떻게 댈지 자세히 입을 맞추고 싶었는데 박판돌은 호흡기를 물고 곧장 잠수해버렸다.

순석은 양철가위와 도끼를 작업 격실 앞에 원래 있었던 대로 놔두고 서둘러 통로 쪽으로 갔다.

죽은 해적 잠수부의 잘린 공기호스를 쥐고 침몰선 밖으로 뚫려 있는 통로 입구로 가서 멈춘 박판돌은 공기호스를 천천히 잡아당겼다. 공기호스가 어느 정도 팽팽해지자 그는 공기호스를 세 번 툭툭 잡아챘다. 출수한다는 신호였다. 신호를 받은 갑판에서 공기호스를 천천히 잡아당겨 사리기 시작했다.

해적 잠수부가 천천히 상승하고 있는 것처럼 공기호스를 천천히 풀어주던 박판돌은 어느 순간 통로 입구 턱에 오른발을 디디며 해적 잠수부의 공기호스를 빠르게 잡아당기기 시작했다. 처음에는 공기호스가 술술 끌려오더니 곧 공기호스가 끊어질 듯이 팽팽해졌다. 줄다리기라도 하듯 팽팽한 공기호스를 힘껏 잡아당기던 박판돌이 한순간 공기호스를 놓았다. 공기호스가 흙탕물 속으로 빠르게 끌려 나갔다. 휘리리릭!

박판돌이 다시 물속으로 끌려가는 공기호스를 두 손으로 움켜 쥐었다. 곧바로 공기호스가 끊어질 것처럼 팽팽해졌다. 이번에는 선상에서 공기호스를 풀었다. 공기호스는 절대로 끊어져서는 안 되는 잠수부의 생명줄이다. 바닷속 상황을 모르는 선상에서 공기호스를 무리하게 잡아당길 수는 없었다.

박판돌은 마치 낚시에 걸린 커다란 물고기와 힘겨루기라도 하듯 해적 잠수부의 공기호스를 풀어줬다가 비정상적으로 잡아당기길 반복했다.

박판돌이 선상 사람들과 줄다리기를 하는 사이 순석은 자신의 공기호스를 툭툭툭툭 잡아채서 비상사태가 발생했음을 선상 사람들에게 알렸다.

박판돌이 쥐고 있는 공기호스가 다시 팽팽해졌는데도 이번에는 선상에서 공기호스를 풀지 않았다. 선상 사람들은 어떤 위험에 처해 있는 해적 잠수부를 어떻게 해서든 빨리 물 밖으로 끌어내는 것이 최선이라고 판단한 것 같았다.

박판돌이 꼭 쥐고 있던 공기호스를 완전히 놓았다. 잘린 공기호스가 공기 방울을 부글거리며 수면을 향해 빠르게 끌려나갔다.

순석과 박판돌은 곧장 인도줄을 타고 상승을 시작했다. 그들은 이번에도 상승하는 것을 갑판에 있는 사람들이 알지 못하도록 공기호스를 사려가며 상승했다.

수심 10미터 부근까지 올라간 두 사람은 그곳에서 10분쯤 머물며 감압하다가 공기호스를 툭툭툭 잡아챈 뒤, 사려서 끌어안고 있던 공기호스를 일시에 풀어놓았다. 그리고 다시 3분쯤 기다리고 있다가 잡고 있던 인도줄을 놓고 동시에 수면을 향해 빠르게 오리발을 차기 시작했다. 몸이 조류에 떠밀려가며 5미터 감압선을 빠르게 지나쳐 수면을 향해 솟구쳐 올라갔다.

곧 밝은 빛이 머리 위에서 일렁이더니 상체가 물 밖으로 치솟아 올랐다가 다시 물속으로 내려앉았다.

순석이 입에서 호흡기를 빼내며 다급하게 외쳤다.

"백상아리다! 빨리, 빨리요!"

순석은 일부러 크게 허우적거리며 몇 미터 떨어져 있는 다이빙덱을 향해 헤엄쳤다. 다이빙덱 위에 서 있던 이도형이 순석의 공기호스를 빠르게 잡아당겨 그를 물 밖으로 끌어냈다.

"박씨 아저씨, 아저씨를 끌어내요!"

사람들이 순석에 이어 박판돌을 급히 다이빙덱 위로 끌어 올렸다.

순석은 다이빙덱에서 갑판으로 올라온 뒤에도 깨진 물안경을 쓴 그대로 숨을 헉헉 몰아쉬며 상어에게 쫓겨 올라온 것처럼 뱃전 아래 일렁이는 바다를 살피는 연기를 했다.

"뭐야? 어떻게 된 거야?"

이도형이 물었다.

"커다란 백상아리…. 전에, 초잔마루를 발견하던 날 여기서 마주쳤던 그놈이 해적 잠수부를 물어갔어요. 해적 잠수부가 먼저 침몰선 구멍 밖으로 빠져나갔는데 밖에서 기다리고 있던 놈이 순식간에 달려들어 해적 잠수부를 물고 흙탕물 속으로 사라졌어요. 엄청나게 큰 바로 그놈이…"

겁먹은 표정의 사람들이 바다 이쪽저쪽을 살펴댔다.

하지만 이도형은 바다 대신 해적 잠수부의 잘린 공기호스 단면을 의심스러운 눈초리로 살폈다.

순석이 배의 중간 좌현 쪽으로 시선을 돌리니 누군가의 잠수복이 걸려 있는 빨랫줄이 눈에 들어왔다. 뱃전에 걸려 있어야 할 밧줄이 사라진 이유가 바로 그것이었다.

"물안경은 왜 깨졌냐?"

언제 다가왔는지 선장이 순석이 벗어서 손에 들고 있는 물안경을 쳐다보며 물었다.

"사, 상어를 보고 놀라 급히 도망치다 통로 입구에 부딪혔습니다."

순석의 입에서 사투리가 아닌 딱딱한 표준말이 흘러나왔다.

칼자국과 안길식이 창고에서 꺼내온 밧줄 타래와 커다란 낚싯바늘 수십 개를 갑판에 내려놓았다. 상어낚시 도구였다.

해적들이 마린보이호를 점령한 뒤로 뭍에 나가지 못해 반찬거리조차 부족한 판인데 상어낚시 미끼가 있을 리 없었다. 놈들은 침몰선에서 인양한 항아리들을 마저 깨서 안에 든 살덩이와 장기조직들을 꺼내 커다란 낚싯바늘에 꿰어 바다에 던져놓았다.

9월 7일.

아침 식사 직후 칼자국이 순석과 선장만을 밖으로 끌어냈다.

순석이 갑판으로 나가니 칼자국이 종종 '얼빠이우[二百五]'라고 불러서 인질들 역시 '얼빠이'라고 부르는 해적이 잠수복을 입고 서 있었다.

"최순석, 빨리 잠수 준비해. 오늘은 우리 셋이서 다이빙을 한다. 주빠지에와 선장은 텐더를 보고."

'주빠지에'는 서유기에 나오는 저팔계처럼 생긴 중국인 해적이었다.

"사, 상어는 어쩌고요?"

"밑에 상어가 있다면 낚시 미끼를 물었겠지. 입질조차 없잖아."

순석은 머릿속이 하얗게 변했다.

놈들이 잠수해서 침몰선 안에 골동품이 가득 쌓여 있는 것을 보게 된다면 순석과 박판돌의 거짓말이 탄로 나는 것은 시간문제였다. 놈들이 침몰선 주변을 수색해서 감춰놓은 불상과 해적 잠수부의 시체까지 찾아낸다면… 박판돌은 공기호스의 제한된 길이 때문에 시체를 멀리 가져가지 못하고 침몰선 주변 어딘가에 숨겼을 게 분명했다.

순석은 무슨 수를 생각해내려 했지만 머릿속에 뇌가 아니라 커다란 시멘트 덩어리가 들어 있는 것만 같았다. 확실한 것은 자신이 먼저 바닷속에서 저 두 놈을 죽여야 살 수 있다는 것이었다.

"자, 앞장서."

순석은 잠시 머뭇거리다가 다이빙덱으로 내려가 물속으로 뛰어

들었다. 칼자국과 얼빠이가 뒤따라 바닷속으로 뛰어 들어왔다. 놈들은 손에 창처럼 생긴 작살을 하나씩 들고 있었고 팔에 잠수용 칼도 차고 있었다.

순석은 마린보이호에서 침몰선으로 이어져 있는 인도줄을 잡고 머리가 밑으로 가게 거꾸로 서서 빠르게 오리발을 저었다. 다른 때처럼 허리에 차고 있는 납벨트의 무게를 이용해 몸이 천천히 가라앉게 할 여유가 없었다. 마린보이호에서 침몰선으로 이어져 있는 지름 3센티미터 정도의 인도줄은 조류의 압력으로 활처럼 휘어져 있어 실제 길이는 50미터 정도 되었다.

빠르게 잠수하는 순석의 주변 물빛이 빨주노초파남 순으로 색을 잃어가다가 곧 검게 변했다.

검은 구멍이 괴물 아가리처럼 입을 쩍 벌리고 있는 침몰선 통로 입구에 다다른 순석은 수면 쪽을 올려다보았다. 뒤따라오고 있는 두 개의 헤드랜턴 불빛이 구름 속의 흐린 달빛처럼 보였다.

빈 격실들을 지나서 작업 격실로 다가가자 입구에 여러 가지 연장들이 찾아 쓰기 쉽게 정돈되어 있었다. 연장들은 뿌연 개흙 먼지를 두껍게 뒤집어쓰고 있어 형체만 겨우 알아볼 수 있었다. 작은 망치에서부터 해머, 도끼, 쇠톱, 삽, 괭이, 철장 등. 순석은 지난번처럼 양철가위와 도끼를 집어 들었다.

순석은 놈들을 공격하는 시점이 두 놈 모두가 자신보다 침몰선 안쪽에 있을 때라고 생각했다. 두 놈이 자신의 양쪽에 있을 때 한 놈을 먼저 공격하면 다른 놈이 곧바로 반격할 테고, 두 놈이 자신보다 바깥쪽에 있을 때 한 놈을 먼저 공격하면 한 놈은 수면으로 도망가려 할 터였다. 도망가는 놈이 침착하게 감압 같은 것을 할 리 없으니 그대로 뒤쫓아 가도 위험했고 감압하다가 놈을 놓쳐서 놈이 먼저 마린보이호에 다다라도 위험하긴 마찬가지였다.

놈들이 자신보다 침몰선 안쪽에 있을 때 양철가위로 놈들의 공기호스를 자른 뒤 숨을 쉬지 못해 정신없이 밖으로 나오면 도끼를 휘둘러 차례로 처치하는 게 최선일 것 같았다.

순석은 서둘러 침몰선 통로 입구 쪽으로 되돌아갔다. 입구 밖에서 뒤따라오는 놈들을 기다리고 있었던 것처럼 연기할 생각이었다. 그런데 순석이 통로 입구에 도착하기 전에 놈들이 먼저 입구 밖에 도착했다.

순석은 손에 쥐고 있던 연장들을 급히 통로 입구 안쪽에 감추고 가만히 서서 놈들이 안으로 들어오길 기다렸다.

칼자국이 작살을 앞세운 채 통로 안으로 들어와 순석의 앞을 지나갔다. 그런데 다른 해적 얼빠이는 안으로 들어오지 않고 통로 밖에서 작살을 든 채 안을 살피며 경비를 섰다. 일이 틀어지고 있었다.

칼자국은 텅 빈 첫 번째 격실 안을 돌아다니며 곳곳을 손전등으로 비춰댔다. 청물이 든 데다 작업을 멈춘 지 오래되어 물이 맑아 손전등 불빛이 꽤 멀리까지 뻗어 나갔다. 가시거리가 3미터는 나올 것 같았다.

순석은 입구 쪽에 숨겨놓은 도끼와 가위를 발과 다리로 가리고 서서 초조한 표정으로 칼자국의 행동을 지켜봤다.

격실 안을 살피던 칼자국이 순석 쪽으로 손전등을 비췄다가 이내 두 번째 격실로 통하는 검은 구멍을 비추며 순석에게 앞장서라고 손짓했다.

순석을 앞세우고 텅 빈 두 번째, 세 번째 격실을 살피고 난 칼자국은 다시 뒤돌아 나와 첫 번째 격실에서 반대쪽으로 뚫려 있는 네 번째 격실 안으로 들어갔다.

네 번째 격실을 대충 살피고 난 칼자국이 다섯 번째 격실로 통하는 구멍 안으로 손전등을 비췄다. 다섯 번째 격실에서 아래쪽으로 비스듬히 뚫려 있는 여섯 번째 격실에 꽤 많은 중국 문화재가 쌓여 있었다.

다섯 번째 격실로 들어가 손전등을 비추며 안을 살펴보던 칼자국이 갑자기 동작을 멈췄다. 여섯 번째 격실로 통하는 구멍 옆에 뿌연 개흙을 뒤집어쓰고 있는 여러 가지 연장들이 놓여 있었는데 연장들 사이에 도끼 모양의 자국과 양철가위 모양의 자국이 선명히 찍혀 있었다.

칼자국이 고개를 돌려 순석을 쳐다보는 순간 순석은 재빨리 뒤돌아 네 번째 격실로 달아났다. 무기로 쓸 도끼와 양철가위가 다음 격실인 첫 번째 격실에 숨겨져 있었다. 칼자국이 작살을 든 채 순석을 잡으려고 뒤쫓아 왔다. 첫 번째 격실 통로 밖에서 안을 살피고 있는 얼빠이의 헤드랜턴 불빛이 점점 밝아졌다. 순석이 통로를 향해 급히 다가가자 얼빠이가 뒤로 물러나며 통로에서 떨어졌다.

순석은 첫 번째 격실의 통로 입구에 다다르자마자 감추어놓았던 도끼를 재빨리 집어 들고 칼자국을 향해 돌아섰다. 그런데 바로 그 순간 몸이 뒤로 확 잡아채졌다. 허리가 꺾이며 몸이 순식간에 통로 밖으로 끌려나갔다.

처음에는 얼빠이가 공기호스를 잡아챈 것으로 생각했다. 그런데 아니었다. 몸을 끌어당기는 속도가 너무 빨랐다. 지나가는 배의 어딘가에 공기호스가 걸린 게 아닌가 싶었다.

빠르게 끌려가던 움직임이 멈추는가 싶더니 끌려가는 방향이 갑자기 반대쪽으로 바뀌었다. 끌려가는 속도가 다시 빨라지기 시작했다.

도대체 저 불빛은 뭐란 말인가? 10미터쯤 떨어진 어두운 바닷속에서 어떤 불빛이 이리저리 춤을 추고 있었다.

어둠 속에서 어지럽게 흔들리던 불빛이 순석을 향해 다가왔다. 밝은 빛에 순간적으로 앞이 보이지 않다가 다시 보이는 순간 허연 것이 옆을 스쳐 지나갔다.

'앗, 백상아리!'

5미터는 될 듯한 커다란 식인상어였다. 덩치로 봐서 전에 이곳에서 만났던 그놈 같았다.

멀어져가던 불빛이 다시 방향을 바꿔 춤을 추며 다가오기 시작했다. 상어의 머리에 헤드랜턴이 달려 있을 리는 없었다. 얼빠이의 헤드랜턴 불빛 같았다. 커다란 백상아리가 얼빠이를 입에 물고 있고, 얼빠이가 순석의 공기호스를 움켜쥐고 있는 것 같았다.

불빛이 점점 가까워지며 밝아졌다.

5미터, 4미터, 3미터….

순석은 누운 상태에서 그대로 도끼를 치켜들어 공격 자세를 취했다.

빠르게 다가오던 불빛이 순석의 코앞에서 갑자기 방향을 틀었다. 사람의 검은 형체가 얼핏 보였다가 사라지며 백상아리의 허연 몸뚱어리가 일으키는 물결이 순석의 몸을 떠밀었다.

이때다!

옆으로 스쳐 가는 허연 물체를 향해 힘껏 도끼를 휘둘렀다. 하지만 물의 저항 때문에 헛스윙이었다. 도끼날 끝이 상어의 피부에 몇 센티 스쳤을 뿐이었다.

순석의 도끼날에 상처를 입은 거대한 상어의 움직임이 갑자기 빨라졌다. 멈췄던 순석의 몸이 다시 앞으로 확 끌려갔다. 멀지 않은 곳에서 얼빠이의 조명등 불빛이 심하게 흔들렸다.

끌려가던 순석의 몸이 갑자기 멈췄다. 눈앞에서 어지럽게 흔들리던 얼빠이의 헤드랜턴 불빛도 움직임을 멈췄다. 순석은 백상아리가 다시 다가올 것에 대비해 번트를 대려는 야구선수처럼 도낏자루를 짧게 잡고 공격 자세를 취했다. 그런데 얼빠이의 헤드랜턴 불빛이 10초 가까이 움직이지 않았다. 순석의 공격에 충격을 받은 백상아리가 입에 물고 있던 얼빠이를 내뱉은 것 같았다.

순석은 재빨리 침몰선 안으로 들어가든지 마린보이호로 올라가야 했다. 하지만 침몰선 안에는 작살을 든 칼자국이 있었다.

순석은 조류에 떠밀리지 않도록 인도줄 쪽으로 움직여 가서 인도줄을 타고 상승했다. 그의 공기호스에 매달려 있는 얼빠이도 같이 따라 올라왔다. 놈의 몸 어딘가에서 시뻘건 피가 흘러나오고 있었다. 순석은 놈을 죽여야 한다고 생각했지만, 상어가 언제 나타날지 모르는 상황에서 시간을 허비할 수는 없었다.

순석이 인도줄을 타고 상승하며 공기호스를 반복해 잡아채자 선상에 있던 사람들이 그의 공기호스를 빠르게 끌어 올렸다.

순석은 머리가 물 밖으로 나가자마자 호흡기를 떼어내며 외쳤다.

"상어다, 백상아리!"

다이빙덱 위에 있던 선장과 해적 주빠지에가 순석의 공기호스를 잡아당기고 팔을 잡아당겨 그를 다이빙덱 위로 끌어올렸다.

순석이 물에서 나가자마자 그의 손에 들려 있는 도끼를 주빠지에가 빼앗아 갑판 한쪽으로 내던졌다.

순석의 공기호스를 잡고 끌려 올라온 얼빠이가 수면으로 머리를 내밀었다. 주빠지에가 얼빠이를 건져 올리기 위해 다이빙덱으로 내려갔다. 절호의 기회였다. 순석은 다이빙덱 위에 서 있는 주빠지에를 바닷속으로 떠밀기 위해 비틀거리면서 놈의 엉덩이 쪽으로 급히 다가갔다. 순석이 달려들려는 순간 주빠지에가 재빨리 돌아서며 손에 들려 있는 권총을 순석에게 겨눴다.

밑에서 어떤 일이 있었는지 모르는 선장이 순석의 공기호스를 빠르게 잡아당겨 얼빠이를 다이빙덱 위로 끌어올렸다.

잠시 뒤 바닷속에서 부글부글 거품이 일더니 검은 그림자 하나가 더 나타났다. 칼자국이었다. 칼자국을 보는 순간 순석은 죽었구나 싶었다. 놈은 물속에서 자신을 죽이려 했던 순석을 가만 놔둘리 없었다. 순석은 칼자국이 물 밖으로 나오기 전에 어떤 수든 써야한다고 생각했지만 권총을 든 주빠지에 때문에 어찌해볼 도리가 없었다.

선장이 칼자국을 다이빙덱 위로 끌어올렸다.

선실에 갇혀 있던 이윤정이 불려 나왔다.

이윤정이 가위로 얼빠이의 피투성이 잠수복을 급히 잘라냈다. 오른쪽 허벅지에 수십 개의 상어 이빨 자국들이 있었다. 몸집이 큰 백상아리에게 물린 만큼 이빨 자국들도 크고 깊었다. 느티나무 이파리 같은 모양의 붉은 상처들이 입을 쩍쩍 벌리고 있었다.

"빨리 병원으로 이송해야 해요. 피를 너무 많이 흘렸어요. 수혈을 받지 않으면 목숨이 위험해요."

이윤정이 등 뒤에 서 있는 칼자국을 돌아보며 말했다.

"얼빠이우⋯."

칼자국이 넋 나간 표정으로 입을 반쯤 벌린 채 숨을 헉헉 몰아쉬고 있는 얼빠이를 향해 중얼거리고 나서 이윤정에게 물었다.

"얼마나 버틸 수 있지?"

"예?"

"수혈을 받지 않고 얼마나 버틸 수 있냐고?"

"글쎄요. 전 의사가 아니라서…. 하여튼 이분 목숨을 살리시려면 빨리 병원에 가서 수혈을 받고 치료를 받는 게…."

"지금 이 배에 어떤 약들이 있지?"

"이런 외상을 치료할 수 있는 약은 없어요. 간단한 소독약과 항생제, 압박붕대 정도…."

"그럼 일단 상처를 꿰매."

"예? 저는 의사도 아니고, 이 배에는 상처를 꿰맬 수 있는 의료용 실이나 바늘도 없는데요."

"옷을 꿰맬 때 쓰는 실은 있을 거 아냐. 그걸로라도 일단 꿰매."

"저, 저는 의사가 아니라서…."

"아, 꿰매라면 꿰매!"

칼자국이 버럭 소리를 질렀다.

이윤정이 실과 바늘을 찾아오겠다며 권총을 든 주빠지에를 따라 선실 쪽으로 갔다.

"아까 무슨 수작을 하려 했던 거지?"

칼자국이 순석이 침몰선에서 가지고 올라온 도끼를 집어 들고 순석에게 다가서며 물었다. 그의 표정은 차갑다 못해 잔인하게 보였다.

"예? 무슨 수작이라니요?"

"왜 우리보다 먼저 잠수해 이 도끼를 감춰뒀던 거지?"

"그, 그야, 상어, 상어가 나타날 수 있다는 생각에… 겁이 나서…."

"이 자식이!"

칼자국이 순석의 배를 발로 걷어찼다.

"커억!"

칼자국이 다시 순석을 걷어차려는데 가만히 앉아 눈동자만 굴리던 얼빠이가 급히 손을 쳐들며 소리쳤다.

"어어! 삐에차!"

칼자국이 쳐들었던 발을 내리고 얼빠이를 돌아봤다.

"허쉬?"

얼빠이가 숨을 몰아쉬며 칼자국에게 무슨 말인가를 1분 정도 해 댔다. 칼자국이 순석을 힐끔힐끔 쳐다보며 이야기를 듣는 것으로 보아 순석과 관련이 있는 이야기 같았다.

얼빠이의 이야기를 다 듣고 난 칼자국은 비웃는 듯한 표정으로 순석을 한 번 쳐다보고 나서 도끼를 들고 다이빙덱 쪽으로 갔다.

얼빠이가 칼자국에게 바닷속에서 순석이 상어를 물리치고 자신의 목숨을 구해줬다고 말한 것 같았다. 또 상어의 공격으로 중상을 입은 자신을 순석이 물 밖으로 끌고 나왔다고 말한 것 같았다. 역시 덜떨어진 놈이었다.

바늘과 실을 찾아온 이윤정이 알코올스펀지로 얼빠이의 상처를 소독하고 바늘과 실도 소독했다. 하지만 그뿐이었다. 피가 흘러나오고 있는 얼빠이의 허벅지에 바늘을 꽂지 못하고 얼굴이 창백해졌다.

"뭐 하는 거야? 빨리해!"

칼자국이 다그치자 바늘을 쥔 이윤정의 손가락이 파르르 떨렸다.

"잠깐!"

뒤에서 지켜보던 순석이 끼어들었다.

"제가 할 수 있을 것 같습니다."

"네가?"

"군대 있을 때 의무병이었습니다."

물론 거짓말이었다.

"좋아, 그럼 해봐."

순석은 이윤정에게 다가가 바늘을 건네받았다.

"이런 일자 바늘로는 피부 봉합이 쉽지 않죠."

순석은 펜치를 가져오게 하여 바늘 한쪽을 잡고 라이터를 켜서 바늘을 불에 달군 뒤 낚싯바늘처럼 둥글게 휘었다.

바늘귀에 실을 끼운 순석은 얼빠이의 무릎을 잡은 채 제일 길게 찢어진 상처를 골라 과감히 바늘을 찔러 넣었다. 이놈은 악당이니 아파도 싸다고 생각하자 상대의 고통에 대한 동정심이나 두려움이 사라졌다. 복수하듯, 고문하듯 녀석의 상처를 과감히 꿰맸다.

"아아아아…"

순석이 쪼그려 앉아 얼빠이의 피부를 봉합하는 사이 이윤정이 수건에 물을 축여와 상의 잠수복을 벗은 채 땡볕에 앉아 있는 순석의 어깨와 등을 감싸줬다.

"으으으으…."

순석은 얼빠이의 허벅지 곳곳에 나 있는 쩍 벌어진 상어 이빨 자국들을 약 5밀리미터 간격으로 꿰맸다. 한 시간 동안 100바늘 가까이 꿰맨 것 같았다. 처음에는 익숙하지 않아 꽤 더뎠지만 시간이 흐르자 마치 천으로 된 옷을 꿰매듯 푹 찌르고, 바늘을 쑥 뽑아 올려 벌어진 상처를 꼭 조이고, 두 번 묶고, 가위로 실을 자르는 행위를 해내는 데 10여 초밖에 걸리지 않았다.

의료행위라기보다는 고문 전문가의 고문 행위 같은 무허가 의료 시술이 끝났을 때 얼빠이는 물론 순석의 이마에도 땀이 흥건했다.

"씨에, 씨에…."

자리에서 일어나는 순석에게, 고문을 당한 얼빠이가 중국어로 무슨 말인가를 했다. 표정으로 보아 수고했다거나 고맙다고 말하는 것 같았다.

순석이 얼기설기 꿰매놓은 얼빠이의 상처들을 이윤정이 다시 알코올스펀지로 정성스럽게 소독했다. 입을 반쯤 벌린 채 얼굴을 찡그렸다 폈다 하며 이윤정의 얼굴과 손동작을 번갈아 쳐다보던 얼빠이가 이윤정에게도 순석에게 했던 것과 같은 말을 했다.

"씨에, 씨에."

그 말을 알아들었는지 이윤정이 예의 그 천사 같은 미소를 지어 보였다.

9월 8일.

순석이 낮잠에서 깼을 때 선실 한쪽에 화투판이 벌어져 있었다. 상어 때문에 온종일 선실에만 갇혀 있게 되자 화투판을 벌인 모양이었다.

이윤정은 창가 쪽에 혼자 앉아 침몰선에서 건져 올린 두루마리 종이를 펼쳐놓고 들여다보고 있었다.

순석은 이윤정을 물끄러미 지켜보다 화장실 거울 앞으로 가서 눈곱을 떼고 입 주변의 침 자국을 닦은 뒤 다시 선실로 돌아와 이윤정에게 다가갔다.

"열심히 하시네요."

"어머, 깜짝이야!"

이윤정이 화들짝 놀라며 뭔가를 적던 노트를 재빨리 덮었다.

"왜 그렇게 놀라요? 연애편지라도 쓰고 있었나…?"

순석은 유치한 농담을 하며 이윤정 옆에 쪼그리고 앉았다.

"얼마나 해석했습니까?"

"조금밖에 못 했어요. 실력도 부족한데 해적들 모르게 하느라 저

175

녁에만 틈틈이 할 수 있어서…."

"좀 봐도 돼요?"

하지만 이윤정은 바로 대답하지 않고 순석을 빤히 쳐다봤다. 뭔가 망설이고 있는 것 같았다.

"보면 안 돼요? 정말 연애편진가…?"

"그, 그게 아니라…. 그래, 보세요. 어차피 누군가는 봐야 할 것 같은데…."

이윤정은 무슨 큰 비밀이라도 털어놓는 것처럼 말하며 덮었던 노트를 다시 펼쳐서 순석에게 내밀었다.

"막 써낸 것이라 글씨가 엉망인데…."

"글씨 참 예쁘네요."

소화 20년 5월 17일, 이 글을 써서 남긴다.

소화 20년 5월 7일, 상하이에 정박한 지 이틀째 되는 날 밤이었다.

저녁에 상한 음식이라도 먹었는지 설사 기가 있어 잠을 깼다. 화장실에 갔다가 오는데 밖에서 자동차 엔진소리와 갑판을 오가는 군홧발 소리가 들려왔다. 밖을 살펴보고 싶었지만 준위 이하 하급 간부들과 사병들에게는 야간통행금지 명령이 내려져 있었다.

호기심을 참지 못하고 몰래 밖을 살펴보니 삼엄한 경비 속에 낯선 병사들이 수많은 궤짝을 초잔마루에 싣고 있었다. 그중 넓이와 높이가 1척 정도 되는 궤짝들이 내 관심을 끌었다. 궤짝마다 병사 네 명이 붙어 겨우 옮기고 있었다.

다음 날, 초잔마루가 상하이를 출발했다. 비밀리에 화물을 실었으니 곧장 본국으로 향하리라는 내 예상과 달리 초잔마루는 중국 해안선을 따라 북쪽으로 이동했다. 선원들은 미국 폭격기와 잠수함 때문에 우회하는 것이라고 말했다.

초잔마루는 낮에는 섬이나 해안가 그늘에 숨어 있다가 주로 야간에 항해했다.

중국과 조선의 접경지역인 단둥을 지나며 초잔마루는 다시 정체를 알 수 없는 궤짝 수십 개를 환적했다. 중국 내륙에서 압록강을 타고 내려온 군용 병원선에 실려 있던 화물이었다.

그 직후 초잔마루에 호위함 한 척이 따라붙었다.

초잔마루는 조선의 해안을 따라 남하를 시작했다. 역시 낮에는 해안가나 섬들 사이에 숨어 있다가 밤에만 이동했다. 한강 위쪽은 적의 폭격기가 날아올 수 없는 지역인데 잠수함을 피해서 밤에만 움직이다 보니 항해 속도가 매우 느렸다.

이윤정의 노트를 읽고 난 순석의 얼굴에 미소가 피어났다. 기록대로라면 초잔마루에는 분명 많은 보물이 실려 있었다. 크기가 작은 매우 무거운 궤짝…. 금괴가 든 궤짝이 실려 있는 것이 분명했다.

반면 아쉬운 점도 있었다. 어떤 물건이 어느 창고, 어느 선실에 실렸는지 구체적으로 적혀 있었더라면 좋았을 텐데 그런 내용이 전혀 없었다.

노트를 읽고 난 순석은 이윤정이 노트 공개를 꺼린 이유를 이해했다. 노트에 적힌 내용을 해적들이 알면 좋을 게 없었다. 비밀 유지가 필요했다.

"다 봤나? 다 봤으면 이리 줘봐."

순석이 화들짝 놀라 고개를 쳐드니 언제 왔는지 이도형이 앞에 버티고 서 있었다. 난감한 상황이었다. 순석은 이윤정을 돌아봤다. 하지만 이윤정이 무슨 말을 하기도 전에 이도형이 순석의 손에서 노트를 낚아채 갔다.

이도형은 전등 밑으로 가서 눈을 찡그린 채 노트를 읽었다. 시간이 꽤 걸렸다. 돋보기안경이 없어서 그런 것 같았다. 그의 돋보기안경은 해적들이 마린보이호에 왔을 때 칼자국이 밟아 망가트렸다.

"뭐 새로운 게 없구만…."

이도형이 이윤정에게 노트를 돌려주며 말했다.

"예?"

"이건 우리가 이미 알고 있는 사실이잖아. 초잔마루에 많은 보물과 금괴가 실려 있다는 거."

"아, 예…. 그렇긴 하죠."

"그래도 일단 비밀로 하자고. 놈들의 귀에 들어가서 좋을 게 없으니까."

“예.”

호랑이도 제 말을 하면 온다더니, 발걸음 소리에 이어 출입문 빗장을 푸는 소리가 났다.

권총을 든 주빠지에가 출입문을 열자마자 칼자국이 외쳤다.

“자, 모두 짐을 싸시오! 모두 같이 생활하느라 불편이 큰데, 오늘부터는 방을 나누어 쓰도록 하겠습니다.”

칼자국이 선실 안에 있는 사람들을 이리저리 둘러보더니 몇 사람을 손가락으로 가리켰다.

“당신, 당신, 당신, 그리고 당신. 당장 짐 챙겨서 밖으로 나오쇼!”

해적들은 인질들을 네 명씩 두 번 데리고 나가 두 개의 선실에 나누어 가뒀다. 얼빠이가 중상을 입어 두 명이 된 해적들은 인질들이 한꺼번에 덤벼들 것을 우려해 분산시키는 것 같았다.

하지만 해적들 입장에서 인질 분산이 장점만 있는 건 아니었다. 인질들이 모여 있으면 내통자가 모두를 감시할 수 있는 반면, 인질들이 분산되면 내통자가 속하지 않은 무리는 감시가 어려웠다.

‘해적들은 내통자를 어느 무리에 집어넣었을까?’

순석이 해적이라면 인질들의 수장인 이도형 옆에 붙여뒀을 것이다. 이도형이 내통자가 아닐 경우에⋯. 현재 이도형과 같이 20인실에 그대로 남아 있는 사람은 순석, 이상홍, 이윤정, 박미경이었다.

이런저런 생각을 하던 순석의 머리에 또 하나의 의문이 생겼다.

‘해적들은 왜 여자들을 따로 방을 쓰게 하지 않는 걸까? 그 정도

편의는 봐줄 수 있을 텐데 왜…?'

선실로 다시 돌아온 칼자국은 이번에는 순석과 이윤정만을 데리고 나가 조타실 뒤쪽에 있는, 전에 김성실이 쓰던 작은 선실로 데려갔다.

문이 활짝 열려 있는 선실 안에는 상어에 물려 크게 다친 얼빠이가 누워 있었다. 온몸에 땀이 흥건한 얼빠이는 제정신이 아닌지 손을 휘저으며 헛소리를 해대다 사람들의 인기척에 눈을 번쩍 떴다. 눈빛이 탁했다.

"어떻게 좀 해봐."

칼자국의 지시에 이윤정이 얼빠이의 이마에 손을 대본 뒤 급히 가방 안에서 약봉지를 꺼냈다.

"열이 너무 높아요. 세숫대야에 찬물 떠오고 주방 냉장고에 얼음 있으면 가져와요."

순석이 주빠지에의 감시를 받으며 주방으로 갔다.

주방 냉장고 안에는 국물만 남은 김치통 하나가 달랑 들어 있을 뿐이었다. 냉동실은 아예 텅텅 비어 있었다. 얼음은커녕 얼음 대용으로 쓸 냉동식품조차 없었다. 해적들이 마린보이호를 점령한 뒤로 육지에 나가지 못했으니 당연한 일이었다. 최근 들어 반찬이라고는 얼빠이가 낚시로 잡아 올린 크고 작은 물고기들뿐이었다. 배에 남아 있는 식량은 쌀과 새우젓, 고추장 같은 것들뿐이었다.

순석이 상어에 물린 상처들을 실로 대충 꿰매놓은 얼빠이의 허벅지는 풍선처럼 부풀어 있었고 색깔이 붉다 못해 검푸르게 보였다. 살이 썩는 듯한 냄새까지 풍겼다.

순석과 이윤정이 얼빠이를 위해 할 수 있는 일은 거의 없었다. 열을 내리기 위해 해열제를 먹이고 냉찜질을 하고 상처의 겉에 소독약을 발라대는 것이 할 수 있는 치료 전부였다.

"허락 없이 절대 방 밖으로 나가면 안 돼!"

칼자국이 엄포를 놓고 돌아간 뒤 순석은 출입문을 슬쩍 열어보았다. 잠겨 있지 않았다. 이 방의 출입문에는 밖에서 잠글 수 있는 잠금장치가 없었다.

"어때요? 살 수 있겠어요?"

순석이 헛소리를 해대는 얼빠이를 쳐다보며 이윤정에게 물었다.

"글쎄요…."

얼빠이는 많은 양의 해열제를 먹고도 열이 40℃ 아래로 떨어지지 않았다.

배가 점점 크게 요동치는 게 심상치 않았다. 폭풍이 몰려오는 것 같았다.

이윤정은 얼빠이를 돌보면서 틈틈이 가방 안에서 꺼낸 두루마리 종이를 펼쳐서 들여다보곤 했다. 배가 심하게 흔들리는데도 집중력이 대단했다.

벽에 기댄 채 언제 잠들었는지도 모르게 잠들었던 순석이 눈을 떠보니 이윤정이 근심스러운 표정으로 움직임이 없는 얼빠이의 목에 손을 대고 있었다. 맥박을 체크하는 것 같았다.

"어때요?"

"안 좋아요. 정신을 잃었어요."

"어떻게 하죠? 놈들에게 알려야 하지 않을까요?"

"글쎄요…."

"하긴, 알린다고 달라질 것도 없지…. 얼빠이에게 관심이 있는 놈들이었으면 진즉에 병원으로 데려갔겠죠."

9월 9일.

잠깐만 눈을 붙이려고 선실 구석에 누웠던 순석이 눈을 떴을 때는 아침이었다.

"어? 얼빠이…?"

선실 가운데에 누워 있어야 할 얼빠이가 사라지고 없었다.

이윤정은 벽에 등을 기대고 앉아 두 팔로 감싼 두 무릎에 이마를 대고 엎드려 있었다. 아마도 밤을 꼬박 지새우다가 깜빡 잠든 것 같았다.

순석이 상황을 파악하기 위해 자리에서 일어나는데 이윤정이 고개를 쳐들었다.

"어? 이 사람 어디 갔어요?"

이윤정이 눈을 동그랗게 뜨며 오히려 순석에게 물었다.

선실 밖으로 나간 순석과 이윤정은 복도를 살피고 나서 계단참으로 나가 갑판을 살폈다. 갑판 어디에도 얼빠이의 모습이 보이지 않았다.

철계단을 내려간 두 사람이 상갑판을 대충 둘러보고 하갑판으로 내려가려는데 칼자국과 주빠지에가 선실 쪽에서 올라오다가 그들을 발견하고 권총을 겨눴다.

"뭐야?"

"얼, 얼빠이 아저씨가 사라졌어요."

"뭐?"

놈들 역시 그럴 리가 있겠느냐는 듯한 표정을 지었다.

"언제?"

"글쎄요…, 잠깐 졸았는데 그사이…."

"혹시 너희들, 그 얼빠이우를 어떻게 한 것은 아니겠지?"

"예? 어떻게 하다니요? 우리가 얼빠이 아저씨를 바닷속에 밀어넣기라도 했다는 건가요? 그렇게 걱정되셨으면 밤새 방치할 게 아니라 빨리 병원에 데려갔어야죠."

"뭐야?"

칼자국이 이윤정에게 버럭 화를 내는 순간 선미 쪽에서 동물의 낮은 울음소리가 들려왔다.

꾸엑, 꾸엑….

네 사람이 소리를 따라갔다. 얼빠이가 다이빙덱 위에 앉아 있었다.

"아!"

얼빠이를 본 이윤정이 고개를 옆으로 돌려 외면하며 낮은 신음을 흘렸다.

얼빠이는 아직 숨도 끊어지지 않은 커다란 갈매기의 아랫배에 입을 대고 내장을 질겅질겅 씹어 먹고 있었다. 무릎 위에 선혈이 낭자했다.

얼빠이의 옆에는 낚싯대와 침몰선에서 건져 올린 깨진 항아리 하나가 놓여 있었다. 항아리의 내용물을 미끼로 갈매기 낚시를 해서 잡아먹고 있는 것 같았다.

얼빠이 옆의 깨진 항아리가 눈에 들어오자 순석은 더욱 인상을 찡그리지 않을 수 없었다. 항아리 안에 고양이 머리로 보이는 것이 들어 있었다. 전에 이상하게 행동하던 쥐를 낚아채 간 그 고양이 같았다. 얼빠이가 고양이를 잡아 생으로 뜯어먹고 먹을 수 없는 머리뼈만 남겨 놓은 것 같았다.

"기적이 일어난 것 같아요, 기적이…."

이윤정이 얼빠이의 허벅지 상처를 살피며 중얼거렸다.

고무풍선처럼 부풀어 올라 꿰맨 곳이 터져버릴 것만 같았던 얼빠이의 오른쪽 허벅지가 왼쪽 허벅지와 같은 굵기로 변해 있었다. 붉다 못해 검푸르던 피부색도 거의 정상으로 돌아와 있었다. 염증이 대부분 사라진 것 같았다. 제아무리 좋은 약을 썼어도 상처가 이리 빨리 호전될 수는 없을 것 같았다.

그러나 얼빠이는 몸과 달리 행동은 결코 정상이 아니었다.

얼빠이는 온종일 갑판에 서서, 뜰채로 잡은 작은 물고기를 미끼로 갈매기를 잡아 산 채로 뜯어먹었다. 그런 녀석의 모습은 공포영화 속의 좀비와 별반 다르지 않았다. 녀석은 먹어도 먹어도 계속 배가 고픈 것 같았다.

얼빠이는 날이 어두워져 갈매기들이 날아다니지 않자 그제야 산 채로 잡아놓은 갈매기 한 마리를 손에 쥔 채 조타실 뒤쪽 선실로 돌아갔다.

감시라면 몰라도 얼빠이를 더는 간호할 필요가 없어진 이윤정과 순석은 짐을 챙겨 들고 20인용 선실로 돌아갔다. 인질들이 세 개의 선실에 분산되어 갇혀 있어서 그 선실 안에는 이도형, 박미경, 이상홍 세 사람뿐이었다.

"어, 이상하다?"

이윤정이 두루마리 종이를 손에 든 채 가방을 뒤지며 중얼거렸다.

"왜요?"

"사라졌어요."

이윤정이 손에 들고 있던 두루마리 종이를 선실 바닥에 내려놓고 펼쳤다. 두루마리 종이의 가운데가 찢겨서 둘로 나뉘어 있었다.

"어떻게 된 거야?"

이도형이 민감하게 반응하며 다가왔다.

"내용 일부가 찢겨나가고 없어요."

"어느 부분이? 무슨 내용이 없어졌는데?"

"글쎄…, 그건…. 아직 번역하지 않은 부분이라서…."

사람들이 서로의 얼굴을 쳐다봤다.

"번역하기 전에 대충이라도 살펴봤을 거 아냐?"

박미경이 두루마리 종이와 이윤정을 번갈아 쳐다보며 물었다.

"사실, 번역이라기보다는 암호해독 수준이어서…. 한 자, 한 자, 겨우 해석하고 있어서 번역을 안 한 부분은 저도 어떤 내용이 쓰여 있는지 전혀 몰라요."

"이걸 마지막으로 살펴본 게 언제지?"

이도형이 심문하듯이 물었다.

"오늘 새벽요. 얼빠이가 있는 선실에서 새벽에 잠깐 들여다봤고, 둘둘 말아서 가방 옆에 놔뒀다가 아까 이리로 올 때 가방에 챙겨 넣었어요."

"이걸 가방에 넣을 때 펼쳐봤나?"

"아뇨. 해적들 눈을 피하느라…."

"해적 놈들 중 누군가가 그런 모양이네…. 그런데 왜 다 가져가거나 없애지 않고 일부만 찢어냈을까요? 그 부분에 뭔가 중요한 게 쓰여 있어서 그 부분만 떼어갔나?"

이상홍이 추측을 이야기했다.

"에이. 그럼, 일본어를 할 줄 아는 사람의 짓이라는 건데, 해적놈들이 일본어를 알까?"

순석이 고개를 옆으로 흔들며 말했다. 해적들 중에 일본어를 할 줄 아는 사람이 있다면 전에 항아리 속의 병에서 두루마리 종이가 나왔을 때부터 관심을 보였을 것 같았다.

"그런데 여기 뭐가 쓰여 있는 거죠?"

박미경이 두루마리 종이를 가리키며 물었다.

"궁금하면 윤정이가 번역한 걸 읽어봐. 그 뒤로 좀 더 번역이 되었나?"

"아뇨. 해적들의 눈이 없을 때만 짬짬이 할 수 있는데 계속 사건이 벌어지는 바람에…."

순석은 이윤정의 표정을 살피지 않을 수 없었다. 분명 이윤정은 어젯밤 내내 두루마리 종이를 들여다보며 노트에 뭔가를 열심히 적어댔었다. 그런데 더는 번역한 것이 없다고?

이윤정이 자신의 말을 증명이라도 하려는 것처럼 가방에서 노트를 꺼내 이도형에게 건넸다. 이도형은 그 노트를 그대로 박미경에게 건넸다.

머리를 맞댄 채 노트를 읽고 난 박미경과 이상홍은 순석이 그랬던 것처럼 얼굴에 환한 미소를 지었다.

"이 기록대로라면 초잔마루에 금괴가 실려 있는 게 확실하네요?"

"당연하지! 그럼, 금괴가 실려 있다는 확신도 없이 여기까지 따라온 겨?"

"아니, 그런 건 아니지만요…. 호호."

"그런데 왜 아직 안 나오는 걸까요?"

이상홍이 재차 노트를 살피며 말했다.

"아직 채 10퍼센트도 작업 못 했어. 찾기 어려운 데, 깊숙이 실려 있는 것일수록 귀한 물건이기 마련이야."

"이제 앞으로 어떻게 하죠?"

"어떻게 하다니?"

"금괴를 건져 올리기 전에 먼저 저놈들을 처리해야 할 거 아녀요. 지금 같으면 건져 올려봤자 다 저놈들 차지가 될 텐데…."

"제정신인 놈은 이제 두 놈뿐이니 곧 기회가 오겠지."

"어휴! 금괴도 좋지만, 놈들에게 풀려나면 좀 쉬어야 하지 않겠어요? 모두들 지쳐 있는 데다 잘 먹지도 못하고 있으니… 제명에 못 죽는다면 금으로 짠 수의를 입은들 무슨 의미가 있겠어요."

"그건 안 돼! 올해 작업할 날이 며칠이나 남았다고 쉬어?"

이도형이 이상홍을 향해 버럭 소리를 질렀다. 사람들의 표정이 일시에 굳었다.

눈치를 보던 박미경이 나섰다.

"야, 윤정아! 넌 앞으로 다른 일 하지 말고 그거 번역만 열심히 해라. 주방일은 나와 성실 씨가 할 테니… 아프다고 핑계를 대면 놈들도 그러려니 할 겨. 혹시 아냐. 이 종이에 보물이 어디에 실려 있다고 쓰여 있을는지… 보물이 침몰선 어디에 실려 있는지 알아낸다면 네가 잠수부 수십 명 몫을 하는 셈인 겨."

"알았어요, 언니. 최대한 빨리 해석해볼게요."

9월 10일.

아침이 밝자 칼자국과 주빠지에가 인질들이 갇혀 있는 선실을 돌아다니며 인질들을 끌어내 갑판으로 데려갔다. 갑판에는 죽다 살아난 얼빠이가 권총을 든 채 서 있었다.

'머리가 다시 정상으로 돌아온 건가?'

얼빠이가 말하는 것을 들어보면 정상인지 아닌지 금방 알 수 있을 텐데 놈은 갑판에 서 있는 내내 다른 놈들과 한마디도 하지 않았다. 놈은 어떤 질문이나 대답도 없이 그저 칼자국이 시키는 대로만 행동했다. 마치 좀비처럼.

칼자국이 인질들을 향해 큰 소리로 이야기했다.

"작업을 재개하겠습니다. 다만! 작업 속도가 너무 느리니, 작업

규칙을 바꾸겠습니다. 앞으로는 금괴를 최초로 발견하고 인양하는 사람에게 발견한 금괴의 20퍼센트를 주겠습니다. 어떤 조건도 없이. 그리고 그 나머지를 이 배에 타고 있는 사람들이 똑같이 나누도록 하겠습니다. 물론 여기 있는 우리 세 사람도 여러분과 똑같이 나누어 가질 겁니다. 한 5퍼센트씩, 천억 원씩 말입니다."

인질들이 고개를 옆으로 돌려 서로의 얼굴을 쳐다봤다. 모두 믿을 수 없다는 표정이었다.

"단! 상이 있으면 벌도 있어야 하는 법! 다음 주 수요일 저녁, 일주일 동안 어떤 만족할 만한 성과가 나오지 않았을 경우 그사이 작업에 방해가 되었거나 작업에 가장 소극적이었던 사람 한 명을 골라 처형하겠습니다."

인질들이 자신의 귀를 믿지 못하겠다는 듯이 고개를 좌우로 돌려 다시 서로의 얼굴을 쳐다봤다. '처형'이라면, 한 사람을 골라 죽이겠다고?

"저 궁금한 것이 있는데요?"

이상홍이 손을 들고 물었다.

"말씀 중에, 만족할 만한 성과란 것이 도대체 뭡니까?"

"만족할 만한 성과란, 당연히 우리가 지금 찾고 있는 금괴다. 하지만 그에 준하는 것들, 그게 무엇인지는 몰라도 꽤 값어치가 나가는 다른 물건을 건져 올려도 된다. 그리고 설령 그런 것을 건져 올리지 못했을 경우에도 방법은 있다. 여러분이 우리가 만족스러워할 정도의 성의를 보이면 된다. 여러분이 자발적으로 나서서 작업시간을 두세 배로 늘려 밤낮으로 열심히 작업한다든지…. 그게 뭐든, 하여튼 정말 여러분이 최선을 다하고 있구나, 우리가 감동할 정도의 성의를 보이면 그 주는 처형자가 없을 수도 있다."

칼자국이 인질들의 얼굴을 쭉 둘러보고 나서 다시 입을 열었다.

"오늘부터는 누구누구 잠수를 하라고 강제로 지시하지 않겠습니다. 우리는 이제 거리를 두고 지켜만 보겠습니다. 작업에 참여할 것인지 말 것인지는 각자 스스로가 알아서 판단하세요. 그리고 오늘부터는 조타실 등의 통행금지 구역을 제외하고 숙소와 갑판, 식당 등은 마음대로 오가도 됩니다. 단, 주간에 한해서입니다. 작업시간이 끝나면 기존처럼 누구도 방 밖으로 나올 수 없습니다. 대신, 우리들 누군가에게 조금이라도 위해를 가한다든지, 어떤 선동을 한다든지, 작업에 방해가 되는 행동을 하는 사람이 발견되면 그 즉시 처형하겠습니다."

소름 끼치는 이야기를 마치고 난 칼자국이 앞으로는 정말 지켜만 보겠다는 듯이 갑판 후미 쪽으로 가서 난간에 등을 기대고 섰다. 얼빠이와 주빠지에도 인질들에게서 떨어져 배의 난간 쪽으로 물러났다.

인질들은 어찌할 바를 모르고 웅성거렸다.

"뭘 어쩌라는 거야?"

"저놈들이 일주일 동안 지켜보고 있다가 일주일 뒤에 누가 잘했고 누가 못했는지를 따져서, 마음에 안 드는 사람 한 명을 골라 죽이겠다는 거 아녀."

"그럼 뭐여? 살려면 자기들에게 개처럼 아부라도 해라 이거여?"

"개새끼들! 차라리 그냥 지금 죽이지…."

"자, 작업준비 합시다!"

웅성거리는 사람들 사이에서 이도형이 큰 목소리로 외쳤다.

"자, 잠수부들은 입수 준비하고 갑판장하고 선장은 저압 콤프 점검하고…."

이도형은 당연히 해야 할 일을 하는 사람처럼 아무렇지도 않게 작업 지시를 내렸다. 아니, 오히려 활기까지 있어 보였다. 해적 놈들이 마린보이호에 오기 전의 이도형으로 돌아간 것 같은 모습이었다.

"B조, 잠수 준비해. 윤정이는 가서 그거 번역하고…."

하지만 이윤정은 움직이지 않고 칼자국이 있는 쪽을 힐끗 쳐다봤다.

"정말 우리 마음대로 행동해도 될까요?"

"마음대로 하라고 했으니 놈들이 다시 변덕을 부릴 때까지는 신경만 건드리지 않으면 괜찮을 거야."

물이 꽤 차가웠다. 수온이 낮아 백상아리가 침몰선 주위를 배회

하고 있을 확률은 낮았지만 순석과 박판돌은 침몰선으로 내려가는 내내 경계를 게을리하지 않았다.

작업 격실에는 다양한 중국 골동품들이 며칠 전 그대로 뒤엉켜 있었다. B조는 작업하는 시늉만 한 것 같았다.

박판돌이 작업을 끝낸 B조와 순석을 옆 격실 천장의 에어포켓 속으로 데려갔다.

"어휴, 졸라 춥네. 무슨 이야긴지 빨리 허슈. 조금 더 있다가는 얼어 죽겠슈."

찬물 속에 오래 있었던 탓에 안길식과 이상홍은 입술이 파랬다.

"저 골동품들 말여. 놈들에게 이야기 안 해도 될까? 아직은 우리 잠수부들 여섯 명만 알고 있는 사실인디… 놈들이 뒤늦게 알게 되면 늦게 이야기했다고 우릴 죽이겠다고 지랄하는 거 아닌지 모르겠어."

"아직 시간이 좀 있으니 다음 주까지 상황을 지켜보지유. 정말 누군가를 죽일 것 같으면 그때 골동품 한두 개 건져다 주자고유…."

순석이 생각을 말했다.

"뭐라도 건져다 주면 놈들이 침몰선으로 내려와 보지 않을까? 재수가 없으면 그 전에 밑으로 내려올 수도 있구. 저번처럼 말여."

"아뉴, 그러지는 않을 거유. 한 놈은 상어가 물어가 시체도 못 찾고, 한 놈은 죽다 살아났으니 쉽게 내려오려고 하지 않을 거유. 아까 우리에게 일주일 안에 어떤 가시적 성과를 내놓지 않으면 한 사람씩 골라 죽이겠다고 한 것도 놈들이 여기 바닷속으로 내려와 일의 진척도를 살펴볼 수 없으니 그런 거 아니겠슈?"

"그렇긴 혀도, 지금으로서는 어떤 것도 백 퍼센트 확신할 수 없어. 하여튼, 입을 꾹 다물고 있다가 상황에 따라 대처하기로 하자구. 자, B조 빨리 출수혀."

"그런디, 궁금한 게 하나 있슈."

입에 호흡기를 물려던 이상홍이 박판돌을 보며 말했다.

"뭔디?"

"저번에 해적 잠수부 한 놈 실종된 거, 그거 정말 상어가 물어간 거 맞아요?"

"상어가 물어가지 않았으면?"

박판돌이 민감하게 반응했다.

"저번 사건과 이번 사건을 비교해 보면 이상한 게 있어서요…."

"뭐가?"

"저번에 상어가 그 해적 놈을 공격할 때는 놈의 공기호스가 위아래로만 움직였는데, 이번 얼빠이 때는 큰 고기가 걸린 낚싯줄처럼 지그재그로 막 움직였거든요. 상어도 물고기인데…."

"그래서 뭐?"

"혹시 먼젓번 상어는 가짜가 아니었을까 싶어서…."

"가짜? 아, 말도 안 되는 소리! 그리고 입 조심혀. 이런 얘기가 해적 놈들 귀에 들어가기라도 해봐…."

194

"아, 당연하죠. 누가 해적 놈들에게 이런 이야기를…"

"자, 빨리 출수해."

안길식과 이상홍이 먼저 호흡기를 물고 물속으로 잠수했다.

호흡기를 입에 무는 박판돌을 순석이 물끄러미 쳐다봤다.

"뭐, 하고 싶은 이야기 있나?"

"그 해적 놈 시체는 어떻게 처리했슈?"

박판돌은 순석을 잠시 쳐다보다가 대꾸도 없이 그대로 잠수했다.

초 록

9월 12일.

날이 밝자마자 해적들이 선실문을 열어줬다. 그러면서, "이제 5일 남았습니다. 5일 동안 만족할 만한 성과가 나오지 않으면 한 사람이 죽게 됩니다."라는 말을 되풀이했다.

점심 무렵, 손철근이 갑자기 쓰러져 정신을 잃었다.

손철근은 정신을 잃기 전 3시간 동안 수중작업을 했고, 갑판으로 올라와 침몰선 안에서 자신의 하찮은 실수 때문에 칼자국에게 살해된 죽은 항해사를 만났다는 둥 횡설수설했다. 잠수병 같았다.

손철근을 살리기 위해서는 고압산소치료 장비가 있는 병원으로 신속히 이송해야 했다. 하지만 해적들이 그렇게 하라고 허락할 리 없었다. 죽어가던 동료조차도 그대로 둔 놈들이었다.

"어떻게 하죠?"

이윤정이 난감하다는 듯이 이도형을 보며 물었다.

"할 수 없지. 우리 재압챔버로 옮겨."

"예? 이 배에 재압챔버가 있어요?"

"있긴 있는데…."

사람들이 손철근을 갑판 구석으로 떠메고 갔다. 그곳에는 노란색 물탱크 하나가 누워 있었다. 그게 바로 재압체임버였다. 오래전에 이도형이 물탱크를 개조한 것으로, 테스트를 한 번 해보긴 했다는데 실제로 사용해본 적은 없는 장비였다.

사제 재압체임버의 뚜껑을 열자 안에 간이침대가 들어 있었다. 사람들이 손철근을 간이침대에 누이고 뚜껑을 닫았다.

사제 재압체임버의 밖에는 조잡해 보이는 압력계와 몇 개의 노즐, 밸브 등이 달려 있었다.

용접할 때 사용하는 산소통을 가져다 재압체임버의 노즐에 연결했다.

"용접용 산소를 마셔도 괜찮을까요?"

이상홍이 걱정스럽다는 표정으로 이도형에게 물었다.

"달리 방법이 없잖아. 그리고, 산소면 다 같은 산소지 공업용과 의료용이 따로 있겠어?"

이도형이 압력계를 들여다보며 천천히 밸브 하나를 돌렸다. 압력계의 바늘이 조금씩 움찔거리기 시작했다.

압력계의 바늘이 천천히 움직여 3기압을 가리켰다.

손철근은 고압의 산소가 든 재압체임버에서 1시간 이상 있었는데도 정신을 차리지 못했다.

이도형을 비롯해 몇 사람이 다시 칼자국에게 손철근을 병원으로 이송하게 해달라고 사정하였으나 칼자국은 고개를 옆으로 저을 뿐이었다.

인질들의 감정이 격해지는 것을 느낀 해적들은 이윤정을 제외한 인질들을 권총으로 위협해 다시 세 개의 선실에 나누어 가뒀다.

인질들이 선실에 갇힌 지 1시간쯤 지났을 때, 밖에서 사람들이 이리저리 돌아다니는 발소리가 났다. 또 무슨 심상치 않은 일이 벌어진 것 같았다.

30분쯤 지나서 순석이 갇혀 있는 선실문이 열렸다. 칼자국 앞에 서 있는 이윤정의 표정이 심상치 않았다.

"무슨 일이야?"

이도형이 자리에서 일어나며 선실로 들어서는 이윤정에게 물었다.

"사라졌어요?"

"사라지다니?"

"제가 잠깐 화장실에 갔다 온 사이 손철근 아저씨가 없어졌어요."

무슨 일인지 알아봐야겠다는 듯이 이도형이 출입문 밖으로 나가려고 하자 해적들이 막아섰다. 칼자국이 이윤정을 선실 안으로 밀어 넣고 출입문을 닫았다.

"어떻게 된 거야?"

사람들이 이윤정의 주변으로 모여들었다.

"저도 잘 몰라요. 화장실에 갔다 왔는데 쳄버 문이 열려 있었어요."

"정신이 돌아왔나?"

"글쎄요. 제가 감압쳄버를 마지막으로 들여다봤을 때까지는 의식이 없었어요."

"어디 어디 찾아봤는데?"

"해적들하고 함께 가볼 만한 곳은 다 가봤어요."

"그런데도 찾지 못했다?"

"예."

"개새끼들! 우리가 병원에 보내 달라고 귀찮게 해대니 원인을 아예 제거해버리려고 바다에 집어 처넣은 게 틀림없어."

이상홍이 두 주먹을 불끈 쥐고 분노에 찬 표정으로 말했다.

그건 순석의 생각도 마찬가지였다. 심각한 잠수병에 걸린 손철근은 앞으로의 작업에 방해만 될 뿐 도움이 될 리 없었고 인질들까지 동요하니 놈들이 손철근을 바다에 던져버린 뒤 그가 스스로 도망친 것처럼 열심히 찾는 척 쇼를 한 것이 틀림없었다.

9월 14일.

꾹꾹 찌르는 무릎의 통증 때문에 순석은 다른 때보다 일찍 잠에서 깼다. 잠수병 증상 같았다. 손철근처럼 갑자기 의식을 잃는 게 아닐까 걱정이 되었지만, 인질들을 상대로 러시안룰렛게임을 하겠다는 해적들의 협박 때문에 쉬거나 게으름을 피울 수 없었다.

자리에서 일어나 무릎을 주무르며 보니 이윤정이 창밖으로 손을 내놓고 서 있었다. 이윤정은 침몰선에서 건져 올린 두루마리 종이를 말아 손에 쥐고 이리저리 휘젓고 있었다. 창밖으로 날아다니는 갈매기들과 장난이라도 치고 있는 것 같았다.

"일찍 일어났네요. 잘 잤어요?"

순석이 손가락으로 머리를 쓸어 넘기며 이윤정에게 아침 인사를 건넸다.

"아뇨, 못 잤어요."

말은 농담 투였지만 이윤정의 표정이 밝지 않았다. 무슨 일이 있는 것 같았다.

"왜요?"

"밤새 이걸 번역했거든요. 앗!"

이윤정이 창밖으로 내밀고 있던 두루마리 종이를 빼내려다 창틀에 손이 걸리며 쥐고 있던 두루마리 종이를 놓쳤다.

"어머! 이를 어째!"

순석은 재빨리 창가로 달려가 반쯤 열린 창문을 통해 밖을 내다보았다. 이윤정의 손에 들려 있던 두루마리 종이가 바다에 떨어져 배에서 점점 멀어져 가고 있었다.

출입문 쪽으로 재빨리 달려간 순석이 출입문을 주먹으로 쾅쾅

쳐댔다.

"야, 문 열어!"

"아, 그럴 필요 없어요, 순석 씨!"

이윤정이 순석을 향해 재빨리 외쳤다.

"번역 다 끝냈어요. 그건 이제 없어도 돼요."

이윤정이 창문 밑에 놓여 있는 노트를 손가락으로 가리켰다.

"무슨 일이야?"

이윤정이 소리를 지르고 순석이 문을 두드리는 소란에 사람들이 모두 잠에서 깨어났다.

"안 좋은 이야기가 있어요."

이윤정이 노트를 집어 들며 이도형에게 말했다.

"뭐? 안 좋은 이야기라니? 손철근이를 찾았나?"

"그게 아니라…, 침몰선 안에 금괴가 없는 것 같아요."

"뭐야?"

이상홍이 이윤정의 손에서 노트를 건네받아 바닥에 펼쳐놓고 들여다봤다. 다른 사람들도 노트 주위로 모여들었다.

"내가 안경이 없으면 작은 글씨들을 못 읽는데, 누가 한번 읽어봐."

이도형의 말에 이상홍이 노트를 집어 들고 며칠 전에 누군가가 문서의 중간을 찢어내서 이윤정이 번역을 할 수 없었던 부분, '최근 누군가가 문서를 찢어내 훼손한 부분'이라고 쓰여 있는 다음 부분부터 읽기 시작했다.

(최근 누군가가 문서를 찢어내 훼손한 부분)

5월 10일.

배가 다시 천천히 움직이기 시작했다. 그러나 배는 한나절도 항해하지 못하고 멈춰 섰다. 엔진 고장이었다. 기관장은 누군가가 일부러 엔진을 고장 낸 것 같다고 했다.

며칠 사이 간부들과 하급선원들 사이에 불신이 깊어졌다. 선원들은 밥에 독이 들어 있을지도 모른다며 다른 사람이 먼저 먹기 전에는 밥도 먹지 않았다. 나 역시 다른 누군가가 밥을 먹고 이상이 없는 것을 확인한 뒤에야 밥을 먹었다.

5월 14일.

드디어 사건이 일어났다. 가장 먼저 저녁 식사를 시작했던 미야모토가 갑자기 인상을 쓰며 배를 움켜쥐었다. 곧, 먹은 것을 모두 토해냈다. 고통 때문에 땀을 비 오듯 흘렸다.

누군가가 "밥에 독을 탔다!"라고 외쳤다. 식당에 있던 사람들이 우르르 주방으로 몰려갔다. 사람들은 주방 안에 있던 사람들을 사정없이 폭행했다. 그러자 요리사 한 명이 저녁 식사 직전 어떤 간부가 선장의 심부름으로 주방에 다녀간 사실을 숨 가쁘게 털어놨다. 그 간부가 선원들의 음식에 몰래 독을 탄 것이 분명했다.

선원들이 총과 칼을 들고 간부식당으로 몰려갔다. 선장을 비롯한 간부들이 모여서 식사를 하고 있었다. 선장과 간부들은 음식에 독을 탄 사실을 극구 부인했다.

선원 한 명이 미야모토가 먹던 밥을 가져와 음식에 독을 타지 않았다면 먹어보라며 선장과 간부들에게 들이댔다. 하지만 그들은 서로의 눈치만 볼 뿐 누구도 먹지 않았다. 선원 한 명이 선장에게 계속 미야모토가 먹다 남긴 밥을 먹으라고 다그치자 간부 한 명이 자리에서 벌떡 일어나 이게 무슨 무례한 짓이냐고 소리를 지르며 차고 있던 권총을 뽑으려고 했다. 순간, 장검을 들고 있던 다나까가 권총을 뽑아 드는 간부의 손목을 장검으로 내리쳤다. 간부의 오른손 손목이 잘려 피가 분수처럼 뿜어져 나왔다.

우리는 선장과 간부들을 무장해제 시킨 뒤 창고 안에 가뒀다. 손목이 잘린 간부도 응급처치를 받은 뒤 창고에 갇혔다.

선원들은 미야모토가 먹다 남긴 밥을 개에게 먹여보았다. 그런데 개는 별 이상이 없었다. 미야모토를 진찰한 의사도 미야모토의 증세가 급성 위궤양 증상 같다고 말했다.

밥에 독약이 들어 있지 않다니, 우리 선원들에게는 최악의 상황이었다. 정당한 사유 없이 졸지에 선상 반란을 일으킨 셈이었다. 미야모토의 증세가 위궤양 증상이고 선장과 간부들이 음식에 독약을 타지 않은 것으로 밝혀진다면 반란을 주도한 자들은 처형을 면하기 어려웠다. 전시의 선상 반란은 즉결처형을 해도 되는 중범죄였다.

선원들이 모여서 대책을 강구했다. 여러 가지 의견이 나왔으나 모두 동의할 만한 뾰족한 방법은 없었다. 칼로 간부의 손목을 베어 잘랐던 다나까가 우리가 살 방법은 이 배를 침몰시키고 이 배에서 탈출하는 것뿐이라고 말했다. 이 배를 침몰시켜 선장과 간부들을 모두 죽이면 우리가 선상 반란을 일으켰다는 증거와 증인들이 모두 사라지니 이보다 좋은 방법은 없다고 사람들을 설득했다.

모두가 어느 정도는 공감하는 것 같았지만 어떤 범죄를 감추기 위해 살인이라는 더 큰 범죄를 저질러야 한다는 점이 부담스러웠다. 그 때문에 반대 의견이 우세했다. 회의는 결론이 나지 않았다.

선장과 간부들의 구금으로 초잔마루의 지휘체계가 완전히 무너졌다. 일반 선원들이 선장실에서 낮잠을 자기도 했고 간부식당에서 술과 음식을 훔쳐다가 술판을 벌이기도 했다.

다나까와 하야시가 나를 은밀히 부르더니 무서운 제안을 했다. 우리가 살 방법은 이 배를 침몰시켜 사고로 위장하는 방법밖에는 없는데 대부분의 선원들이 동의하지 않으니 우리 몇이서라도 실행하자는 이야기였다.

더 충격적인 이야기는, 초잔마루의 선원들이 살아남으면 비밀이 유지될 수 없으니 우리 몇 명을 제외한 나머지 선원들 모두를 초잔마루와 함께 수장시킬 수밖에 없다는 것이었다….

(항아리가 깨질 때 종이와 글자가 훼손되어 알아볼 수 없는 부분)

…나는 다른 사람들을 처치하자는 다나까의 생각에 동의할 수도 없었지만 반대도 할 수 없었다. 반대하면 나도 초잔마루와 함께 수장될 명단에 포함될 게 분명했다. 아니, 그 전에 그들은 비밀유지를 위해, 어젯밤 바다에 밀어 넣어 죽였다는 그 장교처럼 제일 먼저 나를 살해하여 바닷속에 집어 던질지도 몰랐다. 그래서 나는 일단 그들에게 동조하는 것처럼 행동했다.

밤새 고심 끝에 나는 다른 선원들 모르게 선장과 간부들을 풀어주기로 작정했다. 그렇게 하는 것만이 많은 선원들을 살릴 수 있고 나도 사는 방법이었다.

한밤중에 창고 열쇠를 훔쳐서 창고로 향했다. 선장과 간부들은 며칠 동안 밥도 먹지 못하고 갇혀 있었으니 모두 기진맥진해 있을 거라는 생각이 들었다. 특히 손목이 잘린 뒤 응급 치료만을 받은 간부는 죽었을 가능성이 컸다.

소리가 나지 않도록 창고 문의 자물쇠를 열었다. 문을 조금 열자 정체를 알 수 없는 기분 나쁜 냄새가 얼굴을 향해 확 달려들었다. 그 순간 나는 깜짝 놀랐다. 어둠 속 여기저기서 고양이 눈빛 같은 파란 불들이 반짝반짝 빛나고 있었다.

창고 문을 활짝 열자 복도의 불빛에 창고 안의 검은 윤곽들이 드러났다. 동물들의 눈으로 착각했던 불빛들은 사람들의 눈이었다. 창고 안의 사람들은 벽에 등을 기대고 앉아있거나 상자 위에 걸터앉아 있었는데 나의 예상과 달리 모두 건강해 보였다.

나는 곧 그 이유를 알 수 있었다. 창고에 쌓여 있는 궤짝 속에서 꺼낸 단지 몇 개가 밖으로 나와 있었다. 단지 속에 먹을 수 있는 무엇인가가 들어 있었던 모양이었다.

그 궤짝들은 단둥 인근에서 극비리에 환적한 것들이었다. 금괴가 든 상자를 비롯해 중국에서 선적한 화물들은 모두 조선제련(장항제련소)에 내려놓았기에 우리 배에 실려 있는 중요 화물은 그것들뿐이었다. 우리는 그 상자들을 일본 본토로 실어 나르는 비밀 작전을 수행 중이었는데 창고에 갇혀 있던 간부들이 배고픔을 이기지 못하고 화물 일부를 먹어버린 것이었다.

선상 상황은 순식간에 반전되었다. 무장한 선장과 간부들이 잠을 자고 있던 선원들을 무장해제시켜 갑판으로 끌어냈다. 간부들은 단순 가담자 일부를 제외하고 나머지 사병들 모두를 자신들이 갇혀 있었던 창고에 가뒀다. 장교의 손목을 장검으로 베었던 다나까와 선동을 주동했던 하야시는 갑판에서 공개 참수되었다….

(항아리가 깨질 때 종이와 글자가 훼손되어 알아볼 수 없는 부분)

…고장 났던 배의 엔진이 수리되었다. 밤이 되자 배가 남쪽으로 이동하기 시작했다. 그러나 배는 다시 얼마 가지 못하고 엔진이 멈췄

다. 누군가가 또 고의로 엔진을 망가뜨린 것이었다. 범인은 잡히지 않았으나 용의자는 지난번보다 크게 줄어 있었다. 창고에 갇혀 있는 누군가가 밖으로 나와 엔진을 고장 냈을 리는 없었다. 범인은 몸이 자유로운 사람 중에 있었다.

선장은 이곳이 배를 정박하기에 위험한 지점이라고 판단했는지 배가 조류를 타고 흘러가도록 놔뒀다. 배는 밤새 조류를 타고 북쪽으로 흘러가 어느 무인도 인근에 도달했다. 우리는 그 섬 인근에 닻을 내렸다.

엔진을 고장 낸 범인을 잡기 위한 심문이 시작되었다. 선원들이 한 명씩 장교들 앞으로 불려가 조사를 받았고 단체로 얼차려를 받기도 했다. 하지만 집단 간의 의심과 갈등만 증폭될 뿐 범인은 드러나지 않았다.

5월 16일 밤, 끔찍한 일이 일어났다. 누군가가 참수를 당한 다나까의 배를 가르고 장기 일부를 가져갔다. 배 안에 인육을 먹는 괴물이 존재하는 것 같다….

(항아리가 깨질 때 종이와 글자가 훼손되어 알아볼 수 없는 부분)

…사람들이 모두 미쳐가고 있다. 아니 세상이 미쳤다. 마루타의 저주가 아니고는 이런 일이 결코 일어날 수 없다. 우리가 죽인 자들이 괴물이 되어 우리를 지옥으로 잡아가고 있다….

(항아리가 깨질 때 종이와 글자가 훼손되어 알아볼 수 없는 부분)

…이 배는 사랑하는 나의 조국, 부모 형제가 있는 일본에 절대 도착해서는 안 된다. 아니, 이 배에 타고 있는 우리 중 그 누구도 일본 땅에 발을 들여놔서는 안 된다. 우리 모두 이 유령선과 함께 저 깊은 심연으로 가라앉아야만 한다.

이윤정의 노트를 다 읽고 난 이상홍이 노트를 바닥에 내려놓으며 사람들의 굳은 얼굴을 둘러봤다. 모두 말없이 서로의 얼굴을 쳐다볼 뿐이었다.

순석이 노트를 집어 들고 확인이라도 하듯 일부분을 다시 읽었다.

"그 궤짝들은 단둥 인근에서 극비리에 환적한 것들이었다. 금괴가 든 상자를 비롯해 중국에서 선적한 화물들은 모두 조선제련(장항제련소)에 내려놓았기에 우리 배에 실려 있는 중요 화물은 그것들뿐이었다."

순석을 비롯해 모두가 허탈한 표정을 지었다.

"하아!"

고생에 찌든 어머니의 얼굴, 중증 치매 환자 아버지의 얼굴, 슬픈 표정의 순영이 얼굴이 눈앞에서 맴돌았다. 있지도 않은 금괴를 건져 올리겠다고 바다에 나와 목숨을 잃은 항해사와 손철근, 있지도 않은 금괴 때문에 살해된 최동곤, 그리고 순석이 촛대로 목을 찔러 살해한 해적 잠수부의 그 일그러진 얼굴이 연이어 뇌리를 스쳤다.

금괴를 건져 올리면 이윤정에게 좋아한다는 말을 하고 싶었는데 이제 다 물 건너간 일이 되었다.

"그런데, 그때 초잔마루에서 무슨 일이 일어났던 걸까?"

이상홍이 한참 만에 순석에게 물었다.

"무슨 일이라니?"

상심에 빠져 있던 순석은 이상홍의 말이 무슨 뜻인지 생각해보지도 않고 건성으로 되물었다.

"당시 초잔마루에서 무슨 일이 있었기에 그렇게 사병들이 간부들에게 독살당할지도 모른다고 의심했고 서로 불신하고 서로 반목했던 것일까?"

"글쎄?"

이상홍의 질문에 순석도 이윤정이 번역하기 직전 누군가가 찢어내 이윤정이 번역하지 못한 그 부분에 무슨 내용이 쓰여 있었을까 꽤 궁금해졌다. 이야기의 시간상 흐름으로 봐서 훼손된 부분에는 장교들과 사병들이 서로 불신하게 된 사건, 그리고 초잔마루가 조선제련(장항제련소)에 금괴를 내려놓았다는 이야기가 쓰여 있어야 했다.

'누가 왜 그 부분만을 찢어냈을까?'

그 행위가 고의라면 침몰선 초잔마루 안에 금괴가 없다는 사실을 숨기고 싶어 하는 사람의 짓이어야 했다.

하지만 아무리 생각해보아도 인질들이나 해적들 그 누구도 초잔마루 안에 금괴가 없다는 사실을 감춰서 이익을 얻을 수 있는 사람은 없었다.

아니, 있었다. 이도형! 이도형은 자식들에게 미쳤다는 소리를 듣고 아내에게 이혼을 당하면서까지 초잔마루의 금괴 찾기에 일생을 건 사람이었다. 그런데 초잔마루 안에 금괴가 없다는 사실이 세상에 알려진다면…. 그는 평생 허상을 좇은 사람으로 낙인찍힐 수밖에 없고 또 투자자들로부터 각종 사기 소송을 당할 수도 있었다.

이윤정 외에 일본어를 할 줄 아는 사람도, 동기를 가진 사람도 이도형뿐이었다.

'그렇다면 혹시, 해적들을 마린보이호로 불러들인 사람 역시 이도형이 아니었을까?'

생각해보니, 해적들이 마린보이호로 몰려온 시점이 참 묘했다. 당시, 지친 잠수부들 중에는 작업을 그만두고 배를 떠나겠다고 투덜거리는 사람도 있었고 처우개선을 요구하는 사람도 있었다. 인양작업이 지지부진하다 보니 모두들 사기가 크게 떨어져 있었다. 그런 상황에서 잠수부들이 인양한 금속이 백금괴가 아니고 납덩어리였다는 사실이 알려졌다면 어땠을까?

바로 그 절묘한 시점에 해적들이 마린보이호에 난입했다.

이도형이 총을 든 해적들을 끌어들여 잠수부들을 노예처럼 부려

작업 속도를 높이고 불만이 있어도 중간에 이탈하지 못하게 하려 했던 것은 아닐까?

'그런데 초잔마루에서 나온 그 기록을 없앨 때 앞부분의 기록은 없앴으면서 왜 뒷부분에 있는, 간략하게나마 초잔마루에 금괴가 없다고 쓰여 있는 부분은 그대로 뒀을까?'

아마도 그것은 이도형이 뒷부분에 그런 내용이 있다는 것을 몰랐기 때문이었을 가능성이 컸다. 이윤정이 그 문서를 번역하는 데 많은 시간이 걸렸듯 이도형도 잠깐 들여다본 것만으로는 모든 내용을 다 파악하지 못했을 것이다. 그래서 앞부분 일부만 찢어내고 내용이 궁금한 뒤쪽은 이윤정에게 계속 번역을 시킨 것인지도….

⚓

주빠지에가 선실 문을 열고 박미경과 이윤정을 밖으로 불러냈다. 다른 때처럼 주방으로 데려가 아침밥을 짓게 하려는 모양이었다.

"윤정아. 오늘 아침은 성실이와 내가 할 테니 너는 그냥 쉬어라. 밤에 그거 번역하느라 한숨도 못 잤다면서."

박미경이 주빠지에에게 이윤정의 머리가 몹시 아파 쉬어야 한다는 몸짓을 해 보였다. 주빠지에가 순순히 박미경만 데리고 밖으로 나갔다.

"차라리 잘되었지 뭐."

출입문이 잠기고 나자 이상홍이 한숨을 쉬며 중얼거렸다.

"침몰선에 금괴가 없는 대신 이제 우리는 집으로 돌아갈 수 있게 되었잖아. 놈들이 침몰선에 금괴가 없다는 것을 알게 되면 이 배에 있을 이유가 없으니 중국으로 돌아가지 않겠어?"

"그러겠지."

"그런데 침몰선에 금괴가 없다는 사실을 놈들에게 알리면 놈들이 믿어줄까? 어? 가만!"

갑자기 무슨 중요한 생각이라도 났는지 이상홍이 자리에서 벌떡 일어나 이윤정의 노트를 펼쳐서 한참을 들여다봤다. 곧 그는 자신이 살펴보고 있던 부분을 두 번 반복해 읽었다.

"금괴가 든 상자를 비롯해 중국에서 선적한 화물들은 모두 조선제련(장항제련소)에 내려놓았기에 우리 배에 실려 있는 중요 화물은 그것들뿐이었다…. 우리 배에 실려 있는 중요 화물은 그것들뿐이었다…."

"왜 그래?"

이상홍은 순석의 질문에 대꾸하지 않고 이도형에게 다가갔다.

"일제강점기 때는 골동품 같은 걸 사고팔지 못했나요?"

"그게 무슨 말이야? 일제시대라고 왜 골동품 거래를 못 해?"

"그럼 가격은 어느 정도나 되었을까요?"

지금 그게 왜 궁금하냐는 듯이 이도형이 이상홍의 얼굴을 물끄러미 쳐다봤다.

"일제시대 골동품이라…. 일본 놈들은 문화재를 꽤 사랑하는 놈들이지. 당시에도 골동품은 꽤 고가였어. 간송미술관 알지?"

"예. 가보지는 못했지만 들어는 봤어요."

"일제강점기 때 간송 전형필이라는 사람이 있었는데, 그분은 1900년대 종로 상권을 잡고 있던 갑부 집안의 아들로 태어나 젊은 나이에 경기도 일대 10만 석의 토지를 상속받았고, 그 돈으로 인사동에 있던 '한남서림'이라는 고서점을 인수하여 서화와 골동품을 사들이기 시작했지. 당시에도 희귀한 물건은 꽤 비싸서 기와집 수십 채의 가격으로 거래가 되기도 했다더군. 그렇게 치면 당시의 골동품값이 지금보다 더 높았던 것이 아닌가 싶기도 해. 근래에 국내에서 아파트 수십 채 값이 나가는 골동품이 매매되었다는 이야기는 못 들어봤으니 말여. 하여튼 간송은 전 재산을 털어 골동품을 사들였고 1938년에 그동안 수집한 문화재를 정리하여 '보화각(葆華閣)'이라는 사립 박물관을 만들었는데 이것이 나중에 간송미술관이 되었지. 그리고 일제시대에 호리꾼들이 판쳤던 것만 봐도 문화재 거래가 꽤 성행했으며 가격이 만만치 않았다는 것을 짐작할 수 있지."

"호리꾼요?"

"아, 호리는 호루, 즉, 땅을 판다는 일본어에서 나온 말로, 도굴꾼을 가리키지."

이도형의 말을 듣는 동안 이상홍의 얼굴에 어떤 흥분 같은 것이 떠올랐다.

"그런데 난데없이 그건 왜 묻냐?"

"그냥…."

이상홍이 말을 얼버무렸다.

'아!'

순석의 머리에 갑자기 불이 번쩍했다. 이상홍의 질문이 무엇이었는지 드디어 깨달은 것이다.

이윤정이 두루마리 종이를 번역한 노트에는 '이제 초잔마루에 실려 있는 중요한 물건은 단둥에서 실은 그 항아리들밖에 없다'라고 쓰여 있었다. 그런데 실제로는 그렇지 않았다. 초잔마루에는 중국 문화재들이 꽤 많이 실려 있었다. 잠수부들만이 알고 있는 바로 그 비밀….

분명 뭔가 이상했다. 일본 기록에 허점이 있는 것이거나, 이윤정이 뭔가 오역을 했거나…. 아니면 이윤정이 고의로 오역을 했거나….

"너희들, 뭔가 나에게 숨기는 거 있지?"

순석과 이상홍을 쏘아보던 이도형이 갑자기 취조라도 하듯 차가운 표정으로 물었다.

"예?"

순석은 비수에 가슴을 찔리기라도 한 것처럼 심장이 뜨끔했다. 이도형이 자신의 머릿속을 들여다보고 있는 것이 아닌가 싶었다.

"내게 뭐 숨기는 거 없어?"

"그, 그게…."

순석은 난감하다는 표정으로 이상홍을 쳐다봤다. 이상홍도 역시 순석을 쳐다봤다.

"손철근이가 실종되었으니 잠수부 짝이 안 맞아 이제 내가 잠수를 해야 할 텐데…. 도대체 뭐야? 내가 알아야 할 것이 있는 것 같은데 그게 뭔지 이야기해봐."

"그, 그게…."

"왜? 서로 비밀로 하기로 한 거라 말 못 하나?"

"사실은…."

결국 이상홍이 이도형에게 다가가 귀에 입을 대고 몇 마디 속삭였다. 그러는 사이 순석은 선실에 있는 나머지 한 사람, 이윤정을 쳐다봤다. 이상홍의 그 행동은 이윤정을 의심하는 데서 비롯된 것이 틀림없었다.

이도형이 곧바로 이윤정의 노트를 집어 들고 들여다봤다. 노트를 눈에서 멀리 떼고 한참 동안 노트를 들여다보던 이도형이 문장 하나를 찾아 읽었다.

"우, 우리 배에, 실, 실려 있는 중요 화물, 화물은 그, 그것들뿐이었다…."

노트를 접으며 이도형이 이윤정을 바라봤다.

"이게 어떻게 된 거지?"

"예?"

"이런 말이 정말 그 일본 문서에 쓰여 있었나?"

"혹, 혹시, 침몰선 안에서 뭔가가 발견되었나요?"

역시 이윤정은 눈치가 빠른 여자였다.

"그래."

"뭐가 발견되었죠?"

"중국 문화재들."

이도형은 어떤 망설임도 없이 비밀을 털어놨다.

"아, 그랬군요. 사실은, 그 문장은 제가 한 줄 첨부한 거예요. 침몰선에 돈이 될 만한 것이 아무것도 없어야 해적들이 모든 미련을 버리고 이 배를 떠날 테니까요. 그래야 더 이상 다치거나 죽는 사람도 나오지 않을 테고…. 하지만 침몰선에 금이 없다는 글은 제가 꾸며낸 것이 아니라 사실이에요. 나머지는 있는 그대로 번역한 것이니까요."

이도형은 잠시 생각하는 표정을 지었다. 30초쯤 지나서 다시 입을 열었다.

"저번에 번역한 앞부분에는 단둥에서부터 초잔마루에 호위함이 따라붙었다고 쓰여 있었지?"

이윤정이 이도형의 말을 확인이라도 하려는 듯 자신의 노트를 펴서 살펴보았다.

"예. 그렇게 쓰여 있어요."

"그런데 뒷부분에는 호위함에 대한 이야기가 없어. 호위함이 초잔마루를 호위하고 있었다면 선원들이 선상 반란을 일으켰을 때

가만히 있지는 않았을 텐데, 그에 대한 언급이 전혀 없어."

이도형의 지적에 이윤정의 얼굴이 약간 상기되었다.

"저도 이 사장님의 말씀이 일리가 있다는 생각은 들어요. 하지만 호위함에 대한 이야기는 훼손된 부분에 쓰여 있었을 수도 있잖아요. 장항제련소까지 초잔마루를 호위하고 간 뒤, 초잔마루가 금괴를 내려놓자 호위함은 다시 돌아가지 않았나 싶은데요. 초잔마루에서 발견되었다는 골동품은, 그게 뭔지는 모르겠지만 호위함이 따라붙을 만큼 값어치가 나가는 것들은 아닌 것 같고요."

"그럼 이것도 한번 물어보자. 원래 훼손되어 있었던 부분이 아니라, 누군가가 찢어내서 고의로 훼손한 이 앞부분, 혹시 윤정이 네가 그런 것이냐?"

이도형이 이윤정이 들고 있던 노트를 펼쳐서 한 부분을 손가락으로 가리켰다. 거기에는 '최근 누군가가 문서를 찢어 훼손한 부분'이라고 쓰여 있었다.

"고의라고요? 그 부분은…."

이윤정이 대답을 하려는데 밖에서 빠르게 걸어오는 발소리가 들려왔다. 곧 빗장을 벗기는 소리가 나고 출입문이 열렸다. 출입문 밖에 박미경이 고개를 숙인 채 풀이 죽은 모습으로 서 있었고 그 뒤에 해적 세 명이 권총을 든 채 서 있었다.

출입문이 열리기 무섭게 칼자국이 큰 걸음으로 걸어 들어와 이도형이 엉덩이 뒤에 숨기고 있는 노트를 빼앗았다.

인질들의 시선이 고개를 숙이고 있는 박미경에게 쏠렸다.

박미경의 왼쪽 눈두덩이 시퍼렇게 멍들어 있었다.

박미경이 천천히 고개를 들고 입술을 달싹거려 들릴까 말까 한 소리로 말했다.

"죄송해요. 제가 말했어요. 이 사람들에게 그 사실을 말하면 배를 떠날 것 같아서…."

이윤정의 노트를 다 읽고 난 칼자국이 눈을 부릅뜨고 실내에 있는 사람들을 둘러보더니 이윤정에게 다가가 쥐고 있던 노트로 이윤정의 머리를 내리쳤다. 칼자국은 다시 한 번 더 때릴 것처럼 이윤정을 노려보다가 휙 뒤돌아 선실을 나갔다. 다른 해적들이 박미경을 선실 안으로 밀어 넣고 문을 잠갔다.

"어떻게 된 거야, 상의도 없이?"

이도형이 박미경에게 버럭 소리를 질렀다.

"죄, 죄송해요."

하지만 순석은 박미경의 행동이 그리 잘못되었다는 생각이 들지 않았다. 오히려 화를 내는 이도형이 이해되지 않았다. 박미경이 아니었어도 곧 누군가는 침몰선에 값이 나가는 물건이 없다는 사실을 놈들에게 알려야 했을 것이다. 그러는 것이 인질들에게 유리한 일이니까.

"왜 혼자 멋대로 행동하는 거냐구! 혹시 해적 놈들하고 내통하고 있는 사람이 바로 당신이야?"

"예?"

박미경의 표정이 하얗게 질렸다.

"저는 집에 돌아가고 싶기도 하고, 또 있지도 않은 보물 때문에 희생되는 사람이 더는 없었으면 하는 마음으로 그런 것인데, 어떻게 그런 말씀을…."

박미경의 시퍼렇게 멍든 눈에서 눈물이 주르륵 흘러내렸다.

"그만 하세요. 제가 노트를 조작한 것도 결국은 제 노트를 저 해적들에게 보여줄 생각으로 그런 것인데…. 미경이 언니가 안 그랬으면 제가 이 노트를 들고 해적들에게 갔을 거예요."

"노트를 조작하다니 그게 무슨 말이야?"

박미경이 눈물을 훔치며 이윤정에게 물었다.

"아, 아니에요. 그리 중요한 이야기가 아니니 나중에 천천히 말씀드리죠."

"그 눈은 어떻게 된 거예요?"

순석이 물었다.

"놈들이 때렸어."

"예? 왜요?"

"내가 침몰선 안에 금이 없다는 이야기를 했더니 거짓말 말라며 갑자기 주먹으로 때리더라고. 미친놈들이야."

이도형이 사람들을 한 번 둘러보고 나서 이윤정에게 다시 물었다.

"아까 하다 만 이야기. 그 일본 문서, 누군가가 찢어내서 고의로 훼손한 그 앞부분 말야. 윤정이 네가 그런 거냐?"

"아, 아뇨! 제가 왜 그런 짓을…?"

이윤정이 정색을 하고 고개를 옆으로 흔들었다.

"놈들이 이 배를 떠나면 우리는 어쩌죠?"

이상홍이 사람들을 둘러보며 물었다.

"어쩌다니? 육지로 나가 그동안 있었던 일을 경찰에 알리고, 문화 재청에 신고도 하고…."

말을 하던 순석은 아차 싶었다. 침몰선에 중국 문화재가 실려 있는 것은 공식적으로는 비밀이었다.

"뭐 하여튼…, 나머지는 관계기관 사람들이 나와서 알아서 하겠지."

"이제 보물찾기도 끝이구나! 시원섭섭하구만. 학교로 돌아가면 친구들이 꽤 놀리겠는데…. 허황된 꿈을 좇아 두 달 동안 바다에서 미친 짓 하다가 돌아왔다고 말야."

"미친 짓이라니!"

이도형이 갑자기 버럭 소리쳤다. 누우려던 이상홍이 벌떡 일어나 앉으며 어리둥절한 표정으로 이도형을 쳐다봤다. 하지만 이도형은 언제 그랬냐 싶게 선실 구석으로 가서 벽에 등을 기대고 앉아 고개를 푹 숙였다.

순석은 이도형의 심정이 어느 정도 이해되었다. 그동안 이도형은 보물에 미쳐 살았고 또 사람들에게 허황된 꿈을 좇는 인간으로 치부되어 손가락질을 받아왔다. 그런 상황에서도 이도형은 초잔마루에 대한 희망만큼은 버리지 않았는데, 평생을 찾아 헤맸던 초잔마루에서까지 금괴를 인양하지 못했으니 이제 이도형은 정말 평생 허황된 꿈을 좇은 진짜 바보에, 완전 구라쟁이가 된 것이었다.

—

9월 15일.

순석은 놈들이 새벽 두세 시쯤 마린보이호를 벗어나 중국으로 돌아갈 것으로 생각했다. 그런데 아침이 되자마자 놈들은 박미경과 이윤정을 불러내 주방으로 데려갔다.

"어떻게 된 거야?"

예상 밖의 일에 모두들 고개를 갸웃거렸다.

'혹시 누가 이윤정의 노트 내용이 거짓말이라는 사실을, 침몰선 안에 아무것도 없는 것이 아니라 많은 골동품이 실려 있다는 사실을 놈들에게 알려준 건 아닐까?'

만약 내통자가 있다면 이제 용의자는 일곱 명으로 좁혀지는 셈이었다. 침몰선에 골동품이 실려 있다는 사실을 알고 있는 사람은 순석을 포함해 잠수부 다섯 명과 이도형, 이윤정뿐이었다.

'그런데 내통자는 왜 침몰선에 골동품이 실려 있는 사실을 놈들

에게 진작 말하지 않고 이제야 말한 거지?'

아마도 그건, 내통자도 어제저녁까지는 침몰선에 골동품이 실려 있다는 사실을 몰랐기 때문이었을 것이다. 침몰선에 골동품이 실려 있다는 사실을 어제 새로 안 사람은 이도형과 이윤정뿐이었다. 그런데 해적들을 속이기 위해 허위 번역까지 한 이윤정이 내통자일 리는 없으니 나머지 한 사람, 역시 이도형이 내통자란 말인가?

9월 16일.

드디어 그날이 왔다.

마지막 잠수조가 빈손으로 출수하자 해적들이 인질들을 모두 끌어내 갑판에 2열 횡대로 앉혔다.

갑판에 서서 쌍안경으로 먼바다를 지켜보던 칼자국이 사람들 앞으로 나섰다. 그의 손에는 A4용지 반장 크기의 백지 뭉치가 들려 있었다.

"자! 일주일 동안 지겹게 이야기했던 바로 그 시간이 돌아왔습니다. 아쉽게도, 일주일 동안 만족할 만한 성과를 전혀 얻지 못했습니다. 그렇다고 여러분들이 어떤 열의를 보여준 것 같지도 않고⋯. 나도 이러고 싶지는 않지만 약속은 약속이니, 약속대로 한 명을 골라 보도록 하겠습니다. 좌측부터 한 명씩 일어나 이 백지를 받아들고 저 뒤로 가서 맨 위에 자기 이름을 적고 그 밑에 지난 일주일 동안 작업하는 데 방해가 되었거나 별 도움이 되지 않은 사람의 이름을 적어서 내게 제출하면 됩니다. 만약 누군가의 이름을 적지 않으면 자신의 이름을 적은 것으로 간주하겠습니다. 그리고 작업에 도움이 될 만한 좋은 아이디어나 어떤 정보를 알고 있는 사람은 다른 사람 이름 대신 그걸 적어도 됩니다. 그 정보나 아이디어가 마음에 들면 이번 주는 처형자가 나오지 않을 수도 있습니다. 자, 너부터….”

첫 번째로 지명된 이상홍이 자리에서 천천히 일어나 백지 한 장을 받아 들었다. 이상홍은 사형장에라도 끌려가는 듯한 표정으로 사람들을 몇 번씩 돌아보며 선미로 갔다.

“다른 사람 이름 적기 싫으면 자기 이름을 적으면 돼!”

잠시 뒤 이상홍이 투표지처럼 반으로 접은 종이를 칼자국에게 건넸다.

“자, 다음 사람!”

순석은 한 명씩 불려 나가는 사람들을 보며 백지에 무엇을 적어 내야 할까 고민하지 않을 수 없었다. 누군가의 이름을 적으면 틀림없이 그 사람이 처형당하게 될 것이다. 그렇다고 아무것도 적지 않을 수도 없다. 아무것도 적지 않으면 자신의 이름을 적어낸 것으로 간주하겠다고 하지 않았던가.

아무도 죽지 않게 하려면 결국 침몰선 안에 중국 골동품이 가득 실려 있다고 적을 수밖에 없었다.

그래! 이도형이 내통자라면 놈들은 이미 그 사실을 알고 있을 것이다. 머리를 굴리고 거짓말을 해봐야 아무 소용없었다.

곧 순석의 차례가 왔다. 그는 '침몰선에 골동품 있음'이라고 적어 칼자국에게 제출했다.

이윤정을 마지막으로 투표가 끝났다.

칼자국이 투표지를 들고 갑판 구석으로 가서 한 장씩 펼쳐서 살폈다.

칼자국이 빙그레 웃으며 인질들 앞으로 돌아왔다.

"여러분들의 투표로 드디어 한 사람이 결정되었습니다."

사람들을 둘러보던 칼자국이 권총을 들어 이윤정을 가리켰다.

"너 이리 나와."

"저, 저요?"

이윤정의 표정이 새파랗게 질렸다.

"왜, 왜요?"

"여기 이분들이 바로 너를 골랐다."

"예에?"

이윤정이 일그러진 표정으로 사람들을 둘러봤다. 특히 순석을 한참이나 빤히 쳐다봤다.

"그럴 리 없습니다. 투표용지를 공개해주십시오!"

순석은 자신도 모르게 자리에서 벌떡 일어나며 칼자국을 향해 외쳤다. 주빠지에가 재빨리 다가와 순석의 배를 걷어찼다.

"윽!"

명치를 맞은 순석은 극심한 통증과 함께 숨이 턱 막혔다.

칼자국이 이윤정에게 다가가 머리에 총을 겨눴다.

"마지막으로 무슨 할 말 있나?"

"살, 살려주세요…."

"왜 그런 짓을 했지?"

"예?"

"왜 초잔마루에 보물이 실려 있지 않다고 거짓말을 꾸며냈지? 그러면 우리가 속을 줄 알았나?"

"…."

칼자국이 이윤정에게 투표지 몇 장을 차례로 보여줬다.

'침몰선에 골동품 실려 있음.'

이런! 생각이 너무 짧았다. 침몰선에 골동품이 실려 있다고 놈들에게 알린 행위는 이윤정이 번역한 노트의 내용이 거짓말이라고 놈들에게 말한 것이나 마찬가지였다.

하지만 놈들이 내통자를 통해 그 사실을 이미 알고 있었는지 이번 투표 때문에 알게 된 것인지는 알 수 없었다.

"죽어도 당연하다는 생각이 들지?"

칼자국이 다시 이윤정의 머리에 권총을 들이댔다.

"마지막인데, 무슨 할 말 없나?"

칼자국의 그 말은 살고 싶으면 알고 있는 것들을 모두 다 털어놓으라는 의미 같았다. 그러나 이윤정은 입술을 굳게 다물었다.

칼자국이 천천히 방아쇠를 당겼다.

"안 돼요!"

박미경이 다급하게 소리치는 순간 순석이 기어 일어나며 칼자국을 향해 달려들었다. 그러나 주빠지에가 조금 더 빨랐다. 정강이로 순석의 옆구리를 걷어찼다. 순석이 칼자국 옆으로 고꾸라졌다.

달려드는 순석을 피해 한 발 뒤로 물러났던 칼자국이 순석에게 총구를 겨눴다.

"아 참, 그렇지! 깜빡 잊고 있었네. 전에 나는 누군가 잘못하면 그 사람 대신 다른 사람을 죽이겠다고 분명히 이야기했었다."

그 말은 전에 칼자국이 손철근 대신 항해사를 죽이고 나서 했던 말이었다. 앞으로 누군가가 반항하거나 도망가면 그 사람 대신 다른 사람을 죽이겠다고 협박했었다.

"여기서 이 아가씨와 가장 친한 사람이 누구지?"

이윤정을 권총으로 가리키며 인질들을 둘러보던 칼자국이 총구를 다시 순석에게 겨눴다.

"너지? 네가 가장 친하잖아. 내 눈에는 그렇게 보이던데, 아냐? 자, 눈 감아! 하나! 둘! 셋…!"

"잠, 잠깐만욧!"

이윤정이 다급하게 외쳤다. 하지만 그 외침이 채 끝나기도 전에 귀청이 찢어질 것 같은 총성이 울렸다.

탕!

"아악!"

"안 돼!"

"안 돼!"

박미경과 이윤정이 동시에 비명 같은 소리를 내질렀다.

몸을 움츠리며 두 손으로 머리를 감쌌던 순석이 천천히 고개를 들었다. 두 손으로 머리를 더듬어보려 했으나 오른손을 움직일 수가 없었다. 통증을 따라 오른쪽으로 고개를 돌리니 구멍 난 파이프에서 물이 새듯 어깨에서 붉은 피가 솟구쳤다. 축 늘어진 팔을 타고 피가 줄줄 흘러내려 갑판 위에 후드득 떨어져 내렸다. 그제야 순석은 머리를 더듬던 왼손으로 오른쪽 어깨를 움켜쥐었다.

칼자국이 다시 사제 권총의 회전식 탄창을 한 칸 돌리며 공이치기를 당겼다.

"살, 살려줘요, 그러면 금괴를 찾게 해주겠어요."

이윤정이 순석의 앞을 가로막으며 늦지 않게 말하기 위해 빠르게 혀를 굴렸다.

"뭐라고?"

"금괴가 있어요! 금괴가 어디에 있는지 제가 알아요."

못 믿겠다는 표정으로 이윤정을 쳐다보던 칼자국이 순석의 머리에서 총구를 내렸다.

"서, 선실에 보물 지도가 있어요."

선실로 달려간 이윤정이 얼룩덜룩한 실뭉치와 꼬깃꼬깃 접힌 종이를 가져와 펼쳐서 칼자국에게 건넸다. 실뭉치는 침몰선에서 인양한 항아리에서 나온 것이었고, 종이는 이윤정이 자신의 번역 노트에서 찢어낸 것이었다.

칼자국이 노트 낱장의 앞과 뒤를 반복해 읽었다. 그러느라 시간이 꽤 걸렸다.

"이게 금괴를 감춰둔 장소를 표시한 지도라고?"

노트 낱장을 다 읽은 칼자국이 얼룩덜룩한 실뭉치를 집어 들고 이리저리 들여다보며 이윤정에게 물었다.

"예. 거기 그렇게 쓰여 있잖아요."

"그럼, 암호는 풀었나?"

"아뇨, 그건 아직…."

"암호를 풀지 못하면 이건 그냥 쓰레기에 불과하잖아. 어떻게 금괴를 찾겠다는 거지?"

"며칠만 시간을 주세요. 반드시 암호를 풀어 금괴를 찾아드리겠어요."

"며칠이라…?"

칼자국이 실뭉당이와 노트에서 찢어낸 종이를 다시 이윤정에게 돌려줬다.

228

"이틀 주지. 내일모레 저녁 7시까지. 그때까지 이 암호를 풀지 못하면 너하고 저 녀석이 어떻게 되는지 잘 알지? 죽는 거야. 저녁 7시야."

칼자국은 죽이겠다는 말을 웃으면서 했다.

"시간을 조금만 더 주시면 안 돼요?"

"안 돼!"

총상을 입은 순석과 실타래의 비밀을 풀어야 하는 이윤정만 다시 선실에 갇혔다. 나머지 인질들은 골동품을 인양하는 야간작업에 투입되었다.

순석은 이윤정의 노력으로 상처의 출혈은 멈췄지만 총알이 관절 부위를 관통해 오른팔을 거의 움직일 수 없었다. 이윤정은 순석의 부상이 그리 심각하지 않다고 위로했지만, 당사자가 자신의 부상 정도를 모를 리 없었다. 관절과 인대, 신경에 심각한 손상을 입은 것 같았다. 아무래도 오른팔을 못 쓰는 장애인이 될 것 같았다.

"이거, 무슨 내용인지 궁금하죠?"

이윤정이 번역 노트에서 찢어내 감추어두었던 낱장을 순석에게 건넸다. 일본어로 된 두루마리 종이에서 그녀가 찢어내 없앤 곳을 번역한 부분이었다.

이윤정이 이미 보여준 부분과 내용이 다르거나 추가된 부분을 정리하면 이러했다.

5월 10일.

조선 반도 해안선을 따라 남하하던 초잔마루가 한밤중에 멈춰 섰다. 선원들에게는 이미 통행금지령이 내려져 있었다.

호기심에 몰래 밖을 살펴보니 호위함의 병사들이 초잔마루에 실려 있는 작고 무거운 궤짝들을 호위함으로 옮겨 싣고 있었다.

'이 밤중에 저것들을 어디로 옮기려는 거지?'

크기가 더 작은 배로 옮겨 싣는 것을 보면 인근 어딘가로 옮기려는 것 같았다. 하지만 이곳은 바다 한가운데였고 인근에 작은 무인도가 하나 있을 뿐이었다.

새벽녘에 무인도 쪽에서 폭발음이 들려왔다. 호위함에 싣고 간 작은 궤짝들을 무인도 어딘가에 숨기고 입구를 폭파한 것 같았다.

한 시간쯤 뒤 더 큰 폭발음이 들려왔다. 초잔마루에 타고 있던 사람들은 통행금지에도 불구하고 모두 갑판으로 몰려갔다. 멀지 않은 바다 위에서 불길이 치솟고 있었다. 무인도에 보물을 숨기고 돌아오던 호위함이 거센 불길에 휩싸인 채 급속히 침몰해가고 있었다.

선장과 간부 몇 명이 보트를 타고 돌아왔다. 선장은 호위함이 미군 잠수함의 어뢰 공격을 받아 침몰했고, 자신들을 제외한 다른 생존자는 없다며 초잔마루를 즉시 이동시킬 것을 명령했다.

하지만 초잔마루는 채 두 시간도 움직이지 못하고 고장으로 멈춰섰다.

날이 밝자 초잔마루에 괴소문이 퍼졌다.

'어젯밤 호위함 병사들이 무인도에 감춘 것은 중국에서 약탈한 엄청난 양의 금괴다. 호위함은 미국 잠수함 공격으로 침몰한 것이 아니다. 금괴 감춘 곳을 비밀에 부치기 위해 아군이 병사들 몰래 호위함에 폭탄을 설치해 침몰시켰다. 그런데 이 작전은 상부의 명령에 따른 것이 아니다. 일본이 전쟁에서 패할 것이라고 믿는 초잔마루의 선장과 간부들이 금괴를 빼돌린 뒤 초잔마루와 호위함을 침몰시켜 금괴가 깊은 바닷속으로 가라앉은 것으로 위장하려는 음모다. 폭탄이 터지기 직전에 초잔마루의 선장과 일부 간부들이 보트를 타고 호위함에서 탈출한 것, 선장이 초잔마루 선원들에게 호위함의 생존자들을 구조하라고 지시하지 않고 곧장 현장을 이탈하도록 명령한 것이 그 증거다. 이제 곧 선장과 간부들은 초잔마루의 선원 전부를 몰살시키고 초잔마루를 침몰시킬 것이다.'

어디까지가 사실이고, 무엇이 거짓인지 판단하기 어려운 그럴싸한 소문이었다. 소문에 점점 살이 붙으면서 선원들이 크게 동요하기 시작했다.

초잔마루가 멈춘 이유는 엔진 고장이었다. 엔진을 살펴본 기관장은 누군가가 일부러 고장 낸 것 같다고 말했다. 수리하려면 며칠 걸릴 것 같다고 했다.

간부들과 선원들 사이에 불신이 더욱 깊어졌다. 선원들은 선장과 간부들이 밥에 독약을 탔을지 모른다며 누군가가 먼저 먹기 전에는 밥도 먹지 않았다.

5월 14일.

드디어 사건이 벌어졌다. 가장 먼저 저녁 식사를 시작했던 미야모토가 갑자기 인상을 쓰며 배를 움켜쥐었다. 곧, 먹은 것을 모두 토해냈다. 고통 때문에 땀을 비 오듯 흘렸다.

누군가가 "밥에 독을 탔다!"라고 외쳤다. 식당에 있던 사람들이 우르르 주방으로 몰려갔다. 사람들은 주방 안에 있던 사람들을 사정없이 폭행했다. 그러자 요리사 한 명이 저녁 식사 직전 어떤 간부가 선장의 심부름으로 주방에 왔었던 사실을 숨 가쁘게 털어놨다. 그 간부가 선원들의 음식에 몰래 독을 탄 것이 분명했다….

[같은 내용 생략]

…선상 반란의 선봉에 섰던 하야시와 간부의 손목을 장검으로 잘랐던 다나까가 나를 은밀히 불러 무서운 제한을 했다. 우리가 살 수 있는 방법은 이 배를 침몰시켜 사고로 위장하는 방법밖에는 없는데 선원들 대부분이 동의하지 않으니 우리 몇이서라도 실행하자는 이야기였다.

더 충격적인 것은, 비밀유지를 위해 선원들 모두를 초장마루와 함께 수장시킬 수밖에 없다는 것이었다. 우리의 반란 사실 뿐만이 아니라 선장과 간부들이 인근 무인도에 감추어놓은 금괴의 비밀유지를 위해서는 살아남은 사람이 적으면 적을수록 좋다는 것이었다.

내가 그 금괴가 어디에 감춰져 있는지도 모르는데 우리가 금괴를 어떻게 손에 넣을 수 있겠냐고 묻자, 다나까는 금괴가 어디에 숨겨져 있는지 이미 알아냈다고 했다. 어젯밤 남들 몰래 장교 한 명을 끌어내 고문하여 비밀을 알아낸 뒤 바다에 밀어 넣어 죽였다는 것이었다. 내가 믿지 못하겠다는 표정을 짓자 그는 보물 지도라며 호주머니에서 점이 무수히 찍힌 이상한 실타래 뭉치를 꺼내 보여줬다.

모스부호 같아 보이기도 했지만 모스부호는 아니었다. 내가 그것을 어떻게 읽느냐고 묻자 그는 이 보물 지도는 자신만이 해독할 수 있으니 전쟁이 끝난 뒤 함께 돌아와 금괴를 찾아 똑같이 나누어 갖자고 했다.

나는 다른 사람들을 모두 처치하자는 다나까의 생각에 동의할 수 없었지만 반대도 할 수 없었다. 반대하면 내가 제일 먼저 살해될 것 같았다. 나는 일단 그들에게 동조하는 것처럼 행동했다.

밤새 고심 끝에 나는 다른 선원들 몰래 선장과 간부들을 풀어주기로 작정했다. 그렇게 하는 것만이 선원들을 모두 살리고 나도 살수 있는 방법이었다….

[같은 내용 생략]

…선상의 상황은 순식간에 반전되었다. 무장한 선장과 간부들이 잠을 자고 있던 선원들을 무장해제 시켜 갑판으로 끌어냈다. 그들은 단순 가담자 일부를 제외하고 나머지 사병들 모두를 자신들이 갇혔던 창고에 가뒀다. 장교의 손목을 장검으로 베었던 다나까와 선동을 주동했던 하야시는 갑판에서 공개 참수되었다.

나는 다나까의 시체를 치우며 그가 보물 지도라고 말했던, 수많은 점이 찍혀 있는 실타래를 그의 품속에서 꺼내 숨겼다.

[같은 내용 생략]

…사람들이 모두 미쳐가고 있다. 아니 세상이 미쳤다. 마루타의 저주가 아니고는 이런 일이 결코 일어날 수 없다. 우리가 죽인 자들이 괴물이 되어 우리를 지옥으로 잡아가고 있다….

(항아리가 깨질 때 종이와 글자가 훼손되어 알아볼 수 없는 부분)

…이 배는 사랑하는 나의 조국, 부모 형제가 있는 일본에 절대 도착해서는 안 된다. 아니, 이 배에 타고 있는 우리 중 그 누구도 일본 땅에 발을 들여놔서는 안 된다. 우리 모두 이 유령선과 함께 저 깊은

심연으로 가라앉아야만 한다.

순석이 노트 낱장을 읽으며 생각하는 동안 이윤정은 검은 점들이 무수히 찍혀 있는 실몽당이를 풀어 펼쳐놓고 들여다보고 있었다.

"윤정 씨, 목숨 구해줘서 정말 고마워요."

"예? 고맙긴요…"

"그런데 그 많은 금괴를 혼자 차지할 생각이었어요?"

물론 농담이었다.

"아, 아니에요. 내가 그걸 그대로 번역했고 번역한 그걸 해적들이 봤다고 생각해보세요. 그럼 그 금괴가 모두 해적들의 수중에 들어갈 거 아니에요. 그래서 금괴가 있다는 이야기와 금괴가 있는 장소를 알 수 있는 단서는 혼자만 알고 있다가 해적들이 이 배를 떠나고 나면 그때 모두에게 이야기할 생각이었어요."

"그런데 결국 이렇게 돼서 어쩌죠? 내 하찮은 목숨과 그 많은 금괴를 맞바꿔버리고 말았으니…"

"아무리 금이 무거워도 사람 목숨만큼 무겁겠어요. 특히 순석 씨 목숨이라면…"

이윤정은 말을 얼버무리며 씩 웃었다. 어쩌면 저렇게 예쁘게 말하고 예쁘게 웃을 수 있을까?

"그나저나 이 실타래의 비밀을 풀지 못하면 저놈들이 또 죽인다고 난리를 칠 텐데 큰일이네요."

언제 웃었냐 싶게 이윤정이 한숨을 쉬었다.

"어디, 나도 좀 볼까요."

이윤정이 살펴보라는 듯이 조금 뒤로 물러났다.

이윤정은 헝클어진 실타래를 정성스럽게 감아 실몽당이를 만든 뒤 일부를 풀어 선실 바닥에 펼쳐놓고 들여다보고 있었다. 실은 재질이 무명인 것 같았고 굵은 낚싯줄 정도의 굵기였다. 어쩌면 그 당시 낚싯줄인지도 몰랐다.

암호 해결의 실마리는 실에 무수히 찍혀 있는 검은 점과 선인 것 같았다. 단순히 보면, 실에 찍혀 있는 무늬가 점과 선의 조합인 모스부호 같았다.

"이 검은 점들이 비밀을 푸는 열쇠겠죠? 지금까지 뭐 알아낸 거 없어요?"

"글쎄, 전혀…. 아, 실에 찍혀 있는 점들이 다 불규칙한 것은 아니고 법칙이 있는 것들도 있어요."

"모스부호처럼요?"

"아니, 그런 법칙이 아니라…. 공간에 대한 법칙이랄까. 한 종류의 검은 점은 일정한 간격으로 찍혀 있거든요. 이 점, 이 점, 이 점, 모두 일정한 간격으로 반복되고 있잖아요."

이윤정이 손가락으로 짚은 점들은 실의 처음부터 끝까지 약 18센티미터 정도의 간격으로 일정하게 찍혀 있었다. 그리고 그 규칙적인 점들의 한쪽은 다양하고 복잡한 점과 무늬가 있었고, 한쪽은 아무것도 없이 비어 있었다. 18센티미터 간격의 점, 무늬, 18센티미터 간격의 점, 없음, 18센티미터 간격의 점, 무늬, 18센티미터 간격의 점, 없음, 18센티미터 간격의 점이 반복되고 있었다.

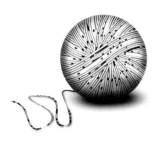

"도대체 이게 뭐지? 아무리 들여다봐도 무슨 의미인지 짐작조차 못 하겠네."

순석은 실을 들여다보면 들여다볼수록 머리에서 현기증만 심하게 일었다.

"아! 배가 고프니 머리가 전혀 안 돌아가네."

순석은 실타래에서 물러나 벽에 등을 기댔다. 온몸에 힘이 하나도 없었다.

"배고파요?"

"예. 피를 많이 흘려서 그런가…."

점심을 든든히 먹은 것은 아니지만 굶지 않았는데 배고픔이 참기 힘들 정도로 심했다. 다른 욕구는 전혀 일지 않았고 식욕만 강렬

했다.

곧 박미경이 저녁 식사를 가져왔다. 소금으로 간을 하고 겉에 깨소금을 뿌린 주먹밥 두 개였다. 순석은 주먹밥 하나를 게 눈 감추듯 허겁지겁 먹어치웠다. 그러자 옆에서 보고 있던 이윤정이 자신의 주먹밥을 두 쪽으로 쪼개 한쪽을 순석에게 내밀었다. 순석은 단 한 번의 사양도 없이 냉큼 받아서 그것마저 입안에 밀어 넣고 꿀꺽 삼켰다.

그런데, 그렇게 주먹밥을 먹고 나니 허기가 가시는 것이 아니라 훨씬 더 배가 고팠다. 배고픈 정도가 위경련이라도 일어난 것처럼 참기 힘든 고통이었다. 밖으로 나갈 수만 있다면 얼빠이처럼 갈매기라도 잡아서 생으로라도 뜯어먹고 싶을 정도였다.

선실 안에는 먹을 것이 전혀 없었다. 순석은 선실 작은 주전자에 반쯤 남아 있던 물을 모두 마시고 나서 화장실에 들어가 수도꼭지에 입을 대고 수돗물을 벌컥벌컥 들이켰다.

마린보이호의 식수 및 생활용수는 육지에서 가져온 물이 모두 떨어져 빗물을 받아 공급하고 있었다. 끓여서 마셔야 했지만 배고픔 때문에 그런 것을 따질 여력이 없었다.

그러나 물로 극심한 허기를 물리칠 수는 없었다.

밤이 되자 순석은 체온이 40도를 오르내렸다. 해열제를 먹은 게 그랬다. 열 때문인지 정신이 하나도 없었다. 다만 계속 배가 고팠다. 총에 맞은 퉁퉁 부은 어깨가 햄버거처럼 보였다.

이윤정이 순석의 체온을 낮추기 위해 찬물을 적신 물수건으로 온몸을 계속 냉찜질했다.

"배고파, 배고파…."

순석이 헛소리하듯 계속 먹을 것을 찾자 박미경이 문을 두드려 칼자국을 불렀다.

자다 일어난 칼자국이 짜증을 내면서도 박미경을 밖으로 내보내 줬다.

박미경이 밥을 해오자 순석은 걸신이라도 들린 것처럼 두 손으로 입에 밥을 퍼 넣었다. 세 그릇을 순식간에 먹어 치우고도 계속 배가 고팠다.

"더 줘, 밥 더 줘…."

"좀 참아봐. 너 지금 열 때문에 제정신이 아니야."

"밥 더 달라고! 나, 머리는 멀쩡하단 말야. 밥 더 줘. 밥…."

배가 너무 고팠다. 배고픔 때문에 체면이고 뭐고 생각할 여유가 없었다. 맥주를 많이 마시고 몇 시간 오줌을 참는 것보다도 더 참기 힘든 배고픔이었다. 같은 선실 안에 잘 보이고 싶은 이윤정이 없었다면 틀림없이 난동을 피웠을 것이다.

———

9월 17일.

239

순석은 눈을 뜨자마자 배고픔을 호소했다.

박미경은 아침 식사로 순석에게 두 사람 분량의 밥을 가져다줬다. 또, 박미경과 이윤정이 각자의 밥을 반씩 덜어 한 그릇을 만들어 순석에게 건넸다. 순석은 밥 세 그릇을 그 누구보다 빨리 먹어치웠다.

밥이 목구멍으로 넘어갈 때의 그 쾌감과 만족감이란 말로 표현할 수 없을 정도였다. 쾌감이나 만족감의 종류는 다르겠지만 순석이 짝사랑하고 있는 이윤정과 섹스를 한다고 해도 결코 그런 만족감과 쾌감을 얻지는 못할 것 같았다. 순석은 지금까지 그런 쾌감과 만족감을 맛본 적이 없었다.

그러나 그런 쾌감과 만족감은 허겁지겁 밥을 먹어댈 때뿐이었다. 밥을 먹고 나면 10년쯤 굶은 것처럼 다시 배가 고프다 못해 아팠다.

순석은 낚시로 물고기를 잡아 생으로 뜯어먹어야겠다는 생각을 했다. 무엇이든 먹고 싶었지만 특히 생선회나 육회 같은 날고기를 먹고 싶은 욕구가 강했다.

하지만 칼자국이 밖으로 내보내 달라는 순석의 요구를 거절했다. 그는 순석을 미친놈 취급했다.

"야 이 해적 놈아! 쏠 테면 쏴봐."

순석은 해적들이 겨누고 있는 사제 권총조차 전혀 두렵지가 않았다.

"이 개새끼들아, 쏠 테면 쏴보라니까!"

미친개 날뛰듯 하는 순석을 힘으로 제압한 것은 해적들이 아니라 이상홍을 비롯해 힘센 남자 인질들이었다.

"얘가 고열 때문에 제정신이 아닙니다."

이윤정은 실타래의 비밀을 풀기 위해 연구하랴 순석을 돌보랴 정신이 없었다. 순석은 이윤정에게 도움이 되는 존재가 아니라 온종일 방해가 되는 존재였다.

놈들은 세 선실에 나누어 놓았던 인질들을 다시 한 선실에 몰아넣었다.

저녁 늦게까지 작업하고 돌아온 사람들에게 들으니 오전까지는 개흙 제거작업을 추가로 했고 오후부터는 골동품들을 침몰선 밖으로 끌어내 마린보이호로 끌어올리기 시작한 모양이었다. 이미 청동으로 만들어진 용머리상과 개머리상을 끌어올렸다고 했다.

"그 용머리상과 개머리상이 어떻게 생겼죠?"

얼룩덜룩한 실타래에서 눈을 떼지 않고 있던 이윤정이 갑자기 사람들을 돌아보며 물었다.

"그냥 용머리와 개머리처럼 생겼지. 청동으로 만들어진 거구."

"크기는요?"

"개머리는 개머리만 하고 용머리는 개머리보다 조금 더 커. 아, 아직 끌어올리지 않은 양머리상 하고 닭머리상, 뱀머리상이 초잔마루 안에 더 있는디, 양머리상은 양머리만 하고, 다른 것들도 양머리와 크기가 비슷하던디…."

"그래요? 그것뿐인가요?"

"그것뿐이라니? 다른 골동품도 꽤 많다고 말했잖여…."

"그게 아니라, 청동으로 된 12지신상 중에 다른 것들은 없었어요?"

"글쎄? 못 봤는디…. 왜 그랴?"

"혹시 그게, 그것들이 아닌가 싶어서요. 청나라 건륭황제의 여름 별장이었던 중국 베이징의 원명원에는 12지신상이 있었어요. 10여 년 전 프랑스 크리스티 경매에서 이 12지신상 중 쥐와 토끼 머리 청동상이 경매로 나와 양국 간에 커다란 문제가 되었었죠. 쥐와 토끼 머리는 1860년 중국을 침략한 영국과 프랑스 연합군이 훔쳐 간 것이죠. 이 두 개의 청동상은 2013년에 프랑스 갑부가 경매가 아닌 개인 간 거래로 사들여 중국에 무상으로 기증했어요. 이 두 청동상의 추정가는 3천만 유로(400억 원)예요. 그 전에 소더비 경매에서 경매된 말머리상은 880만 달러(100억 원)에 팔렸죠. 그런데, 원명원에 있던 12지신상 중 소재가 파악된 7개 이외의 나머지 5개는 행방이 묘연해요."

"아, 그러니까, 어디에 있는지 소재 파악이 안 된다는 12지신상들이 용머리상, 뱀머리상, 양머리상, 닭머리상, 개머리상이란 말여?"

"그래요. 일본의 약탈문화재 운반선에서 건져 올린 청동상들이 그 사라진 나머지 12지신상과 정확히 일치하는 것이, 우연으로 치기에는…."

9월 18일.

다시 날이 밝았다. 순석은 증상이 조금 호전되어 위경련처럼 고통스럽게 배가 고프지는 않았지만 여전히 배가 몹시 고팠고 열이 높았다. 어깨의 부기도 점점 빠져가고 있었다. 치료약이 변변치 않아 상처가 덧날까 걱정했는데 위험한 고비는 넘긴 것 같았다. 하지만 상처가 치명적인 데다 치료조차 제대로 받지 못해 장애라는 후유증을 피할 방법은 없을 것 같았다.

점심을 먹은 뒤 수면제라도 먹은 것처럼 잠이 밀려와 낮잠을 자고 일어나 보니 벌써 저녁때가 다 되어 있었다. 이윤정이 한두 시간 안에 암호를 풀지 못하면 같이 죽게 될지도 모르는 상황인데도 다시 밀려오는 잠을 참을 수가 없었다.

순석은 애써 잠을 쫓으며 이윤정에게 다가갔다. 이윤정은 여전히 실타래의 비밀을 풀기 위해 실타래를 선실 바닥에 펼쳐놓은 채 애쓰고 있었다.

"아직 못 풀었슈?"

"몸은 좀 어때요?"

"컨디션이 꽤 좋은데요. 계속 졸린 것만 빼면…."

순석은 손등으로 눈을 비비고 나서 이윤정이 들여다보고 있는 실타래를 들여다봤다.

243

"이 실타래의 비밀을 어떻게든 풀어야 할 텐데…."

이윤정은 마음이 급한지 계속 풀어야 한다는 말만 되풀이해댔다.

"뭔가 법칙이 있을 텐데…. 암호는 대부분 어떤 법칙으로 이루어져 있는데…."

이윤정은 실타래의 비밀을 수학적으로 풀어보려고 시도 중인 것 같았다. 노트에 갖은 수학 공식과 계산식이 빽빽하게 쓰여 있었다.

"어떤 법칙이 있을 텐데, 어떤 법칙이…."

"그럼, 이걸 만든 사람은 수학을 아주 잘하는 사람이었겠네요?"

"글쎄요? 저도 하다하다 이렇게까지 하고 있긴 한데, 당시 상황으로 보면 많은 시간을 들여 어떤 어려운 암호문을 만들었을 것 같지는 않아요. 이걸 만든 사람도 수학자라거나 암호전문가가 아니었던 것 같고…. 지금은 풀이법을 몰라서 복잡해 보이지만 나중에 풀고 나면 아주 단순한 암호일 수도 있어요. 어떤 법칙만 찾아내면 소꿉장난하듯이 금방 풀 수 있는 그런 문제일 것 같은데…."

"법칙이라? 제가 보기에 법칙은 전에 윤정 씨가 말한 것처럼 18센티 정도의 간격으로 찍혀 있는 점들뿐인데요."

순석은 점이 정말 규칙적으로 찍혀 있는지 확인하기 위해 실의 일부를 나란히 늘어놓고 일정한 간격으로 찍혀 있는 점들의 간격을 서로 맞추어보았다. 생각대로, 자로 재서 점을 찍은 것처럼 간격이 일정했다.

"불규칙하게 찍혀 있는 점들의 모양도 모두 같은가?"

순석은 불규칙한 점과 선들의 모양에 어떤 법칙이 있는지 살펴보기 위해 점이 많이 찍혀 있는 실의 중간 부분을 밭고랑처럼 반복해 나란히 늘어놓았다. 그리고 점과 점을 맞대어 비교해 보았다.

불규칙한 점들은 거리가 가까울수록 크기와 모양, 위치가 비슷했고 거리가 멀어질수록 크기와 모양, 위치 차이가 컸다.

"잠깐만요!"

순석이 밭고랑처럼 늘어놓았던 실을 다른 모양으로 바꿔보려는데 이윤정이 갑자기 그의 손을 잡았다.

"왜요?"

바로 그때, 철커덩! 출입문의 빗장을 푸는 소리가 나며 출입문이 열렸다.

출입문을 활짝 연 주빠지에가 손에 든 권총을 까딱거려 두 사람을 밖으로 불러냈다.

순석과 이윤정이 갑판으로 나가니 작업을 마친 사람들이 모여 있었다.

"그래, 실타래의 비밀을 풀었나?"

칼자국이 이윤정을 보자마자 물었다. 이윤정은 대답하지 못하고 윗니로 아랫입술을 지그시 깨물었다.

"아직 못 풀었군. 그럼 죽어야지. 누구부터 죽을까? 매는 먼저 맞는 것이 낫다고 했는데…"

칼자국이 권총으로 순석과 이윤정을 번갈아 가리켰다.

"저, 시간을 조금만 더 주세요. 몇 시간만…. 곧 풀 수 있을 것 같아요."

이윤정이 사정하듯이 말했다.

"나는 두말하는 거 싫어하는 사람이라고 했을 텐데. 기한은 오늘 이 시간까지라고 했을 텐데…."

그때 이도형이 나서서 사정했다.

"한번 봐주십쇼. 어제오늘 우리가 열심히 일해서 귀중한 골동품들을 꽤 많이 건졌잖습니까. 그러니 한 번만 봐주십시오. 그럼 앞으로 더 열심히 일하겠습니다."

잠시 뭔가를 생각하던 칼자국이 권총을 까닥까닥 흔들어대며 말했다.

"아니! 난 그 무엇보다 신용을 중요하게 생각하는 사람입니다."

칼자국이 다시 순석을 향해 권총을 조준했다.

"잠깐, 잠깐! 풀었어요, 풀었어요!"

이윤정이 늦지 않게 말하려는 듯 재빨리 외쳤다. 순석은 당장 목숨을 건진 것에 안도하면서도 불안감을 떨칠 수 없었다. 이윤정은 분명 조금 전까지 아무 해답도 얻지 못한 상태였다.

'혹시, 이미 암호를 풀고도 내 앞에서 못 푼 척 연극을 한 건가?'

정말 그랬다면 꽤 서운한 일이 아닐 수 없었다.

"어디, 그 실타래의 비밀이 뭐야? 금괴가 어디에 감춰져 있지?"

"잠깐만요."

이윤정이 갑판 위에 실타래를 내려놓고 앉았다. 그리고 조금 전 선실에서 순석이 했던 것처럼 실을 나란히 늘어놓기 시작했다.

"뭐야? 몇 분 더 살아남으려고 지금 쇼하는 건가?"

"아, 아니에요. 집중해야 하니 제발 방해 좀 하지 마세요."

이윤정은 실을 밭고랑처럼 계속해서 반복해 늘어놓았다.

"보세요!"

이윤정이 외쳤다.

"뭐? 이게 뭐 어떻다고?"

"보세요. 무늬가 없는 흰 실 부분은 없는 것으로 간주하고 18센 티 간격으로 규칙적으로 찍혀 있는 점들을 나란히 맞춰, 불규칙한 점들을 이렇게 서로 맞닿게 실을 차례차례 늘어놓으니 불규칙한 점 들이 어떤 무늬를 만들어내잖아요?"

"어, 정말이네!"

이윤정의 말을 듣고 실을 들여다보니 정말 불규칙한 점들이 무 슨 그림처럼 보이는 것 같기도 했다.

"점이 모이면 선이 되고 선이 모이면 면이 되잖아요. 이게 그 원리 인 것 같아요."

이윤정이 자리에서 일어나 주위를 두리번거렸다.

"이게 뭔지 정확히 살펴보려면 도구가 있어야 할 것 같아요. 누 구, 제 가방 좀 가져다주시겠어요."

곧 칼자국의 지시로 주빠지에와 이상홍이 선실로 가서 이윤정의 가방을 가져왔다.

　가방에 들어 있던 책받침에 자를 대고 칼로 그어서, 책받침의 넓이가 실에 찍혀 있는 규칙적인 점과 똑같이 자른 이윤정은 책받침의 양쪽 테두리에 규칙적인 점들이 위치하도록 맞춰가며 실을 책받침에 촘촘히 감아나갔다.

　책받침에 점점 실이 감겨가자 어떤 그림이 형체를 드러내기 시작했다. 지도 같았다. 보물 지도가 틀림없었다.

　"아!"

　사람들의 입에서 탄성이 흘러나왔다.

　이윤정이 책받침에 실을 촘촘 감는 작업이 끝나자 책받침 전체가 실로 둘러싸인 천 모양이 되었고 선명한 지도가 완성되어 있었다. 마치 천에 그림이 그려져 있는 것 같았다.

　"아! 이걸 만든 사람이 책받침 크기의 어딘가에 이렇게 흰 실을 감아놓고 그 위에 보물 지도를 그린 뒤 다시 실을 풀어낸 모양이네."

"그런데 이걸 왜 그 항아리 속에 넣어두었던 걸까?"

"글쎄요? 그때 초잔마루에서 어떤 심상치 않은 일이 일어났던 것 같은디…."

마치 옆에 해적들이 없는 것처럼 인질들이 한마디씩 해댔다.

"그런디 여기가 어디여?"

그 순간 칼자국이 이윤정으로부터 지도를 빼앗아 들고 구석으로 가서 들여다봤다.

"아휴 아깝다. 저 지도로 금괴만 손에 넣으면 자손 대대로 돈 걱정 않고 살 수 있을 텐디…."

박판돌의 중얼거림을 듣는 순간 순석은 병원에 있는 아버지의 얼굴과 순영의 얼굴, 어머니의 얼굴이 눈에 어른거렸다.

"놈들이 금괴를 찾게 해주는 사람에게는 금의 일부를 떼어준다고 했는디, 정말 떼어줄까? 아니지, 금괴를 찾으면 최초로 찾은 사람에게 20퍼센트를 주고 나머지는 골고루 나눠 갖겠다고 했잖여."

"그럼 20퍼센트는 이윤정 몫이겠네?"

"아휴. 믿을 말이 따로 있지 저놈들 말을 어찌 믿어…."

"그럼, 저 보물 지도를 건네준다고 해서 놈들이 우리를 살려준다는 보장도 없잖여? 우리가 이미 저 보물 지도를 봐버렸는디…."

박판돌의 말에 사람들의 표정이 싸늘하게 굳었다.

칼자국이 선장에게 다가와 보물 지도를 보여줬다.

"이게 어느 섬이죠?"

보물 지도를 잠시 들여다보던 선장이 고개를 옆으로 흔들었다. 알면서도 모르는 척하는 것인지, 진짜 모르는 것인지는 알 수 없었다.

칼자국이 선장 앞에서 물러나 인질들을 둘러보며 말했다.

"여러분은 이미 이 지도를 보았소. 그렇기에, 이 섬이 어딘지 말하지 않으면 우리는 비밀유지를 위해 당신들을 모두 없애고 이 보물 지도를 가지고 이 배를 떠날 수밖에 없소. 반대로, 여러분이 이 섬이 어딘지 우리에게 알려줘서 곧바로 금괴를 찾게 된다면 당신들은 모두 살 수 있소. 그뿐만 아니라 우리는 약속대로 당신들에게 일정량의 금괴도 나누어 주겠소."

이도형이 칼자국에게 손을 내밀었다. 칼자국이 이도형에게 보물 지도를 건넸다. 지도를 잠시 들여다보던 이도형이 어둠이 내려앉고 있는 먼바다를 손가락으로 가리켰다.

파 랑

오랜 시간 침몰선 초잔마루 위에 정박해 있던 마린보이호가 이동하기 시작했다.

마린보이호는 한 시간 남짓 움직이다가 멈추어 섰다. 잠시 뒤 닻을 내리는 소리가 들려왔다. 창을 통해 살펴보니 검은 섬의 형체가 어른거렸다. 불빛이 보이지 않는 것으로 보아 무인도 같았다.

"어깨 좀 볼 수 있을까요?"

이윤정이 순석에게 다가와 어깨를 살폈다.

"어머나 세상에! 회복 속도가 엄청 빠른데요. 겉으로 보기에는 상처가 거의 다 아문 것 같아요."

이윤정의 말을 듣고 살펴보니 정말 어깨가 많이 나은 것 같았다. 순석은 어깨를 천천히 돌려봤다. 통증이 심했으나 정말 신기하게도 어깨가 조금씩 돌아갔다.

"기적 같아요. 아니, 기적이에요. 인대나 연골은 회복이 쉽지 않은

데…. 이대로라면 완전한 회복도 가능할 것 같아요."

이윤정은 기뻐서 눈물이라도 흘릴 것 같은 표정이었다.

"밥이 보약이라고, 밥을 많이 먹었더니 그런가…. 아, 배고파!"

9월 19일.

해적들이 날이 채 밝지 않은 어두운 갑판으로 인질들을 끌어냈다. 바람이 심상치 않았다. 폭풍이 다가오고 있는 것 같았다.

해적들이 마린보이호에서 크레인으로 바다에 내린 2톤짜리 보트에 인질들을 모두 태웠다.

해적들이 섬에 보트를 댄 곳은 바위 절벽이 C자 모양으로 감싸고 있는, 초등학교 운동장 정도 크기의 백사장이었다.

칼자국이 사람들을 만의 우측 절벽 밑으로 이동시켰다. 물이 막 빠져나간 부분에 형체를 겨우 알아볼 수 있는 지름 3미터 정도의 굴이 있었고 그 입구에 날카로운 바위들이 쌓여 있었다. 폭파의 흔적이었다.

아직 날이 밝지도 않았고 동굴 입구가 바닷물 속에서 완전히 드러나지도 않았는데 해적들은 인질들에게 작업을 시작하도록 지시했다.

작업은 단순했다. 동굴 입구에 있는 바위들을 앞으로 밀어내거나 끌어내면 되었다. 하지만 작업이 단순하다고 일이 쉬운 것은 아니었다. 바위들이 서로 맞물려 있었고 어떤 것은 크기가 꽤 커서 철장을 틈 사이에 밀어 넣고 여럿이 힘을 써도 꿈쩍도 하지 않았다.

인질들 대부분은 해적들이 총을 들고 시키니 마지못해 일하는 것이었지만 이번에도 이도형은 자발적으로 일하는 듯했다. 마치 막노동판의 반장처럼 사람들에게 이렇게 해라, 저렇게 해라, 쉼 없이 지시하고 작업을 독촉해댔다.

9월 20일.

동굴 입구의 바위를 다 치우는 데 며칠이 걸릴 것으로 예상했는데 하루 반나절 만에 바위 틈새로 뻥 뚫린 검은 구멍이 나타났다. 작은 바위들을 몇 개 더 치워 구멍을 넓혔다.

칼자국이 천과 경유로 횃불을 만들어 들고 동굴 안으로 들어갔다. 그는 10분쯤 지나서 환하게 웃으며 벽돌 크기의 누런 금속 하나를 가지고 나왔다. 금괴가 틀림없었다.

칼자국이 권총을 까딱거리며 사람들을 불러 모았다.

"자, 모두 안으로 들어가서 안에 있는 것들을 밖으로 끌어내쇼."

순석은 어깨를 다쳐서 일할 수 없었지만 호기심 때문에 가만히 있을 수 없었다. 사람들을 따라 동굴 안으로 들어갔다.

동굴 안쪽은 키 큰 사람이 서서 움직여도 될 정도로 꽤 넓었고 약간 위쪽으로 뻗어 있었다. 15미터 정도 길이의 동굴 끝에 칼자국이 가져다 놓은 횃불이 밝게 타고 있었고 그 뒤에 30센티미터 크기의 흑갈색 나무상자들이 20개쯤 쌓여 있었다. 나무상자는 맨 앞줄만 보였는데 뒤에 몇 줄이 더 있는 것 같았다. 맨 앞줄 위쪽의 나무상자 하나가 부서져 있었고 그 밑에 칼자국이 동굴 밖으로 들고 나온 것과 같은 금괴가 몇 개 떨어져 있었다.

주빠지에가 금괴 하나를 도끼로 퍽 찍었다. 도끼날이 무른 금속을 파고들어 깊은 V자 흔적을 만들었다. 금괴의 안쪽도 반짝이는 누런 금속이었다.

"와우!"

30센티미터 크기의 상자 안에 금괴가 들어 있는 것을 확인하고 난 주빠지에가 금괴 상자 앞쪽 벽에 붙어 늘어서 있는 50센티미터 크기의 나무상자를 도끼로 찍었다. 썩은 나무상자가 스티로폼 상자처럼 부서지며 침몰선에서 인양했던 것과 비슷한 항아리가 드러났다. 주빠지에가 다시 도끼를 휘두르자 산산이 깨진 항아리 속에서 어떤 동물의 신체조직 같은 살덩어리가 튀어나왔다.

주빠지에가 실망스럽다는 표정을 지었다.

주빠지에가 총구를 까딱거려 인질들에게 금괴를 밖으로 옮기라는 지시를 했다.

박판돌이 벽돌 크기의 금괴 네 개를 차곡차곡 쌓아서 들고 가려고 두 손으로 들어 올렸다가 곧바로 내려놓았다.

"아휴, 엄청 무겁네이. 하나에 20킬로그램씩은 나가겠네."

남자 인질들은 금괴 2개씩을, 여자 인질들은 1개씩을 들고 동굴 밖으로 향했다.

순석도 성한 왼손으로 금괴 하나를 집어 들고 밖으로 향했다.

들고 나온 금괴를 동굴 옆의 모래밭에 내려놓고 난 순석이 다시 동굴로 들어가려는데 눈앞에서 엄청나게 밝은 빛이 폭발했다. 귀청을 찢을 듯한 폭음과 함께 거센 바람이 온몸을 후려쳤다. 순석은 폭풍에 떠밀려 뒤로 크게 나자빠졌다.

떵— 하는 이명이 가시자 비명이 들려왔다.

"아악, 사람 살려!"

동굴 안에서 머리가 아무렇게나 흐트러진 박미경이 비틀거리며 걸어 나왔다.

동굴 밖에 있던 사람들이 횃불이 꺼진 어두운 동굴 안으로 뛰어들어가 부상자들을 끌어냈다. 선장과 갑판장, 이윤정은 제 발로 걸어 나왔고 피투성이가 된 주빠지에와 안길식은 사람들의 도움으로 밖으로 나왔다.

사람들은 주빠지에가 금괴 상자 하나를 앞으로 쓰러트리는 순간 상자 밑에 있던 폭발물이 터졌다고 했다. 폭발물 앞에 쌓여 있던 금괴들이 파편을 막아 인명 피해가 크지 않았던 것 같았다.

가장 많이 다친 주빠지에는 배에 폭발물의 파편 하나가 박혔고,

폭발 시 날아오른 금괴가 가슴을 때려 갈비뼈가 한두 개 부러진 것 같았다.

안길식도 날아온 금괴에 허벅지를 맞았다. 뼈에 금이라도 갔는지 갔은 인상을 쓰며 고통스러워했다.

이윤정은 외상은 없었지만 왼쪽 귀가 잘 안 들린다고 했다. 고막이 찢어진 것 같지는 않았다. 일시적인 증상 같았다.

사람들은 밧줄을 이용해 금괴 상자를 하나씩 하나씩 쓰러트렸다. 더 이상의 부비트랩은 없었다.

금괴를 반쯤 꺼냈을 때 바닷물이 동굴 입구로 흘러들기 시작했다. 작업을 중단할 수밖에 없었다.

칼자국은 인질들에게 쉴 틈을 주지 않고 백사장에 쌓여 있는 금괴를 보트에 싣게 했다.

보트에 금괴가 칠팔십 개쯤 실리자 칼자국과 얼빠이가 보트에 올라 해변에서 50미터 정도 떨어진 곳에 정박하고 있는 마린보이호로 향했다. 중상을 입어 거동이 불편한 주빠지에는 권총 두 자루를 양손에 쥔 채 금괴를 깔고 앉아서 인질들을 감시했다.

보트가 백사장과 마린보이호를 열 번 정도 왕복하여 10여 톤 정도의 금괴를 모두 마린보이호로 옮겼다. 돈으로 치면 1조 원 가까이 되었다.

9월 21일.

인질들은 꾸벅꾸벅 졸며 대기하고 있다가 동굴 입구가 드러나기 시작한 새벽 5시부터 다시 동굴 안에서 금괴를 꺼내는 작업을 했다.

동굴 속의 금괴를 모두 꺼내고 나자 칼자국은 50센티미터 크기의 나무상자도 모두 끌어내라고 지시했다.

"아니, 배에 있는 항아리들을 창고 바닥에 던져서 퍽퍽 깨트린 놈이 이것들은 뭐 하러 꺼내라는 거여?"

박판돌이 항아리를 밖으로 옮기며 투덜거렸다.

동굴이 텅 비자 칼자국이 바위틈을 뒤지고 다녔다. 그는 곧 누군가가 바위틈 사이에 감추어놓은 금괴 2개를 찾아내 보트에 실었다.

모래밭에 쌓아둔 금괴를 보트에 신던 이상홍이 권총을 들고 지키고 있는 칼자국에게 말을 걸었다.

"전에 우리에게 금괴를 나누어준다고 했던 약속 지키실 거죠? 가져가실 금괴를 마린보이호에 다 신고 나면 우리 몫의 금괴와 우리는 그냥 여기 놔두고 떠나시면 서로 좋을 거 같은데요."

"입 닥치고 일이나 해."

금괴와 항아리 전부를 마린보이호로 옮기고 난 칼자국과 얼빠이가 다시 보트를 타고 돌아와 인질들을 보트에 태웠다.

"왜 우리를 다시 마린보이호로 데려가는 걸까요? 이제 우리는 이용 가치가 없을 텐디…?"

보트에 오른 이상홍이 불안한 표정으로 사람들을 둘러보며 물었다.

"놈들이 우리나라 바다를 벗어날 때까지는 인질이 필요하기 때문 아닐까? 중국으로 넘어가기 전에 해경의 추격이라도 받게 되면 우리를 인질로 잡고…."

"어, 저기, 해경 경비함이에요!"

이윤정이 인질들에게만 들릴 만한 낮은 목소리로 외치며 턱으로 먼바다를 가리켰다. 정말 멀리서 해경 경비함으로 보이는 배가 마린보이호를 향해 곧장 다가오고 있었다.

경비함을 발견한 해적들이 보트의 속도를 높였다.

"빨리빨리 올라타!"

마린보이호에 먼저 오른 칼자국이 권총 쥔 손을 흔들어대며 재촉했다.

마린보이호 갑판 뒤쪽에 금괴가 공사장 벽돌 무더기처럼 아무렇게나 쌓여 있었고 낡은 포장이 그 금괴들을 엉성하게 덮고 있었다.

이제 해경 경비함은 30분 정도면 마린보이호에 다다를 수 있을 것 같았다. 마린보이호를 향해 곧바로 오는 것을 보니 무슨 볼일이 있는 것이 틀림없었다.

인질들은 다시 선실에 갇혔다.

닻이 채 끌려 올라오지도 않은 상태에서 배를 출발시켜, 닻이 올라오다 뱃전에 쿵쿵 부딪히는 소리가 났다.

마린보이호가 최대 출력을 냈다. 태양의 방향으로 보아 중국 쪽으로 도망가는 것 같았다.

"해경 경비함이 왜 우리를 따라오는 거지?"

"이 배를 따라잡을 수 있을까요?"

"헬기나 고속정을 띄운다면 몰라도, 저 경비함이 저 거리에서 한두 시간 내에 이 배를 따라잡기는 어려울걸⋯. 이 배가 낡아서 형편없어 보여도, 건조 당시에는 최첨단 엔진을 장착한 엄청 비싼 배였어. 오대양을 누비고 다니던 배이기도 하고."

이도형의 말대로, 해경 경비함은 시간이 지날수록 점점 더 멀어졌다.

해경 경비함은 약 3시간 정도를 따라오다가 시야에서 사라졌다.

"에이 제길! 중국 영해로 넘어왔나 봐."

추격자가 보이지 않는데도 마린보이호는 출력을 낮추지 않고 계속 최고 속도로 달렸다.

망망대해를 한 시간쯤 달리자 이번에는 앞쪽 멀리서 군함이 나타났다. 중국 군함이었다. 마린보이호는 진행 방향을 남서쪽에서 급히 남동쪽으로 바꿨다.

중국 군함도 마린보이호를 2시간쯤 뒤쫓아 오다가 사라졌다. 마린보이호는 계속 최고 출력을 유지했다.

중국 영해를 벗어나 공해를 따라 남쪽으로 내려갈수록 바람과

파도가 거세졌다. 평상시 이 정도의 바람과 파도면 항구로 피항해야
했다.

"이거 태풍이라도 올라오는 거 아녀? 태풍이 올라올 때면 으레
저런 구름들이 보이던디⋯. 그런데 도대체 어딜 가려고 이리 쉼 없
이 달리는 거여? 혹시 대만이나 필리핀으로 가려는 건가?"

박판돌이 창문 밖을 살피며 중얼거렸다.

열 시간 가까이 최대 출력으로 달리던 배가 조금씩 속도를 줄였
다. 이제 안전하다고 판단한 것 같았다.

어느 순간 엔진소리가 완전히 멈췄다.

"왜 갑자기 엔진을 끄는 거지?"

엔진이 멈추자 배가 높은 파도에 떠밀리기 시작했다.

"이런 날씨에 엔진을 끄면 위험한데⋯. 아! 혹시 기름이 떨어진
게 아닐까요?"

작은 배를 여러 척 가지고 있는 선주 집안의 아들인 이상홍이 이
도형을 보며 물었다.

"기름?"

"그래요. 최대 출력으로 오전부터 지금까지 달렸으니⋯."

"비상 기름통이 있지 않나?"

안길식이 그럴 리 없다는 듯이 끼어들었다.

"아녀, 그렇지 않아. 전에 선장이 기름통에 기름이 얼마 남지 않
았다며 다음에 군산에 나갈 때 기름통들을 채워야 한다고 했었어."

이도형이 어두컴컴한 창밖을 살피며 말했다.

"그럼 우린 어떻게 되는 겨? 이 상황이 잘된 겨, 못된 겨?"

박판돌이 불안한 표정으로 물었지만 누구도 대답하지 않았다.

망망대해 한가운데서 시동이 꺼진 배가 거친 파도에 떠밀리며 인천 월미도 놀이공원의 아폴로디스코처럼 흔들리는 사이 어둠이 찾아들었다.

밤이 깊어가는데도 해적들은 인질들에게 밥을 주지 않았다. 금괴를 모두 손에 넣었기에 이제 인질들은 거추장스러운 존재일 뿐이었다.

9월 22일.

쿵쿵쿵. 쿵쿵쿵….

새벽 5시쯤 누군가가 밖에서 조심스럽게 출입문을 두드려댔다.

"나요, 선장."

문틈 사이로 들려온 선장의 목소리는 바람 소리보다도 더 낮았다.

"이것 좀 받어. 문을 좀 밀어봐."

선장이 문틈으로 무엇인가를 밀어 넣으려고 하고 있었다. 이상홍이 문에 어깨를 대고 밀어 문틈을 최대로 벌리고 문틈에서 쇠톱을 잡아 빼냈다.

"기름이 떨어져서 배가 멈췄슈. 파도가 잦아드는 대로 놈들이 보트와 어선에 금괴를 옮겨 싣고 탈출하려는 것 같아요. 난 화장실 간다고 하고 나와서, 빨리 돌아가야 해요."

놈들의 상황을 알려주고 난 선장이 급히 자리를 떴다.

쇠톱은 손잡이가 없는 톱날뿐이었지만 새것이었다.

"이걸로 뭘 어쩌지?"

박미경이 쇠톱을 들여다보며 중얼거렸다.

"잘라야죠."

"뭘?"

이상홍이 창문을 살피고 화장실을 살피고 천장 이곳저곳을 살폈다. 그러다 다시 출입문을 살폈다. 선실을 탈출하는 방법은 출입문뿐이었다. 무엇인가를 잘라야 한다면 출입문의 그 무엇일 수밖에 없었다.

"문틈으로 쇠톱을 집어넣어 밖에 걸려 있는 빗장을 잘라야 할 것 같은디…?"

"그 방법밖에는 없을 거 같네이. 그런디, 다 자르기 전에 놈들이 와서 문이라도 열면 어쩌지?"

"그런데 말유. 저놈들, 두 대의 작은 배에 금괴를 모두 실을 수 있나?"

이하민이 사람들을 둘러보며 물었다.

"한 10톤 정도밖에 못 실을걸?"

"그럼 나머지는?"

"일단 가져갈 수 있는 만큼만 가져가고 다시 돌아올지도 모르쥬."

"그럼 우리는…?"

박판돌의 질문에 표정이 굳은 사람들이 서로를 쳐다봤다. 놈들이 다시 마린보이호로 돌아올 계획이면 놈들은 마린보이호를 떠나기 전에 위험요소인 인질들을 모두 죽이려 할 수도 있었다.

"그럼 스파이는…?"

박판돌이 다시 민감한 질문을 던졌다.

"예? 스파이라뇨?"

"아, 그냥 한번 생각해보자는 거여. 우리 중에 스파이가 있다면 놈들은 어떤 선택을 할까? 데려갈까, 아니면…?"

누구도 대답하지 않았다.

"자, 작업 시작하쥬."

쇠톱을 문틈에 밀어 넣은 순석은 쓱쓱 톱질을 해보았다. 소리가 꽤 컸다. 다행히 거친 파도와 바람 소리 때문에 소리가 멀리까지 전달될 것 같지는 않았다.

사람들이 번갈아 가며 톱질했다. 순석은 성하지 않은 팔 때문에 제외되었다.

심하게 흔들리는 배 안에서 쇠톱에 천을 감아 말아 쥐고 좁은 문틈으로 톱질을 해서 밖의 빗장을 자르는 일은 고난도 작업이었다.

시간이 갈수록 톱날에 스친 문틈이 넓어져서 톱질은 편했지만, 톱날이 무뎌진 탓에 쇠막대기가 썰리는 속도는 점점 느려졌다.

"얼마나 돼가? 날이 훤하게 밝았어. 빨리 끝내야 혀."

"조금만 더 썰면 돼요. 3분의 1쯤 남았슈."

"쉿!"

출입문에 귀를 대고 망을 보던 이상홍이 손가락을 입에 대자 톱 질하던 이하민이 동작을 멈췄다.

텅 텅 텅….

여러 사람이 철계단을 내려오는 발소리를 들은 이하민이 문틈에 서 재빨리 쇠톱을 빼냈다.

두세 사람 정도의 발소리가 출입문을 향해 다가왔다. 곧 놈들은 열쇠로 자물쇠를 열려다가 빗장이 잘려 있는 것을 발견하게 될 것 이다.

'제기랄!'

또 무슨 일이 벌어질 게 틀림없었다. 사람들이 어찌할 바를 모르 고 서로의 얼굴을 쳐다봤다.

발소리가 출입문 앞에서 멈추는 순간, 출입문에서 몇 걸음 뒤로 물러났던 이하민이 두 주먹을 꽉 움켜쥐며 앞으로 내달렸다. 문 앞 에서 펄쩍 뛰어오른 이하민이 두 발로 문을 힘껏 걸어찼다.

쾅!

하지만 문은 꿈쩍도 하지 않았다.

순석 역시 그 방법밖에는 없다는 생각이 들었다. 3분의 1쯤 남은 주물 빗장을 부러트려야 했다.

이하민의 몸이 문에서 튕겨 나오자마자 순석이 코뿔소처럼 달려들었다. 다치지 않은 왼팔과 왼쪽 어깨로 힘껏 문을 들이받았다. 쾅! 철문이 부서지듯 활짝 열렸다.

콰당!

열린 문짝이 문 앞에 서 있던 누군가를 때렸고, 문밖으로 튀어나간 순석이 크게 나자빠졌다. 순석이 재빨리 일어나며 보니 얼빠이가 문 옆에 널브러져 있었고 칼자국은 허리춤에서 권총을 뽑고 있었다.

"선장님!"

상황을 파악한 선장이 재빨리 몸을 뒤로 돌려 권총을 쥔 칼자국의 손을 움켜쥐었다.

탕!

선장이 뺏으려 하는 칼자국의 권총에서 귀청이 찢어질 것 같은 총성이 울렸다. 출입문 밖으로 달려 나오던 이상홍이 배를 움켜쥐며 앞으로 고꾸라졌다.

"이런 씨팔!"

순석도 칼자국에게 달려들었다. 순석은 권총을 쥐고 있는 칼자국의 오른팔을 다치지 않은 왼손으로 움켜쥐며 이로 팔뚝을 꽉 물고 불독처럼 머리를 흔들었다.

"아아악!"

순석과 선장이 칼자국의 권총을 빼앗기 위해 혈투를 벌이는 사이 몸을 일으키는 얼빠이를 이도형과 이하민이 동시에 덮쳤다.

탕!

칼자국의 손에서 다시 총알 한 발이 발사되었다. 하지만 총구는 사람이 없는 곳을 향하고 있었다.

죽느냐 사느냐의 기로에 선 칼자국이 순석의 입에서 팔을 빼내려고 확 잡아챘다.

"아악!"

칼자국의 팔뚝 살이 쭉 찢어지며 피가 순석의 입속으로 줄줄 흘러들었다.

칼자국의 얼굴에 주먹을 몇 번 날리고 난 선장이 칼자국의 손에서 권총을 빼앗았다. 흉기가 제거되자 순석은 물고 있던 칼자국의 팔을 놓고 칼자국의 다리를 걸어 넘어트린 뒤 그의 몸에 올라타 얼굴을 향해 왼손 주먹을 사정없이 휘둘렀다.

때리는 것으로 만족하지 못한 순석은 놈의 머리카락을 손으로 움켜쥐고 머리를 바닥에 쾅쾅 찌어댔다. 권총을 든 선장이 무방비 상태인 칼자국의 배를 발로 퍽퍽 밟아댔다.

급기야 놈의 몸이 축 늘어졌다. 정신을 잃은 것이다.

얼빠이도 얼이 빠질 정도로 사람들에게 두들겨 맞았다. 사람들은 그동안의 복수라도 하듯 주먹과 발로 저항을 못 할 때까지 때렸다. 이윤정과 박미경이 그만하라고 말리지 않았다면 두 놈 중에 한 놈은 맞아 죽었을지도 몰랐다.

순석은 이하민과 함께 해적들에게 빼앗은 권총을 들고 대테러 작전을 벌이듯 경계하며 조타실로 올라갔다. 폭발물에 중상을 입은 주빠지에가 의자에 눕듯이 앉아 자고 있었다. 주빠지에는 이하민이 매섭게 휘두른 손바닥에 뒤통수를 얻어맞고 앞으로 고꾸라진 뒤 정신을 차릴 틈도 없이 매를 맞았다.

조타실은 난장판이었다. 무전기와 항해에 필요한 장비들이 모두 산산이 부서지고 망가져 있었다.

선장의 말에 의하면 놈들은 마린보이호를 떠날 준비를 하며 조타실에 있는 무전기와 GPS플로터 등의 모든 장비를 도끼로 찍어 부쉈다는 것이었다.

아마도 놈들은 자신들이 없는 사이 인질들이 탈출할 것에 대비해 그런 것 같았다. 놈들은 마린보이호를 떠났다가 다시 돌아올 생각이었던 것 같았다.

이상홍을 조타실 뒤쪽 선실로 옮겨 상처를 소독하고 지혈하는 등 응급조처를 했다.

사람들이 전에 이윤정이 사용했던, 이상홍의 선실과 마주 보고 있는 맞은편 선실로 몰려가 구석에 놓인 가방에서 각자의 휴대전화기를 꺼내 전원을 켰다. 몇 대는 배터리가 닳아 켜지지 않았다.

"누구 신호 잡히는 사람 있어?"

"전혀 안 잡히는데요."

신호가 잡히는 휴대전화는 단 한 대도 없었다. 해적들에게 빼앗은 휴대전화도 마찬가지였다.

"큰일인걸! 이상홍을 빨리 병원으로 옮겨야 하는데, 연료도 떨어지고 무전기도 망가지고 전화도 안 되고…."

사람들이 각자의 전화기를 손에 쥔 채 밖으로 나가려고 하는데 이도형이 앞을 가로막았다.

"잠깐! 휴대폰은 한동안 그대로 두는 것이 좋을 듯합니다."

"왜요?"

"배에 금괴가 가득하니 지금이야말로 보안 통제가 더 절실한 상황이기도 하고…."

"전화가 되면 누가 또 해적들을 추가로 불러들일까 봐 걱정돼서 그러는 거쥬?"

박판돌이 떨떠름한 표정으로 물었다.

"핸드폰은 곧 돌려드릴 테니, 지금은 제 말에 따라주십시오."

이도형이 이유를 자세히 말하지 않았으나 그 누구도 대놓고 반대하지 않았다. 이제 이도형이 다시 마린보이호의 총책임자였다.

이윤정과 함께 이상홍을 돌보던 순석이 갑판으로 나가니 사람들이 해적들을 심문하고 있었다.

"정말 말 안 할 거야? 내통자가 누구지? 우리가 가짜 백금괴를 찾았을 때 너희들을 이 배로 불러들인 사람이 누구야?"

"말, 말했잖소. 그런 사람은 없다고…. 날씨가 좋은 날은 한국 해군과 해경의 경비가 심하니, 폭풍이 몰아치는 틈을 타 넘어온 건데 우연히 그렇게 된 거요."

"이 자식이!"

이하민이 들고 있던 몽둥이로 칼자국의 등을 후려쳤다.

"아악!"

"그럼 항해사는 왜 죽였지?"

"그것도 어쩌다 보니…."

다시 칼자국의 등으로 몽둥이가 날아들었다.

"아악!"

"그냥 심심해서 죽였다? 그래, 나도 무지 심심한데 어디 내 몽둥이맛도 좀 봐라."

이하민은 칼자국뿐만 아니라, 말을 알아듣지도 못하는 다른 해적들에게도 사정없이 몽둥이질을 가했다.

"네가 최동곤 씨도 죽였지? 너, 최동곤 씨를 죽이고 중국으로 달아난 그 새끼 맞잖아? 곧 경찰에 인계될 텐데, 거짓말해도 소용없어. 아니, 거짓말하면 경찰서 가기 전에 내 손에 맞아 죽는다."

"난 최동곤이 누군지, 그런 사람 모릅니다."

다시 몽둥이가 날아들었다. 퍽! 퍽!

"이제 그만하시죠. 경찰에 넘기면 다 불게 될 텐데 먹은 것도 없이 힘들게…."

순석이 이하민을 말렸다.

"아! 정말 때리는 것도 힘드네."

하지만 다시 이하민의 몽둥이가 칼자국의 허벅지를 후려쳤다.

"아악!"

이하민이 다시 몽둥이를 쳐드는 것을 순석이 손을 들어 제지했다.

"맞아 죽기 전에 빨리 말 못 해. 네가 최동곤을 죽였지?"

"그래 맞소…. 내가 죽였소. 하지만 동곤 씨도 나에게 잘못한 게 있소. 침몰선을 찾은 사람은 바로 나요. 그런데도 나를 무시하고 내 몫을 무시했소."

거짓말이 태반이겠지만, 칼자국이 자백한 이야기는 이러했다.

최동곤이 죽기 두 달쯤 전의 어느 날, 칼자국이 군산의 어느 인력소개소를 통해 일을 나갔는데 그 배가 주꾸미를 잡는 최동곤의 통발어선이었다. 주꾸미 통발을 건져 올리던 칼자국은 주꾸미가 어떤 메달 같은 금속으로 통발의 입구를 막고 있는 것을 발견했다. 칼자국이 그 금속을 호주머니에 넣으려는데 최동곤이 다가와 살펴보더니 자신의 호주머니에 넣어버렸다.

그때는 그게 별거 아니라고 생각해 가만히 있었는데, 두 달 뒤 최동곤은 그 일본 3급 훈장을 단서로 그곳 바다 밑을 뒤져서 침몰선을 찾아냈다.

최동곤이 침몰선을 발견한 그날 다른 사람을 통해 그 이야기를 전해들은 칼자국은 최동곤을 찾아가 자신의 몫을 요구했다. 하지만 최동곤은 자신이 바다 밑을 오래도록 열심히 뒤져 보물선을 찾아낸 것인데 왜 너 같은 탈북자에게 보물을 나누어줘야 하냐며 감정을 건드렸다. 순간 화가 난 칼자국이 최동곤에게 달려들었고 몸싸움을 하던 중 칼자국이 최동곤을 둔기로 때려죽이는 살인을 저질렀다는 것이었다.

그 뒤 그는 경찰의 포위망이 좁혀오자 중국으로 밀항했다.

"그때, 동곤이 형네 집에서 몽둥이로 내 머리를 때린 사람도 당신인가?"

순석이 칼자국에게 물었다.

"그렇소."

"그 뒤 정신을 잃은 나를 마당 가운데로 끌어다 놨나?"

"그렇소. 그냥 두면 불에 타죽을 거 같아서…."

"…항해사 아저씨는 왜 죽였지?"

"…."

"아, 쉽게 입을 열 놈이 아니라니까!"

이하민이 다시 몽둥이를 쳐들었다.

"아, 그만해. 지금 우리가 이 자식을 취조해봤자 힘만 들지 무슨 이득이 있겠나."

총을 든 안길식이 맞아서 피투성이가 된 해적들을 제2창고로 끌고 가 뒀다.

박판돌이 갑판 뒤쪽의 포장을 걷어냈다. 마치 공사장에 어지럽게 쌓여 있는 벽돌 무더기처럼 금괴들이 아무렇게나 널려 있었다.

"야호!"

사람들은 저마다 금괴 한두 개씩을 집어 들고 이리저리 들여다보며 오랜만에 밝은 미소를 지었다. 이제 모두 부자가 되었다는 표정들이었다.

"이거 20킬로그램짜리 하나가 13억이여, 13억! 이거 하나면 어선도 사고 비암떠블유도 살 수 있다니께!"

"야야! 금괴, 가져가지들 말고 모두 제 자리에 내려놔라이."

"왜, 누가 빼돌리기라도 할까 봐?"

"지금 죽을지 살지도 모르는 마당에 이깟 금괴가 뭐라고 그래유. 그냥 기분 좀 내게 냅둬유."

"금도 금이지만 일단 살 궁리부터 하자고… 아, 배고파!"

사람들이 배를 샅샅이 뒤졌지만 음식이라고 할 만한 것은 하나도 남아 있지 않았다. 선장은 어젯밤 해적들이 마린보이호를 떠날 준비를 하며 조타실의 기기들을 모두 부순 뒤 조금 남아 있던 쌀까지 모두 바다에 버렸다고 했다.

먹을 것을 찾아 헤매다 포기한 순석은 이상홍에게 보여주기 위해 금괴 하나를 힘겹게 들고 조타실 뒷방으로 향했다. 계단을 올라가 이상홍의 방으로 들어가려는데 출입문이 반쯤 열려 있는 맞은편 방 안에 박미경이 등을 보인 채 쪼그리고 앉아 있었다. 박미경의 앞에는 충전기 선이 꽂힌 휴대전화가 열 개 남짓 놓여 있었는데 박미경은 그중 하나를 켜서 들여다보고 있는 것 같았다.

방 안으로 들어간 순석이 박미경의 어깨너머를 살폈다. 박미경은 자신의 휴대전화를 들여다보며 통화목록 하나를 지우려고 하고 있었다. 그런데 순석의 눈에 들어온 그 전화번호는 평범한 전화번호가 아니었다. 보통의 전화번호보다 숫자가 많았다.

"그거 뭐유?"

박미경이 깜짝 놀라며 재빨리 휴대전화 충전 선을 뽑은 뒤 휴대전화를 두 손으로 감싸 감췄다. 박미경의 얼굴에 도둑질하다가 들킨 것 같은 당혹스러운 표정이 스쳐 지나갔다.

"어, 언제 통화가 될지 몰라서 충전해놓으려고…. 바다 위를 떠돌고 있는 이 배가 언제 통화 가능지역으로 들어설지 모르잖아. 배가 통화 가능지역으로 들어서도 핸드폰이 켜져 있지 않으면 통화가 되는지 안 되는지 알 수 없잖아."

박미경은 목소리를 가늘게 떨며 필요 이상으로 길게 설명했다.

"그 전화기 잠깐 줘봐요."

순석의 말투가 표준어 투로 바뀌자 박미경이 바짝 긴장했다. 순석은 재빨리 박미경의 손에서 휴대전화를 낚아채 그녀가 지우려던 통화목록을 살폈다.

"뭐, 뭐 하는 거야? 저, 전화기 이리 줘!"

박미경이 순석을 뒤에서 끌어안은 채 휴대전화를 빼앗으려고 했다.

"뭐 하는 거야?"

이도형이 큰소리를 내며 선실로 들어왔다.

박미경이 휴대전화를 빼앗기 위해 더욱 악착같이 순석의 팔에 매달렸다.

"뭔데 그래?"

순석은 휴대전화를 박미경이 아닌 이도형에게 건넸다. 이도형이 의혹이 가득한 눈길로 통화목록을 살폈다.

"이리 줘요! 왜 남의…"

이도형이 휴대전화를 뺏으려 달려드는 박미경의 얼굴을 향해 손을 휘둘렀다.

짝!

뺨을 세게 얻어맞은 박미경이 동작을 멈추고 멍한 표정으로 이도형을 쳐다봤다.

"이게 어떻게 된 거지?"

순석이 그랬듯, 이도형도 그 짧은 시간에 통화목록에서 한국 전화번호와 다른 외국 전화번호를 발견하고 대번에 상황을 파악한 것 같았다. 아니, 뺨까지 때린 걸 보면 그 전화번호의 정체까지 알고 있는 것 같았다.

그러나 박미경은 뺨을 맞은 것이 어이가 없다는 듯이 마냥 이도형을 노려봤다.

눈싸움이라도 하듯 한참 박미경을 노려보던 이도형이 다시 물었다.

"어디, 입이 있으면 말해봐?"

"뭐, 뭘요?"

"왜 네 전화기에 해적 놈과 통화한 기록이 있는 거지?"

"제가 해적하고 통화했다고요?"

이도형이 조끼 주머니에서 중국산 휴대전화를 꺼내 조작했다. 중국어가 가득한 액정에 그 전화기의 전화번호가 떴다. 박미경의 휴대전화 통화기록에 남아 있는 전화번호였다.

"똑똑히 봐! 사람들이 백금괴라고 믿었던 그 금속괴를 건져 올렸던 날, 네 전화기에서 중국 칼자국 전화기로 전화를 건 통화기록이 이렇게 남아 있잖아!"

"저는 정말 몰라요. 생각해보세요. 만약 제가 내통자라면 왜 이런 통화기록을 지금까지 지우지 않고 그대로 뒀겠어요? 안 그래요? 누군가가 제 전화기를 몰래 쓴 거라니까요. 어쩌면 누군가가 나에게 누명을 씌우려고 전화를 쓰고 일부러 통화기록을 남겨 놓았을지도 몰라요…. 저는 그냥 단순히, 제 전화기에 걸지도 않은 외국 전화번호가 있어서 오해받을까 봐 지우려고 했던 것뿐이에요."

순석은 박미경의 전화기에 남아 있는 통화시간을 살폈다. 전화를 건 시간은 이윤정이 전화기를 걷어서 관리하기 바로 직전이거나 직후였을 것 같았다.

박미경의 변명을 들은 이도형이 다시 박미경의 통화목록을 꼼꼼히 살폈다. 그는 오래전 통화목록까지 꼼꼼히 살핀 뒤 박미경의 허락을 받지 않고 카톡과 문자도 살폈다.

"제가 내통자라면, 그 칼자국의 전화기 전화번호부에 분명 내 전화번호가 저장되어 있을 거예요. 있어요? 없죠! 내가 내통자라면 왜 그때 그놈과 한 번만 통화했겠어요? 말이 안 되잖아요? 저는 정말 억울해요. 어떤 놈이 나에게 이런 누명을…."

"무슨 일 있어요?"

맞은편 이상홍의 방에 있던 이윤정이 복도로 나오며 물었다.

"아, 아니! 별일 아녀."

이도형이 언제 화를 냈냐 싶게 담담한 목소리로 대답했다.

의외였다. 이도형은 정말 박미경이 누명을 썼다고 믿는 것일까?

박미경의 휴대전화기와 칼자국의 휴대전화기를 한데 모아 손에 쥔 이도형이 말없이 선실을 나갔다.

순석도 방바닥에 내려놓았던 금괴를 집어 들고 이상홍의 방으로 건너갔다.

복부에 총을 맞은 이상홍은 고통이 심한 것 같았다. 온몸에 땀이 흥건했다.

순석이 금괴를 이상홍의 머리 옆에 내려놓았다.

"이걸 먹으라고 가져온 거냐, 베고 자라고 가져온 거냐? 이거 가지고 슈퍼 가서 빵이나 하나 바꿔 와."

"그래 알았다. 이 폭풍이 멈추면 내가 널 육지로 데리고 나가 이 금괴로 군산에서 제일 큰 빵집, 아니, 빵 공장을 통째로 사주지."

순석의 말을 들은 이상홍이 희미한 미소를 지었다.

"웃기지 마, 인마. 웃으면 피 더 나와…. 그런데 배가 아픈 건지 고픈 건지 통 모르겠다…."

"조금만 버텨라. 파도가 잦아들고 있으니…."

갑판으로 나가자 사람들이 주방 쪽에서 몰려나오고 있었다.

"뭘 좀 찾았슈?"

"없어. 먹을 게 아무것도 없어."

"그 아까운 쌀을 다 버리다니, 나쁜 새끼들! 저런 새끼들은 굶겨 죽여야 혀."

"이제 어떻게 하쥬?"

"구조신호를 보내야지."

이도형이 손을 들어 조타실 바깥쪽에 붙어 있는 하얀색 상자를 가리켰다.

"비상위치발신무선장치야. 배가 침몰하여 2미터 이상 물속에 가라앉게 되면 저게 자동으로 물 위로 떠올라 조난신호를 보내지."

이도형이 벽에서 떼어낸 상자 속에서 작은 소화기 정도 크기의 비상위치발신무선장치(EPIRB)를 꺼내 수동으로 조작했다. 안테나 옆의 점멸등이 깜빡깜빡 점멸하기 시작했다.

"이제 기다리면 어느 나라 누구든 달려오겠지."

"그럼, 저 금괴들은 저대로 두지 말고 숨기는 것이 좋지 않을까유? 누가 올지 모르잖유. 중국인들이 올지 일본인들이 올지…. 또 경찰이 올지 해적들이 올지…. 그게 누구든 금괴를 보면 탐을 내게 되어 있잖유."

이하민이 금괴 더미를 가리키며 말했다.

"그래. 그게 누구든, 금괴가 누군가의 눈에 띄어 좋을 건 없지. 힘 더 빠지기 전에 창고나 어디로 옮겨놓자고."

"아 배고파 죽겠는데, 저걸 언제 다 옮겨…."

20킬로그램짜리 금괴가 1,400개 정도 되었다.

금괴를 창고와 선실에 나누어 보관하기로 했다. 이상홍을 제외한 모두가 달라붙어 옮기기 시작했다. 하지만 결코 만만한 일이 아니었다. 밥을 굶어 배 속이 비어 있는 사람들은 한 시간도 지나지 않아 대부분 탈진해버렸다.

"에라 모르겠다! 이것들은 여기 그냥 뒀다가 나중에 처리하자고."

결국, 금괴는 반 정도만 선실과 창고로 옮겨졌고 나머지는 그대로 갑판에 남았다.

이상홍은 상태가 점점 더 나빠지는 것 같았다. 환자일수록 잘 먹어야 하는데 먹을 거라고는 설탕물과 소금물 같은 것들뿐이었다. 피를 많이 흘린 데다 상처에 염증까지 생긴 것 같았다.

저녁이 되어 파도가 어느 정도 잦아들자 순석은 낚시를 해보았다. 금괴가 숨겨져 있던 동굴에서 가져온 항아리를 깨서 작은 알을 미끼로 썼다. 하지만 단 한 번의 입질조차 없었다. 수심이 너무 깊어 인근에 물고기가 없는 것 같았다. 육지가 멀어 갈매기조차도 보이지 않았다.

날이 어두워져왔다.

조타실에서 두 명씩 교대로 망을 보기로 했다. 구조신호를 보내는 데는 낮보다 밤이 더 유리했다. 밤에는 무전기 신호도 보다 멀리까지 전달되었고 아주 멀리서도 작은 불빛을 볼 수 있었다. 보초를 서다가 인근으로 지나가는 배가 발견되면 전등 빛으로 구조신호를 보내야 했다.

순석과 박판돌은 두 번째 근무조였다.

"지금쯤이면 구조대가 왔어야 하는 거 아닌가유? 너무 늦네. 이곳이 망망대해 공해상이라서 인근에 배가 없어서 그런가?"

말을 하며 순석은 갑판 한쪽에서 점멸등이 깜빡이고 있는 비상위치발신무선장치를 쳐다봤다.

"곧 오겠지."

박판돌이 쌍안경으로 먼바다를 살피며 건성으로 대답했다.

"메이데이, 메이데이! 두 유 카피? 두 유 카피? 이 정도 불러댔으면 성의를 봐서라도 제발 아무나 좀 나와 봐라, 제길!"

순석은 해적들이 중국에서 타고 온 낡은 배에서 떼어낸 작고 낡은 무전기의 주파수를 계속 바꿔가며 "Do you copy?"를 목이 아프도록 외쳤으나 찌지직거리는 잡음 이외에는 어떤 소리도 들려오지 않았다.

"두 유 카피, 두 유 커피, 두유 커피…. 제기랄!"

279

"아, 배고파. 두유든 커피든 저 금괴 하나랑 바꿔도 별로 아깝지 않을 것 같은디…"

박판돌이 입맛을 다시며 물병을 집어 들어 설탕물을 한 모금 마셨다. 설탕도 이제 거의 다 떨어져서 설탕물조차 아껴 마셔야 했다.

대답이 없는 무전기를 손으로 탁탁 쳐대던 순석이 창밖으로 시선을 돌리는 순간 갑판에서 뭔가가 움직이는 것이 보였다. 하지만 그 검은 그림자는 이내 순석의 시야에서 사라졌다.

'설마 해적 놈들이 탈출한 것은 아니겠지?'

순석은 불쑥 박미경이 떠올랐다. 이 배에 내통자가 타고 있다면 내통자는 분명 해적들을 탈출시키려고 할 것이다. 확인할 필요가 있었다.

"아저씨, 순찰 좀 돌고 올게유."

선상이 꽤 어두웠다. 조명이라고는 조타실 위쪽에 있는 비상 점멸등뿐이었다. 연료가 떨어진 마린보이호는 배터리를 재충전할 수 없어, 남은 배터리를 최대한 아껴 써야 했다.

순석은 먼저 해적들이 갇혀 있는 제2창고부터 살폈다. 창고는 이상 없이 잘 잠겨 있었다.

주방 쪽으로 가니 주방 안에서 불빛이 새어 나왔다.

"천천히 먹어라, 체하겠다. 씹지도 않고 먹냐."

"적당히 먹어. 언제 구조될지 모르는데 아껴 먹어야지…"

주방 안으로 들어서자 손전등 불빛을 중심으로 안길식, 이하민,

갑판장, 기관장이 둘러앉아 무인도의 동굴에서 가져온 항아리 속의 알처럼 생긴 것들을 국자로 떠서 접시에 담아 먹고 있었다.

"지금 뭐 하는 거유?"

"아, 마침 잘 왔네. 너도 이리 와서 이거 좀 먹어봐. 먹을 만햐."

안길식이 순석을 향해 손짓했다. 손전등이 그들의 턱 밑에서 위쪽으로 비추고 있어 거꾸로 그림자가 드리워진 얼굴들이 괴이하게 보였다.

"아니, 그게 뭔지 알고나 먹는 거유? 설령, 그게 식품이라고 해도 유통기한이 70년도 더 지난 건데. 익혀 먹기라도 하든지…."

"가스도 떨어졌어. 다른 때라면 몰라도 금괴를 손에 넣은 지금은 절대 죽을 수 없지. 암! 가난뱅이가 드디어 부자가 되었는데 억울해서 어떻게 죽어."

"그럼! 그럼! 어떻게든 악착같이 살아서 돌아가야지. 이제 우린 모두 부자여! 허허허."

순석은 배가 고파 현기증이 일어날 지경이었지만 그 이상한 알만큼은 먹고 싶지 않았다. 내일이면 구조대가 올 것이다. 내일까지만 참으면 된다.

조타실로 돌아간 순석이 식당에서 본 것을 이야기하자 박판돌이 자리에서 벌떡 일어났다.

"왜 그래유?"

"아, 배고파 죽겠어. 나도 가서 먹어야지."

9월 23일.

밤사이, 갑판에 놓여 있던 비상위치무선발신기가 사라졌다.

"파도에 휩쓸려가지는 않았을 텐디…?"

사람들 모두가 나서서 선상을 샅샅이 뒤졌지만 찾을 수 없었다. 누군가가 바다에 버린 것 같았다.

선상을 헤매던 사람들이 다시 갑판으로 모여들었다. 심신이 지친 순석은 이하민을 따라 갑판에 벌렁 드러누웠다. 다른 사람들은 배의 난간에 등을 기대고 앉았다.

"이 배에 우리가 구조되길 바라지 않는 놈이 있는 겨? 씨팔, 이 망망대해에서 모두 같이 굶어 죽자는 거여, 뭐여? 씨팔! 내 어떤 새끼인지 반드시 찾아내서 모가지를…."

안길식이 욕을 해가며 두 손으로 목을 비트는 시늉을 했다.

"이제 가만히 앉아 구조대를 기다릴 수도 없게 되었네요?"

갑판에 누워 있던 이하민이 상체를 일으키며 사람들을 쓱 둘러봤다.

"가만히 있지 않으면?"

"보트에는 휘발유가 꽤 남아 있으니 보트를 띄워보는 것이 어떨까요? 여기서 육지까지 얼마나 걸리려나? 인터넷이라도 되면 참 좋을 텐데…."

이하민이 주머니에서 휴대전화를 꺼내 구글 지도를 띄웠다. 여전히 검은 바탕에 위도와 경도만 표시될 뿐 지도는 뜨지 않았다.

"북위 29, 동경 126이면…? 한국, 일본, 중국 중에 어디가 더 가까운 거야? 이렇게 큰 배에 그 흔한 세계전도 한 장 없다는 게 말이 돼요?"

이하민이 선장을 향해 따지듯이 말했다.

"아! 차 타고 동네 슈퍼 갈 때도 내비게이션 들여다보며 가는 세상인데 요즘 누가 종이 지도를 들여다보며 배를 몰아."

"만약 보트를 띄웠는데 육지에 도달하지 못하면…?"

박판돌이 사람들을 둘러보며 말했다.

"해적 놈들이 보트에 금괴를 싣고 탈출하려 했던 것을 보면 충분히 가능할 것 같은데요. 놈들은 장비를 모조리 부수기 전까지 이 배의 위치를 정확히 알고 있었을 거 아뉴. 안 그래요, 선장님?"

"그렇긴 한데, 해류가 변수여. 요즘이 구로시오 해류가 약해지는 시기긴 해도 흐르는 속도가 한 시간에 3노트 정도는 될 겨. 24시간 흘러가면 한 150킬로미터 가까이 이동하는 셈인데, 우리가 탄 해류가 서해로 흘러갈지, 제주도 뒤쪽으로 해서 동해로 흘러갈지, 일본 동쪽의 태평양으로 흘러갈지 그걸 알 수 없으니…."

"그럼 이 배가 조금 더 북쪽으로 흘러갈 때까지 기다렸다가 해류의 흐름을 보고 한국이나 일본으로 보트를 띄우는 것이 성공확률을 높이는 방법일까요?"

"글쎄?"

선장이 고개를 갸웃거리며 이도형을 쳐다봤다. 이도형은 사람들의 대화를 묵묵히 듣고 있을 뿐이었다.

"우리가 이대로 생존할 수 있는 시간이 얼마나 될까요? 물과 소금은 있으니 앞으로 4일? 5일?"

순석이 사람들을 둘러보며 물었다.

"생존시간은 몰라도, 하루 이틀만 더 지나면 맑은 머리로 움직일 수 있는 사람이 거의 없을 겨. 그때는 보트를 띄우고 싶어도 못 띄울 걸?"

"보트를 띄운다면 타고 갈 사람은 있나?"

이도형이 침묵을 깨고 낮은 목소리로 말했다.

대답이 없는 사람들을 둘러보던 이도형이 다시 입을 열었다.

"이렇게 하는 게 어떻습니까? 누군가가 보트를 몰고 가서 육지에 닿아 우리가 구조된다면, 우리가 그 사람에게 우리 각자 몫의 금괴를 5퍼센트씩 떼어주는 겁니다. 어떻습니까?"

"총 5퍼센트면, 천억 가까이 되겠네요. 좋습니다."

"좋아요."

"그래. 생명 수당으로 그 정도는 받아야지."

"자, 지원자?"

하지만 역시 누구도 나서는 이가 없었다.

순석은 20킬로그램, 13억 원짜리 금괴 하나는 목숨과 맞바꾸는

한이 있어도 반드시 육지로 가져가서 가족들의 품에 안겨주고 싶었
다. 하지만 그 이상은 단지 많으면 많을수록 좋은 금괴일 뿐이었다.
지금 가진 것도 충분한데 금괴를 더 손에 넣기 위해 목숨을 걸 이
유가 없었다.

"없어요? 에이-, 그럼 어쩔 수 없이 내가 가야겠네."

이야기를 최초로 꺼냈던 이하민이 나섰다.

월급 받는 잠수부인 이하민과 배의 승무원들은 정해진 금괴 지
분이 없었다. 이도형이 금괴를 찾으면 섭섭지 않게 보상하겠다고 말
로 약속한 것 이외에는 기대할 것이 없었다. 단 1퍼센트라도 정해진
지분이 있는 사람들과 그렇지 않은 사람들의 입장이 같을 수는 없
었다.

"그런데, 나는 보트를 몰 줄 모르는디⋯."

"망망대해 한가운데서 배를 모는 기술이 뭐 그리 중요한가. 그냥
앞만 보고 무조건 달리면 돼. 그러다 보면 육지가 나타나겠지."

안길식의 말에 박판돌이 고개를 옆으로 흔들며 끼어들었다.

"에이, 그래도 경험은 중요한 겨. 초보자보다는 배를 몰아본 사람
이 성공할 확률이 높지."

"에이, 그래! 오백억이면 한번 목숨을 걸어볼 만하죠."

선장이 자리에서 벌떡 일어나며 말했다.

"나하고 이하민하고 같이 가는 거로 합시다. 그리고 이렇게 하자
고요. 우리에게 보트하고 중국어선이 있는데, 하나는 휘발유를 쓰

고 하나는 경유를 쓰는 디젤엔진이어서 연료를 공유할 수 없으니, 중국어선에 보트를 묶어 끌고 가다가 중국어선의 경유가 다 떨어지면 어선을 떼어내고 보트로 갈아타면, 훨씬 멀리 갈 수 있으니 성공 확률이 높지 않을까요?"

"그거 좋은 생각이네."

마린보이호에 있는 모든 경유와 휘발유를 모아서 중국어선과 보트에 주유했다. 보트의 휘발유 통은 3분의 2쯤, 어선의 경유 통은 반 정도 찼다.

이하민이 고집을 피워 보트에 금괴 두 개를 실었다. 배의 무게가 무거워지면 연료를 더 소비하게 될 텐데 이하민은 고집을 꺾지 않았다.

해류가 북쪽으로 흐르고 있었지만 보트의 목적지를 중국으로 잡았다. 중국이 한국이나 일본보다 조금 더 가까울 것 같았고 해안선이 길어서 목표인 육지를 벗어날 확률도 적었다.

선장과 이하민이 중국어선에 올라 보트를 끌고 떠나는 모습을 김성실이 캠코더로 촬영했다. 어쩌면 그것이 그들의 마지막 모습일 수도 있었다.

9월 24일.

배고픔에 지쳐서 정신을 잃듯이 잠들었던 순석은 누군가가 복도에서 외치는 소리에 잠을 깼다.

"상괭이를 잡았다! 상괭이를 잡았다!"

'상괭이'라면 크기가 작은 돌고래의 일종으로 당연히 먹을 수 있었다.

빗줄기가 거셌지만 순석은 비를 그대로 맞으며 어두운 갑판으로 나갔다. 지붕과 포장 밑의 물통마다 식수와 생활용수로 쓸 빗물이 넘쳐흘렀다.

바다에서 막 끌어낸 시커먼 돌고래는 후미 갑판의 어두운 조명 아래 놓여 있었다.

죽은 돌고래의 등에 철근을 갈아 만든 상어 작살이 깊숙이 꽂혀 있었다.

"아따, 이걸 어떻게 잡았슈?"

"저기 다이빙덱 근처에서 얼씬거리고 있더라고. 이 상괭이를 보는 순간 전에 상어 잡으려고 만들어 놓은 작살이 생각나서 잽싸게 가져다 죽기 살기로 꽂았지."

갑판장이 말을 하며 작살 던지는 시늉을 했다.

"자, 주방으로 옮기죠."

사람들이 상괭이를 질질 끌고 주방으로 갔다.

"어떻게 요리할까요? 수육을 만들까요?"

"가스가 떨어졌던디⋯. 일단 생으로 먹을 수 있는 부위는 그냥 먹자고. 배고파서 당장 숨넘어가겠어."

말 끝나기가 무섭게 기관장이 돌고래 배에 식칼을 대고 죽 그었다. 배가 쩍 갈라지자 안에서 역겨운 노린내와 후끈한 열기가 몰려 나왔다.

기관장이 돌고래의 뱃속에 손을 집어넣어 커다란 간을 찾아 잘라내 도마 위에 올려놓고 듬성듬성 썰었다.

"자, 먹자고."

사람들이 앞다투어 달려들어 피가 뚝뚝 떨어지는 간덩이를 한 점씩 집어 입으로 가져갔다. 순석도 커다란 살점을 집어 입에 밀어 넣었다. 곱창집에서처럼 기름장에 찍어 먹으면 좋겠다는 생각이 들었지만 지금 그런 호사를 누릴 처지가 아니었다.

채 1분도 지나지 않아 칼도마 위에는 핏자국만 남았다.

다시 칼도마에 생고기가 놓였고 칼질이 끝나자마자 사람들이 피가 뚝뚝 떨어지는 고깃덩이를 집어 게 눈 감추듯 먹어치웠다.

"생고기가 이렇게 맛있는 줄은 예전에는 미쳐서 몰랐었네이. 고래 생고기는 처음인디 정말 맛있네이."

"그런디, 이런 상괭이가 있는 것을 보면 육지가 생각보다 가까운 거 아녀? 상괭이는 연안에서 서식하는 동물인디…."

"안 보이는 사람이 있네유."

정신없이 생고기를 먹던 순석은 그제야 이상홍과 이윤정을 떠올렸다.

"상홍이하고 윤정 씨에게도 좀 가져다 줘야겄네유."

순석은 직접 칼을 들고 돌고래의 등 쪽에서 붉은 살을 베어냈다.

"너무 많이 베어가지 마. 오늘만 먹을 게 아니잖여."

"그려. 이걸로 얼마나 버텨야 할지 몰러."

순석이 상괭이 고기가 든 접시를 들고 이상홍의 방으로 들어서니 비릿한 냄새가 코를 자극했다. 이상홍의 곪은 상처에서 나는 냄새 같았다. 이상홍은 자고 있었고 이윤정은 벽에 기댄 채 졸고 있었다.

순석은 출입문 앞에 가만히 서서 졸고 있는 이윤정의 얼굴을 물 끄러미 쳐다봤다. 이윤정은 언제 봐도 예뻤다. 이윤정은 물이 부족 해 며칠 씻지 못했을 때도 예뻤고 빗물에 세면을 하고 난 지금은 더 욱 예뻤다. 배에 탈 때만 해도 얼굴이 우윳빛이었는데 지금은 햇볕 에 그을려 피부가 좀 검어진 대신 반짝반짝 윤이 났다.

"아, 왔어요?"

이윤정이 눈을 뜨고 순석을 올려다봤다.

"무슨 일 있어요? 갑판이 시끄럽던데…. 나가보려다가 기운이 없 어서…."

"이거 좀 드세요."

순석은 이윤정의 앞에 들고 있던 접시를 내려놓았다. 접시 위에 삼겹살처럼 얇게 썬 붉은 살코기가 500그램 정도 놓여 있었다.

"이, 이게 뭐예요?"

"갑판장님하고 기관장님이 상괭이를 잡았어요."

"상괭이요?"

289

"돌고래요. 작은 돌고래."

"생고긴데요."

"가스가 없어요. 혹시 소고기 육회 안 먹어봤어요?"

"보기는 많이 봤지만 먹어보지는 않았는데요."

"자, 먹어보세요. 생각보다 맛있어요."

순석은 고기 한 점을 손가락으로 집어 입에 넣고 씹는 시범을 보였다.

"아, 맛있다."

순석의 과장된 표현에 이윤정이 미소를 지었다.

"자, 먹어봐요."

순석이 다시 재촉하자 이윤정이 가장 크기가 작은 고기 한 점을 집어 입에 넣고 천천히 씹었다.

"정말, 생각보다 맛있네요."

이윤정이 생고기 먹는 것을 확인하고 난 순석이 이상홍을 흔들어 깨웠다.

"야, 일어나! 먹을 게 생겼다. 고기다, 고기!"

이상홍이 눈을 번쩍 떴다.

"자, 이거 좀 먹어봐. 상괭이 고기다."

순석이 생고기 한 점을 집어 누워 있는 이상홍의 입에 넣어줬다.

이상홍도 처음에는 이윤정처럼 천천히 고기를 씹었다. 그러다 갑자기 몸을 옆으로 굴려 생고기를 두 손으로 움켜쥐었다.

"야야, 천천히 먹어. 누가 안 뺏어 먹어."

이상홍은 엎드린 채 손에 움켜쥔 고기를 입속에 가득 밀어 넣고 몇 번 씹지도 않고 꿀꺽꿀꺽 삼켰다.

"야야, 이상홍! 윤정 씨도 좀 먹어야지!"

순석이 고기 그릇을 끌어당겼으나 이상홍은 이미 이윤정의 몫까지 손에 움켜쥐고 있었다.

순석은 다시 주방으로 가서 사람들에게 사정을 이야기하고 그릇 두 개에 고기를 따로 담아 들고 이상홍의 방으로 갔다. 생고기 그릇 하나는 아귀처럼 먹어대는 이상홍에게 건네주고 나머지 하나는 꽃다발이라도 건네는 심정으로 이윤정에게 건넸다.

언제 구조가 될지 몰라 아끼느라 고래 고기를 마음껏 먹지는 못했지만 오랜만에 영양가 있는 음식을 먹자 다시 온몸에 힘이 솟았다.

순석은 고래 고기를 조금 떼어 들고 선상으로 나가 폭우 속에서 밤낚시를 해보았다. 역시 단 한 번의 입질조차 없었다.

'상괭이가 잡혔는데 왜 물고기가 없지?'

9월 25일.

언제 비가 왔냐 싶게 날씨가 화창했다. 아침 햇살을 받으며 갑판으로 나간 순석은 휴대전화를 꺼내 전파가 잡히는지 확인하고 나서 실망한 표정으로 바다를 둘러봤다. 여전히 망망대해뿐이었다.

순석은 배 뒤쪽으로 가서 바닷속에 담가둔 고래 고기 자루가 잘 있는지 확인했다.

"상어나 뭐가 달려들어 뜯어먹지는 않았지?"

기지개를 켜며 다가온 박판돌이 순석에게 물었다.

"피 냄새를 맡고 물고기 떼가 몰려왔다면 육지가 가까이 있다는 증거일 텐디 멸치 한 마리 얼씬거리지 않는디유."

"아침 식사하셔야죠!"

박미경이 오랜만에 밝게 웃으며 인사했다.

"순석 씨. 저 고기 자루 건져서 이 고무통에 좀 놔줘."

순석은 다이빙덱에 묶여 있는 밧줄을 잡아당겨서 무거운 자루를 물 위로 끌어 올렸다.

"잠깐, 잠깐! 다큐멘터리 찍어야죠. 얼굴 이쪽으로 돌려요!"

김성실이 달려와서 순석을 향해 캠코더를 들이댔다. 오랜만의 촬영이었다.

순석과 박판돌이 돌고래 고기가 든 자루를 갑판으로 끌어올려 고무통 속에 내려놓았다.

박미경이 자루 입구를 묶고 있는 밧줄을 풀었다.

"고기 냄새가 신선하네요···. 어? 아악!"

"아아악!"

자루를 벌리던 박미경과 자루 입구로 캠코더를 들이밀던 김성실이 거의 동시에 비명을 지르며 뒤로 물러났다.

"왜? 왜 그래유?"

순석은 고래 고기를 먹기 위해 자루 속에 뱀장어라도 들어와 있는 것이 아닌가 하는 생각을 하며 급히 자루 안을 들여다봤다.

"어헉!"

순석 역시 기겁을 하며 주춤 뒤로 물러났다. 자루 속에 상괭이가 아닌 사람의 토막시체가 들어 있었다.

비명을 듣고 다가온 사람들이 번갈아 자루 속을 들여다봤다.

"헉! 도, 도대체 이게 뭐여? 누, 누구여?"

남자의 토막시체는 얼굴이 자루 안쪽을 향하고 있었다.

"이런 씨팔!"

안길식이 자루로 다가가 자루 밑을 잡고 위로 확 들어 올렸다. 자루 속의 토막시체가 고무통 속으로 우르르 쏟아져 나왔다.

칼자국이었다. 시체는 팔과 다리가 잘려져 있었고 알몸이었는데 몸통 일부의 살이 잘려나가고 없었다.

"아악, 아아악!"

시체의 얼굴을 본 박미경이 미친 사람처럼 비명을 질러댔다.

어떻게 이런 일이? 창고 안에 갇혀 있는 칼자국이 어떻게?

"아아아악!"

박미경은 뒷걸음질을 치다 배의 난간에 등을 부딪치고 나서 그대로 주저앉았다.

사람들이 해적들이 갇혀 있는 창고로 우르르 몰려갔다. 열쇠를 가진 이도형이 문을 열었다. 창고 안에 겁먹은 표정의 주빠지에와 얼빠이가 벽에 등을 기댄 채 앉아 있었다.

"칼자국, 칼자국 어떻게 된 거야? 누가 데려갔지?"

하지만 그들이 한국말을 알아들을 리 없었다.

"너희들 따거 누가 데려갔어? 따거?"

두 사람은 계속 영문을 모르겠다는 표정이었다.

"이거 참, 말이 안 통하니…."

답답하다는 듯이 이도형이 주빠지에와 얼빠이를 끌고 갑판으로 나갔다. 복부에 수류탄 파편이 박혀 있는 데다 심한 구타까지 당했는데도 주빠지에는 건강상태가 양호해 보였다.

앞서나온 얼빠이가 먼저 고무통 속의 시체를 발견하고 기함하듯 비명을 질렀다.

"아아악!"

"어젯밤에 누가 너희 따거를 끌어냈지?"

얼빠이의 목덜미를 움켜쥔 이도형이 얼빠이의 비명만큼이나 큰 소리로 물었다.

"아아아아악!"

얼빠이가 이도형의 손을 뿌리치며 갑자기 순석에게 달려들어 권총을 쥐고 있는 순석의 오른손을 움켜쥐었다.

"뭐, 뭐야. 이 새끼…."

순석은 권총을 빼앗기지 않기 위해 권총 손잡이를 더욱 단단히 움켜쥐며 무릎으로 얼빠이의 허벅지를 걷어찼다. 충격이 컸을 텐데 놈은 신음조차 내지 않았다.

"으아아아!"

놈은 완전히 이성을 잃은 것처럼 보였다.

"놔! 안 놓으면 쏜다, 놔!"

순석이 쩔쩔매자 박판돌이 갑판 한쪽에 쌓여 있는 금괴 하나를 들어서 얼빠이의 뒤통수를 후려쳤다. 하지만 충격이 그리 크지 않았는지 얼빠이가 순석의 손을 물려고 입을 크게 벌리며 머리를 들이밀었다. 순석은 얼빠이의 머리채를 꽉 움켜잡고 손을 물지 못하도록 밀어냈다. 얼빠이는 머리카락이 다 뽑혀도 포기하지 않을 것처럼 덤벼들었다.

"이런 씨팔!"

안길식의 격앙된 목소리에 이어 귀청이 찢어질 것 같은 총소리가 울렸다.

탕!

얼빠이가 뜨거운 숨을 순석의 얼굴 쪽으로 훅 뱉어내며 무릎을 꿇었다. 순석은 그 기회를 놓치지 않고 쥐고 있던 얼빠이의 머리를 뒤로 밀어내며 권총을 쥔 오른손을 확 잡아당겼다. 순석의 손에 밀려 뒤로 쓰러지던 얼빠이가 다시 앞으로 확 끌려왔다. 얼빠이가 얼굴을 갑판에 쿵 부딪히며 쓰러졌다.

"아악!"

김성실이 비명을 질렀고, 얼빠이의 얼굴 밑에서 붉은 피가 주르르 흘러나왔다. 순석은 그제야 옆으로 고개를 돌렸다. 안길식이 들고 있는 총구에서 연기가 피어나고 있었다.

"씨발! 꼭 피를 보게 만들어. 씨발…."

권총을 쏜 안길식이 확인사살이라도 할 것 같은 표정으로 중얼거렸다.

갑판장이 얼빠이에게 다가가 발로 옆구리를 툭툭 건드렸다. 어떤 미동도 없었다.

"죽었어. 머리에 커다란 구멍이 뚫렸는디 뭐…."

박판돌이 인상을 찡그리며 말했다.

순석은 열사병이라도 걸린 것처럼 갑자기 현기증이 일었다. 뒤로 몇 걸음 물러나다가 그대로 주저앉았다.

"어, 어떻게 된 거죠?"

철계단을 내려온 이윤정이 죽은 얼빠이를 보며 울상을 지었다.

이윤정의 시선이 칼자국의 토막시체가 든 고무통으로 향했다. 이윤정이 손으로 입을 감싸며 뒤로 주춤 물러났다.

"어, 어떻게…."

"야, 치워!"

안길식이 권총을 주빠지에게 겨누며 말했다. 하지만 주빠지에가 말을 알아들을 리 없었다.

"이걸 바다에 던져 버리라구 새꺄!"

안길식이 시체를 들어서 바다에 던지는 시늉을 해 보였다. 그러나 주빠지에는 겁먹은 표정으로 수류탄 파편이 박힌 배를 움켜쥔 채 계속 가만히 서 있었다.

"빨리 안 해!"

안길식이 다시 권총을 쏠 것처럼 주빠지에를 위협하자 주빠지에가 얼빠이의 팔을 잡아끌었다. 그때 피가 흐르는 얼빠이의 머리에서 뭔가가 툭 떨어져 내렸다. 처음에는 뇌 조직이 아닌가 싶었는데 허연 것이 피를 헤치며 계속 꿈틀꿈틀 움직였다. 긴 촉수 같은 것이 있었다. 몸집이 작은 세발낙지 같기도 했다.

그 이상한 것에 놀란 순석이 자리에서 벌떡 일어났다.

"헉!"

얼빠이의 상체를 일으키려던 주빠지에도 그 이상한 생명체를 발견하고 얼빠이의 손을 놓으며 뒤로 물러났다.

얼빠이의 머리가 갑판에 쿵 찧는 충격에 놀란 허연 생명체가 보다 빨리 움직였다. 웅덩이에 갇힌 피라미처럼 피로 물든 빗물 위에서 이리저리 빠르게 헤엄쳤다.

갑판에 고여 있는 빗물 위를 작은 물보라를 일으키며 이리저리 돌아다니던 생명체는 눈이 없는지 박판돌의 신발에 부딪힌 뒤 방향을 바꾸더니 순석이 서 있는 배수구 쪽으로 다가왔다. 순석은 급히 옆으로 몸을 피했다. 그 순간 이윤정이 크게 소리쳤다.

"잡아요!"

잡으라고? 이윤정의 말이었지만 뭔지도 모르는 걸 맨손으로 움켜쥘 수는 없었다. 아니, 그럴 여유가 없었다. 순석은 배수구로 들어가려는 작은 생명체를 슬리퍼를 신은 발로 꽉 밟아버렸다. 물컹. 슬리퍼에서 제대로 밟혔다는 느낌이 왔다. 구멍이 숭숭 뚫린 슬리퍼를 신고 구더기가 들끓는 똥을 밟은 것 같은 불쾌한 느낌이었다.

발을 재빨리 쳐들자 꼴뚜기만 한 하얀 생명체가 짓이겨진 채 꿈틀거리고 있었다.

"이런 제기랄! 이게 뭐죠?"

순석이 이윤정 앞에서 욕을 한 것은 이번이 처음이었다.

이윤정이 인상을 쓴 채 순석의 앞으로 다가와 허리를 굽히고 순석의 발에 짓밟힌 작은 생명체를 들여다봤다.

"이게 도대체…?"

이윤정도 처음 보는 생명체인 모양이었다.

이윤정이 주방으로 뛰어가서 작은 유리병을 가져와 나무젓가락으로 하얀 생명체를 집어서 유리병 안에 넣었다.

다시 안길식이 주빠지에게 얼빠이의 시체를 바다에 집어 던지라고 지시했다.

"아 왜 증거를 없애려고 그래?"

박판돌이 다가가며 말했다.

"증거? 무슨 증거요? 내가 이놈을 총으로 쏴 죽였다는 증거?"

"그게 아니라, 나중에 우리가 육지로 돌아가 이 사건에 관해 설명할 때 저 시체가 있어야 편하지 않겠남? 한두 명이 죽은 것도 아니고… 저 시체의 신원이 밝혀져야 이 사건이 어떻게 된 것인지도 알 수 있을 테고."

"아따! 우리가 육지로 돌아갈 수 있다는 보장도 없는디, 지금 그런 것까지 걱정해야겠슈…. 야, 버려!"

안길식이 겨누고 있던 총을 까딱하자 주빠지에가 얼빠이의 시체를 난간으로 질질 끌고 가 힘겹게 들어 올려 난간 너머로 떠밀었다. 풍덩! 얼빠이의 시체가 바닷물을 붉게 물들이며 천천히 바닷속으로 사라졌다.

사람들의 관심이 다시 칼자국의 토막 난 시체에 쏠렸다.

"도대체 어떤 놈이 이런 짓을 했을까?"

칼자국이 누군가에게 살해된 것보다도 식량인 상괭이 고기가 없어진 것이 더 큰 문제였다.

"혹시 우리 중에 사람을 잡아먹는 좀비가 있는 건 아니겠쥬?"

"아아아, 그만해!"

갑판장이 몹시 화난 사람처럼 소리 지르며 칼자국의 토막시체가 든 고무통을 끌고 난간으로 가서 고무통을 번쩍 들어 바다에 집어던졌다. 사람들이 말릴 사이도 없었다.

"씨팔! 나는 누가 저 해적 놈을 죽였든, 잡아먹었든, 그런 건 전혀 관심 없어. 씨팔! 어떤 새끼가 내 상괭이 고기를 훔쳐 간 겨? 엉? 어떤 새끼가 혼자만 살려고 우리 식량을 훔쳐 갔느냔 말여?"

갑판장은 살기인지 광기인지 모를 무서운 눈빛을 하고 사람들을 둘러봤다.

순석과 이도형이 주빠지에를 다시 창고에 가두고 돌아왔을 때까지도 갑판장은 갑판을 왔다 갔다 하며 씩씩거리고 있었다.

"그렇다고 치자고. 우리 중에 사람을 잡아먹는 괴물이 있다고 치자고. 그런데 왜 칼자국을 죽여 시체를 잘라먹다 말고 상괭이 고기와 바꿔갔을까?"

박판돌이 고개를 갸웃거리며 중얼거렸다. 사람들의 눈에는 서로에 대한 의심이 가득했다.

"금괴를 건져 부자가 되었는데 굶어 죽게 생겼으니 사람 고기라도 먹으려고 그런 거 아니겠슈? 그런데 마침 상괭이가 잡힌 거죠. 아무려면 사람보다는 상괭이 고기가 낫지 않겠슈? 심리적으로나 맛으로나… 그래서 밤중에 바꿔 간 거겠죠."

"그런데, 고래 고기만 훔쳐 가지 않고 왜 번거롭게 시체를 넣어뒀냐고?"

"그건 범인을 잡아 물어보면 알겠죠. 하여튼 범인이 상괭이 고기를 다 먹어치우지는 못했을 겨. 먹다 남은 것을 어딘가에 감춰뒀을 것 같은데, 찾아보자고요."

갑판 후미에서 계속 흐느끼고 있는 박미경을 제외한 나머지 사람들이 우르르 몰려다니며 배 안을 샅샅이 뒤졌다. 그러나 마린보이호 어디에도 고래 고기는 없었다.

"분명 저 주빠지에는 범인이 누군지 알고 있을 거유. 누가 칼자국을 밖으로 끌어냈는지…. 그런데 말이 안 통하니, 참…."

"아, 그렇지! 갇혀 있던 칼자국을 끌어내리려면 열쇠가 있어야 하지 않나?"

사람들의 시선이 이도형에게 쏠렸다. 창고 열쇠는 이도형이 보관하고 있었다.

"어젯밤에 창고 열쇠 어디다 두셨었슈?"

안길식이 의심 가득한 말투로 물었다.

"열, 열쇠? 내 주머니에 들어 있었는데. 잘 때 벗어서 벽에 걸어뒀던 이 바지 주머니에…."

"그 열쇠, 오늘 아침에는 어디에 있었쥬?"

"바지 호주머니에 그대로 들어 있었어. 이렇게…."

이도형이 바지 호주머니를 뒤져 열쇠를 꺼내 보여줬다.

다시 사람들이 서로의 얼굴을 쳐다봤다. 해적들에게 풀려난 뒤로 사람들은 아무 방이나 자유롭게 드나들 수 있었다. 그러니 누구라도 마음만 먹으면 창고 열쇠를 훔쳐서 범행을 저지른 뒤 다시 되돌려 놓을 수 있었다.

"정말 미스터리한 사건이네? 어젯밤에도 돌아가며 불침번을 섰잖여? 비가 오고 전기를 아끼느라 조명을 켜지 않긴 했지만…."

"혹시, 이 사건과 얼빠이의 머릿속에서 나온 저 이상한 것이 연관 있는 게 아닐까요?"

김성실이 이윤정이 들고 있는 유리병을 가리켰다.

"생각해보세요. 그동안 얼빠이의 행동이 얼마나 이상했어요. 고양이를 잡아 생으로 뜯어먹었고 갈매기도 잡아 생으로 뜯어먹었고, 어쩌면 재압챔버에서 사라진 손철근 아저씨도 잡아먹었는지 모르죠. 완전히 미친 사람 같았잖아요. 그게 다 머릿속에 들어 있던 저것 때문에 그랬던 것이 아닐까요?"

순석은 김성실의 말이 그럴듯하게 들렸다. 표정을 보니 다른 사람들도 그렇게 생각하는 것 같았다.

"우리 중에도 머릿속에 저런 게 들어 있는 사람이 있어서…."

"그런디, 저게 뭔디?"

안길식이 물었다.

"글쎄…. 어떤 기생충 아닐까요? 창고에 이상한 알 같은 것이 든단지, 그게 어떤 기생충 알이어서…. 기생충에 감염되면 기생충이 몸의 영양을 훔쳐 먹으니 계속 배고프고 식탐을 하게 되잖아요? 그게 아니면, 기생충도 우리 숙주와 같이 굶어서 배가 고팠을 테니 뭔가 먹을 것을 달라고, 배고픔을 더욱 유발하는 호르몬을 배출할 수도 있고. 연가시처럼 숙주를 직접 조종해 다른 사람을 잡아먹게 하고, 상괭이 고기도 혼자 독차지하게 하고…."

안길식이 이번에는 이윤정을 쳐다봤다.

"가능한 이야기여?"

302

"글쎄요…."

이윤정은 잠시 생각을 하고 나서 말을 이었다.

"기생충 중에는 물에 알을 낳기 위해 메뚜기나 사마귀 같은 숙주를 조종해 물을 찾아가 물속으로 뛰어들어 자살하게 만드는 연가시(Gordius aquaticus)나 초식동물 몸속으로 옮겨가기 위해 1차 숙주인 개미를 조종해 초식동물들에게 잡아먹히게 하는 창형흡충(lancet fluke)처럼 숙주를 자살하도록 만드는 것들이 있긴 하죠. 칼짐머가 쓴 『기생충 제국』이라는 책에서 읽은 것을 이야기해보면, 영국 옥스퍼드대 과학자들의 연구에 의하면 기생충의 일종인 '톡소포자충(Toxoplasma gondii)'은 쥐 3마리 중 1마리꼴로 감염되어 있는데 놀랍게도 이 기생충이 쥐의 신경계를 교란시켜 겁을 없앤다고 해요. 쥐가 고양이를 보고도 도망가지 않고 태연히 행동하게 하여 쥐가 고양이를 잡아먹으면 더 큰 숙주인 고양이의 몸으로 옮겨가는 것이죠."

이윤정의 이야기를 듣던 순석은 사람을 무서워하지 않던, 삼지창을 물고 늘어지던 겁 없는 쥐가 떠올랐다. 그 쥐는 결국 고양이에게 잡아먹혔고 그 고양이는 얼빠이에게 잡아먹혔다.

"이런 기생충의 숙주 조작은 기생충 세계에서는 드문 일이 아닌데, 미국 스미스소니언 열대연구소의 어떤 과학자는 거미의 간을 빼먹는 말벌의 교묘한 행태를 연구했죠. 이 벌의 암컷은 거미의 입을 침으로 쏘아 마취시킨 뒤 배에다 알을 붙이는데, 알에서 깬 말벌 애벌레는 거미의 배에 작은 구멍을 뚫어 진액을 빨아먹고 자라죠. 영화 '에일리언'의 괴물들처럼. 그런데 이보다 더 특이한 것은, 이 애벌레가 번데기가 되기 직전 거미에게 어떤 화학물질을 주입하면 거미는 갑자기 누가 조종이라도 하는 것처럼 정상적인 거미줄 대신 말벌의 번데기가 매달릴 전혀 다른 모양의 거미줄을 친다고 해요. 이 작업이 끝나면 애벌레는 거미를 죽여 먹어치우고 거미가 자신을 위해 만들어놓은 맞춤 거미줄에 매달려 고치가 된데요. 또 기생벌 애벌레와 숙주인 배추벌레도 기생벌이 배추벌레의 몸에 알을 낳으면 기생벌 애벌레가 배추벌레의 살과 내장을 먹고 자라서 배추벌레의 몸을 뚫고 밖으로 나오는데 배추벌레는 죽는 순간까지도 모성을 가지고 자식을 보호하듯 기생벌 애벌레를 보호하기 위해 노력한다는 거죠. 또, 바다 달팽이와 갈매기를 거치는 한 기생충은 달팽이를 평소의 서식지인 해초 덤불에서 벗어나 노출된 바위 위에 기어오르도록 하고 눈에 잘 띄게 해서 갈매기가 잡아먹기 쉽게 한다고 해요. 그렇게 해서 2차 숙주인 갈매기 몸으로 옮겨가는 거죠. 이 외에도 숙주를 조종하는 기생충들은 꽤 있어요."

"사람을 조종하는 기생충도 있나?"

"그럼요. 한 예로, 아까 말한 톡소포자충은 인간들도 꽤 많이 감염되어 있는데, 호주의 니키 보울터 박사의 논문에 의하면 이 기생충에 감염된 남자의 경우 지능지수(IQ)가 낮아지고, 학교 성적이 떨어지고, 집중력이 저하되고, 법을 어기거나 위험한 행동을 할 가능성이 커지고, 남들에게 의존하는 경향이 높아지고, 의심과 질투심이 많아지고, 성격이 뚱해지고, 여성들에게 매력이 없어 보인다고 해요. 그런데 여자들이 이 기생충에 감염되면 성격이 보다 외향적이 되고, 사근사근해지고, 성관계가 문란해지는 경향을 보인데요. 단순히 말하면 이 기생충이 남자는 머리가 나쁜 도둑고양이처럼 만들지만 여자는 성적 매력이 넘치고 섹시해 보이게 만든다는 거죠. 그리고 이 기생충에 감염되었으나 뚜렷한 증상이 나타나지 않는 사람들도 운전하거나 길을 걷다가 교통사고를 일으키거나 당하는 경우가 기생충에 감염되지 않은 사람들보다 2.7배 정도 높은 것으로 조사되었대요. 다른 연구에서는 이 기생충이 사람 뇌 속의 도파민 농도를 상승시켜 정신분열증을 일으키게 만드는 것으로 밝혀지기도 했죠."

이 생소한 이야기들이 어쩌면 자신들의 이야기일 수도 있다는 생각 때문인지 사람들은 꽤 진지하게 이윤정의 말에 귀 기울였다.

"하지만 이 정도가 한계죠. 기생충이 사람을 조종해 물속으로 뛰어들어 자살하게 한다거나 사람을 조종해 사람을 잡아먹게 한다는 이야기는 들어본 적이 없는데요."

"사람의 뇌나 마음을 조종하지는 않더라도, 배고픔을 몇 배로 더 느끼게 하는 호르몬 같은 것을 배출할 수도 있잖아? 아주 심한 통증처럼 엄청난 배고픔을 느끼면 뭔가를 먹어야 하는데 먹을 것이 없으니 결국…"

"물론 가능성이 전혀 없는 것은 아니에요. 잘 알려진 조충(촌충)만 해도 숙주인 인간을 조종해 음식을 많이 먹게 만들고, 또 십이지장충이 위에서 가까운 소장 상부에 있으면 특이한 음식이 먹고 싶어진다고 하니까요."

이윤정은 말을 멈추고 손에 든 유리병 속의 죽은 괴생명체를 들여다봤다.

"지금까지 이런 모양의 기생충은 도감이나 그 어디에서도 본 적이 없는데, 어쩌면 이 기생충은 새로운 종일 수도 있고 아직 학계에 보고되지 않은 어떤 변종일 수도 있어요. 그렇다면 이 기생충에 감염되면 어떤 증상들이 발현하는지 사람들이 전혀 모르고 있는 것이 당연하겠죠."

"우리 중에 얼빠이처럼 저런 기생충에 감염된 사람이 더 있을 수도 있나?"

갑판장은 꽤 겁먹은 표정이었다. 갑판장을 비롯해 몇 명은 이틀 전 밤에도 항아리 안에 든 이상한 알들을 퍼먹었다.

"글쎄요? 그건…."

"혹시 구충제는 없나?"

이윤정이 머리를 옆으로 흔들었다.

"이건 소장이나 대장 같은 소화기관에 사는 것이 아니라서 구충제로 제거하기가 꽤 까다로울 거 같은데요."

"그럼, 기생충에 감염되었는지만이라도 알아내는 방법은?"

이윤정이 다시 고개를 옆으로 흔들었다.

"혈액이나 인분을 검사할 수 있는 무슨 장비라도 있다면 모르겠는데… 연구를 해보면 무슨 방법이 있을지도 모르죠. 기생충에 감염된 사람들은 어떤 특정 증상을 보일 수도 있으니…"

"기생충에 감염되면 자신은 알 수 있지 않을까? 보다 심한 배고픔을 느낀다든지, 평소와는 달리 피가 줄줄 흐르는 생고기가 먹고 싶다든지, 사람이 음식으로 보인다든지…"

"글쎄요? 혹시 그런 이상 증상을 느끼시는 분 있으세요?"

순석은 머리를 옆으로 흔들며 다른 사람들을 쳐다봤다.

"일본 731부대 병원선에서 건져 올린 항아리 속에 들어 있는 여러 종류의 알이 설령 그런 기생충의 알이라고 해도, 75년이나 된 것인데 부화할 가능성이 있나?"

이도형이 물었다.

"그건…, 쉬운 일은 아니겠지만 그렇다고 불가능한 일도 아닐 것 같아요. 건조한 사막에 서식하는 어떤 종의 개구리와 물고기 이야기 들어보셨죠? 아프리카나 아메리카의 사막, 또는 초원 지역 일부는 건기에는 메마른 사막이었다가 우기에 비가 오면 물웅덩이가 생기는 곳들이 있죠. 어떤 지역은 몇 년씩 비가 오지 않다가 오기도 하는데, 물웅덩이가 생긴 지 일주일 정도가 지나면 여러 종류의 새우나 물고기 등이 하늘에서 떨어진 것처럼 갑자기 나타나 서식하는 것을 볼 수 있다고 해요. 어떤 개체는 성체가 모래 속에서 건기를 넘기기도 하지만, 어떤 개체는 알 상태로 건기를 보내고 몇 년 후에 부화하기도 한대요. 이는 알의 점막층이 수분 증발을 억제하여 건조한 모래나 흙 속에서도 오랜 시간 생명력을 유지할 수 있기 때문이라고 해요. 건조한 사막의 모래 속에서 몇 년이고 모래알처럼 숨어 있다가 수분을 만나면 점막층이 녹으면서 부화하여 번식할 수 있기 때문이죠."

이윤정의 이야기를 들으며 순석이 떠올린 것은 사람들이 해적들에 의해 창고에 갇힌 첫날, 사람들이 알이 가득한 양동이와 고무통에 오줌을 넣는데 다음날 알이 부화해 사람들의 머리 위로 우수수 떨어져 내린 머리카락 벌레였다.

"이 정체 모를 알도 그와 비슷한 생존 특성이 없으리라 단정할 수 없고, 원래는 그런 생존 능력이 없었다고 해도 이것을 초잔마루에 실은 사람들이 그렇게 만들었을 수도 있죠. 알을 어떤 보호막으로 특수 코팅했다든지, 어떤 특수한 용액에 담가 보관했다든지 하면 오랜 세월 후에도 부화가 가능하지 않을까요? 그리고…."

배 뒤쪽에서 들려온 풍덩 소리에 이윤정이 말을 끊었다.

"미경이 언니, 미경이 언니가 안 보여요!"

순석은 곧바로 다이빙덱으로 달려갔다. 바닷속에서 공기 방울이 올라오는 것이 보였다.

"제길!"

순석은 슬리퍼를 벗고 숨을 크게 들이쉬며 바다로 뛰어들었다.

다리를 빠르게 저었다. 박미경이 보이지 않았다. 지그재그로 헤엄치며 바닷속으로 몇 미터 잠수하자 앞쪽에 뿌연 형체가 나타났다. 순석은 그 뿌연 형체를 향해 빠르게 헤엄쳤다.

순석은 폐 속으로 물이라도 빨아들이고 싶은 충동을 겨우 참으며 다치지 않은 왼손을 뻗어 허우적거리고 있는 박미경의 오른발 발목을 콱 움켜쥐었다. 그 순간 눈에서 불이 번쩍했다. 박미경의 왼발이 순석의 얼굴을 걷어찬 것이었다. 놓쳤던 박미경의 오른발 발목을 다시 왼손으로 움켜쥔 순석은 발목을 오른손으로 옮겨 잡으며 몸을 돌려 왼손과 두 다리로 수면을 향해 빠르게 헤엄쳤다. 박미경이 심하게 버둥거려 속도가 나지 않았다.

머리 위에서 일렁이고 있는 물결이 보였다.

조금만 더 조금만…. 하지만 순석은 숨을 더는 참지 못하고 짜디짠 바닷물을 한입 가득 빨아들여 폐 속으로 꿀꺽 들이마셨다.

"잡아! 이걸 잡아, 잡아!"

어디가 하늘이고 어디가 바다인지 정신이 없는데 사람들이 외치는 소리, 누군가 물에 뛰어드는 소리가 연속으로 들려왔다.

갑판으로 끌려 올라갔다. 갑판에 엎드려 폐 속에 들어찬 물을 왈칵왈칵 토해내고 침을 질질 흘리며 컥컥 기침을 해댔다.

순석은 기침이 잦아들자 사람들에 둘러싸인 채 갑판에 누워 있는 박미경을 돌아봤다. 박미경은 하늘을 보고 누운 그대로 컥컥거리며 바닷물을 토해내고 있었다. 침과 섞인 바닷물이 볼과 목을 타고 지저분하게 흘러내렸다. 눈에서는 바닷물인지 눈물인지 알 수 없는 액체가 계속 흘러나왔다.

잠시 뒤, 정신이 든 박미경이 비틀비틀 몸을 일으켰다. 그녀는 다시 다이빙덱 쪽으로 걸어가려고 했다.

"야야, 그만둬!"

박판돌이 박미경의 손목을 움켜쥐자 박미경이 손을 뿌리치려다 갑판에 쓰러졌다. 하지만 박미경은 다시 비틀비틀 일어나며 바다를 향해 다가갔다. 지켜보고 있던 이도형이 박미경의 앞을 가로막더니 갑자기 손으로 뺨을 철썩 후려갈겼다. 박미경이 다시 갑판에 풀썩 쓰러졌다.

"야, 정신 차려! 네가 죽는다고 뭐가 달라지는데? 그런다고 죽은 사람들이 살아 돌아오나? 엉?"

갑판에서 비틀비틀 일어나려던 박미경이 다시 푹 쓰러지며 엉엉 소리를 내며 울기 시작했다.

한동안 박미경을 넋 놓고 지켜보던 사람들이 하나둘 자리를 떴다.

순석이 젖은 옷을 갈아입고 나왔을 때 선상에는 박미경과 이윤정만 남아 있었다.

"자, 안으로 들어가요?"

순석이 박미경에게 다가가 팔을 부축했지만 박미경은 꿈쩍도 하지 않았다. 박미경은 이제 얼굴에 어떤 표정도 없었고 눈동자도 초점을 잃고 있었다. 영혼이 없는 사람 같았다.

"언니, 들어가요."

이윤정이 박미경의 다른 쪽 팔을 부축했다.

조타실 뒤 이윤정의 방으로 박미경을 데려간 순석은 어떻게 해야 할지 몰라 이윤정의 눈치를 봤다.

"가서 상흥 씨 좀 돌봐주세요."

이윤정이 박미경의 젖은 옷을 갈아입히려는 것 같았다.

순석이 통로 맞은편 방으로 건너갔다. 누워 있던 이상홍이 눈곱 낀 눈을 천천히 떴다. 이상홍의 몸에서 어떤 악취가 났다. 상처에서 나는 냄새 같았다.

"무슨 일 있냐?"

이상홍의 목소리는 백 살 노인처럼 기운이 없었다.

"별일 아니야. 몸은 좀 어때?"

"어제 그 고기를 먹었더니 하루 이틀은 더 견딜 수 있을 것 같다. 아직 구조대 소식은 없냐?"

"선장님과 하민이 형이 배를 타고 나갔으니 곧 좋은 소식이 있겠지."

이상홍은 말할 기운도 없다는 듯이 다시 눈을 감았다.

순석은 이상홍의 옆에 드러누웠다. 머리가 바닥에 닿기 무섭게 졸음이 몰려왔다. 심신이 너무나 지쳐 있었다.

남색

"왜 죽으려고 한 거예요?"

"…"

"이 사장님 말대로, 죽는다고 해결되는 것은 아무것도 없잖아요."

"…"

"앞으로 죽을지 살지 모르는데, 며칠 내로 구조되지 않으면 살려고 해도 모두 죽을 수밖에 없는 상황인데…"

"…"

"나도 그렇고, 남들은 다 살고 싶어 발버둥을 치는데 언니는 왜 죽고 싶은 거죠?"

"…"

순석의 귀에, 꿈결 같았던 이윤정의 목소리가 점점 의미 있는 말소리가 되어 들려왔다. 문이 빠끔히 열려 있는 앞방에서 들려오는 아주 낮고 차분한 목소리였다. 하지만 이윤정의 목소리뿐 박미경은 어떤 대꾸도 하지 않고 있었다.

"그거 알아요? 나에게는 하찮을 뿐인 오늘 하루가 어제 죽은 사람에게는 그렇게도 살고 싶었던 하루라는 이야기…? 하긴, 이 이야기가 우리한테 맞는 이야기는 아니죠. 다들 살아보려고 최선을 다하고 있으니."

"…."

"언니와 나, 이 배에 타고 있는 사람들…. 두 달 반을 이 작은 배에서 콩 한 쪽까지 나누어 먹으며 붙어 살았는데 정작 서로에 대해 아는 게 별로 없네요. 순박하고 좋은 사람들이라는 것밖에는…."

"하아―. 그래, 다 좋은 사람들이지…."

드디어 박미경의 한숨 섞인 목소리가 들려왔다. 힘이 없는 아주 낮은 목소리였다.

"그래…. 나만 빼고…."

"좋고 나쁜 사람이 어딨다고 그래요. 가끔 상황이 그렇게 돌아가서, 상황에 따라 조금씩 실수를 하며 사는 것일 뿐이죠."

"너는 사람이 참 긍정적이구나…. 머리도 좋고 얼굴도 예쁜데…. 이제 부자도 될 수 있을 테고…. 살아 돌아가기만 하면 정말 남부럽지 않게 살 수 있을 텐데…. 좋아해주는 사람도 있고…."

"예? 좋아해주는 사람요?"

박미경은 그 질문에 대답 대신 다른 이야기를 꺼냈다.

"그래. 죽을 때 죽더라도 누군가에게는 이야기해야겠지. 그래, 이 배에서 일어난 불행한 사건은 모두 다 내 잘못이야. 흐흐흑…."

박미경의 목소리가 울음소리로 바뀌고 있었다.

"혹시…. 그 사람에게 협박을 당했나요? 배에서 일어나는 일을 알려주지 않으면 해코지를 하겠다…?"

"나, 나는, 그 사람이 동곤 씨를 죽였으리라고는 생각도 못 했어. 그런 줄도 모르고, 으흐흑…. 그 사람이 금괴를 찾아 부자가 되어 같아 잘살아보자는 사탕발림을 하며 나에게 마린보이호에 타라고 했어. 금괴 인양작업을 지켜보다가 금괴를 찾으면 즉시 자신에게 연락해달라고 했어. 흐흐흑, 다 내 욕심 때문이었어…."

한동안 훌쩍이는 소리만 들려오다 다시 박미경의 목소리가 들려왔다.

"그 사람의 말을 듣고 나는 마린보이호에 탈까 말까 망설였어. 그런데 최순석에게 전화를 걸어 통화하는데 찾은 금괴의 10퍼센트를 준다는 말을 듣고 갑자기 불만이 생겼어. 침몰선을 찾아낸 사람은 내 전남편인데 왜 우리 아들에게 10퍼센트밖에 안 주는 거냐구. 나는 막연히 그게 불만이었어. 그래서 그가 시킨 대로 마린보이호에 태워달라고 부탁해서 탔는데, 백금괴를 보는 순간 눈이 뒤집혔어. 그때 나는 그게 우리가 건질 수 있는 금괴 전부일지도 모른다고 생각했어. 그래서 10퍼센트밖에 안 되어 불만이었던 내 몫을 더 차지하기 위해 그 사람에게 연락해 이 배로 불러들였던 거야. 나는 단순히 그 금괴만 훔쳐 가게 하려고 했었어. 단순히 그거였어. 그런데

314

내 계획과 달리 일이 뒤틀린 거야. 그게 백금괴가 아니었고, 그런 사실을 안 그들이 나를 배신한 거야. 우리를 인질로 잡고 일을 시키고 괴롭히고 사람을 죽이고…. 내가 너무 욕심을 부렸어. 그래서 결국 이 꼴이 된 거야, 으흐흐흐흑…."

다시 한동안 훌쩍이는 소리만 들렸다. 5분쯤 지나서 박미경이 좀 진정이 되었는지 다시 이윤정이 입을 열었다.

"그 칼자국은 누구죠?"

이윤정의 목소리도 꽤 우울했다.

"우리가 칼자국이라고 부르던 사람은 탈북자로 중국을 거쳐 한국으로 왔는데 여동생과 함께 한국에 와서 살다가 어떤 안 좋은 일로 여동생이 자살했어. 그래서 그 사람은 남한 사람들에게 꽤 안 좋은 감정이 생겼어. 여동생이 죽기 전까지만 해도 정말 따뜻하고 멋진 남자였는데…. 그래서 나는 한때 이혼하고 그 남자와 결혼할 생각까지 했었는데…. 내가 이혼한 것도 그 사람에 대한 미련이 남아 있었기 때문인데, 그렇게 악마로 변해 있을 줄은 정말 몰랐어."

"그럼 그들이 이 배에 왔던 첫날 항해사 아저씨를 총으로 쏜 건…?"

"그건 항해사가 나와 자신의 관계를 알아챌 수 있다는 위기감도 있었을 것 같고, 여동생의 죽음과 관련이 있는 인물이기 때문이 아니었나 싶어. 군산 어느 식당에서 일하던 여동생이 누군가의 아이를 임신한 뒤 버림을 받았어. 우울증 등이 겹쳐서 임신한 채로 자살했다는데, 북한에서 넘어온 순진한 여동생을 데리고 놀다가 버린 남자가 죽은 항해사가 아니었나 싶어. 여동생이 항해사에게 오빠에 관해 이야기하고 사진도 보여주고, 오빠를 좋아하는 유부녀인 내 이야기까지, 별별 이야기를 다 했을 테니까 위기감이 있었겠지. 그리고 무엇보다, 증오심에 불타 복수를 하고 싶었는지도 몰라. 둘이 마린보이호라는 외나무다리에서 만난 것이 필연인지 우연인지 모르지만, 살인은 필연이었을 거야."

순간 순석의 머릿속에 여러 가지 기억들이 스쳐 지나갔다. 살해되기 전에 어디선가 칼자국을 본 듯하다고 했던 항해사의 말. 칼자국이 항해사를 총으로 쏘아 죽였을 때 밤새 오열하던 박미경. 칼자국이 더 젊고 예쁜 이윤정이나 김성실이 아닌 박미경을 성추행하려고 하다가 자신에게 들켰던 일…. 물론 그것도 순석이 본 것처럼 그리 단순한 사건은 아니었을 것이다.

아니, 그 전에, 해적들이 마린보이호에 침입해서 사람들을 갑판으로 끌어내던 그날 새벽부터 박미경의 행동이 이상했다. 그 새벽, 잠자리에서 끌려 나온 사람들은 구겨진 체육복이나 잠옷을 입고 있었고 헝클어진 머리, 부스스한 얼굴, 심지어 눈에 눈곱까지 달고 있었다. 그런데 유독 박미경만 산뜻한 복장에 옅은 화장까지 하고 있었다. 지금 생각해보니 박미경은 해적이 아닌 애인을 맞으려고 새벽 일찍부터 준비하고 있었던 것이다.

이외에도 박미경이 내통자라는 단서들이 꽤 있었고 칼자국과의 사이에 시종일관 어떤 미묘한 기류가 흐르고 있었는데 순석은 둘의 관계를 전혀 눈치채지 못하고 있었다.

"칼자국이 언니의 전남편, 최동곤 씨의 배에 탔다가 일본 훈장을 발견했다고 했었는데 그건…?"

"그건 그 사람의 말대로, 그냥 인력소개업소를 통해 소개받아 막 노동을 나갔다가 우연히 동곤 씨의 배에 타게 되었던 사건 같아. 나는 내 결혼생활과 내 전남편에 대해 그에게 거의 이야기하지 않았으니까. 그가 보물선의 지분을 놓고 다투다 동곤 씨를 죽였을 때, 동곤 씨가 내 전남편이라는 것을 몰랐을 가능성이 커."

"그럼 비상위치무선발신기도 언니가…?"

"그래. 내가 망가트려 바다에 버렸어. 우리가 중국 배에 구조되면 그 사람은 중국 경찰에 넘겨져 사형을 당할 거라고 생각했어. 물론 내가 내통자라는 것도 밝혀질 테고. 그가 아무리 나쁜 짓을 했어도 그를 살리고 싶었어…. 미안하다. 정말 미안하다. 미안하다…."

박미경의 이야기를 몰래 듣고 난 순석은 크게 한숨을 쉬었다. 기분이 착잡했다.

박미경이 마린보이호에 탑승하고 칼자국을 마린보이호로 불러들인 동기가 금괴의 분배율 때문이었다면 순석이 이 사건의 원인 제공자일 수밖에 없었다. 박미경이 불만을 느꼈다는, 최동곤의 아들에게 10퍼센트를 주기로 한 것은 순석의 일방적인 결정이었다. 당시 순석은 그것도 선심 썼다고 생각했었다.

'그게 그렇게 불만이었으면 그때 나에게 따지고 항의를 했더라면 얼마나 좋았을까…. 미경이 누나가 나에게 한 번 큰소리만 쳤더라도 분배 비율을 달리했을 텐데….'

순석에게 금괴 하나, 13억 원은 가족들을 위해 꼭 필요, 목숨보다 더 소중한 돈이지만 100억 원이나 1000억 원은 그냥 많을수록 좋은 돈일 뿐이었다.

9월 26일.

"일어나, 불침번!"

새벽녘, 순석을 억지로 깨워 조타실로 데려간 사람은 다름 아닌 박판돌이었다.

선장과 이하민이 보트를 타고 구조대를 부르러 간 직후부터 2인 1조가 아닌, 한 사람씩 돌아가며 1시간씩 야간근무를 서고 있었다.

순석은 눈을 비비며 이상하다는 생각을 했다. 순석을 깨워야 할 근무자는 갑판장이었다.

"어떻게 된 거유? 아저씨는 2번 타임이었잖유. 그런데 왜 이 시간까지…?"

"어쩌다 보니 그렇게 됐어."

"조타실에서 지금까지 잔 거유?"

벽시계를 보니 순석의 근무시간도 반이나 지나 있었다. 곧 새벽 다섯 시였다.

"들어가 주무슈."

"그려, 그런디…. 아까 이상한 것을 봤어."

"이상한 거? 바다에서?"

순석은 말을 하며 수평선을 둘러봤다. 9월 하순의 남중국해가 희미하게 밝아오고 있었다.

"아까 잠에서 깼는디, 갑판을 돌아다니는 뭔가를 봤어. 뭔가가…."

박판돌은 뭔가 무서운 것을 봤다는 표정이었다.

"그게 뭔데유?"

"글쎄, 그게…. 저기, 저기서, 커다란 해파리 같기도 하고 문어 같기도 한 것이 꿈틀꿈틀 저쪽으로 움직여 가더라고."

박판돌이 배의 후미 쪽을 가리켰다.

"정말유?"

순석은 조타실을 나가 계단참에 서서 선미 쪽을 살폈다. 날이 밝아오고 있었지만 배터리를 아끼기 위해 조명을 켜지 않아 갑판이 어두웠다. 그래도 모든 사물이 눈에 익어 어딘가에 낯선 무엇인가가 있다면 금방 눈에 뜨일 텐데 수상한 건 없었다.

"잘못 본 거 아뉴? 배가 고프면 헛것이 보이는 거유. 머릿속에 온통 먹을 거 생각뿐이니 낙지도 보이고 문어도 보이고 그러는 거라니께유."

"아니랑께. 엄청 컸다니께."

"그거야, 배가 엄청 고프니 엄청 크게 보이는 거쥬."

"나 원 참…. 배가 고파서 헛것이 보인 거라면 그게 먹을 거로 보였을 텐디, 그걸 보는 순간 온몸에 소름이 쫙 끼치던디? 겁도 나고. 그래서 나도 이리 나와 여기서 이렇게 살폈는디, 그게 저기서 잠깐 멈춰서 나를 한번 짜려 보더니 저쪽으로 빠르게 꿈틀꿈틀 기어갔어."

박판돌이 손가락으로 선실 통로 쪽을 가리켰다.

"그럼 그게 안으로 들어갔단 말유?"

"그건 아닌 거 같어. 나도 그게 안으로 들어가면 무슨 일이 일어나겠다 싶어 후라시와 작살을 들고 하갑판 출입구 쪽으로 가봤어. 그런데 안 보이더라고. 그 짧은 순간에 사라진 것을 보면 바다로 기어들어 간 것이 아닌가 싶어. 그런, 생전 처음 보는 게 어디서 왔겠어? 바다에서 왔을 거 아녀?"

"그게 언제였는디유?"

"한 이십 분 됐어."

"혹시 모르니, 같이 배를 둘러보쥬? 눈먼 대왕문어 같은 것이 올라왔을 수도 있으니께."

순석이 손전등을 들고 앞장을 섰고 박판돌이 뒤를 따랐다.

두 사람은 조타실 계단을 내려가 선미 갑판을 살피고 배의 난간에 엎드려 손전등으로 뱃전 곳곳을 비추어 보았지만 아무것도 보이지 않았다.

"헛것을 본 거유. 자, 들어가 주무슈."

박판돌을 선실로 들여보내고 난 순석은 갑판으로 나와 조타실 뒤쪽 선실로 통하는 계단을 올라갔다. 이상홍이 쓰고 있는 방의 문을 슬며시 열고 방 안을 손전등으로 비춰봤다. 방 가운데에 누워 있는 이상홍은 죽은 사람처럼 어떤 움직임도 없었다. 다행히 나지막하게 코 고는 소리가 들렸다. 얼마 전까지만 해도 한 선실을 쓰며 코 고는 소리가 요란하다고 타박했었는데 지금은 코 고는 소리마저 반갑고 정겹게 느껴졌다. 하지만 몸이 약해질 대로 약해져서 그런지 코 고는 소리도 예전과 달리 약했다.

선실 문을 닫고 계단참으로 나가던 순석은 뭔가 이상한 느낌을 받았다. 뭐가 이상한 걸까? 순석은 계단참에서 손전등으로 선실 통로를 비춰봤다.

어? 이윤정과 박미경이 묵고 있는 선실 앞에 여자 신발 두 켤레가 있어야 하는데 한 켤레뿐이었다.

방문을 노크했다. 똑똑똑.

"자요?"

"무슨 일이죠?"

막 잠에서 깬 듯한 이윤정의 목소리였다.

"무슨 일 없나 해서…"

"무슨 일요? 어? 미경이 언니…, 언니 어디 갔죠?"

당황스러워하는 이윤정의 목소리가 들리자마자 순석은 방문을 열고 손전등을 방 안으로 비췄다. 방 안에는 티셔츠와 반바지를 입은 채 잠자리에서 막 일어난 이윤정뿐이었다.

순석은 급히 복도를 뛰어나와 계단참에서 멈췄다. 그리고 눈이 가는 대로 이곳저곳을 살피며 귀를 기울였다. 어디서도 인기척이 느껴지지 않았다.

"미경이 누나?"

철계단을 뛰어 내려가 갑판을 왔다 갔다 하며 곳곳을 살폈다.

"언니? 미경이 언니? 언니, 어딨어요?"

뒤따라온 이윤정도 크게 소리치며 이리저리 달려 다녔다.

순석과 이윤정은 상갑판 화장실을 살펴본 뒤 하갑판 선실 쪽으로 달려갔다. 선실 문을 하나씩 열어젖히며 손전등을 방 안으로 비췄다. 순석과 이윤정의 소란에도 사람들은 자느라 정신이 없었다.

마지막 문으로 다가가 문손잡이를 비틀어 보았다. 잠겨 있었다. 김성실 혼자 쓰는 방이었다. 이윤정이 손으로 문을 쾅쾅 두드렸다.

"미경이 언니, 여기 있어요? 미경이 언니?"

잠시 뒤 잠금장치가 풀리며 문이 열렸다. 김성실이 눈을 비비며 모습을 드러냈다.

"나 혼자뿐인데, 무슨 일?"

"미경이 언니가 사라졌어요."

잠을 깬 사람들이 하나둘 복도로 나왔다.

"누구, 미경이 누나 본 사람 없어요?"

"그게 무슨 소리여? 또 무슨 일이 난 겨?"

사람들이 흩어져서 마린보이호 곳곳을 찾아봤지만 헛수고였다.

"미경이가 언제 사라졌는지 몰라?"

"새벽 2시께까지는 분명 옆에 있었는데…. 죄송해요. 감시한다고 하긴 했는데…."

이도형의 질문에 이윤정이 큰 죄라도 지은 사람처럼 고개를 푹 숙였다.

"네 잘못이 아니지. 죽으려고 작정한 사람을 어떻게 말리겠어."

박판돌이 이윤정을 위로했다.

"아, 형님이 그 아줌마가 죽으려고 작정을 한 것인지 다른 사고가 있었는지 어떻게 아슈? 보셨슈? 근무시간에 잤으면서."

갑판장이 박판돌을 쏘아보며 말했다.

"자살이 아니면 그럼 뭐여? 눈가 죽이기라도 했단 말여?"

"지금 선실과 갑판에 금괴가 잔뜩 쌓여 있는데, 미경 씨는 그 금괴의 상당한 지분을 가진 사람이잖유…."

"아, 말도 안 되는 소리!"

이도형이 버럭 소리쳤다.

"이 배에 실려 있는 금은 그 소유주가 죽으면 나머지 사람들이 나누어 갖는 것이 아니라 법에 따라 그 가족들에게 상속됩니다. 아내가 있으면 아내에게, 아내가 없으면 자식에게, 자식이 없으면 부모님이나 삼촌, 사촌들에게…."

"아, 법은 그렇다 쳐도 누가 알겠슈? 누군가가 우리를 다 죽이고 이 금을 독차지하려는 속셈인지…. 아니면 몇 사람이 서로 짠 것일 수도 있고. 금에 이름이 쓰여 있는 것도 아니니 소유주를 죽이고 나누어 가지면 아무도 모르잖유?"

"갑판장, 그만해! 지금, 여러 날 굶은 데다 심신이 지칠 대로 지쳐서 모두들 짜증도 나고 민감한 상태일 텐데, 이럴 때일수록 정신을 차리고 이성적으로 행동하자고. 이 고비만 넘기면 우리는 모두 부자가 될 수 있습니다. 나는 오래전부터 내가 평생을 그토록 찾아 헤맨 금괴를 찾으면 일부만 갖고 나머지는 관계자들, 주변 사람들, 보육원, 양로원 같은 데 나누어주고 기증할 생각을 해왔습니다. 그 생각은 지금도 변함없습니다. 미쳤다는 소리를 듣던 내가 드디어 금괴를 찾아내 미치지 않은 것을 입증하고 증명했으니, 이미 내 인생은 충분히 보상받은 셈입니다. 난 100억이면 충분합니다. 내 몫의 금괴 중 반은 여러분께 나누어 드리고 반은 사회에 기증하겠습니다. 자! 이제 모두 최소 몇 백억 대 부자 아닙니까. 힘냅시다!"

큰소리로 사람들을 다독이고 난 이도형이 다시 사람들을 이끌고 박미경 찾기에 나섰다. 하지만 박미경은 그 어디에도 없었다.

체력을 아끼려고 선실에 누워 있다가 잠든 순석은 오줌이 마려워서 잠에서 깼다. 오후 3시였다. 빈 뱃속을 물로 채우다 보니 자주 오줌이 마려웠다.

화장실에 갔다가 주방으로 들어가 다시 물로 배를 채우고 나오는데 선수 쪽의 난간에 이윤정이 엎드려 있었다.

순석은 이윤정의 옆으로 다가가 같은 자세로 난간에 엎드려 배 밑쪽을 내려다봤다. 이윤정은 손에 상어 낚싯줄을 쥐고 있었는데 낚싯줄이 팽팽했다. 뭔가 걸려 있는 것 같았다.

"뭐 하세요?"

"엄마야!"

이윤정이 깜짝 놀라 쥐고 있던 낚싯줄을 놓고 순석을 돌아봤다.

"여기서 뭐 하세요?"

"어휴, 간 떨어질 뻔했네요. 소리 좀 내고 다녀요. 이거 상어 낚싯줄 맞죠? 뭔가 걸린 것 같아요."

자리를 바꿔 순석이 낚싯줄을 잡았다. 정말 낚싯줄이 묵직했다.

순석이 낚싯줄을 끌어 올리자 시커먼 바닷속에서 뭔가 허연 것이 수면으로 올라오는 것이 보였다. 그런데 실망스럽게도 색깔로 봐서 물고기 같지가 않았다.

"악!"

바닷속을 들여다보던 이윤정이 귀신이라도 본 것처럼 갑자기 비명을 질렀다. 순석이 끌어올리던 손동작을 멈췄다.

낚싯줄 끝에서 허연색을 배경으로 뭔가 시커먼 것이 파도에 떠밀리는 해파리처럼 흐늘거리고 있었다.

"하아!"

이윤정보다 조금 늦게 그게 무엇인지 알아본 순석이 신음을 냈다. 머리카락, 여자의 긴 머리카락이 파도에 흐늘거리고 있었다.

"뭐 좀 걸렸나?"

갑판으로 나오던 이도형이 두 사람을 발견하고 다가오며 물었다.

"빨리 와봐요, 빨리!"

순석의 심상치 않은 목소리에 이도형이 뛰어와 난간에 엎드렸다.

"뭐여? 아이구! 일단 끌어내."

굵은 낚싯줄을 조금 더 당기자 여자의 머리가 물 밖으로 모습을 드러냈다. 지난밤 실종된 박미경이 틀림없었다.

커다란 상어낚시가 박미경의 몸 어딘가에 걸려 있는 것 같았다.

시체가 물 밖으로 끌려 나올수록 점점 무거워졌다. 낚싯줄이 손바닥을 파고들어 몹시 아팠다. 순석은 낚싯줄을 내려 시체를 다시 물속에 집어넣은 뒤 슬리퍼를 벗어서 슬리퍼에 낚싯줄을 몇 번 감았다. 순석은 슬리퍼와 낚싯줄을 같이 쥐고 줄다리기를 하듯 몸을 뒤로 움직여 낚싯줄을 끌어당겼다. 이도형이 난간에 붙어 낚싯줄 당기는 것을 도왔다.

"그만 멈춰!"

시체가 난간 바로 밑까지 끌려 올라오자 이도형이 손을 쳐들었다. 이제 이도형이 시체를 손으로 잡아 난간 너머로 끌어들여야 했다.

326

"미경이 누나 맞죠? 왜 이리 무거운 겨?"

"발에 금괴가 묶여 있어."

"빨리 끌어내요!"

이도형이 시체의 어딘가를 잡기 위해 상체를 난간 너머로 숙였다.

"어어어어…."

이도형의 외침과 동시에 순석이 뒤로 벌렁 나자빠졌다.

풍덩!

순석은 재빨리 일어나 난간으로 달려갔다. 박미경의 시체가 바닷속으로 사라져 가고 있었다. 상의를 입고 있지 않은 박미경의 배에 커다란 구멍이 뚫려있는 것이 물결 사이로 흐릿하게 보였다.

"어떻게 된 거죠?"

박미경의 물이 뚝뚝 떨어지는 셔츠를 손에 쥐고 있는 이도형을 보며 순석이 물었다.

"옷이 찢어졌어."

이도형이 박미경의 찢어진 셔츠를 펼쳐서 살폈다.

"미경이 누나가 어떻게 낚시에…?"

"글쎄? 자살하려고 발에 금괴를 묶고 바다에 뛰어들었는데 바닷속에 있던 낚시에 걸린 게 아닌가 싶은데."

"배, 배는요…?"

말을 하며 순석은 손가락으로 자신의 배를 가리켰다.

"배?"

"배에 큰 구멍이⋯."

"그거야⋯, 물고기가 파먹은 거겠지."

"물고기가유? 여기는 육지에서 먼 곳인디⋯."

"원양에 사는 어떤 물고기일 수도 있지."

갑판의 소란에 사람들이 몰려나왔다. 이도형이 사람들에게 방금 있었던 사건을 설명하고 누가 이곳에 상어낚시를 걸어놨는지 물었지만 모두 고개를 저었다.

"아, 그때 해적 놈들이 묶어놨나 보네. 전에 백상아리가 나타났을 때 해적 놈들이 상어를 잡으려고 곳곳에 주낙을 걸어놨지 않았었남."

박판돌의 설득력 있는 말에도 불구하고 사람들은 여전히 서로를 의심 가득한 눈길로 쳐다봤다.

이상홍의 상태가 심상치 않았다. 상처 부위가 퉁퉁 부어 검게 변해 있었고 살이 썩는 듯한 악취가 풍겼다. 이상홍은 정신을 잃었다가 깨어나기를 반복했는데 한번 정신을 잃으면 깨어날 때까지의 시간이 점점 더 오래 걸렸다.

'이상홍이 이대로 죽기라도 하면 녀석의 부모님들을 어떻게 뵙는단 말인가?'

학교 열심히 다니며 틈틈이 부모님 일을 돕던 착한 아들에게 접근해 금괴를 찾으러 가자고 꾀어낸 사람이 바로 순석이었다.

"순석 씨, 창고에서 뭘 좀 꺼내야 하는데 도와주세요."

선실에 죽은 듯이 누워 있던 순석은 이윤정의 목소리에 벌떡 일어났다.

이윤정은 아직도 체력이 꽤 남아 있는 것 같았다. 여자라서 그런가? 순석은 언젠가 어느 잡지에서 읽은, 아무것도 안 먹고 남자는 평균 7일, 여자는 평균 9일 생존한다는 일본 731부대의 인체실험 결과를 떠올렸다.

이윤정이 순석을 데려간 곳은 상갑판 창고였다.

창고 안으로 들어서니 침몰선 초잔마루에서 건져 올린 중국 문화재들이 바닥에 어지럽게 널려 있었다. 원명원의 12지신상일 수도 있는 용머리상, 뱀머리상, 양머리상, 닭머리상, 개머리상은 바닷속에서 녹이 슬고 흙과 조개껍데기가 덕지덕지 붙어 있어 고가의 예술품이라기보다는 끔찍한 괴물로 보였다.

창고 구석으로 간 이윤정이 유골단지처럼 생긴 항아리들을 가리켰다. 개봉하지 않은 항아리는 이제 몇 개밖에 남지 않았다. 바닷속에서 인양한 것들 대부분은 칼자국이 깨버렸고 동굴에서 금괴와 함께 가져온 것들은 총을 맞고 죽은 얼빠이의 머리에서 그 이상한 기생충이 나오기 전까지 이 사람 저 사람이 열심히 먹어 치웠다.

"이 항아리 뚜껑 좀 열어주세요."

"예? 왜요?"

"좀 살펴보려고 그래요. 이것들이 어떤 생물의 알이라면 부화 가능한지, 부화할 수 있다면 어떤 생물인지, 만약 기생충의 알이라면 인간 숙주에 어떤 해를 끼치는지, 그런 것들…. 만약 저번에 얼빠이의 몸에서 나온 게 이거라면 감염된 사람이 더 있을 수도 있잖아요. 이게 뭔지 알아야 문제가 발생했을 때 해결책도 찾을 수 있지 않겠어요?"

"아주 위험한 것일 수도 있으니 신중히 다뤄야 해요. 죽은 얼빠이를 보더라도…."

"걱정 마세요."

순석은 항아리 하나를 갑판으로 들고 가서 칼과 망치를 써서 뚜껑을 열었다. 다행히, 어떤 괴생명체나 신체 조직이 아닌 알이 들어 있었다. 무지갯빛이 살짝 도는, 처음 보는 종류였다.

이윤정은 주방에서 가져온 플라스틱통에 무지갯빛 알들을 가득 담아 들고 조타실 뒤쪽의 선실로 올라갔다.

순석이 주방에 들러 물병에 간장을 타서 들고 조타실 밑을 지나가는데 위쪽 선실에서 시끄러운 소리가 들려왔다.

"도대체 이게 무슨 짓이야?"

순석은 급히 철계단을 올라갔다. 이상홍의 선실 문이 활짝 열려 있었고 이상홍이 누운 채로 무엇인가를 입에 한가득 넣고 우격우격 씹어 삼키고 있었다. 그 옆에서 손에 빈 플라스틱통을 든 이도형이 이윤정을 다그치고 있었다.

"말을 해보라니까? 도대체 왜 이걸 상홍이한테 먹인 거냐고? 약사라는 사람이 이런 위험한 것을 환자에게 먹였을 때는 무슨 이유가 있을 거 아냐?"

"제 방으로 가시죠."

이윤정이 이상홍의 방에서 나와 앞에 서 있는 순석을 힐끔 쳐다보고 나서 그대로 지나쳐 맞은편 선실로 들어갔다. 이도형이 뒤를 따랐다.

"사실, 상홍 씨는 그대로 두면 하루나 이틀을 넘기기 힘들어요. 뭔가 먹을 것이 필요하고… 또 혁신적인 방법의 치료가 필요해요. 저는 지금의 우리 상황에서는 그 두 가지를 해결할 수 있는 유일한 방법이 이 알이라고 생각해요. 기생충에 감염된 얼빠이를 생각해보세요."

이도형이 잠시 생각하는 표정을 짓다가 입을 열었다.

"거의 미친놈 같았잖아."

"행동이야 어떠했든, 얼빠이의 그 기적적인 상처 치유를 생각해보세요. 상어에 물려 가망이 없어 보였는데 상처가 기적이라고 말할 수 있을 만큼 빨리 치유가 되었어요. 저는 그 이유가 저 알에서 부화한 기생충에 감염된 때문이라고 생각해요."

이도형이 잠시 생각하는 표정을 지었다가 좀 전과는 다른 낮은 목소리로 물었다.

"그럼, 그런 사례가 있나? 기생충이 숙주의 상처 치유를 돕는다든지 하는…."

"회충 같은 기생충에 감염되면 면역력이 강해져 아토피가 치유되는 등, 기생충 감염이 숙주의 면역계를 튼튼하게 한다는 건 꽤 알려진 사실이죠. 치료가 안 되는 중증 아토피 환자에게 기생충 알을 먹여 환자를 기생충에 감염시키자 아토피가 치료된 사례는 얼마든지 있어요. 얼빠이의 상처 치유도, 얼빠이가 감염되었던 그 괴생명체가 어떤 기적의 신약 같은, 어떤 놀라운 약효 성분을 얼빠이의 몸속에 배출했거나 얼빠이의 면역 체계에 영향을 끼쳐 얼빠이의 외상 회복이 그렇게 빨랐던 것이 아닌가 싶어요. 아무것도 할 수 없는 이 상황에서 저는 상홍 씨의 치료에 그 마지막 희망을 걸어보고 싶었어요. 설령 어떤 부작용이 나타난다 해도 죽는 것보다 더 나쁜 상황은 없을 테니…."

이윤정의 말을 듣고 난 이도형이 다시 잠시 생각하다가 고개를 끄떡였다.

"하지만, 아무리 선의로 한 일이어도 저 친구에게 어떤 심각한 부작용이 나타난다면 네가 책임질 수밖에 없어."

이도형은 딱딱한 어조로 말하고 나서 손에 들고 있던 빈 플라스틱통을 방바닥에 내려놓고 방을 나왔다.

이윤정의 이야기를 듣고 난 순석은 그녀의 행동은 이해되었지만 왜 자신에게 사실대로 털어놓지 않고 거짓말을 한 것인지, 서운한 감정이 생겼다.

'이윤정이 나를 신뢰하지 않는 것일까?'

딸랑! 딸랑! 딸랑….

방울 소리를 듣자마자 순석은 어두운 갑판을 내달렸다. 몇 초가 성패를 좌우할 수도 있었다. 선미에서 누군가가 이미 상어 낚싯줄을 잡고 끌어당기고 있었다.

"걸렸슈?"

"그래! 작살, 상어 작살 가져와!"

난간에 엎드려 있는 갑판장이 뒤도 돌아보지 않고 소리쳤다.

순석은 창고로 달려가 전에 해적들이 상어를 잡으려고 만들어놓은 작살과 작살에 묶여 있는 밧줄 타래를 집어 들고 선미로 달려갔다.

"뭐, 뭐유?"

"상어, 상어 같아."

난간으로 달려간 순석은 바다를 내려다봤다. 물속에서 바닷물 색깔과 다른 무엇인가가 움직이고 있는 것이 보였다.

"작살로 찍어! 어서!"

순석이 검은 바닷속의 어른거리는 형체를 향해 재빨리 상어 작살을 날렸다.

"맞았다!"

물속으로 들어가다 멈춘 작살이 옆으로 쓰러지지 않고 그대로 꼿꼿이 서 있었다.

순석은 재빨리 작살에 묶여 있는 밧줄을 잡아당겼다. 술술 끌려오던 밧줄이 팽팽해지며 무게가 실렸다.

"끌어내!"

곧 뭔가가 수면으로 모습을 드러냈다. 흐린 달빛에 비친 검은 형체, 상어였다. 작살은 머리 쪽에 박혀 있었다.

순석이 상어를 다이빙덱으로 끌고 가자 갑판장이 들고 있던 장대 끝의 갈고리를 상어의 옆구리에 콱 박아 넣었다. 이제는 절대 도망갈 수 없었다.

"꽤 크네요. 청상아린가?"

"아니, 머리 옆에 귀가 달려 있잖여. 귀상어."

갑판장의 말을 듣고 보니 정말 상어의 머리 양쪽 옆으로 망치처럼 생긴 것이 달려 있었다.

상어는 이미 숨이 끊어져 있었다. 순석이 던진 작살이 머리에 꽂혀 숨통을 끊은 것 같았다.

두 사람이 힘을 합쳐 상어를 갑판으로 끌어올렸다. 무게가 칠팔십 킬로그램 정도 나갈 것 같았다.

"상어를 잡았다! 귀상어를 잡았다!"

사람들이 갑판으로 모여들었다.

작은 캠코더를 들고나온 김성실이 촬영을 시작했다.

사람들이 곧바로 상어의 배를 가르고 내장을 꺼내고 살을 도려 냈다. 즉석에서 간과 살코기를 썰어 먹기 시작했다.

모두가 한동안 경쟁을 하듯이 먹기만 했다.

"초장에 찍어 소주 한잔하면 그만일 텐디…"

"오늘 이게 안 잡혔으면 며칠 내로 우리 중 반은 굶어 죽었을걸?"

"며칠이 뭐여. 나는 아까 잠자리에 들 때까지만 해도 내일 아침 에 눈을 뜰 수 있으려나 싶었다니께요."

"정말 다행이지, 이거 못 잡았으면 어쩔 뻔했어. 저번 상괭이도 그 렇고, 우리가 굶어 죽을 만하면 한 마리씩 걸려주네이."

"그런데 말여. 창고에 갇혀 있는 해적 놈에게 이거 내장이나 껍데 기라도 좀 갖다 줘야 하지 않을까? 굶어 죽기 일보 직전일 텐디…"

"아, 형님은 인심도 좋아! 형님은 오른쪽 뺨을 맞으면 왼쪽 뺨을 내밀 양반여. 놈들이 항해사 죽이는 걸 두 눈으로 똑똑히 봤으면서 도 그래유. 손철근은 또 어떻고. 놈들 때문에 우리가 다 죽게 생긴 판에, 우리 먹을 것도 부족한데 이 귀한 음식을 왜 낭비해유?"

순석은 어느 정도 배가 차자 고기를 넉넉히 썰어 통에 담아 들고 한 점씩 집어 먹어가며 이상홍의 방으로 향했다.

이상홍의 방에 도착한 순석은 방 안으로 손전등을 비췄다. 축 늘 어져서 자고 있으리라 생각했던 이상홍이 눈을 말똥말똥 뜨고 순석 을 올려다봤다.

"무슨 일 있나?"

말에 힘이 있었다. 이상홍은 분명 상태가 호전된 것 같았다. 정말 이윤정의 판단이 옳았던 것일까?

순석은 들고 있던 통을 이상홍의 옆에 내려놓았다.

"이거 먹어. 낚시에 상어가 걸렸어."

이상홍은 상어 고기를 보자마자 누가 뺏어 먹기라도 할세라 허겁지겁 먹어댔다.

순석은 꽤 많이 가져온 고기를 이상홍이 다 먹고 더 달라고 하기 전에 서둘러 방을 빠져나왔다. 식량을 아껴야 해서 달라는 대로 줄 수는 없었다.

"자자, 이제 그만 먹자고. 아껴 먹어야지."

이도형의 말에 사람들이 하나둘 상어의 사체에서 물러났다.

"저, 한 점만 더 먹을게요. 촬영하느라 거의 못 먹었어요."

김성실이 캠코더를 왼손으로 쥐고 계속 촬영을 해가며 오른손으로 커다란 고깃덩어리를 집어 들었다.

"이 상어 고기를 어디에 보관하죠?"

"상하지 않게 하려면 저번처럼 자루에 넣어 바다에…"

"안 돼! 이번에는 통에 담아 소금을 뿌려서 불침번이 볼 수 있게, 조타실에서 잘 보이는 곳에 놓아두자고."

순석이 커다란 고무통을 가져다 갑판에 놓자 다른 사람들이 상어를 네 토막으로 잘라서 고무통 속에 넣은 뒤 소금을 뿌렸다. 소금은 아직 많이 남아 있었다.

"또 무슨 불상사가 생기면 안 되게 불침번들은 이 통을 잘 지켜야 혀."

사람들이 모두 갑판을 뜨고 나자 순석은 다이빙덱으로 내려가 바다에 소변을 보며 하늘을 올려다봤다. 달이 밝았다. 곧 추석이었다.

오줌을 누고 갑판으로 올라가던 순석은 조타실 뒤쪽 철계단 위에서 뭔가가 움직이는 것을 보았다. 철계단 위의 그림자가 순석을 보고는 급히 통로 안으로 몸을 숨겼다. 수상했다.

순석이 철계단을 올라가자 복도에서 김성실이 걸어 나왔다.

"왜 안 자고…?"

"상홍이 좀 살펴보고 가려구유. 누나는…?"

"바람 좀 쐬려고…."

김성실이 계단을 내려갔다.

상어 고기를 먹고 기운을 차린 이상홍이 예상대로 순석에게 고기를 더 가져다 달라고 했다. 순석은 아침까지 기다리라고 단호하게 말하고 방을 나왔다.

순석은 계단참에 서서 갑판을 살피고 나서 계단참 주변을 살폈다. 수상한 행동을 하던 김성실이 마음에 걸렸다. 역시 뭔가가 있었다. 철계단 밑에 작은 캠코더가 테이프로 묶여 있었다. 캠코더는 갑판의 상어 고기가 든 통을 향해 설치되어 있었다. 김성실이 상괭이 고기를 훔쳐가고 칼자국을 죽인 범인을 잡기 위해 몰래카메라를 설치한 것 같았다.

몰래카메라, 꽤 괜찮은 아이디어였다.

—

9월 27일.

아침에 눈을 뜨니 밖이 시끄러웠다. 또 무슨 일이 벌어진 것이 틀림없었다. 순석은 급히 갑판으로 나갔다. 상어 고기를 보관해둔 통 주변에 사람들이 모여 있었다.

"어떤 새끼야? 어떤 새끼가 자꾸 이러냐구!"

갑판장이 갑판을 왔다 갔다 하며 고래고래 소리를 질러댔다.

순석은 고무통으로 다가가는 것이 겁났지만 안을 확인하지 않을 수 없었다.

"헉!"

설마 했는데, 고무통 안에 또 사람의 토막 사체가 들어 있었다. 주빠지에 같았다. 반사적으로 순석은 조타실 뒷방으로 올라가는 철계단을 올려다봤다. 어젯밤 계단참 난간 밑에 묶여 있었던 몰래카메라는 이미 사라지고 없었다. 김성실도 갑판에 없었다.

"너무 방심했어. 저번에 그런 일이 있었으니 어제는 더 경비를 철저히 했어야 했어. 멍청하게, 아무 대책도 세우지 않고…"

안길식이 인상을 쓴 채 중얼거렸다.

갑판을 왔다 갔다 하던 갑판장이 갑자기 시체가 든 통으로 달려들었다. 그리고 마치 그 통이 범인이라도 되는 양, 통을 발로 걷어찼다. 통이 쓰러지며 통 안에서 토막 사체가 우르르 굴러 나왔다.

"어떤 놈이 그랬는지 정말 정교하네."

박판돌이 얼굴을 찡그린 채 주빠지에의 토막시체를 살피며 말했다.

"우리가 먹다 남은 상어를 네 토막으로 잘랐는데 이 시체도 네 토막이 나 있잖여. 그리고 배를 가르고 내장을 꺼낸 솜씨도 거의 흡사하고…."

"이 부분은 맞지 않는데요."

안길식이 시체의 허벅지를 가리켰다.

"어제 우리는 상어의 몸통에서 살을 잘라내 먹고 나서 그 뒤에 운반과 보관이 쉽도록 몸통을 토막 냈잖아요. 그런데…."

정말 허벅지를 도려낸 흔적은 사체를 토막낸 뒤에 다시 절단면에 칼을 대고 잘라낸 흔적이었다.

"그려, 맞아. 이건 범인이 똑같이 하지 못했네이."

"그렇다면 범인은 어제 우리가 상어를 해체할 때 그 자리에 없었던 사람인가?"

"어떤 놈이 왜 이런 짓을 했을까? 왜 이런 끔찍한 짓을…. 사람을 죽이기도 쉽지 않은 일인데 어떻게 이런…?"

"우리가 모두 스스로를 미쳤다고 생각하게 하려는 게 아닐까요?

우리가 어젯밤에 잡아먹은 것이 상어가 아니라 사람이었다…."

"에이, 설마? 한두 사람이라면 몰라도 어떻게 우리 전체가 다 미쳤다고 믿게 해?"

"그렇지 않으면 왜 이런 짓을…?"

"이거 핏자국이지?"

안길식이 가리키고 있는 갑판 위에 핏방울처럼 보이는 검붉은 흔적들이 여러 개 있었다.

"여기도!"

점점이 떨어져 있는 핏방울이 주방 쪽으로 이어져 있었다. 주방 앞의 핏자국 하나에는 신발 자국이 찍혀 있었다. 하지만 너무 작아서 신발 무늬를 알아볼 수는 없었다.

"역시 범인은 사람여!"

사람들이 주방으로 들어가 곳곳을 살폈지만 핏자국 이외에는 별다른 게 없었다.

"어젯밤 상어를 잡은 이후로 근무를 선 불침번들이 누구누구지?"

사람들의 시선이 안길식과 갑판장에게 쏠렸다.

"나머지 한 명은?"

"김성실인데요. 저 다음의 마지막 근무자가 김성실이였는디…."

갑판장이 대답했다.

"김성실은 어디 갔어? 가서 데려와."

급히 하갑판으로 내려간 순석이 김성실의 방을 노크했다. 아무런 대답이 없었다.

"누나, 있슈?"

역시 대답이 없자 문손잡이를 돌려봤다. 문이 잠겨 있지 않았다. 문을 열었다. 김성실이 어두운 선실의 벽에 등을 기댄 채 앉아 있었다.

"왜 그러고 있는 겨? 이 사장님이 찾는디…. 어디 안 좋아유?"

김성실이 말없이 고개를 끄떡였다. 울고 있었던 것 같았다.

"어디가 안 좋은데유?"

"전부…."

김성실이 들릴 듯 말 듯하게 중얼거렸다.

"일어나기 힘들어유?"

"잠시만…. 속이 너무 안 좋아."

쉰 목소리였다. 금방 구토라도 할 것 같았다.

"그런데 왜 날 찾는데?"

"또 그 사건이 터졌잖유. 또 주빠지에를 죽여 놔두고 상어 고기를 훔쳐갔슈. 제기랄! 도대체 어떤 놈이…. 아 참! 어제 우연히 저 위 계단에 카메라가 묶여 있는 걸 봤는디…. 그거 몰카 아니었슈? 이상한 짓하고 돌아다니는 범인 잡으려고 설치해놓은…. 뭐, 찍힌 거 없슈?"

김성실이 천천히 고개를 옆으로 흔들었다.

"아무것도 안 찍혔단 말유?"

"카메라를 설치하고 곧 배터리가 떨어져서…."

"아, 정말 아쉽네."

"나 좀 쉬어야겠다. 가서, 내가 몸이 안 좋아 조금 이따가 나간다고 해. 좀 쉬면 괜찮아질 거야."

벽에 등을 기대고 있던 김성실이 미끄러지듯 바닥에 눕더니 만사 귀찮다는 듯이 반대쪽으로 돌아누웠다.

갑판으로 나가니 이도형이 어젯밤 상어가 잡힌 뒤 불침번을 섰던 두 사람에게 질문하고 있었다. 마치 경찰이 용의자를 신문이라도 하는 것 같았다.

"두 사람 다 아무것도 못 봤다?"

"예."

"이 통을 잘 지키라고 했잖아. 그런데 왜 아무것도 못 봐? 이렇게 핏자국이 떨어져 있다는 것은 분명 누군가가 고깃덩어리들을 옮긴 흔적 아닌가? 또, 토막시체가 스스로 걸어왔다고 해도 눈에 안 보일 리는 없잖아."

"어어, 이상홍!"

안길식의 심상치 않은 목소리에 사람들이 뒤로 고개를 돌렸다. 이상홍이 조타실 뒤쪽 계단을 내려오고 있었다. 손으로 난간을 잡고 있었고 다리가 휘청거리는 듯 보였지만 스스로 계단을 내려오다니 기적 같은 일이었다.

"아침 식사시간 되었으면 불러야지. 배고파 죽겠네."

이상홍이 사람들을 향해 씩 웃었다.

"상어 고기 아직 많이 남아 있지? 설마 나를 쏙 빼고 다 먹어치우지는 않았겠지?"

철계단을 다 내려온 이상홍은 순석의 앞을 그대로 지나쳐 엎어져 있는 통 쪽으로 비틀거리며 다가갔다. 시체를 발견한 이상홍이 놀라는 표정을 지으며 발길을 멈췄다.

"도대체 이게 뭐야?"

그러나 잠시뿐, 이상홍은 곧바로 주빠지에의 시체에 달려들어 허벅지를 입으로 물어뜯었다.

"야, 미쳤어! 지금 뭐 하는 거야?"

순석이 이상홍에게 달려들어 팔을 뒤로 잡아챘다.

"놔! 배고파 죽겠단 말야. 자기들만 실컷 먹고 살아서 돌아가려고? 배고파 죽겠단 말야!"

사람들이 이상홍에게 달려들어 팔과 발을 잡아 힘으로 제압했다.

"놔! 놓으란 말야, 새끼들아! 배고파 죽겠다고!"

"제정신이 아닌 것 같아."

사람들이 이상홍을 억지로 끌고 가 조타실 뒤의 선실에 가뒀다. 밖에서 문을 잠그는 장치가 없어 갑판에 있는 금괴를 몇 개 가져다 방문 밑에 쌓아놓고 쇠파이프로 문을 괴어 문이 열리지 않게 했다.

"전에는 누가 그랬는지 모르겠지만, 어젯밤에 상어 고기를 빼돌리고 주빠지에를 죽여서 토막내 통에 넣어놓은 사람은 이상홍이 틀림없어."

안길식이 이상홍의 짓이라고 단정하며 이윤정을 쳐다봤다. 마치

질책을 하는 듯한 눈길이었다. 이윤정은 아무 말도 하지 않고 고개를 푹 숙였다.

"그런데 정말 신기하기는 신기하지. 다 죽어가던 놈이 저렇게 걸어 다니고 바락바락 소리를 질러대는 걸 보면 말여."

"저놈은 살아났는지 몰라도 우리는 저놈 때문에 다 굶어 죽게 생겼어."

"도대체 그 많은 상어 고기를 다 어떻게 한 거여? 하룻밤 만에 그걸 다 먹어치웠나?"

"기생충에 감염되어 아무리 식욕이 왕성하고 소화가 잘된다고 해도 그건 불가능한 일이쥬."

상어 고기를 찾기 위해 사람들이 선상 곳곳을 뒤지고 다녔다.

사람들의 무리가 김성실의 방 앞에 이르렀다. 몇 번의 노크에도 대답이 없었다.

순석이 문손잡이를 돌려봤다. 아까와는 달리 돌아가지 않았다.

"김성실? 성실이 누나?"

순석은 마음에 걸리는 것이 있어 주먹으로 문을 쾅쾅 두드렸다. 역시 대답이 없었다.

"어떻게 된 거야? 뭔가 잘못된 거 아녀?"

순석이 창고로 뛰어가 도끼를 가져와 문손잡이를 몇 번 내리찍었다.

잠금장치가 부서진 문을 열었다. 어두운 선실에 김성실이 앉아 있었다. 아까처럼 벽에 등을 기댄 채 앉아 머리를 푹 숙이고 있었다.

"아, 아니!"

순석은 비명을 지르며 안으로 뛰어 들어갔다. 김성실의 목덜미에서 한 가닥의 팽팽한 끈이 위로 뻗어 있었다. 그 끈은 벽에 박혀 있는 옷걸이에 묶여 있었다.

"이런 제기랄!"

순석이 김성실의 몸을 안아 들어 올렸다. 뒤따라온 안길식이 김성실의 목을 조르고 있는 매듭을 느슨하게 하여 머리 너머로 벗겨냈다.

김성실은 이미 의식이 없었다. 가슴에 귀를 대보니 심장 소리가 들리지 않았다.

순석이 인공호흡을 해야 할는지 심폐소생술을 해야 할는지 몰라 당황하고 있는데 이윤정이 순석을 밀쳐냈다.

김성실을 똑바로 눕히고 기도를 확보한 이윤정이 김성실의 코를 손으로 쥐고 입에 몇 번 공기를 불어 넣었다. 이어서 이윤정은 김성실의 배 위에 쪼그리고 앉아 가슴에 두 손을 포개어 대고 체중을 실어 힘껏 눌러댔다.

"하나, 둘, 셋, 넷, 다섯, 여섯, 일곱, 여덟, 아홉, 열!"

입으로 빠르게 숫자를 세며 있는 힘껏 김성실의 가슴을 열 번 누르고 난 이윤정은 다시 김성실의 입에 한 번 공기를 불어 넣고 나서 심폐소생술을 반복했다.

"안 되겠어요. 순석 씨가 좀 더 세게 해보세요."

이윤정이 물러나자 순석이 김성실의 몸 위에 쪼그려 앉아 이윤정이 했던 것처럼 가슴 가운데에 두 손을 포개어 얹고 빠르게 열까지 세며 가슴을 꾹꾹 눌러댔다.

"더 세게! 갈비뼈가 부러질 정도로 더 세게요!"

순석은 정말 갈비뼈가 부러지지 않을까 싶을 정도로 힘껏 김성실의 가슴을 눌러대길 반복했다. 하지만 땀을 뻘뻘 흘려가며 20분넘게 심폐소생술을 했는데도 김성실의 호흡과 맥박은 돌아오지 않았다.

"이, 이제 그만, 그만 해요…."

이윤정이 순석의 뒤에서 울음 섞인 목소리로 말했다.

"마지막으로 한 번만 더…."

순석은 다시 김성실의 입에 힘껏 공기를 불어 넣었다. 그때 뭔가가 순석의 입술을 건드렸다. 순석이 인공호흡을 멈추고 김성실의 입안을 들여다봤다. 목구멍에서 허연 뭔가가 꿈틀꿈틀 기어 나오고 있었다. 놀란 순석이 뒤로 주춤 물러났다.

순석의 표정을 본 이윤정이 달려들어 김성실의 입을 벌리고 입속을 살폈다. 이윤정이 인상을 찡그리며 김성실의 입을 최대로 벌리고 입속에 손을 반쯤 집어넣었다. 낙지 같은, 긴 다리가 있는 허연 것이 이윤정의 손가락에 잡혀 목구멍 속에서 쭉 끌려 나왔다.

"헉! 그건 또 뭐여?"

이윤정이 손가락을 휘감으며 꿈틀대는 허연 것을 손에서 털어내 듯 방바닥에 내던졌다.

김성실의 입에서 나온 것이 방바닥에서 낙지처럼 꿈틀댔다. 처음 보는 생명체였다. 저번에 얼빠이의 머리에서 나온 괴생명체하고도 달라 보였다. 하얀 지네처럼 생겼는데 다만 다리가 해파리의 촉수처럼 길었다. 촉수들이 주변에 있는 뭔가를 휘감으려는 듯이 꿈틀댔다.

죽은 김성실과 그녀의 목구멍에서 나온 처음 보는 괴생명체를 지켜보는 사람들은 모두 공포에 질려 넋이 나간 표정이었다.

"도, 도대체 이게 뭐여? 기생충여?"

이윤정이 선실 구석에 있는 김성실의 물통을 집어 복도에 물을 버리고 꿈틀대는 괴생명체를 나무젓가락으로 집어서 물통 안에 넣고 뚜껑을 닫았다.

"씨팔! 우리 중에 이런 요상한 기생충에 감염된 사람이 더 있는 거 아녀?"

안길식이 의심 가득한 눈초리로 사람들을 둘러보며 중얼거렸다.

그것은 시한폭탄 같은 공포였다. 기생충에 감염된 사람이 더 있다면 언제 또 무슨 일이 일어날지 몰랐다.

순석은 생명을 위협당하는 상황보다도 자신이 기생충에 감염되어 그 반대상황이 되는 것이 더 무서웠다.

"혹시 누구라도 이런 기생충에 감염된 것 같으면, 아니, 자신이 평소와 달리 뭔가 좀 이상하다고 생각되면 바로 이야기를 혀. 무슨 일을 저지르거나 무슨 일이 일어나기 전에 격리되는 것이 서로를 위해서 좋아."

"맞어. 그리고 모두들 서로를 관심을 가지고 잘 지켜보자고. 감시하자는 이야기가 아니라 앞으로 일어날 수 있는 사고를 미연에 방지하는 차원에서 말여."

"그런데, 이 아가씨가 자살한 것이 저것 때문일까? 얼빠이나 이상홍하고는 증상이 다르잖여. 기생충의 종류에 따라 증상도 다른가?"

"저거 때문이 아니면 왜 스스로 죽었겠슈?"

"자살할 이유가 왜 없어? 나도 지금 바다에 뛰어들어버리고 싶은 심정인디…."

"시체는 어떻게 하지?"

"저승 노잣돈으로 쓰게 금괴를 한두 개 매달아 바다에 장사지내는 게 어떨까유?"

"아녀. 우리 맘대로 그래서는 안 돼. 시체라도 잘 보관했다가 가족들 품으로 돌려보내는 게 죽은 자에 대한 마지막 예의인 거여."

"시체에서 기생충이 바글바글 증식하면 어쩌려구요? 그래서 누군가가 추가로 감염되기라도 하면?"

"에이—. 산 사람의 몸에 기생하는 기생충이 어떻게 죽은 사람 몸에서 증식을 해?"

"저게 뭔지도 모르는데 그걸 어떻게 장담해요? 어떤 기생충은 숙주를 다른 숙주에게 잡아먹히게 하여 1차 숙주에서 2차 숙주로, 2차 숙주에서 3차 숙주로 옮겨가고 또 그때마다 모양이나 특성도 변한다잖아요."

회의 끝에, 죽은 김성실을 이불로 잘 감싸서 중국 골동품들이 쌓여 있는 제1창고로 옮겼다. 옆에 토막 난 주빠지에의 시체가 든 고무통이 놓여 있었지만 뚜껑이 덮여 있어서 시체를 볼 일은 없었다.

'아, 몰래카메라!'

순석은 주인 없는 김성실의 방으로 다시 돌아가 캠코더를 찾았다.

김성실은 몰래카메라의 배터리가 떨어져 아무것도 안 찍혔다고 말했지만 순석은 그 말을 그대로 믿을 수 없었다. 김성실의 죽음에 몰래카메라 영상이 어떤 영향을 끼쳤을 수도 있었다.

배터리가 분리되고 렌즈와 액정이 깨진 소형캠코더는 선실 구석에 떨어져 있었다. 파편이 캠코더 주변에 널려 있는 것으로 보아 누군가가 일부러 세게 집어 던진 것 같았다.

저장장치인 SD카드를 뽑아 살펴보았다. 말짱했다. 외부에 가해진 충격으로 SD카드까지 파손되지는 않았을 것이다.

'이걸 어떻게 확인하지?'

마이크로SD카드가 아니어서 휴대전화에 꽂을 수는 없었다. 노트북이 있어야 할 것 같았다. 이윤정의 노트북이 떠올랐으나 이윤정 앞에서 동영상을 확인하고 싶지는 않았다. 만약 이윤정이 감당할 수 없는 충격적인 장면이 찍혀 있기라도 하면…?

순석은 이윤정이 선실을 비웠을 때 그녀의 방에 몰래 들어가 노트북을 사용하기로 마음먹었다. 비밀번호가 걸려 있으면 사용이 불가할 수도 있었지만 일단 시도해보고 안 되면 다른 수단을 찾아야 했다.

"야 이 새끼들아, 먹을 걸 달란 말야! 야, 최순석! 박판돌! 이윤정! 내 목소리 안 들려?"

이상홍은 여전히 문을 쾅쾅 두드리며 고래고래 소리를 질러댔다. 인정에 호소하려는지 가끔 사람들의 이름을 하나하나 부르기도 했다.

금괴가 쌓여 있는 이상홍의 방문 앞에 가만히 서서 이상홍의 상태를 살피던 순석이 방문이 빼꼼히 열려 있는 이윤정의 방을 들여다봤다. 그녀는 방바닥에 누운 채로 얼빠이와 김성실의 몸에서 나온 유리병 속 기생충들을 들여다보고 있었다.

"그게 뭐 같아요?"

"들어오세요."

이윤정이 자리에서 일어나 앉자 순석이 방으로 들어갔다.

"피부에 색깔이 없고, 눈이 퇴화했고, 다리가 퇴화했고…. 반면, 가늘고 긴 촉수가 발달해 있고 촉수 끝에 어떤 섬세한 기관이 있는 것을 보면, 심해에 사는 어떤 생명체 같기도 하지만, 기생충일 확률이 더 높아 보여요."

"이 촉수들은 뭘까요?"

순석이 유리병을 집어 눈앞에 대고 들여다보며 물었다.

"숙주의 몸 어딘가에 연결하여 영양을 섭취할 때 쓰는 것일 수도 있지만, 어떤 감각기관처럼 보여요."

"감각기관요? 혹시 이것들이 사람의 생각도 조종할 수 있을까요?"

"글쎄요? 기생충이 숙주의 생각을 직접 조종하는 건 어려울 것 같은데요. 다만, 간접적인 방법으로는 가능하겠죠. 기생충이 뇌에 영향을 주는 어떤 호르몬이나 화학물질, 전기신호만 조금 조작해도 숙주는 기분이 좋아질 수도 있고, 우울해질 수도 있고, 식욕이나 성욕이 왕성해지거나 그 반대가 될 수도 있죠. 또 현실과 구분할 수 없는 환청이나 환각을 경험할 수도 있고요."

"그런데 왜 이런 기생충이 그동안 세상에 알려지지 않았을까요?"

"희귀한 것이어서 그런 것일 수도 있고, 인체에 감염되지 않는 기생충이었는데 누군가가 어떤 목적으로 기생 생물 고유의 특성을 변형시켜 변종을 만들어냈는지도 모르죠."

"누가 왜요?"

"이 생명체의 알로 보이는 것을 건져낸 곳이 2차 대전 때 침몰한, 악명 높은 일본 731부대의 병원선이니 그게 단서 아닐까요?"

순석은 유리병 속의 기생충들을 들여다보며 고개를 끄떡였다.

"상홍 씨가 조용해졌네요."

"이제 지칠 때도 되었죠. 저 녀석이 저렇게 악을 써대는 걸 보면 몸이 많이 회복된 것 같아요. 상홍이 때문에 윤정 씨가 고생이 많네요."

"상처가 나으려면 잘 먹여야 하는데 먹을 게 없으니…"

"그런데 이것과 저것은 종이 완전히 다른 건가요?"

순석은 얼빠이의 몸에서 나온 괴생명체가 든 유리병과 김성실의 몸에서 나온 괴생명체가 든 유리병을 손가락으로 번갈아 가리켰다.

"둘이 비슷해 보이기도 하고 달라 보이기도 하죠? 이것들이 뭔지도 모르는데 같은 종인지 다른 종인지 판단하는 것은 무리인 것 같아요."

"우리 중에 이런 기생충에 감염된 사람이 더 있는지 알 방법이 없을까요?"

이윤정이 대답을 하지 않고 이상홍의 방 쪽을 쳐다봤다.

"왜 그래요?"

불안한 표정으로 자리에서 일어나 복도로 나간 이윤정이 이상홍의 방 출입문에 귀를 댔다. 순석도 이윤정을 따라 방문에 귀를 가져다 댔다. 희미한 신음이 들렸다.

"문, 문 좀 열어봐요!"

이윤정의 다급한 목소리에 순석은 출입문 앞에 쌓여있는 몇 개의 금괴를 재빨리 치우고 문을 받치고 있는 쇠파이프를 치웠다.

이윤정이 문을 조금 열고 안을 들여다봤다.

"아악!"

"이, 이런! 이상홍!"

이윤정과 순석이 동시에 비명을 질렀다. 이상홍이 털이 듬성듬성 난 사람의 다리를 두 손으로 잡고 마치 좀비처럼 뜯어먹고 있었다. 더 끔찍한 일은, 그 다리가 자신의 왼쪽 다리라는 것이었다. 잘린 무릎에 피로 물든 천이 칭칭 감겨 있었고 옆에 피 묻은 과도가 떨어져 있었다.

"이, 이게 무슨 짓이야, 이상홍!"

방으로 뛰어 들어간 순석이 이상홍의 다리를 낚아챘다. 이상홍은 뜯어먹던 다리를 빼앗기지 않으려고 순석의 다리를 잡고 늘어졌다.

"놔! 내가 내 다리 먹는데 왜 지랄이야!"

순석이 이상홍을 떼어내기 위해 가슴을 발로 밀어 찼지만 이상홍은 순석의 다리를 잡고 악착같이 늘어졌다.

"내놔! 굶어 죽을 수는 있어도 다리 하나 잘라냈다고 죽지는 않아! 내 다리야, 내 다리!"

급기야 이상홍이 순석의 허벅지를 입으로 콱 물었다.

"아악!"

순석이 주먹으로 이상홍의 머리를 때려 허벅지에서 떨어트린 뒤 다시 발로 가슴을 밀어 찼다. 다리 하나가 없는 이상홍이 뒤로 벌렁 나자빠졌다. 그 틈에 순석은 이상홍의 다리를 들고 방에서 잽싸게 빠져나와 출입문을 쾅 닫았다. 순석은 이상홍이 밖으로 나오지 못하도록 등으로 문을 괴었다.

이윤정이 파랗게 질려서 이상홍의 피투성이 다리를 들고 있는 순석을 쳐다봤다. 순석 역시 공포에 질린 눈으로 이윤정을 쳐다보다가 두 손으로 받쳐 들고 있는 이상홍의 다리를 내려다봤다.

"미친 새끼!"

도대체 이 일을 어떻게 한단 말인가? 이상홍은 완전히 미친 것이 틀림없었다.

"내놔! 내 다리 내놔!"

이상홍이 출입문 안에서 문을 쾅쾅 두드리며 외쳐댔다. 순석이 등으로 받치고 있는 문이 들썩거렸다.

이윤정이 금괴를 하나씩 힘겹게 들어다 출입문 밑에 괴었다. 곧, 순석이 등을 떼어도 문이 열리지 않을 정도로 출입문 밑에 금괴가 쌓였다. 순석이 쇠파이프를 집어 문을 괴었다.

"내놔, 내 다리 내놔! 그 다리 안 내놓으면 다른 다리 잘라 먹는다!"

"이, 이런, 제기랄!"

과도를 치우지 않고 나왔다.

이윤정이 어떻게 할 거냐는 듯이 순석의 눈을 쳐다봤다.

이윤정이 다시 출입문 앞에 놓인 20킬로그램짜리 금괴들을 치우기 시작했다.

순석은 만약을 대비해 손에 단단히 힘을 주고 출입문을 조금 열었다. 이상홍이 과도를 든 채 앉아 있었다.

"야, 이상홍. 칼 이리 줘!"

그러나 이상홍은 씩 웃을 뿐이었다.

"야, 칼 이리 줘. 이 미친 새끼야!"

"내 다리 내놔. 그럼 이 칼 주지."

이상홍이 어린아이처럼 빙그레 웃으며 말했다. 정말 미친놈이었다. 미치지 않았으면 이런 상황에서 저런 여유가 나올 수 없었다.

"그 다리, 줘버려요. 다시 붙일 수도 없어요."

뒤에서 이윤정이 낮은 목소리로 말했다.

"칼 먼저 이리 던져. 그럼 이거 주지."

"싫어! 네가 먼저 내 다리 던져. 그럼 칼 던질 테니."

순석은 잠시 망설이다가 다리를 이상홍의 앞으로 던졌다.

"야 이 새꺄! 제 다리 아니라고 남의 귀한 다리를 막 집어 던지고 지랄이야."

"자, 이제 그 칼 이리 던져."

"싫은데!"

이상홍이 다시 씩 웃었다.

"칼 안 주면 다시 들어가서 다리 뺏는다."

"아, 아, 알았어. 알았어."

이상홍이 순석이 서 있는 문틈으로 칼을 획 던졌다.

"잠깐만요!"

문 닫으려는 것을 중단시킨 이윤정이 자신의 방으로 뛰어 들어가 약통을 들고 나왔다.

"상처 소독하고 항생제 먹이려고요."

순석이 다시 문을 활짝 열자 다리를 정신없이 뜯어먹던 이상홍이 두 사람을 노려봤다.

"그거 안 뺏어. 다시 붙일 수도 없는데 뺏어서 뭐하게."

"정말이지?"

이상홍의 대화 수준을 보면 지능은 떨어지는 것 같았지만 완전히 미친 것 같지는 않았다. 미치지 않은 놈이 자신의 다리를 뜯어먹고 있으니 그게 더 무서웠다.

이윤정이 차마 못 보겠다는 듯이 이상홍의 얼굴을 외면하며 잘린 무릎을 단단히 감싸고 있는 천에 알코올 병을 쏟아부었다.

"아악, 아아악!"

이상홍이 생살을 씹다가 말고 인상을 쓰며 비명을 질렀다. 분명 고통을 제대로 느끼는 표정이었다. 그렇다면, 다리를 잘라내는 고통보다 더한 배고픔이나 식욕이 인간에게 존재할 수 있단 말인가?

"이 약 좀 먹여주세요."

약통에서 알약 두 개를 꺼내 순석에게 건네고 난 이윤정이 구토라도 하려는 것처럼 입을 손으로 틀어막은 채 밖으로 뛰어나갔다.

"으, 방이 왜 이렇게 덥냐. 이 방이 유독 더운 것 같아. 아무래도 옆방에 가서 자야겠다."

어둠 속에서 이도형이 베개를 들고 일어나 선실을 나갔다.

"옆방이 더 시원하다고? 그럼 나도 옆방으로 가볼까."

박판돌도 이도형을 따라서 선실을 나갔다.

순석은 그들이 왜 이 선실을 떠났는지 잘 알고 있었다. 순석을 피해 떠난 것이었다. 정신병자처럼 행동하다가 살해된 얼빠이, 갑자기 자살한 김성실의 몸에서 기생충이 나오고, 상처 치료를 위해 이윤정이 일부러 기생충에 감염시킨 이상홍이 자신의 다리를 잘라 먹는 사건이 일어나자 기생충에 감염된 사람이 더 있을 것으로 생각하는 사람들은 다른 사람들을 두려워하고 있었다.

사람들이 순석을 피하는 이유는 전에 칼자국이 쏜 총에 맞았을 때 상처 회복이 얼빠이나 이상홍처럼 빨랐고 또 엄청난 식욕을 보였기 때문이었다. 순석은 자신이 기생충에 감염되었을 리 없다고 부정했지만, 상처의 기적적인 회복과 엄청난 식욕이 기생충에 감염된 사람들의 공통 증상일 가능성이 있었다.

"그래, 잘되었지 뭐. 이제 자다가 누군가에게 살해당할까 봐 적정할 일은 없어졌네. 독방 쓰니 참 좋다! 제길!"

순석이 일부러 큰소리로 투덜거리며 문을 걸어 잠그려고 출입문 쪽으로 가는데 똑똑똑 노크 소리가 났다.

"누구세유?"

"저, 이윤정이에요."

문을 열자 어두운 복도에 이윤정이 서 있었다. 베개를 끌어안고 있었다.

"무슨 일로?"

"혼자 자는 것이 무서워서… 이 방에서 좀 자면 안 될까요?"

"안 될 건 없지만, 지금은 나 혼자뿐인데요. 다른 분들은, 덥다며 다른 선실로 옮겨갔는데…."

순석은 말을 해놓고 이윤정의 눈치를 봤다. 이윤정이라고 자신과 단둘이 있는 것을 탐탁하게 생각할 리 없었다.

그런데 이윤정은 망설이는 기미가 없었다.

"잘되었네요. 누울 자리 걱정은 안 해도 되겠네요. 실례 좀 할게요."

순석이 손전등을 찾아서 켜자 이윤정이 어두운 방 안으로 들어왔다.

순석은 선실에 비치된 이불과 침낭 중에 가장 깨끗해 보이는 이불을 골라 들고 복도로 나가 탁탁 털었다. 곰팡내가 풍겼다.

"저, 막 자라서 그렇게 고상하지 않아요. 성격이 깔끔하지도 않고요."

순석은 이윤정의 농담 섞인 말을 듣고도 이불을 한참 동안 더 털었다.

"이쪽에 누우세요."

순석은 자신의 침구를 구석으로 끌어 옮긴 뒤 그 반대쪽에 이윤정의 침구를 깔았다.

순석은 이윤정이 자신의 옆에서 잔다는 것이 몹시 기뻤지만, 한편으로는 여러 가지 걱정이 앞섰다. 자다가 코를 심하게 골면 어쩌나 하는 걱정, 잠꼬대할까 봐 걱정, 자다가 이윤정 쪽으로 굴러가지나 않을까 하는 걱정, 아침에 일어났을 때 바지 앞이 불룩하게 텐트를 치고 있지나 않을까 하는 걱정 등….

"아 참, 문을 잠글까요, 말까요?"

갑자기 생각난 듯 순석이 물었다.

"아무래도 잠그는 게 낫겠죠?"

이윤정은 안에 있는 순석보다 밖에 있는 다른 사람들이 더 무서운 모양이었다. 어쨌거나 순석은 이윤정이 자신을 믿는 것 같아 기분이 좋았다.

"상홍이는 어떻던가요?"

"잠을 자는지 조용하던데요…. 하아!"

이상홍 이야기가 나오자 이윤정이 크게 한숨을 쉬었다.

"너무 걱정하지 말아요. 상홍이는, 이 고비만 넘기면 괜찮아질 거예요. 얼빠이도 상처가 낫기 전에는 엄청난 식욕을 보이고 비정상적인 행동을 했지만 상처가 다 아물고 나니 정상으로 돌아왔잖아요…."

순석이 말을 하고 있는데 어둠 속에서 갑자기 흐느끼는 소리가 들려왔다. 이윤정이 울고 있는 것 같았다. 당혹스러웠다.

"도대체, 도대체, 무엇이 어떻게 되어 가고 있는지 모르겠어요. 사람들은 계속 한 명씩, 한 명씩 사라지거나 죽어 나가고, 구조대는 오지 않고, 식량은 바닥난 지 오래고⋯. 게다가 사람들이, 아니, 내가 점점 미쳐가고 있는 것 같아요. 흐흐흑⋯."

"조금만 더 힘내요. 곧 구조대가 올 거예요. 설령 구조대가 오지 않는다고 해도 곧 이 배가 중국이든 일본이든 어딘가에 가서 닿겠죠. 만약 그렇게 되지 않는다고 해도, 내가 윤정 씨만큼은 꼭 살아서 돌아가게 해드릴게요. 아무 탈 없이 무사히⋯."

"⋯."

흐느끼는 소리가 점점 잦아들더니 고요가 찾아왔다. 잠시 뒤, 아이가 잠든 것처럼 쌔근거리는 숨소리가 들려왔다. 이윤정 역시 마음과 몸 모두가 지칠 대로 지쳐 있는 것 같았다.

순석은 이윤정이 잠든 뒤에도 한동안 잠들지 못하고 뒤척였다.

9월 28일.

오줌이 마려워서 잠을 깼다. 설탕물과 간장 탄 물을 계속 마셔댄 탓이었다.

순석은 조용한 밤에 선실 화장실에서 오줌을 누면 그 소리가 이윤정의 귀에 들릴 것 같아 살그머니 갑판으로 나가 배수구 구멍에 오줌을 눴다.

배가 요동치는 것이 심상치 않았다. 폭풍이 몰려오는 것 같았다.

어두운 복도를 지나 다시 선실로 돌아온 순석은 이윤정을 깨우지 않으려고 소리가 나지 않게 출입문을 열고 안으로 들어섰다.

"으음."

파도 소리 사이로, 선실 안쪽에서 콧소리가 들려왔다. 이윤정이 꿈이라도 꾸고 있는 것 같았다.

"아이!"

어둠 속에서 뭔가가 움직이는 것이 희미하게 보였다.

"아이, 이러지 마요."

순석은 천천히 문을 닫다가 말고 동작을 멈췄다.

"왜 이래요, 순석 씨! 우욱!"

내가 뭘 어쨌다고?

"윤, 윤정 씨?"

뭔가 이상했다. 순석은 재빨리 몸을 움직여 출입문 옆을 더듬었다. 문 옆 어딘가에 비상용 손전등이 놓여 있을 텐데 만져지지 않았다.

"으윽, 으으으…."

코를 통해 나오는 듯한 심상치 않은 신음소리.

"윤, 윤정 씨! 무슨 일 있어요?"

순석은 손을 크게 휘저어 더듬으며 신음이 나는 쪽으로 다가갔다. 곧 물컹한 뭔가가 손에 닿았다. 헉! 도대체 이게 뭐지? 커다란 문어의 머리처럼 둥글고 미끄러운 것이었다.

"으음, 음음⋯."

이윤정이 고통스러워하는 듯한 신음을 냈다. 다급한 상황 같았다.

순석은 앞에 있는 뭔가를 움켜쥐려고 했으나 크고 둥글고 미끄러워서 잡을 수가 없었다. 표면이 미끄러운 점막으로 둘러싸인 것 같았다. 박판돌 아저씨가 봤다는 바로 그 괴물?

순석은 손가락에 최대한 힘을 줘서 문어의 머리처럼 생긴 물컹한 살에 손톱을 박아 넣었다. 순간, 뭔가가 순석의 얼굴을 세게 후려쳤다.

퍽!

권투글러브를 낀 헤비급 선수에게 한 대 얻어맞은 것 같은 충격이었다. 순석은 뒤로 주저앉았다가 재빨리 일어났다. 힘의 차이에서 오는 두려움이 밀려왔다. 도망가고 싶은 심정이었지만 이윤정을 두고 도망갈 수는 없었다.

"으씨!"

순석은 앞에 있는 무엇인가를 향해 럭비선수처럼 돌진했다. 퍽!

물컹하지만 탄탄한 뭔가를 들이받고 난 순석의 몸이 옆으로 튕겨 나갔다. 발에 뭔가가 차였다. 재빨리 손을 휘저어 손전등을 집어 불을 켰다.

"헉! 뭐, 뭐야?"

이불 속에서 허연 괴물이 꿈틀대고 있었다. 아무렇게나 주물러놓은 커다란 밀가루 반죽같이 생긴 괴물이 이윤정의 몸을 통째로 삼키려는 듯이 감싸고 있었다. 괴물의 몸 밖으로 삐져나온 이윤정의 발이 바동거렸다.

이게 현실인가 꿈인가? 꿈이라고 해도 가만히 있을 수는 없었다.

맨손으로는 상대가 되지 않을 것 같았다. 순석은 선실 구석에 쌓여 있는 20킬로그램짜리 금괴 하나를 집어 들고 달려가 금괴로 괴물의 몸통을 내리찍었다.

꽤액!

괴물이 이불과 함께 공중으로 튀어 올랐다. 이불 속에서 커다란 촉수가 튀어나와 순석의 옆구리를 후려갈겼다. 숨이 턱 막혔다.

다시 촉수 하나가 순석을 향해 날아왔다. 순석은 두 팔을 들어 방어했지만 소용없었다. 자동차에 받히기라도 한 것처럼 팔과 가슴에서 엄청난 충격이 느껴지며 몸 전체가 뒤로 밀려났다. 손전등이 순석의 손에서 튕겨 나가 선실 구석에 떨어져 나뒹굴었다.

몸을 누르고 있던 괴물이 떨어져 나가자 급히 몸을 일으킨 이윤정이 기침을 해가며 선실 밖을 향해 크게 소리쳤다.

"커컥! 도, 도와줘요!"

"윤정 씨, 이쪽으로 와요!"

순석은 다시 금괴 하나를 집어 괴물을 향해 던졌다. 하지만 20킬로그램이나 나가는 금괴는 괴물에 못 미치고 선실 바닥에 쿵 떨어졌다.

"사람 살려! 누구 도와줘요!"

이윤정이 소리를 지르며 순석 쪽으로 오려 했지만 앞을 가로막고 있는 괴물 때문에 그럴 수 없었다.

순석이 다시 금괴 하나를 집어 머리 위로 쳐들었다. 괴물이 벌레처럼 꿈틀꿈틀 기어서 순석을 향해 다가왔다.

"사람 살려!"

이윤정이 다시 크게 소리 지르자 순석에게 다가오던 괴물이 이윤정 쪽으로 방향을 틀었다.

"야, 이 괴물아!"

순석이 괴물의 관심을 끌기 위해 크게 소리 지르며 금괴를 머리 위로 쳐들고 괴물을 향해 돌진했다. 금괴로 괴물의 몸통을 내리찍었다. 하지만 금괴가 괴물의 몸통을 스치며 선실 바닥을 내리찍었다. 이윤정에게 다가가던 괴물이 갑자기 방향을 바꿔 출입문 밖으로 빠져나갔다.

순석은 선실 바닥에 떨어져 있는 희미한 손전등을 집어 들고 괴물을 뒤쫓았다. 괴물이 계단을 뛰어 올라가는 게 보였다. 순석도 어두운 복도를 달려서 계단을 뛰어 올라가 갑판으로 달려 나갔다. 하지만 잠깐 사이 어디로 사라졌는지 괴물의 모습이 보이지 않았다.

흐릿한 손전등을 들고 갑판 곳곳을 살피고 난 순석이 갑판으로 나와 서 있는 공포에 질린 이윤정에게 다가갔다.

"괜찮아요?"

이윤정의 목, 우윳빛 흰 피부에 붉은 자국이 선명했다. 괴물의 촉수나 뭔가가 목을 세게 졸랐던 것 같았다.

"도대체 그게 뭐였죠? 바닷속에서 온 건가요?"

이윤정이 눈물을 글썽이며 물었다.

"글쎄요⋯."

"우리가 살아 있기나 한 건가요? 혹시 우리가, 우리가 살던 세상이 아닌 다른 세계에 와 있는 것은 아니겠죠?"

이윤정이 손등으로 눈물을 훔쳤다.

"그 괴물이 또 나타날지 모르니 해적들이 쓰던 사제 권총으로 무장해야겠어요."

순석과 이윤정이 권총을 가지러 조타실로 올라가니 불침번인 안길식이 의자에 비스듬히 기댄 채 불편한 자세로 잠을 자고 있었다. 순석이 안길식을 깨워서 방금 있었던 일을 이야기했다.

"그 말을 나보고 믿으라고?"

"저도 믿기지 않지만, 혼자 본 것도 아니고⋯. 그 괴물이 윤정 씨의 목까지 졸랐다니까요."

순석이 손전등으로 이윤정의 목을 비추자 이윤정이 목을 들어 목에 난 자국을 보여줬다. 목의 붉은 자국이 더욱 짙어져 있었다.

안길식이 자리에서 일어나 이윤정의 목을 호기심 어린 시선으로 살폈다.

"아저씨, 다리는 왜 그래요?"

안길식은 움직일 때마다 다리를 절었다.

"다리? 아, 아까 발을 좀 다쳤어. 계단을 올라오다 실수로 계단을 걷어차는 바람에 발등이…."

손전등으로 안길식의 발등을 비춰보니 발등에 크게 피멍이 들어 있었다.

"어휴. 상태가 꽤 안 좋은 거 같네. 아저씨는 그냥 여기 계세요."

순석은 해적들이 사용하던 네 자루의 사제 권총 중에서 회전식 탄창이 달린 38구경 권총을 이윤정에게 건네주고 자신은 수동식 45구경 권총을 집어 들었다.

두 사람은 권총을 든 채 배의 곳곳을 둘러보았지만 괴물은커녕 낙지 한 마리 눈에 뜨이지 않았다.

"윤정 씨, 그만 선실로 돌아가죠. 가서 설탕물이라도 한 그릇 마셔야겠어요."

"창고는 안 살펴봐요?"

"거긴…."

제1창고 안에는 주빠지에의 토막시체와 죽은 지 하루가 채 안 된 김성실의 시체가 있었다.

"왜요?"

"아, 아닙니다. 까짓거, 가보죠."

순석이 과장된 씩씩한 걸음걸이로 앞장섰다.

순석이 잠겨 있지 않은 창고 문을 활짝 열고 창고 안을 흐릿한 손전등으로 비췄다.

"악!"

뒤에 있던 이윤정이 뭔가를 보고 비명을 질렀다.

번들거리는 하얀 괴물이 김성실의 시체 위에서 꿈틀꿈틀 움직이고 있었다. 생김새가 둥근 이불 모양이었지만 아까 이윤정을 공격했던 괴물이 틀림없었다. 몸을 접으면 둥글어지고 펴면 넓어지는 것 같았다.

순석은 왼손에 들고 있던 사제 권총과 오른손에 쥐고 있던 손전등을 서로 바꿔 쥐고 바지 주머니에서 총알 하나를 꺼내 권총의 약실에 재빨리 밀어 넣었다.

장전을 끝낸 순석이 고개를 쳐드는 순간 허연 괴물이 순석을 향해 공중으로 튀어 올랐다. 순석이 재빨리 방아쇠를 당겼다.

탕!

귀청이 찢어질 것 같은 총성이 울렸다. 하지만 너무 서두르다 보니 총알이 빗나갔다. 총소리에 놀라 몸을 둥글게 움츠렸던 괴물이 다시 몸을 이불처럼 넓게 펴며 순석을 향해 다가오기 시작했다.

순석이 뒷걸음질을 치며 바지 주머니에서 다시 총알 하나를 꺼내 들고 권총의 슬라이드를 당기는데 괴물이 공중으로 펄쩍 뛰어올랐다. 순석은 재빨리 몸을 옆으로 굴려 덮쳐오는 괴물을 피했지만 손이 어딘가에 걸리며 권총을 놓쳤다.

무기가 없는 순석이 재빨리 뒤로 달아나자 이번에는 괴물이 이윤정에게로 향했다.

"쏴요!"

권총으로 괴물을 겨누고 있는 이윤정은 방아쇠를 당기지 못하고 손만 덜덜 떨어댔다.

"쏴요! 쏘라니까, 쏴!"

순석의 외침과 동시에 괴물이 공중으로 뛰어올라 이윤정을 덮쳤다.

탕!

총소리와 동시에 이윤정이 뒤로 주저앉았다. 총에 맞은 괴물이 이윤정의 발치에 풀썩 떨어졌다. 하지만 괴물은 곧장 다시 움직이기 시작했다. 몸의 이곳저곳을 꿈틀대며 이윤정을 향해 다가갔다. 이윤정은 주저앉은 그대로 뒷걸음질을 치다가 재빨리 몸을 돌려 일어나 창고 밖 갑판으로 내달렸다. 괴물이 이윤정을 바짝 뒤쫓았다. 순석은 권총을 찾아서 장전할 여유가 없었다. 출입문 옆에 있는 손도끼를 집어 들고 괴물을 뒤쫓았다.

배의 측면으로 달아났다가 선미로 달아난 이윤정이 배의 모서리에 갇혔다. 괴물이 더는 도망갈 수 없는 이윤정을 향해 다가가 펄쩍 뛰어올라 덮치는 순간 순석이 괴물을 향해 도끼를 휘둘렀다.

도끼날이 괴물의 피부에 스치고 나서 허공을 갈랐다.

순석은 다시 몸의 중심을 잡으며 온 힘을 다해 도끼를 휘둘렀다.

픽!

도끼날이 괴물의 몸속을 파고드는 저항이 손에 생생히 전해졌다.

바로 그때 커다란 파도가 뱃전을 때리며 넘어와 갑판을 덮쳤다. 바닷물을 뒤집어쓴 순석이 뒤로 주춤 물러나며 손으로 눈가의 물기를 닦아내는 순간 이불 모양으로 몸을 편 괴물이 난간을 넘어가는 것이 보였다. 순석이 재빨리 난간으로 다가갔다. 허연 것이 너울너울 거친 파도 속으로 사라져가고 있었다. 괴물의 등에는 손도끼가 그대로 박혀 있었다.

"진짜라니까요!"

"문어나 뭐 그런 거 아니었어? 저번에 나는 커다란 문어 같은 것이 갑판 위를 흐느적거리며 지나가는 것을 봤는디…."

"내가 문어도 모를까 봐요. 처음 보는 괴물이었다니까요. 생긴 게 커다란 비곗덩어리 같았는디…."

"참 희한한 일일세."

창고 앞에 모인 사람들은 순석의 말을 믿으려 하지 않았다.

괴물은 창고에서 김성실의 몸을 감싸고 있던 이불을 풀어헤친 뒤 입고 있던 옷을 찢어내고 뼈가 보이도록 왼쪽 허벅지 살을 뜯어먹었다.

"좀 이상하지 않아요?"

김성실의 허벅지를 살피던 안길식이 고개를 갸웃거렸다.

"내가 동물의 왕국을 30년 넘게 봐왔는디, 동물 다큐를 보면 동물들은 본능적으로 사냥감의 배를 물어뜯어서 영양가가 많은 내장부터 먹던디 이 괴물은 왜 허벅지 살을 뜯어 먹은 걸까요?"

"아따, 이게 지금 상식이 통하는 사건인가?"

"허벅지를 뜯어먹을 거면 반바지를 입었으니 그냥 뜯어먹어도 되는데 왜 상의까지 찢어 알몸을 만들어 놓고 허벅지를 뜯어먹었냐 이거죠?"

"그 말씀은, 괴물의 짓이 아니라 사람의 짓일 가능성이 크다는 건가요?"

이윤정이 나섰다.

"아, 이상홍이 말여. 자기 다리를 잘라 먹은 놈이 남의 시체는 못 뜯어먹을까…."

"상홍이는 갇혀 있잖아요. 정말 사람이 아닌 괴물이었어요."

"가만! 그런데 이게 무슨 냄새여?"

박판돌이 코를 벌름거리더니 김성실의 허벅지 쪽으로 얼굴을 가져갔다. 그리고 킁킁 냄새를 맡았다.

"스테끼처럼 맛있는 냄새가 나는디…."

"예에? 이제 아저씨까지 머리가 어떻게 된 거요. 이건 고기가 아니라 사람입니다, 사람! 성실이 누나!"

"아, 일단 한 번 냄새를 맡아 봐."

순석이 시체 쪽으로 얼굴을 향하고 코에 신경을 집중했다. 정말 스테이크를 굽고 있는 듯한 맛있는 냄새가 났다.

"도대체 이게 무슨 냄새죠?"

"거봐, 구수한 냄새가 나지?"

다른 사람들도 김성실의 시체 가까이 얼굴을 대고 킁킁킁 냄새를 맡았다.

"화장품 냄샌가?"

"무슨 화장품에서 이런 맛있는 냄새가 나?"

"모두들 기생충에 감염된 겨? 나는 별 냄새 안 나는디?"

안길식이 고개를 갸웃거리며 말했다.

사람들은 김성실의 시체를 다시 이불로 꽁꽁 감싼 뒤 밧줄로 칭칭 감아서 창고 구석에 눕혀 놨다.

"그런데 기관장은 왜 안 보여?"

이도형이 사람들을 둘러보며 말했다.

"그러게요. 총소리를 들었을 텐디?"

사람들이 하갑판 선실로 몰려갔다. 두 번째 선실은 이부자리만 어지럽게 널려 있을 뿐 텅 비어 있었다. 김성실이 자살한 세 번째 선실을 포함하여 모든 선실을 살펴보았지만 선실 안에 기관장은 없었다.

"기관장을 마지막으로 본 게 누구여?"

이도형이 회의실에 모인 사람들을 둘러보며 물었다.

"잠자리에 들 때 제 옆에 있었는데요."

갑판장이 대답했다.

"그 뒤에 누구 본 사람 없습니까?"

그러나 누구도 봤다는 사람이 없었다.

"혹시 오줌이라도 누려고 다이빙덱 같은 데 서 있다가 파도에 휩쓸린 거 아녀? 이런 날씨에는 바다에 떨어지면 살아나기 힘들어."

박판돌이 추측을 이야기했다.

"혹시 아까 그 괴물의 공격을 받은 건 아닐까요? 그 괴물이 나와 윤정 씨를 공격했던 걸 보면 다른 사람을 공격하지 않으리란 법이 없죠."

한동안 침묵이 흘렀다. 다시 입을 연 사람은 안길식이었다.

"이상홍이는 잘 있나? 그 선실은 안 살펴봤잖여?"

사람들이 조타실 뒤의 선실로 몰려갔다. 금괴가 그대로 출입을 막고 있었다. 사람이 드나든 흔적이 없었다.

순석이 선실문을 몇 번 주먹으로 두드린 뒤 외쳤다.

"야, 이상홍? 별일 없지?"

하지만 어떤 대답도 없었다.

"이상한데요?"

순석이 급히 출입문을 막고 있는 금괴를 치웠다.

출입문을 활짝 열자 어두운 방 안에서 고약한 악취가 풍겨 나왔다. 박판돌이 손전등으로 방 안을 비췄다. 방 한가운데 피로 물든 이불 위에 이상홍이 누워 있었다. 뼈만 남은 자신의 발을 두 손으로 쥐고 있었다.

"야, 이상홍?"

순석이 이상홍에게 다가갔다. 박판돌의 손전등 불빛에 누워 있는 이상홍의 얼굴이 보였다. 이상홍은 눈을 뜬 채 허공을 바라보고 있었다.

"이, 이런!"

이상홍의 두 눈에 눈동자가 없었다. 눈이 온통 허연색이었다.

"이상홍!"

순석이 이상홍의 목에 손을 가져다 댔다. 피부가 차가웠다. 맥이 없었다. 피투성이 가슴에 귀를 가져다 댔다. 심장이 뛰지 않았다.

"심, 심장이 안 뛰어요! 이상홍, 정신 차려! 이상홍!"

이상홍의 뺨을 때리고 몸을 흔들어대던 순석이 이상홍의 피투성이 입에 입을 대고 공기를 몇 번 불어넣은 뒤 이윤정을 따라 김성실에게 했던 것처럼 가슴에 두 손을 포개어 대고 체중을 실어 힘껏 가슴을 눌렀다.

"하나, 둘, 셋, 넷…, 아홉, 열!"

순석은 다시 이상홍의 입에 공기를 불어 넣었다. 하지만 이상홍은 살아날 기미가 없었다. 죽은 지 꽤 시간이 지난 것 같았다.

"흐흐흑!"

이상홍의 맥을 짚어본 이윤정이 울음을 터트리며 밖으로 뛰어나 갔다.

"정말 미치겠군! 씨팔, 이게 뭐여? 이게 뭐냐고!"

발을 절룩거리며 뒤늦게 도착한 안길식이 고함을 쳤다.

순석은 인공호흡과 심폐소생술을 계속 반복했다.

"그 칼은 뭐 하려고?"

갑판장이 과도를 가지고 안으로 들어오자 박판돌이 물었다.

"아 씨발, 왜 죽었는지 살펴봐야 할 거 아녀요."

"왜? 그걸로 배라도 갈라보게?"

"필요하다면 그렇게 해야죠. 몸속에 또 그런 게 들어 있는지, 아니면 다른 뭐가 들어 있는지…. 애가 왜 죽었는지 그 이유를 알아야 누구를 탓하더라도 할 거 아녀유."

"그만둬! 이윤정이 이 애를 죽이려고 그걸 먹였겠나? 살리려고 먹인 거지."

"하지만 결과를 봐유. 이게 살리려고 그런 거유. 이렇게 처참히 죽었잖아유. 자기 다리를 잘라 먹고 과다출혈로 이렇게 죽었잖유. 그 이상한 알을 안 먹였으면 살았을지도 모르는디…. 말이 나왔으니 하는 말인디, 이윤정 저 애도 분명 기생충에 감염되었을 거구먼유. 생물들의 궁극적인 목적이 뭐유. 종족보존 아뉴. 만약 그 기생충이 숙주를 조종할 수 있다면 분명 숙주를 조종해 그 알을 다른 숙주들에게 먹여 자신들의 종족을 이리저리 퍼트리려고 하지 않겠슈? 이윤정이 기생충에 감염되어 있어 그 기생충 알을 얘한테 먹인 게 틀림없다니께유. 그동안 이윤정의 행동에 이상한 것이 얼마나 많았는디…."

"이 사람 생사람 잡겠네. 이윤정의 행동이 뭐가 그리 이상했는디
…?"

"하여튼 이상했슈. 이상하기로 따지면 윤정이가 다는 아니지만…"
말을 하며 갑판장이 순석을 힐끔 쳐다봤다.

"그럼 자네는 기생충에 감염 안 되었다는 증거 있나?"
박판돌이 갑판장의 말에 반박했다.

"아, 내가 기생충에 감염이 되었는지 안 되었는지 그걸 왜 모르겠
슈. 봐유, 나야 이렇게 멀쩡한디…. 내가 언제 이상한 짓 하는 거 봤
슈?"

"기생충에 감염되었는지 안 되었는지 그걸 감염된 사람이 아나?"

"이 기생충은 일반 기생충하고 다르잖유. 일반 기생충이야 영양분
만 훔쳐 먹지만 이건 숙주의 행동까지도 조종할 수 있는 거 아뉴?"

"에이 그래도 그렇지. 미친놈이 자신이 미친 걸 아나?"

"어쨌든 기생충에 감염된 사람들을 찾아내야 혀유. 그렇지 않으
면 우리 모두 이 꼴이 되고 말 거유."

"그걸 어떻게 가려내? 그런 방법이 있었으면 진즉 가려냈지."

"아, 이렇게 해보는 건 어때유?"

안길식이 나섰다.

"사람들의 피부에 똑같은 크기의 상처를 내고 그 상처가 낫는 속
도를 체크해보는 게 어때유. 기생충에 걸린 얼빠이나 이상홍, 이상
홍은 과다출혈로 결국 죽기는 했지만 상처가 낫는 속도가 엄청 빨

랐잖유. 배에 수류탄 파편이 박혔던 주빠지에도 회복이 빨랐고.”

말을 하며 안길식이 벌레를 보는 듯한 시선으로, 이상홍의 심폐소생술을 계속하고 있는 순석을 쳐다봤다.

“그렇다고 해도 얼빠이 같은 경우는 다쳤을 때 엄청 먹어댔잖여. 하지만 우리는 먹을 게 없으니 누가 기생충에 감염되었다고 해도 상처가 빨리 낫지 않을 것 같은디?”

“막연히 왈가왈부할 게 아니라 테스트를 해보면 누구 말이 맞는지 알 거 아뉴?”

“좋아! 서로 의심하며 불신을 키우느니 한번 테스트를 해보자고.”

이도형이 동의했다.

순석은 약 20분 만에 이상홍의 차가운 몸에서 물러났다. 지칠 대로 지친 순석은 이제 눈물조차 나오지 않았다.

순석은 이상홍의 옷 가방에서 깨끗한 티셔츠 하나를 꺼내 이상홍의 얼굴에 덮어주고 선실을 나와 출입문 앞에 다시 금괴를 쌓아놓았다. 사람이 아닌 것은 선실에서 나오지도, 들어가지도 못하게….

검 정

순석이 제일 늦게 회의실에 도착했다.

이상홍의 선실에서 울며 뛰어나간 이윤정은 아직도 울고 있는지 구석에서 고개를 푹 숙이고 있었다.

마린보이호에 탔던 14명 중에서 살아 있는 사람은 이제 여섯 명뿐이었다. 최순석, 박판돌, 이도형, 이윤정, 안길식, 갑판장. 나머지 사람들 여섯 명, 이상홍, 박미경, 김성실, 손철근, 기관장, 항해사는 죽었거나 실종되었고, 선장과 이하민은 보트를 타고 구조대를 부르러 갔기에 생사를 알 수 없었다.

회의실 탁자 위에는 날을 한 마디씩 자를 수 있는 커터칼과 작은 상처에 붙이는 소형 밴드 한 통, 탈지면이 놓여 있었다.

"자, 모두 모였으니 시작합시다."

이도형의 말에 안길식이 커터칼을 드드득 밀어 길게 날을 뽑아 내 라이터를 켜서 칼날에 불을 가져다 댔다.

"팔에 커터날 두 마디 깊이로 2센티씩 상처를 내겠습니다. 혹시 모를 감염을 막기 위해 소독은 매번 할 테니 걱정들 마시구… 자, 누구부터?"

사람들이 서로 눈치를 봤다.

"아따! 겁들도 많네. 그럼 나부터 하도록 하겠습니다. 이런 건 누가 해줘야지 스스로 하려면 참 어려운 일인디…. 하긴 뭐, 자기 다리를 잘라 먹은 놈도 있는디…."

안길식이 자신의 왼팔에 칼날을 대고 죽 그었다.

"아앗! 씨발, 3센티는 그었네."

안길식이 왼팔을 내밀어 사람들에게 상처를 보여줬다. 팔등에서 피가 주르륵 흘러내렸다.

사람들의 표정을 살피고 난 안길식이 밴드 하나를 집어 재빨리 껍질을 벗겨 상처에 붙였다.

"자, 다음은 누구?"

안길식이 라이터 불로 칼날을 소독하며 사람들에게 물었다.

이도형이 자리에서 일어나 안길식 앞으로 가서 팔등을 내밀었다.

"역시 이 사장님은 용감혀."

불에 달구어진 칼날을 공중에 흔들어서 식힌 안길식이 이도형의 팔을 잡고 재빨리 칼을 긋고 나서 상처에 소형 밴드를 눌러 붙였다.

"자, 다음 사람?"

다음은 갑판장이 자리에서 일어났다. 안길식이 다시 라이터 불로 칼날을 소독하기 시작했다.

"혼자 다 하려니 더디네. 누가 밴드를 까서 들고 있다가 상처에 재빨리 붙여줬으면 좋겠는디?"

"야, 이윤정!"

이도형이 고개를 숙이고 있는 이윤정을 불렀다.

"잠깐!"

갑판장이 안길식에게 내밀었던 팔을 거둬들이며 제동을 걸었다.

"왜 그려?"

갑판장이 대답 대신 탈지면을 집어 들여다봤다. 그는 이어서 밴드 상자에서 밴드 하나를 꺼내 이리저리 살폈다.

"지금 뭐 하는 겨?"

"이거 누가 가지고 있던 거지유?"

"그야 당연히 약사 선생이 가지고 있던 거지. 왜?"

"밴드는 밀봉되어 있으니 괜찮을 것 같지만 이 탈지면은 좀…."

이윤정에게 사람들의 시선이 쏠렸다.

"뭐여? 혹시 누가 상처에 기생충 알이라도 집어넣으려고 할까 봐 걱정돼서 그러는 겨?"

박판돌이 나섰다.

"아, 그걸 누가 알아요? 사람이 아니라 기생충이 하는 짓인디…. 병은 상처를 통해 최고로 잘 감염되잖아유. 상처에 기생충 알이라도 하나 들어가면…."

"아따, 이 사람아. 그건 기우여."

안길식이 불에 달군 칼날을 흔들며 말했다.

"자네도 그 알의 크기를 잘 알잖여? 배고프다고 퍼먹기까지 했으면서…. 이런 솜이나 밴드에 몰래 붙일 수 있는 크기가 아니라니께."

"아, 그걸 누가 장담혀유. 날치알도 숟가락이나 김에 잘 들러붙기만 하던디. 하여튼 전 그냥 손으로 눌러 지혈할 테니 밴드 같은 거 안 붙여줘도 돼유."

"그거야 자네 마음이니 마음대로 혀. 그런데 혹시 상처를 일부러 낫지 않게 하려고 술수를 부리는 건 아니겄지?"

"난 감염 안 되었당게요, 아얏!"

안길식이 예고도 없이 갑판장의 팔에 상처를 냈다.

"아, 긋는다고 말을 하고 그어야지…."

"모르고 맞는 매가 덜 아픈 겨."

갑판장은 탈지면을 쓰지도, 밴드를 붙이지도 않고 상처를 손가락으로 누른 채 뒤로 물러났다.

다음은 박판돌이 팔을 내밀었다.

박판돌이 끝나자 순석과 이윤정만 남았다.

"윤정 씨가 먼저 할래요?"

이윤정은 대답하지 않고 사람들의 눈치를 봤다.

"왜, 무서워요? 아니면 팔에 흉터라도 남을까 봐?"

"허허, 여자라서 흉터가 신경 쓰이면 흉터가 남아도 남들 눈에 뜨이지 않는 엉덩이를 들이대던지."

"갑판장님!"

순석이 소리를 버럭 지르자 갑판장이 인상을 쓰며 웃음을 멈췄다.

"아따! 저 자식 무서워서 농담도 못 하겠네."

"아아, 그만둬! 이번 말은 자네가 지나쳤어."

이도형의 말에 실내가 조용해졌다.

"왜? 무슨 문제라도 있나?"

이도형이 머뭇거리고 있는 이윤정에게 물었다.

"사실 제가, 혈소판감소증이라는 병이 있어요. 피를 멈추게 하는 혈소판이 부족한 병인데, 계속 약을 먹어오다 이 배에 갇히게 된 이후로는 먹지 못했어요. 그래서 피가 나면 쉽게 멈추지 않을 수도 있어서…"

사람들이 그게 무슨 말이냐는 듯이 이윤정을 쳐다봤다.

"혈우병 같은 건가?"

"혈우병과 근본적으로는 다르지만 일부 증상은 비슷하다고 볼 수 있어요."

"약을 먹어왔다고? 난 약 먹는 걸 한 번도 못 봤는데…. 누구 혹시 본 사람 있나?"

갑판장이 사람들을 둘러보며 물었다.

"봐. 없잖여!"

안길식이 라이터 불에 달군 칼날을 흔들어대며 정리에 나섰다.

381

"그래, 그렇다고 쳐. 그럼 어쩌자는 거지? 어떻게 했으면 좋겠는데? 혼자만 테스트에서 빼달라는 건가?"

"…."

"어떻게 했으면 좋겠슈? 이 테스트에서 이윤정을 제외할까요?"

안길식이 사람들을 둘러보며 물었다. 갑판장이 다시 나섰다.

"테스트에서 제외할 수는 있지만, 테스트를 받지 않은 사람은 기생충 감염자 수준으로 격리시켜야 한다고 생각합니다. 이건 우리 모두의 안전과 직결된 문제라 봐주고 말고 할 수 있는 사항이 아니라니께요. 안 그려유?"

사람들은 아무 말도 하지 않았지만 갑판장의 말에 동의하는 것 같았다. 순석은 가만히 있을 수 없었다.

"아, 이 테스트는 우리가 만장일치로 선택한 것이 아니잖아요. 만약 이 테스트가 독한 술을 여러 잔 먹는 방법으로, 일방적으로 결정되었다고 생각해봐요. 술을 잘 먹는 사람이야 상관없겠지만 술을 전혀 못 먹는 사람이 있다면 그 사람에게는 얼마나 불공평한 방법이겠어요. 이런 테스트는 모두에게 안전하고 공평한 방법을 써야죠."

"그래, 물론 네 말도 일리가 있어. 그럼, 이 방법 말고 어떤 방법을 쓰면 좋겠나?"

"그야…"

순석은 말을 하지 못하고 입을 다물 수밖에 없었다.

이도형이 다시 이윤정에게 물었다.

"몸에 피가 나면 목숨이 위험할 정도로 치명적인가?"

"아니, 그 정도는 아니에요."

"그럼 스스로 결정해. 테스트에 참여할 것인가, 아니면 테스트를 하지 않고 격리되어 지낼 것인가…."

이윤정이 고개를 숙이고 잠시 생각에 잠겼다.

"그래, 좋아요. 테스트를 받겠어요."

이윤정이 안길식 앞으로 가서 팔을 내밀었다. 안길식이 이윤정의 팔에 칼을 그어 상처를 냈다. 옆에서 인상을 쓴 채 지켜보던 순석이 이윤정의 상처에 재빨리 밴드를 붙였다.

"고마워요."

안길식이 마지막으로 순석의 팔에 칼을 그어 상처를 냈다. 통증은 생각만큼 크지 않았다.

9월 29일.

눈을 뜨자마자 순석은 옆자리부터 살폈다. 이윤정은 이미 이부자리를 단정히 개켜놓고 밖에 나가고 없었다.

어젯밤까지는 허기에 지친 나머지 배고픔조차 느껴지지 않았는데 자고 일어나니 다시 배가 몹시 고파왔다. 팔에 상처를 내니 상처를 치유하기 위해 영양소가 더 필요한 때문일까? 날아다니는 파리라도 잡아먹고 싶을 정도로 배가 고팠다.

순석이 갑판을 돌아다니며 입질한 흔적조차 없는 빈 낚시들을 확인하고 있는데 어디서 이윤정의 비명이 들려왔다.

"아악!"

순석이 쇠파이프를 집어 들고 달려가 보니 상갑판 제1창고 출입문 앞쪽에 겁먹은 표정의 이윤정이 서 있었다. 창고 문이 반쯤 열려 있었다.

"무슨 일이에요?"

순석이 창고 문을 활짝 열었다. 아침 햇살이 창고 안을 환하게 비췄다. 무엇인가가 썩는 냄새가 풍기는 창고에 한 발을 들려놓고 안을 살폈다. 곧 눈에 아무렇게나 풀어 헤쳐져 있는 밧줄과 피 묻은 이불이 들어왔다. 김성실의 시체를 싸고 묶었던 이불과 밧줄이었다.

순석은 천천히 이불로 다가가서 손에 들고 있던 쇠파이프로 이불 한쪽을 들췄다. 바닥에 떨어져 있는 핏방울 몇 개가 보였고 곧이어 붉은 피부조직들이 보였다. 조금 더 이불을 들치자 쩍 갈라져 있는 김성실의 배와 내장이 눈에 들어왔다.

"흡!"

순석은 숨을 멈추며 쇠파이프로 들쳐올렸던 이불을 얼른 덮었다.

"어, 어떻게 된 거죠?"

이윤정이 뒤에서 물었다.

"뭔가가 시체를 파먹은 것 같아요."

이윤정은 이미 예상하고 있었다는 표정이었다.

사람들이 창고 앞으로 모여들었다. 이도형, 박판돌, 갑판장이 창고 안으로 들어가 시체를 살피고 나왔다.

"또 그 괴물 짓일까요?"

순석이 물었다.

"아니! 배를 가르고 살을 잘라낼 때 칼을 썼어. 괴물은 도구를 쓰지 않지. 간이 사라지고 이번에는 오른쪽 허벅지살 일부가 사라졌어."

순석은 다시 김성실의 몰래카메라를 떠올렸다. 그때 분명 뭔가가 찍혔을 거라는 생각이 들었다.

"도대체 어떤 새끼여? 이상홍이도 죽었고…. 분명 우리 중에 범인이 있을 텐디, 도대체 누가 이런 짓을 하는 거여?"

"자, 모두 회의실로 갑시다. 어제 그 테스트의 결과가 어떻게 되었는지 살펴보면 무슨 단서가 나오겠지…."

왈가왈부할 필요 없다는 듯이 이도형이 말했다.

여섯 사람이 다시 회의실에 모였다.

"니기미, 피를 흘렸더니 배가 더 고픈 거 같아. 아, 배고파!"

박판돌이 배를 문지르며 투덜거렸다.

"형님도? 나도 팔에 상처를 내고 나니 더 배가 고픈 것 같아. 배고파서 밤새 한숨도 못 잤어."

안길식이 입맛을 쩍쩍 다시며 투덜거렸다.

"자, 시작합시다."

어제처럼 제일 먼저 안길식이 사람들 앞으로 팔을 내밀었다. 갑판장이 안길식의 팔에 붙어 있는 핏자국이 선명한 밴드를 조심스럽게 떼어냈다.

"아아아, 살살…."

상처 위에 피딱지가 굳어있어 밴드를 완전히 떼어낼 수 없었다. 그건 순석을 비롯해 나머지 사람들도 비슷했다.

피가 잘 굳지 않는 병이 있다던 이윤정까지도 피딱지가 형성되어 있었다. 이윤정은 이상하다는 듯이 과장되게 고개를 갸웃거렸다.

"이대로는 누구의 상처가 더 많이 아물었는지 확인 불가능하니 피딱지를 제거해봐야 알 수 있을 것 같아요."

안길식의 지시로 이윤정이 의약품 가방을 가져왔다.

이윤정이 탈지면에 과산화수소를 적셔서 사람들에게 나눠줬다.

사람들은 자신의 피딱지 위에 젖은 탈지면을 5분쯤 대고 있다가 피딱지를 조심스럽게 떼어냈다.

제일 먼저 피딱지를 제거한 이도형이 상처를 입으로 호호 불며 사람들에게 보여줬다. 이도형의 상처는 금방이라도 다시 피가 주르르 흘러내릴 것만 같았다.

다음은 순석이 사람들 앞으로 팔을 내밀었다. 피딱지가 제거된 순석의 상처도 이도형처럼 어제 거의 그대로였다.

"다른 사람들은?"

이번에는 이윤정이 사람들에게 상처를 보여줬다. 이윤정의 상처도 아문 정도가 앞사람들과 비슷했다.

"어떻게 된 겨?"

갑판장이 물었다.

"예?"

"어제 그랬잖여. 피가 잘 굳지 않는 무슨 병이 있다고? 그런데 다른 사람들과 별반 다르지 않은데?"

"저, 저, 사실 그건 거짓말이었어요. 정말 죄송해요. 심신이 지칠 대로 지쳐 있는데 몸에 칼까지 댄다고 하니 겁이 나서 순간적으로 그만…."

이윤정이 고개를 푹 숙이며 말했다.

순석은 거짓말을 한 이윤정이 오히려 인간적으로 느껴졌다. 여신 같은 이윤정도 나약한 면이 있고 실수를 하는 사람이구나….

"자, 이제 다른 분들도 딱지를 떼어내 보시지."

이도형이 남은 세 사람을 번갈아 쳐다보며 말했다.

순석은 박판돌의 옆으로 가서 박판돌의 상처를 들여다봤다. 박판돌이 갖은 인상을 쓰며 피딱지의 가장자리를 손톱으로 잡고 확 잡아당겼다. 순간 순석은 온몸에 소름이 쫙 끼쳤다. 피딱지 밑에 벌써 허연 새살이 돋아나 있었다. 떼어낸 피딱지를 쥐고 있는 박판돌의 손끝이 파르르 떨렸다. 이도형이 다가와 박판돌의 상처를 들여다봤다.

이도형은 다음으로 안길식에게 다가갔다. 안길식 역시 피딱지 밑에 허연 새살이 돋아 있었다. 안길식의 상처는 최소 일주일은 지난 상처 같았다.

"두 사람 다 감염된 거예요?"

옆에서 지켜보던 이윤정이 겁에 질린 표정으로 중얼거렸다.

안길식의 옆에서 물러난 이도형이 갑판장에게 다가갔다. 갑판장이 뒤로 주춤주춤 물러나며 손톱 끝으로 잡고 있던 피딱지를 확 잡아채 단번에 떼어냈다.

"아아야!"

"뭐 하는 거야? 단단히 붙어 있는 피딱지를 그렇게 억지로 떼어내면 맨살도 구멍 나지."

갑판장이 상처를 손으로 감싸며 사람들의 눈치를 봤다.

"왜 그래? 자네도 기생충에 감염되었나?"

그 순간, 갑판장이 허리춤에서 사제 권총을 꺼내 들었다.

"뭐, 뭐 하는 짓이야?"

안길식이 놀라 소리쳤다.

"그래 씨팔! 나 상처 다 나았슈. 그래서 뭐? 상처야 좀 일찍 나을 수도 있고 늦게 나을 수도 있는 거지, 그게 뭐 어떻다고? 혹시 당신들 중에도 상처를 늦게 아물게 하려고 물속에 팔이라도 담그고 있었던 사람이 있는지 어떻게 알아? 최순석이 너도 전에 부상당했을 때 상처가 아주 빠르게 나았잖여? 기적이라고 했잖여? 안 그려? 그런데 왜 지금은 상처가 빨리 낫지 않고 그대로여? 이윤정이도 어제는 분명 혈우병인지 뭔지가 있다고 했는데 왜 금방 피가 멈춰버린 거지? 뭔가 이상하잖여? 안 그려?"

"자, 권총 내려놓고 말로 해. 기생충에 감염되었다고 우리가 어떻게 할 것도 아니니까. 잠시 방만 따로 쓰려는 것뿐이야. 그게 자신을 위해서도 좋아."

이도형이 갑판장에게 다가가 총을 달라며 앞으로 손을 내밀었다.

"물러나! 내가 당신들을 어떻게 믿어. 저렇게, 이 배에 금괴가 가득 실려 있는데 내가 당신들을 어떻게 믿겠냐고? 자, 모두 밖으로 나가!"

갑판장이 권총으로 위협해 사람들을 밖으로 내몰았다.

"어이 갑판장! 진정해. 그러다 오발이라도 하면 어쩌려고 그래?"

"그래, 내가 기생충에 감염되었다고 칩시다. 상처나 병이 빨리 낫는 것이 도대체 뭐가 문젠디? 그거야말로 축복 아닌감? 그리고 이런 상황에서 살기 위해 시체 좀 먹었기로서니 그게 뭐 어때서? 지금까지 기생충에 감염된 사람들이 산 사람들에게 도대체 무슨 피해를 줬는디? 고작 시체 좀 뜯어먹어 역겨운 거, 자신의 다리 잘라 먹은 거, 자살한 거 정도 아니었나?"

"그건 그렇지 않지. 지금까지는 시체라는, 먹을 게 있었으니 죽은 사람만 뜯어먹었겠지만 먹을 게 다 떨어지면 산 사람도 잡아먹으려

들걸? 혹시 모르니 그런 일이 벌어지기 전에 격리하는 것뿐여. 그게
스스로의 안전을 위해서도 좋다니까."

"에이, 그건 말이 안 되지. 해적 놈들도 그렇고 이상홍이도 모두
격리된 상태에서 죽었는디… 나는 이런 상황에서 내 운명을 절대
다른 사람들의 손에 맡길 수 없어. 안 그려?"

갑판장이 동의를 구하려는 듯 안길식과 박판돌을 쳐다봤다. 그
러나 두 사람은 아무 말이 없었다.

"그리고 솔직히, 기생충에 감염되었든 감염되지 않았든 살기 위해
시체를 좀 뜯어먹는 것이 뭐 어때서? 사람도 죽으면 결국 고깃덩어리
에 불과하잖아. 육체만을 놓고 보면 소나 돼지와 뭐가 달러? 가난에
찌들어 죽을 둥 살 둥 살다가 평생 처음으로 어마어마한 부자가 되
려던 참인디, 이대로 허무하게 죽을 수는 없지 않남? 안 그래유?"

갑판장이 동조해 달라는 듯 다시 박판돌과 안길식을 쳐다봤다.

박판돌이 입을 열었다.

"그래, 그 말은 맞어. 죽으면 구더기 떼에 파 먹힐 육신인데, 내 육
신이 누군가의 식량이 되어 사람을 살릴 수 있다면 생각해볼 필요
도 없지. 생각이 있는 사람들이 장기를 기증하는 것도 이와 크게 다
르지는 않을 겨. 내가 죽거든 누구든 내 육체를 먹어도 좋아. 다만,
나로 인해 살아나거든 내 몫의 금괴를 우리 가족들에게 전해줬으면
정말 고맙겠어. 그러면 나는 죽어서도 그 은혜를 절대 잊지 않을 겨."

"죽은 사람들이야 그렇다 치고, 산 사람을 잡아먹은 건 어떻게

설명할 거요?"

"산 사람 누구? 해적 놈들? 해적 놈들을 기생충에 감염된 사람이 그랬다는 증거 있슈?"

"자, 그만 입 다물고 창고로 이동하쇼."

갑판장이 사람들을 향해 권총을 끄떡거렸다.

"아아, 다 갈 필요는 없지. 안 형하고 박씨 아저씨는 그냥 남아 계쇼. 나머지 세 사람은 창고로 이동하고. 우리가 갇히는 거나 당신들이 갇히는 거나 서로 격리되는 것은 마찬가지 아닌감."

"역시! 우리 기생충들은 다 같은 한 패다 이건감?"

"뭐요?"

갑판장을 자극하고 난 이도형이 권총을 든 갑판장의 손목을 움켜쥐며 옆구리에 주먹을 날렸다.

탕!

허공으로 총알이 발사되었다. 이제 갑판장이 쥔 사제 권총은 회전식 탄창을 돌리고 공이치기를 당겨야만 총알을 발사할 수 있었다. 약간의 여유가 생긴 이도형이 갑판장의 허리를 끌어안아 쓰러트렸다.

순석도 갑판장의 권총을 빼앗기 위해 달려들었다. 그런데 누군가가 순석의 다리에 재빨리 발을 걸었다.

"아얏!"

넘어졌던 순석이 일어나며 보니 다리를 건 사람은 당황스럽게도 박판돌이었다.

"뒤를 조심해요!"

순석이 갑판장의 몸에 올라타 주먹을 날리고 있는 이도형에게 외치는 순간 안길식이 이도형의 옆구리를 걷어찼다.

"으흑!"

순석이 재빨리 달려가 권총을 쥐고 있는 갑판장의 손을 발로 걷어찼다. 안길식이 순석에게 달려들었다. 그 틈에 이도형이 갑판에 떨어져 있는 권총을 재빨리 주워서 회전식 탄창을 돌리고 공이치기를 당겼다.

"모두 꼼짝 마!"

이도형이 자신에게 달려드는 갑판장의 이마에 총을 겨눴다.

모두가 일시에 동작을 멈췄다.

"자, 세 사람! 앞장서요."

하지만 갑판장, 박판돌, 안길식은 동작을 멈춘 그대로 움직임 없이 가만히 서 있었다.

"으으으…"

갑판장이 갑자기 두 손을 부르르 떨기 시작했다. 미세한 떨림이 점점 커지며 온몸으로 퍼져나갔다. 그러면서 몸이 조금씩 부풀어 오르기 시작했다.

"어어어…?"

이윤정이 갑판장을 손가락으로 가리키며 뒤로 주춤주춤 물러났다.

부풀어 오르는 살의 압력을 견디지 못하고 셔츠의 앞 단추가 투두둑 떨어져 나갔다. 이어서 허리띠가 툭 끊어지며 바지 앞의 지퍼가 쩍 열렸다. 급기야 피부가 쩍쩍 갈라지기 시작했다. 그리고 그 갈라진 틈으로 뭔가가 빠르게 움직이며 삐져나오기 시작했다. 문어의 다리처럼 생긴 커다란 촉수였다. 촉수 역시 몸이 떨리는 속도에 맞춰 부르르 진동하고 있었다. 마치 매미가 유충에서 탈피하는 동작을 고속 영상으로 보고 있는 것 같았다.

"이, 이건 또 뭐, 뭐야?"

이도형도 놀라서 뒤로 주춤주춤 물러났다.

"괴, 괴물이다!"

겁에 질린 순석이 소리치는 순간 갑판장의 팔 부분에서 툭 튀어나온 촉수가 이도형의 목을 휘감았다.

탕!

이도형의 총에 맞은 갑판장 괴물이 몸을 크게 움찔하고 나서 다시 촉수 하나를 더 날렸다. 길고 굵은 촉수가 권총을 쥔 이도형의 손목을 휘감았다. 그러면서도 괴물은 계속 몸을 부르르 떨며 허물을 벗어댔다.

"도, 도망가요!"

순석은 뒤에 있는 이윤정에게 소리 지르며 이도형에게 달려들어 팔을 잡아당겼다. 몸이 조금 끌려오기는 했으나 촉수가 더 세게 이도형의 목을 옥죘다. 또 하나의 촉수가 순석의 목을 향해 날아왔다.

순석은 반사적으로 그 촉수를 손으로 쳐내며 뒤로 물러났다.

뭔가 무기가 될 만한 것을 찾기 위해 주위를 두리번거리는 순석의 눈에 더욱 기겁할 광경이 들어왔다. 안길식과 박판돌도 갑판에 얼어붙은 듯이 서서 먼바다를 쳐다보며 몸을 부르르 떨어대고 있었다. 안길식과 박판돌의 그 떨림은 금방 갑판장만큼이나 커졌다.

"이, 이런 제기랄!"

이윤정도 공포에 질린 표정으로 얼어붙은 듯이 서서 손을 덜덜 떨고 있었지만 탈피하고 있는 사람들과 다른 점은 순석과 시선을 맞췄다는 점이었다.

계단 밑에 목검 크기의 쇠파이프가 떨어져 있었다. 순석은 재빨리 쇠파이프를 집어 들고 달려들어 이도형의 목으로 뻗어 있는 촉수를 내리쳤다.

꽤액!

괴물이 비명을 지르며 이도형의 목에 감은 촉수를 풀었다. 순석은 이도형이 쥐고 있는 권총을 휘감고 있는 촉수를 향해 다시 쇠파이프를 휘둘렀다.

꽤액!

쇠파이프가 촉수를 제대로 때렸으나 촉수가 휘감고 있던 권총까지 바다로 날아갔다.

괴물의 촉수에서 풀려난 이도형이 뒤로 물러나며 손으로 목을 잡고 캑캑거렸다.

탈피가 채 끝나지 않은, 박판돌과 갑판장, 안길식의 모습이 일부 남아 있는 괴물들이 세 사람을 향해 천천히 움직이기 시작했다.

"도망쳐요!"

순석은 이윤정의 손목을 잡고 내달렸다. 그런데 어디로? 일단 조타실에 가서 권총을 챙겨야 한다는 생각이 들었다.

조타실 계단을 올라가며 보니 이도형이 뒤따라오지 않았다. 하갑판으로 도망간 것 같았다.

"어? 없어요!"

조타실의 권총 보관 상자가 텅 비어 있었다. 갑판장이 권총을 챙길 때 나머지를 어딘가에 감췄거나 버린 것 같았다.

순석과 이윤정은 다시 서둘러 계단을 내려갔다.

이도형을 따라 하갑판 입구 쪽으로 갔던 괴물 세 마리가 두 사람을 보고 굼틀굼틀 다가왔다.

"창고로 뛰어요!"

순석과 이윤정은 제1창고 안으로 뛰어 들어갔다.

출입문엔 안에서 잠글 수 있는 장치가 없었다.

순석은 문 옆에 놓인 밧줄을 집어서 두 개의 문손잡이에 재빨리 감아댔다.

잠시 뒤 괴물 한 마리가 문손잡이를 확 잡아당겼다. 다행히, 문손잡이에 칭칭 감겨 있는 밧줄 때문에 문이 열리지 않았다. 문틈이 넓어지며 밖에 있는 괴물들의 모습이 어른거렸다.

순석이 두 개의 문손잡이에 감겨 있는 밧줄을 잡아당겨 더욱 조이며 매듭을 묶고 있는데 괴물 한 마리가 다시 문을 확 잡아당기며 벌어진 문틈으로 촉수를 밀어 넣어 문손잡이를 더듬었다. 순석이 쇠파이프를 집어 촉수를 후려쳤다.

쫴엑!

날카로운 비명과 함께 문어의 다리같이 생긴 촉수가 문틈으로 빠져나갔다.

화난 괴물이 반복해서 문에 몸을 부딪쳤다.

쿵! 쿵! 쿵…!

문을 부수려는 것 같았다. 밧줄로 묶어놓은 문틈이 조금씩 넓어졌다. 이러다 밧줄이 풀리거나 문이 부서지는 것이 아닌가 싶었다. 어떻게든 막아야 했다.

괴물이 문에 몸을 부딪쳐오는 순간 순석이 벌어진 문틈으로 쇠파이프를 힘껏 찔러 넣었다.

쇠파이프는 밀가루 반죽처럼 물컹한 괴물의 몸을 세게 찌르고 나서 그 반동으로 튀어나왔다.

커억! 커억…!

괴물의 비명소리가 점점 출입문에서 멀어져갔다.

순석은 두 개의 문손잡이를 감고 있는 밧줄을 서둘러 고쳐 맸다.

괴물들이 금방 다시 공격해올 것이라 예상했는데 밖이 계속 조용했다. 문틈으로 다가가 밖을 내다봤다. 눈에 익은 갑판 이외에는 아무것도 보이지 않았다.

"도대체 이게 어떻게 된 일이죠?"

이윤정은 조금 전 자신이 본 것을 믿을 수 없다는 말투였다. 물론 그건 순석도 마찬가지였다. 어떻게 사람이, 그것도 오랫동안 친하게 지내온 사람들이 한순간에 괴물로 변해 동료를 공격할 수 있단 말인가?

"세상이 미쳤거나 내가 미쳤거나 둘 중 하나일 텐데, 세상이 미칠 수는 없는 것이니 내가 미친 것이 아닌가 싶어요."

이윤정이 중얼거렸다.

"그렇다면 나 역시 미친 거겠죠."

"우리가 살아 있기나 한 걸까요? 우리가 표류하는 마린보이호를 타고 저승, 또는 이승과 저승의 중간쯤에 와 있는 것은 아닌지…?"

순석은 이윤정의 말을 듣고 잠깐 생각해보았다. 금괴를 잔뜩 실은 배에서 괴물들에게 쫓기고 있는 이 상황이 현실인 것이 좋은 걸까, 꿈인 게 좋은 걸까?

"지금 생각해보니, 우리가 이 창고로 도망쳐온 것이 최악의 선택이었는지도 모르겠다는 생각이 드네요."

이윤정이 한숨을 쉬며 말했다.

"왜요?"

"여긴 물조차 없잖아요. 게다가 저것들의 먹을거리가 이 안에 있잖아요. 먹을 것 때문이라도 저것들은 쉽게 포기하지 않을 거예요."

이윤정이 이불에 싸여 있는 창고 구석의 김성실 시체와 주빠지에
의 토막시체가 든 고무통을 번갈아 쳐다봤다. 아까는 경황이 없어
냄새를 맡지 못했는데 창고 안에 악취가 가득했다. 시체가 썩는 냄
새였다.

순석은 창고를 뒤져서 도끼 한 자루와 곡괭이, 삽, 망치, 톱을 찾
아냈다.

순석과 이윤정은 창고 벽에 등을 기댄 채 나란히 앉아서 체력을
아꼈다.

고개를 옆으로 돌려 순석의 얼굴을 물끄러미 쳐다보던 이윤정이
손을 뻗어 순석의 손을 꼭 쥐었다.

"손잡아도 괜찮죠?"

"예? 예⋯."

순석은 정말 모든 것이 꿈을 꾸고 있는 것만 같았다. 끔찍한 악
몽이긴 하지만 짝사랑하는 여자와 손을 맞잡고 있기에 아직은 견딜
만한 악몽이었다.

순석은 창고에서 탈출할 기회를 엿보기 위해 문틈으로 밖을 살
폈다. 창고 앞에 어떤 그림자가 어른거렸다. 몸에 많은 촉수가 있는
흉측한 괴물의 그림자였다.

순석은 다시 이윤정의 옆으로 돌아가 쪼그리고 앉았다.

"놈들이 포기하지 않은 것 같아요. 먹을 것이 이 안에 있기 때문
인지⋯."

점점 시간이 흘러갔다.

"밖에 물은 많았는데…."

목이 마른 지 이윤정이 침을 삼키며 중얼거렸다.

음식이 없어도 물이 있으면 일주일 이상 버틸 수 있었지만 물이 없으면 단 며칠도 버티기 어려웠다.

꾸벅꾸벅 졸다가 한참 만에 밖을 내다보니 어둠이 몰려오고 있었다.

"왜 우리를 공격하지 않는 거죠? 배가 고플 텐데."

"글쎄요? 혹시, 이 사장님이 잡혔나…."

순석은 이도형이 괴물들에게 잡아먹히는 상상을 하지 않으려고 머리를 흔들었다.

다시 한참이 지났다. 밤 10시쯤 된 것 같았다.

"우리가 지친 만큼 저것들도 지쳤을 거예요. 상황을 봐서 탈출하죠."

순석과 이윤정이 문틈으로 밖을 살폈다. 추석 직전이라 달빛이 환했다. 달빛에 눈이 온 것처럼 허옇게 빛나는 갑판과 파도가 밀려오고 있는 바다가 보일 뿐, 괴물들은 보이지 않았다.

순석은 도끼를 집어 양 무릎 사이에 끼운 채 두 개의 문고리에 칭칭 감아둔 밧줄을 조심스럽게 풀었다.

밧줄이 모두 풀리자 소리가 나지 않게 아주 천천히 문을 밀어 빼꼼히 열고 밖을 살폈다. 역시 괴물들은 보이지 않았다.

도끼를 든 순석이 앞서고 망치를 든 이윤정이 뒤를 따랐다.

보름 직전의 둥근달이 하늘에 떠 있어서 선상이 대낮처럼 환했다. 다행히, 빛이 들지 않는 곳은 그만큼 더 어두웠다. 두 사람은 그늘을 찾아 몸을 숨기며 이동했다.

무엇보다 물을 마시는 것이 우선이었다. 두 사람은 도둑고양이처럼 주방으로 숨어 들어가 배가 부르도록 물을 마셨다.

페트병 두 개를 찾아내 물을 가득 담아 들고 주방을 나왔다.

"물고기가 걸렸는지 주낙을 살펴보고 올게요."

순석은 이윤정을 철계단 밑에 숨어 있게 하고 갑판으로 향했다.

조타실을 올려다보니 비어 있는 것 같았다. 괴물들이 불침번을 설 리는 없었다.

배의 난간에 묶여 있는 낚싯줄을 하나씩 잡아당겨 살펴보려면 몸이 밝은 달빛에 노출될 수밖에 없었다. 순석은 빠르게 옆으로 이동하며 낚싯줄을 하나씩 당겨 보았다.

'어?'

마린보이호에서 100미터쯤 떨어진 바다 위에 뭔가 시커먼 것이 떠 있었다. 작은 배였다.

순석은 이윤정이 숨어 있는 곳으로 재빨리 돌아갔다.

"보트가 있어요."

이윤정이 일어나서 바다를 살폈다.

"선장님하고 하민이 형이 타고 구조대를 부르러 갔던 그 보트 같아요."

"사람이 타고 있지 않은 것 같은데요."

"가봐야겠어요, 헤엄쳐서."

순석이 슬리퍼를 벗으며 말했다.

"괜찮겠어요? 먹은 게 없는데…."

"설마 원숭이가 나무에서 떨어지겠어요. 바닷가에서 나고 자라, 군대 생활조차 바다에서 했는데…. 저 정도 거리는 잠수로도 갈 수 있으니 걱정 마세요."

순석은 이윤정을 안심시킨 뒤 다이빙덱으로 가서 상의를 벗고 물속으로 조용히 기어들어 갔다.

물이 꽤 차가웠다. 다행히 조류는 거의 없었다. 아니, 배가 조류를 타고 흘러가고 있어서 조류를 못 느끼는 것이었다.

순석은 물 밖으로 머리만 내놓고 헤엄치는 소리가 나지 않도록 조심하며 검은 보트를 향해 개헤엄을 쳤다.

체력이 예상보다 더 급격히 소진되었다. 10미터도 가지 않아 팔다리가 후들거렸다. 할 수 없이 물에 드러누워 발만을 저었다.

드디어 보트의 난간이 손에 잡혔다. 하지만 너무 지쳐서 난간 위로 기어 올라갈 힘이 없었다. 난간을 움켜쥐고 턱걸이를 하듯 겨우 상체를 끌어올려 보트 안을 살펴보았다. 보트 한가운데에 사람 한 명이 금괴를 베고 누워 있었다.

"이봐유?"

금괴에서 머리를 쳐들어 순석을 본 남자가 기겁했다. 마치 물귀신이라도 본 듯한 표정이었다.

"하, 하민이 형!"

달빛을 등지고 있는, 수염이 덥수룩한 남자는 이하민이었다.

"너, 너는….."

이하민이 순석을 보트 위로 끌어 올렸다. 이하민은 힘이 꽤 남아 있는 것 같았다.

"어휴, 살았다!"

순석이 배에 오르자마자 이하민이 구세주라도 만난 듯한 표정을 하고 순석을 끌어안았다.

"어떻게 된 거유? 구조대는? 선장님은?"

순석은 물어보고 싶은 것이 너무 많았다.

"그게…. 어선은 얼마 가지도 않아 엔진이 고장 나 경유가 많이 남아 있는데도 떼어냈고, 보트를 타고 가다가 보트만으로는 육지에 도달하지 못할 것 같아, 뱃머리를 돌려 돌아오다가 휘발유가 떨어져 버렸어."

구조대가 올 것이라는 희망이 완전히 사라졌다. 순석은 낙담하지 않을 수 없었다.

"선장님은?"

"선장님은, 돌아가셨어. 오래 먹지 못해 체력이 급격히 떨어져서 결국…. 이 작은 배에 시체를 그냥 놔둘 수 없어서, 바다에 밀어 넣어 장사를 지냈어. 자세한 얘기는 나중에 하고, 일단 마린보이호로 돌아가자고. 모두 별일 없지?"

이하민이 노에 손을 가져다 댔다.

"잠깐! 할 얘기가 있슈."

순석은 그동안 마린보이호에서 일어났던 사건들을 간략히 이야기했다. 이야기를 듣는 동안 이하민은 순석을 미친놈 보듯 쳐다봤다.

"절대 믿기지 않겠지만 정말이라니께유. 보기 싫어도 곧 그 괴물들을 보게 될 거유. 기생충이 어떤 방법으로 인체를 변형시킨 것인지, 아니면 뭔가가 사람의 몸속에서 부화해 살을 모두 파먹고 아주 덩치가 커져서 피부를 뚫고 나온 것인지, 그런 건 잘 모르겠지만…. 하여튼 사실유."

두 사람은 물소리가 나지 않게 조심하며 노를 저어 마린보이호 선미에 보트를 대고 마린보이호로 올라갔다.

두 사람이 갑판 그늘에 몸을 숨기자 숨어서 지켜보고 있던 이윤정이 다가왔다. 손에 물병, 도끼, 망치, 그리고 순석이 벗어놓은 슬리퍼와 상의를 들고 있었다.

"선장님은?"

"돌아가셨대요."

이윤정은 이미 예상하고 있었다는 표정이었다.

"물 좀…."

이윤정이 이하민에게 물병을 건넸다. 이하민은 단숨에 물병의 물을 반이나 마셨다.

다시 물을 뜨러 가기 위해 순석이 달빛으로 나서는 순간 갑자기 나타난 괴물 한 마리가 몸을 빠르게 꿈틀거리며 달려왔다. 마치 흰 천을 뒤집어쓴 살찐 멧돼지가 질주해오고 있는 것 같았다.

"도망가요!"

이윤정이 어두운 그늘 속에서 튀어나오며 외쳤다.

"창고, 상갑판 창고로!"

세 사람은 갑판을 달려 다시 제1창고 안으로 뛰어 들어갔다.

"문, 문 닫아요!"

달리기가 느린 이윤정을 뒤따라 뛰어간 순석이 소리 지르며 창고로 뛰어드는데 채찍 같은 것이 공기를 가르며 날아와 순석의 목에 휙 감겼다. 순석은 몸을 틀어 뒤쪽을 향해 도끼를 휘둘렀다. 도끼날이 굵은 촉수를 스쳤다.

쫴액!

창고 안으로 뛰어든 순석이 급히 창고 문을 닫았다.

괴물이 창고 밖에서 계속 쫴액 쫴액 소리를 질러댔다. 다른 괴물들을 부르는 것 같았다.

"저, 저게 뭐지?"

이하민이 숨을 헉헉 몰아쉬며 물었다.

"아까 이야기했잖아요. 사람들이 저렇게 변했다니까요."

순석이 밧줄로 다시 문손잡이 두 개를 칭칭 감았다.

"저것들이 사람이 변한 거라고?"

충격을 받은 듯 이하민은 벌린 입을 다물지 못했다.

"선장님은 어떻게 돌아가셨죠?"

이윤정이 물었다.

"일사병이라도 걸렸는지 갑자기 열이 펄펄 끓더니 헛소리를 하다가 정신을 잃었어. 그리고 곧 숨을 거두셨어. 열을 내려 보려고 바닷물을 떠서 몸에 뿌려대 보았지만 소용없더라고."

"다른 증상은 없었나요?"

"다른 증상 뭐?"

"아니에요. 그동안 뭘 좀 먹기는 했어요?"

"가짜 미끼로 계속 낚시를 했는데 처음 보는 어떤 커다란 물고기 한 마리가 잡혀서 어제까지는 그걸 조금씩 뜯어먹고 버텼지."

"처음 보는 물고기요?"

"쉿!"

순석이 두 사람의 대화를 중단시켰다. 문틈 사이로 어른거리는 뭔가를 봤기 때문이었다.

순석이 문틈에 눈을 가져다 댔다.

"헉!"

순석은 곧바로 깜짝 놀라며 뒤로 물러났다. 순석과 괴물의 눈동자가 문틈으로 마주친 것이었다. 괴물이 문틈으로 안을 들여다보고 있었다.

"어이, 문 좀 열어봐."

문밖에서 어눌한 목소리가 들려왔다. 처음 듣는 목소리였다.

"누, 누구요?"

이하민이 물었다.

"나여, 나. 나, 박판돌이여."

문틈에서 괴물의 그림자가 뒤로 물러났다.

"무슨 오해가 있는 것 같은디, 얼굴을 보며 대화 좀 하자고."

순석이 다시 문틈으로 눈을 가져갔다. 정말, 박판돌의 얼굴이 보였다. 문틈이 너무 좁아서 박판돌의 얼굴 일부분 이외에 다른 것은 볼 수 없었지만 문 바로 앞에서 박판돌이 말을 하고 있었다.

'어떻게 된 거지? 박씨 아저씨는 분명 괴물로 변했는데…. 다시 사람으로 돌아온 것일까?'

"아, 문 좀 열어보라니께. 오해가 있으면 풀어야 할 거 아녀."

"그런데 목소리가 왜 그렇죠?"

"내 목소리가 뭐 어때서?"

순석은 밖을 조금 더 자세히 살펴보기 위해 문틈이 넓어지도록 문을 지그시 밀었다.

"그런디, 누가 왔어? 밖에 배가 있던디…. 누구여?"

헉! 문틈으로 밖을 내다보던 순석은 끔찍한 광경에 놀라 숨을 멈췄다. 괴물이 박판돌의 얼굴을 가면처럼 쓰고 말을 하고 있었다.

"이, 이런 괴물!"

순석의 외침에 박판돌의 미소 띤 얼굴이 싸늘하게 변하더니 고개를 180도 획 돌렸다. 박판돌의 얼굴이 사라지고 괴물의 두 눈동자가 순석의 눈앞에 나타났다. 그와 동시에, 촉수 하나가 순석의 눈을 찌르려는 듯 문틈으로 파고들어 왔다. 순석은 한 발 뒤로 물러나며 들고 있던 도끼로 재빨리 문틈을 내리찍었다.

꽥!

도끼날에 잘린 촉수 끝이 창고 안에 떨어져 낙지처럼 꿈틀댔다.

잠시 조용하던 문밖에서 또 다른 낯선 목소리가 들려왔다.

"이봐! 보트를 타고 돌아온 사람 누구지? 선장? 이하민? 누군지는 모르겠지만 안에 있는 최순석이 하고 이윤정이는 몹쓸 기생충에 감염되어 완전히 미쳐버렸다. 머리가 완전히 돌았다니까! 두 사람하고 같이 있다가는 잡아먹히고 말 거야. 오히려 우리보고 기생충에 감염된 괴물이라며 도끼 들고 죽이려고 하는 거 봤지?"

이번 목소리는 박판돌 괴물보다 발음이 또렷했다.

"미친놈들하고 같이 갇혀 있지 말고 밖으로 나와 방어회나 좀 먹어봐. 낚시에 방어가 몇 마리 걸렸어."

"이 괴물들아! 수작 그만 부리고 꺼져! 도끼로 두 동강 내기 전에!"

순석이 문틈을 도끼로 꽝 찍으면서 외쳤다.

효과가 있었는지 밖이 조용해졌다.

순석은 문틈으로 밖을 내다보고 싶었으나 괴물들이 다시 촉수로 눈을 찌르려고 할 것 같아 그만두었다.

이하민이 문틈으로 밖을 내다본 것은 20분쯤 지나서였다.

"아무것도 없는데…. 이제 어떻게 하지?"

"글쎄요…."

"이대로 여기서 굶어 죽을 수는 없잖여. 근데, 이게 무슨 냄새지? 음식이 썩는 냄새 같기도 하고."

순석은 이하민에게 주빠지에의 토막 사체와 김성실의 사체가 창고 안에 있다고 알려줬다.

"괴물들이 저 시체들을 노리고 있단 말이지?"

"괴물들도 우리처럼 배가 몹시 고프겠죠. 우리가 살려면 저 시체들을 내줘야 하지 않을까, 싶기도 하고…."

"가만? 그럼, 우리가 먼저 굶어 죽느냐, 괴물들이 먼저 굶어 죽느냐의 싸움 아녀? 굶어 죽지 않고 살아남는 쪽이 승자인 거잖아?"

"그렇다고 볼 수 있죠."

"그래! 저 시체들을 놈들에게 내줄 게 아니라, 우리가 좀 먹는 건 어때?"

"예에?"

"언젠가 실제로 그런 사건도 있었잖여. 비행기가 안데스산맥의 설산에 추락하고 생존자들이 칠십여 일을 버티는 동안 생존을 위해 죽은 사람들의 사체를 먹었던 사건…. 그들이 생존해 돌아왔을 때 누구도 그들을 비난하지 않았잖여. 우리도 지금 그들과 똑같은 상황에 놓여 있는 거잖여."

이하민은 정말 시체를 뜯어먹기라도 할 기세로 손으로 벽을 더듬으며 김성실의 시체 쪽으로 다가갔다.

"그건 동물이 아니라 사람요, 사람! 김성실!"

순석이 어둠 속에 대고 소리쳤다.

"시체를 먹고라도 살고 싶은 사람은 시체를 먹는 거고, 시체를 먹느니 그냥 죽는 게 낫겠다고 생각하는 사람은 그냥 죽으면 되는 거여. 이건 생존과 직결된 일이니, 그 누구도 타인에게 이래라저래라 할 권리는 없는 겨. 아니, 살 수도 있는 사람을 시체를 못 먹게 해서 굶어 죽게 했다면 그거야말로 살인행위지…. 아닌감? 나는 우리가 살려면 저 시체를 먹어야 할 것 같은디, 윤정이 생각은 어때?"

"그, 글쎄요."

이윤정이 머뭇거리며 대답했다.

순석은 이하민의 말보다 이윤정의 대답이 더 큰 충격이었다. '안 돼요.'가 아니라 '글쎄요.'라니?

순석은 빈혈 같은 심한 현기증을 느끼며 뒤로 비틀비틀 물러나 벽에 기대고 앉았다. 무슨 병이라도 걸린 사람처럼 온몸에 식은땀이 주르륵 흘러내렸다. 체력에 한계가 온 것 같았다.

'그런데 이하민과 이윤정은 왜 나보다 더 멀쩡한 것일까?'

시체를 먹어야겠다고 큰소리치던 이하민은 이불로 감싸여 있는 김성실의 시체 곁으로 간 뒤 한동안 어떤 소리도 내지 않았다. 그리고 잠시 뒤 뒤돌아오는 소리가 났다. 시체를 먹을 수 있다고 상상하는 것과 실제로 먹는 것은 크게 다르다는 걸 깨달은 것일 수도 있었다.

순석은 김성실의 시체를 뜯어먹는 상상을 해보았다. 좀 끔찍하기는 했지만 못 먹을 것도 없을 것 같았다. 김성실의 뽀얀 허벅지살이라면…. 그러나 주빠지에의 시체는 결코 먹고 싶지 않았다.

순석은 생각을 조금 더 비약해서, 자신이 죽었을 때 이윤정이 자신의 시체를 뜯어먹는 생각을 해보았다. 이윤정이 자신의 알몸을 살피는 장면, 자신의 검은 피부에 하얀 손을 대는 장면, 붉은 입술을 벌리고 하얀 이를 피부에 가져다 대는 장면, 살을 물어뜯는 장면이 줄줄이 연상되었다.

'내가 여기서 죽게 된다면 씻지도 못하고 죽을 텐데 몸에서 냄새나 나지 않을까, 때가 나오지는 않을까….'

순석은 이어서 자신이 이윤정의 시체를 뜯어먹는 상상을 해보았다. 이상하게, 끔찍하다기보다는 에로틱한 생각이 먼저 들었다.

사실 순석은 이윤정이라면, 이윤정의 살뿐만이 아니라 똥이나 오줌까지도 거부감 없이 먹을 수 있을 것 같았다. 그 무엇도 끔찍하다거나 더럽다는 생각이 들지 않았다.

하지만, 이윤정의 똥이나 오줌을 먹어야 한다면 먹을 수 있어도 살만큼은 결코 먹을 수 없었다. 사랑하는 사람을 먹으면서까지 살고 싶지는 않았다.

선실에 갔다가 와야겠다는 생각이 들었다. 선실을 뒤지면 사람들이 아껴먹던 설탕이 좀 나올 것이다. 설탕물이라도 마셔야지 맹물만 먹고 버틸 수는 없었다.

그런데, 밖으로 나가려니 이윤정이 걱정되었다. 순석이 창고에서 나가면 이윤정은 이하민과 단둘이 창고 안에 남게 된다. 그때 괴물들이 공격이라도 해온다면? 아니, 그보다 더 치명적인 것은 이하민이 기생충에 감염되어 있을 경우였다. 순석이 없는 사이 이하민이 이윤정을 덮치거나 괴물들을 창고 안으로 끌어들이기라도 한다면….

그렇다고 이윤정을 데리고 갈 수도 없었다.

"선실에 갔다 와야겠어요. 남은 설탕이 있으면 찾아올게요."

"위험하지 않겠어요?"

"혹시 모르니 톱을 여기에 놔둘게요."

순석은 작은 망치를 끌어안고 있는 이윤정의 옆에 톱을 놓아두고 이윤정에게만 들릴 정도로 작은 소리로 말했다.

한참 밖을 살피던 순석은 문손잡이의 밧줄을 풀고 밖으로 나가 달빛이 닿지 않는 어두운 그늘에 몸을 숨겼다. 그가 그늘을 따라 하갑판 입구로 가려는데 괴물 두 마리가 선수 쪽에서 꿈틀거리며 나와 순석을 향해 빠르게 달려왔다.

'제길, 속았다!'

놈들은 어딘가에 숨어서 순석이 창고 밖으로 나오는 것을 줄곧 지켜보고 있었던 것 같았다. 창고로 돌아가기에는 너무 늦었다.

순석은 슬리퍼를 벗고 맨발로 빠르게 하갑판 계단을 달려 내려갔다. 어두운 복도를 지나 기관실로 뛰어 들어가 출입문을 닫았다. 기관실 출입문을 잠그려고 했으나 열쇠가 필요했다.

허연 괴물들이 순석을 뒤따라 기관실로 다가왔다.

어둠 속에서 놈들을 상대하는 것보다 불을 켜는 것이 나을 것 같았다. 출입문 옆의 전등 스위치를 눌렀으나 불이 켜지지 않았다. 배터리를 최대로 아끼기 위해 전기를 차단해놨기 때문이었다.

손을 마구 휘저으며 배전반을 향해 나아갔다.

곧 손에 벽이 닿았고 캐비닛 같은 것이 만져졌다. 배전반이었다. 순석은 손으로 더듬어 배전반 문을 열고 내려져 있는 레버들을 닥치는 대로 밀어 올렸다. 어느 레버 하나를 밀어 올리자 기관실이 눈부시게 밝아졌다.

순석은 도끼를 치켜든 채, 출입문 안으로 들어와 꿈틀꿈틀 다가오는 괴물들에게서 조금이라도 더 멀어지기 위해 뒷걸음질을 쳤다. 순석에게 다가오던 괴물들이 엔진을 중심으로 양쪽으로 갈라져 다가왔다. 포위된 것이다.

꿈틀꿈틀 다가오고 있는 괴물들의 뒤통수에는 여전히 탈피를 하다만 허물 같은 사람의 얼굴이 달려 있었다. 앞에서는 얼굴이 잘 보이지 않았지만 하나는 박판돌 같았고 하나는 안길식 같았다.

순석은 도끼를 치켜든 채 박판돌이 변한 괴물을 향해 달려들었다. 나이 많은 사람이 변한 괴물이 보다 체력이 약할 것 같았다.

"이얏!"

박판돌 괴물이 카멜레온의 혀 같은 허연 촉수를 순석의 얼굴을 향해 뻗었다. 순석은 고개를 크게 숙여 촉수를 피하며 도끼로 괴물의 옆구리를 찍었다. 그러나 괴물도 몸을 벽 쪽으로 붙이며 도끼를 피했다. 다시 촉수가 날아왔다. 이번에도 순석은 촉수를 피하려고 고개를 숙였지만 날아오며 방향을 바꾼 촉수가 순석의 목에 휙 감겼다. 다른 촉수들이 연속으로 날아와 도끼를 휘둘러대는 순석의 양팔에 칭칭 감겼다.

"이야아앗!"

순석은 뒤로 물러나지 않고 앞으로 돌진해 머리로 괴물의 물컹거리는 몸을 세게 들이받고서 뒤로 튕겨 나왔다. 충돌의 충격으로 괴물의 자세가 흐트러지는 것을 본 순석은 몸의 균형도 잡지 못한 상태에서 괴물을 향해 도끼를 던졌다. 괴물이 순석의 목과 손에서 재빨리 촉수를 풀어 날아오는 도끼를 향해 뻗었지만 도끼가 조금 더 빨랐다. 도끼가 괴물의 촉수 사이로 날아가 괴물의 옆구리에 박혔다가 옆으로 튀어 나갔다.

꽤애액!

기회였다. 순석은 럭비선수처럼 괴물의 옆구리를 들이받으며 괴물의 옆을 통과해 뒤쪽으로 빠져나갔다. 그 순간 다시 순석의 목에 촉수 하나가 날아와 감기며 몸을 뒤로 확 잡아챘다. 이제 그의 손에는 도끼조차 없었다.

순석이 괴물의 촉수에 목이 졸린 채 뒤로 질질 끌려가고 있는데 새로운 촉수들이 덮쳐왔다. 안길식 괴물이 가세한 것이었다.

순석이 끌려가지 않으려고 엔진 덮개를 잡고 늘어지는데 뭔가가 바람 소리를 내며 머리 바로 위로 날아갔다.

쮀액!

괴물 하나가 갑자기 비명을 지르며 순석의 몸에 감고 있던 촉수를 풀었다. 고개를 들어보니 어디선가 날아온 삼지창 작살이 괴물의 몸에 꽂혀 있었다.

순석의 눈앞에 사람 그림자가 나타났다. 이도형이었다.

이도형이 손에 든 상어 작살로 괴물들이 다가오지 못하게 위협하며 순석에게 다가왔다. 괴물 한 마리가 이도형에게 다가가며 촉수를 뻗자 이도형은 뒤로 물러나며 작살로 그 촉수들을 툭툭 쳐냈다. 괴물이 빈틈을 보이자 이번에는 이도형이 앞으로 나아가며 괴물을 향해 작살을 찔렀다. 괴물이 뒤로 물러나며 작살에 촉수를 감으려고 했으나 이도형은 작살을 흔들어 촉수를 이리저리 피했다. 다른 괴물 한 마리가 순석의 몸에서 촉수를 거두며 이도형 공격에 가세했다.

몸이 자유로워진 순석은 괴물들의 촉수 밑을 포복으로 기어서 이도형에게 다가갔다.

순석이 괴물들의 촉수에서 벗어나자 이도형도 뒤로 주춤주춤 물러났다. 그때 촉수 하나가 이도형의 작살을 휘감았다. 이도형은 작살을 빼내려고 하다가 쉽지 않자 작살을 괴물 쪽으로 확 찔렀다. 괴물들이 작살을 피해 뒤로 주춤 물러나자 이도형이 작살을 놓고 뒤돌아 뛰었다.

"도망가!"

순석이 먼저 출입문 쪽으로 내달렸다.

"야, 휘발유 챙겨!"

출입문 앞에 20리터짜리 플라스틱통이 놓여 있었다. 순석은 얼떨결에 그 플라스틱통을 집어 들고 달렸다. 액체가 이리저리 출렁거려 더 무겁게 느껴졌다.

갑판으로 뛰어나온 두 사람은 달리는 속도를 줄이며 주위를 두리번거렸다. 아까와는 달리 먹구름이 달을 가려 갑판이 몹시 어두웠다.

"저리로 가유!"

순석이 가리킨 곳은 조타실 뒤쪽 선실이었다. 이도형이 앞장서서 철계단을 올라갔다.

순석이 철계단을 다 올라가자 이도형이 계단참에 멈춰 서서 플라스틱통의 뚜껑을 열었다.

두 사람의 뒤를 따라온 괴물들이 금방 철계단 밑에 다다랐다.

"씨팔, 올라오기만 해봐. 확 불을 질러버릴 테니!"

괴물 한 마리가 철계단을 올라오려고 하자 이도형이 플라스틱통에 든 액체를 괴물을 향해서 뿌렸다. 휘발유 냄새가 진동했다.

휘발유를 한 번 더 뿌리고 난 이도형이 호주머니에서 라이터를 꺼내 들었다. 위험을 감지한 검은 그림자들이 철계단에서 물러났다.

"그거 진짜 휘발유유?"

"저것들을 피해 숨을 곳을 찾다가 우연히 발견했어."

"아, 진짜 휘발유면 아껴야지 그렇게 막 뿌려대면 어떻게 혀유. 지금 뿌린 것만 혀도 보트에 넣으면 10킬로미터는 가겠네⋯."

"보트?"

순석은 손가락으로 이하민이 타고 온 보트를 가리켰다. 마린보이호 난간 옆에 바다 색깔과는 다른 허연 것이 파도가 치는 대로 흔들리고 있었다.

"두 사람 다 돌아왔나?"

"아니, 하민이 형만⋯."

"선장은?"

"돌아가셨대유."

"이런⋯. 지금 어딨나?"

"상갑판 제1창고에유."

이제 빗방울까지 한두 방울씩 떨어지기 시작했다. 바람이 점점 거세졌고 파도도 높았다. 태풍이 다가오는 것 같은 징조였다.

계단에서 물러나 주방 쪽으로 움직여 간 괴물들이 완전히 모습을 감췄다. 또 어딘가에 숨어서 사람들을 지켜볼 것이다.

"창고 안에 있는 사람들을 이쪽으로 데려와야 할 것 같다⋯.

이제 수적으로는 우리가 더 많네유."

"앞으로 상황이 어떻게 돌아갈지 모르니 비가 오면 빗물을 더 받아두는 것이 좋을 것 같은데…. 어? 저게 뭐지? 별인가?"

이도형이 어두운 허공을 손가락으로 가리켰다.

"어디, 뭐가 있다고 그래유?"

"저기…. 반짝반짝…."

"이렇게 비가 오는디 별은 무슨…."

순석의 눈에도 어둠 속에서 뭔가 반짝이는 것이 보였다.

"어어, 정말…. 배유, 배! 배가 틀림없슈."

"너무 먼데…."

"사람들을 데리고 조타실로 가서 배의 모든 불을 환하게 밝히고, 해적 놈들의 배에서 떼어낸 무전기로 무전을 시도해봐유."

"그래! 빨리, 사람들부터 데려오자구."

순석은 이윤정의 방으로 들어가 면으로 된 티셔츠를 가져다 쇠파이프에 칭칭 감고 휘발유를 뿌려 불을 붙였다. 불길이 치솟아 오르며 주변이 환하게 밝아졌다.

두 사람은 횃불을 앞세우고 계단을 내려갔다. 괴물들이 불빛을 못 보았을 리 없는데 나타나지 않았다.

창고에 도착하자마자 순석은 문을 세 번 두드렸다.

"문 열어요. 최순석입니다."

"옆에 있는 사람은 누구지?"

문틈으로 밖을 내다보며 이하민이 물었다. 뭔가 불안해하는 목소리였다.

"나야, 이도형."

"이, 이 사장님? 죽지 않으셨나?"

"아, 안 돌아가셨으니 여기 서 있죠. 시간 없어요, 빨리 문 열어요. 배가 다가오고 있어요."

"배? 그런데 넌 말투가 왜 그래? 언제부터 서울말을 썼지?"

"허허. 순석이, 긴장하거나 이윤정이 옆에 있으면 서울말 쓰는 거 아직도 모르고 있었어?"

순석은 얼굴이 화끈 달아올랐다. 이윤정이 창고 안에 있었다.

"왼쪽으로 조금만 더 가봐."

문틈에서 이하민의 목소리가 다시 흘러나왔다.

"나 참, 우리 괴물 아니라니께유!"

순석은 일부러 사투리를 쓰며 이하민의 말대로, 문틈에서 잘 보이도록 옆으로 조금 움직였다.

"뒤돌아봐."

순석이 뒤돌아섰다가 다시 돌아서자 그제야 안에서 문손잡이에 감아놓은 밧줄을 푸는 소리가 났다.

문이 열리자 순석은 횃불을 들고 이윤정부터 살폈다. 다행히 아무 일도 없었던 것 같았다.

창고 안에 있던 연장을 하나씩 집어 든 네 사람이 갑판으로 나갔다. 수적으로 열세이기 때문인지, 아니면 횃불 때문인지 괴물들이 다가오지 않았다.

보트에서 무전기를 찾아 들고 조타실로 올라갔다.

"순석이는 배의 모든 불을 켰다 껐다 하며 기적을 울려 구조신호를 보내고, 윤정이는 괴물들의 동태를 살피고, 하민이는 쌍안경으로 저 불빛을 추적해."

빠르게 지시하고 난 이도형은 낡은 무전기를 잡고 메이데이를 반복해 외쳐댔다.

순석은 조타실에서 켤 수 있는 모든 조명을 자동차의 깜빡이처럼 켰다 끄길 반복했다. 순석이 불을 켰다가 끌 때마다 마린보이호가 검은 바다 위에 갑자기 나타났다가 사라지길 반복했다. 거리가 멀어서 들릴 것 같지는 않았지만 기적도 틈틈이 울렸다. 빠아앙-. 빠아아앙-.

"배의 불빛이 점점 밝아지는 것이 이쪽으로 오고 있는 것 같아요. 기상이 안 좋아 흐릿한데, 유조선 같기도 하고…."

이하민이 쌍안경에서 눈을 떼지 않고 말했다.

"아무래도, 해적 놈들이 가져온 이 무전기는 정상이 아닌 것 같아. 아무리 성능이 떨어져도 지금쯤은 교신이 됐어야하는데…."

이도형이 낡은 무전기를 손바닥으로 탁탁 치며 투덜거렸다. 하지만 이도형은 포기하지 않고 계속 메이데이를 외쳐댔다.

"휘발유가 좀 있으니 보트를 띄워보는 건 어떨까요?"

순석이 사람들을 둘러보며 말했다.

"휘발유?"

"한 15리터 정도 되려나. 이 사장님이 발견했슈."

"그래! 그 정도면 저 배까지는 충분히 가겠네."

"그래, 좋아! 우리 모두 보트로 옮겨 타자고. 그리고 이 배에 불을 지르는 겨. 그럼 모든 게 해결돼. 제아무리 눈이 어두운 사람들이라고 해도 바다 위의 화재를 발견 못 하지는 않을 겨."

이도형이 좋은 아이디어라는 듯이 큰 소리로 말했다.

"이 배에 불을 지른다고요? 그건 절대 안 되죠. 그럼 배에 실려 있는 저 금괴들은 어떻게 하고요?"

이하민이 말도 안 된다는 표정으로 이도형을 쳐다봤다.

"지금 금괴가 문젠가? 일단 우리가 살고 봐야 할 거 아녀? 저 배 놓치면 두 번 다시 기회가 없을 수도 있어."

"그래도 그렇지…."

"금괴야, 몇 개만 싣고 가도 평생 밥걱정 안 하고 살 수 있잖여."

"아, 저는 절대 그럴 수 없슈. 제가 죽는 한이 있어도 절대 금괴는 버릴 수 없슈."

이하민의 목소리는 단호했다.

"이 사장님이야말로 저 금괴를 찾기 위해 평생을 바쳤잖유. 그런데 왜…?"

"나라고 왜 안 아깝겠어. 나는 그동안 금괴를 찾기 위해 많은 것들을 잃었지. 가족도 잃고 친구도 잃고 재산도 잃고 좋은 세월도 다 잃고…. 대신 허황된 꿈을 좇는 미친놈이라는 별명을 얻었지. 나는 그렇게 소중한 것들을 잃으면 잃을수록 금괴 찾는 일에 더욱 목숨을 걸었어. 그래서 결국 이렇게 금괴를 찾아낸 것일 테지만…. 메이데이, 메이데이! 누구든 대답 좀 해봐라, 씨발!"

이도형이 다시 주먹으로 무전기를 탁탁 치고 나서 하던 말을 이어갔다.

"그런데, 이 금괴가 도대체 뭐란 말인가? 나는 이 금괴를 찾기 전에도 웬만한 사람들보다는 많은 재산을 가진 부자였지. 그런데 이렇게 금괴를 찾아 더 부자가 되었다고 해서 내가 더 행복해질 수 있을까? 금괴를 찾았다고 그동안 잃은 것들을 모두 보상받을 수 있을까? 사실 나는 오래전부터 그럴 수 없다는 것을 잘 알고 있었지. 하지만, 점점 더 많은 것을 잃어가면서도 내가 금괴 찾기에서 손을 떼지 못했던 것은, 금괴 찾기에서 내가 손을 떼는 순간 나는 정말 평생을 허황한 꿈을 좇다 만 미친놈이 되는 것이었으니까. 금괴를 찾아서 내가 미치지 않았다는 것, 허황한 꿈을 좇은 것이 아니라는 걸 꼭 증명하고 싶었지. 그런데, 내 목표는 이미 이루어졌어. 나는 이제 저 금괴들이 없어도 되니, 보트에 금괴를 실을 수 있는 만큼 싣고 가서 세 사람이 나누어 가지라고. 나는 나누어 달라고 하지 않을 테니. 세상 사람들에게 내가 찾아낸 금괴로 부자가 된 거라고, 자랑만 실컷 해주면 돼."

"어? 괴물이다!"

갑판을 지켜보던 이윤정이 외쳤다.

순석이 선상의 조명을 모두 켠 채로 창밖을 살펴보니 괴물들이 폭우가 쏟아지고 있는 갑판으로 어슬렁어슬렁 기어 나오고 있는 것이 보였다.

괴물들은 불빛이 번쩍거리는 갑판을 어슬렁거리다 선미 쪽의 어둠 속에 자리를 잡고 움직이지 않았다. 그곳은 보트가 묶여 있는 곳 바로 옆이었다.

"어라, 저것들이 무슨 낌새를 챘나?"

"저것들이 저기 있으면 보트에 탈 수 없잖아요?"

바다 위에서 깜빡이고 있는 배의 불빛이 맨눈으로도 또렷이 보였다. 순석이 쌍안경으로 살펴보니 유조선이 확실했다. 국적까지는 알 수 없었다.

한참 쌍안경을 들여다보던 이하민이 쌍안경에서 눈을 떼고 이도형을 보며 말했다.

"폭우 때문에 우리가 보내는 신호를 보지 못하는 것 같아요. 이제 우리 쪽으로 오는 것이 아니라 우리 배와 나란히 항해하고 있어요. 지금 보트를 타고 다가가지 않으면 점점 멀어져서 앞으로 30분만 지나도 따라잡기 어려울 것 같은데요."

"씨팔! 저 새끼들은 레이더도 안 들여다보고 모두 자빠져 자나…."

마음이 급한지 이도형은 평소에 쓰지 않던 욕까지 내뱉었다.

이곳이 원양이기에 유조선은 자동항해시스템으로 운항 중인 것 같았다.

"메이데이 메이데이, 두 유 카피 오버, 메이데이 메이데이, 아무나 나와라 오버 씨팔…. 저 배를 놓치면 두 번 다시 기회가 오지 않을 수도 있는데…."

이도형이 주먹으로 다시 무전기를 탕탕 쳤다.

"더 늦기 전에 보트를 띄워야 할 것 같아…. 그런데 괴물들이…."

"저 괴물들을 유인해보면 어떨까요?"

순석이 생각을 말했다.

"유인?"

"낚시질하자는 거죠. 다만 미끼가 사람이라는 거…. 현재 밖에서 문을 걸어 잠글 수 있는 격실은 우리가 나누어 갇혀 있었던 작은 선실 두 개와 하갑판 제2창고뿐이죠 아마? 제가 저 괴물들을 하갑판 제2창고로 유인할 테니 저것들이 모두 창고 안으로 들어가면 밖에서 문을 닫고 잠그는 겁니다."

"그럼 너는?"

"저는 괴물들이 모두 창고 안으로 들어오는 순간 창문을 통해 탈출할 겁니다."

"창문? 그 좁은 창문으로? 그리고 창문 밖은 바단데?"

"2창고의 창문을 망가트려 활짝 열면 빠져나가기가 그리 어렵지는 않을 겁니다. 제가 괴물들을 유인하여 괴물들이 갑판을 떠나는 순간 누구 한 사람이 이 휘발유를 보트에 주유한 뒤 보트를 몰고 와서 물에 빠진 저를 구해주시면 됩니다. 무슨 얘긴지 아시겠죠? 제 역할은 이미 정해졌고, 세 분은 누가 어떤 역할을 맡으실래요?”

사람들이 서로의 얼굴을 쳐다봤다.

“이윤정, 보트 몰 줄 아나?”

이도형이 이윤정에게 물었다.

“아뇨. 몰아본 적 없어요.”

“보트를 맡는 게 그나마 덜 위험한 일인데, 어쩔 수 없군. 보트는 하민이가 맡아. 혹시 모르니 배에 구명조끼하고 물통 싣는 것 잊지 마.”

“물을요?”

“그래. 저 배를 놓치고 이 배로 돌아올 수 없는 최악의 상황에 대비하는 거야.”

“제 생각엔, 아무래도 하민이 형이 힘도 세고 더 빠를 것 같은데, 보트를 이 사장님이 맡는 게 낫지 않을까요?”

“아냐. 괴물들을 가두는 것은 내가 직접 하는 것이 좋을 것 같아. 배에 불도 질러야 하고….”

“정말 불 지르시게요?”

“달리 방법이 없어.”

“자, 그럼 시작하시죠.”

“순석이는 나와 함께 하갑판 창고로 가고, 하민이는 계속 무전을

424

시도하고, 윤정이는 괴물들을 감시하며 조명 스위치를 올렸다 내렸다 하다가 혹시라도 저 괴물들이 하갑판 통로 쪽으로 움직이면 기적을 울려 알려줘."

빠르게 말을 하고 난 이도형이 조타실 밖으로 나갔다. 순석이 멍키스패너와 쇠파이프를 들고 이도형을 뒤따랐다.

배의 배터리가 얼마 남지 않았는지 점멸하는 조명 불빛이 꽤 흐렸다. 앞으로 30분을 버티기 힘들 것 같았다. 순석은 조명이든 뭐든 30분이면 충분하다고 생각했다. 모든 일은 30분 안에 결판날 것이다.

하갑판으로 내려가자마자 이도형은 창고가 아닌 기관실 쪽으로 향했다.

"기관실에 다녀올 테니, 너는 창고 창문을 망가트려 활짝 열어놔."

불을 켜고 제2창고로 들어간 순석은 창문 지지대를 제거하기 위해 창문을 밀어 올렸다. 어? 창문이 반만 열리는 것이 아니라 밖으로 완전히 열렸다.

"어떻게 된 거지?"

창문을 고정하는 지지대가 이미 창문에서 분리되어 있었다. 이미 사람이 빠져나갈 수 있는 상태였다.

아!

전에 이곳에 해적들을 가뒀었는데 놈들이 탈출하려고 창문을 망가트린 것 같았다. 하지만 놈들은 탈출하지 못하고 모두 살해되었다. 얼빠이는 안길식이 쏜 총에 맞아 죽었고 칼자국과 주빠지에는 한밤중에 누군가에게 창고 밖으로 끌려 나가 살해당했다.

'그런데 놈들은 창문을 부숴놓고도 왜 이 창문으로 탈출하지 못한 것일까?'

창문 밖으로 뛰어내려 배의 뒤쪽 다이빙덱까지만 헤엄치면 다이빙덱을 통해 다시 갑판으로 올라갈 수 있었다.

'설마 수영을 못 하지는 않았을 테고…. 그때 파도가 너무 높아서 그랬나?'

부서진 창문을 보고 있노라니 마음 한구석이 찜찜했다.

어쨌든 창문을 망가트려야 하는 수고는 덜었다.

순석은 창고 구석에서 금괴 몇 개를 가져다 창문 밑에 쌓아서 발판을 만들어 놓고 기관실로 향했다.

이도형은 기관실 엔진 뒤에 엎드려 있었다. 이도형의 앞에 풍선처럼 부푼 비닐봉지가 놓여 있었는데 비닐봉지 속에 토막 난 5센티 정도 길이의 모기향이 타고 있었고 모기향 끝에 성냥개비가 수십 개 놓여 있었다. 모기향이 다 타면 성냥개비에 불이 붙고 그 불이 비닐봉지를 녹이도록 만든 점화 장치였다.

이도형의 옆에는 어디서 옮겨다 놓은 아세틸렌 가스통과 산소통이 각각 하나씩 놓여 있었다. 용접 작업할 때 사용하는 것이었다.

이도형이 가스통과 산소통의 밸브를 차례로 돌렸다. 쉬이익-, 소리와 함께 고약한 가스 냄새가 새어 나왔다.

"진짜 배를 폭파하려고유?"

"보트로 유조선을 따라잡아 구조될 확률이 100퍼센트라면 마린보이호에 불을 지를 이유가 전혀 없지. 하지만 우리가 구조될 확률이 얼마나 될까? 우리 목숨이 걸린 일인 만큼 보트로 유조선을 따라잡지 못할 때를 대비할 수밖에 없어. 목숨이 걸린 일인 만큼 2중, 3중 안전장치가 필요해. 저 모기향이 다 타는 데 얼마나 걸릴까? 한 십 분쯤 걸리겠지? 자 빨리 나가자고!"

"그렇지만…."

"왜? 너도 저 금괴들이 아까우냐?"

"그게 아니라…."

순석은 박판돌과 안길식, 갑판장을 생각하고 있었다. 지금은 괴물이 되어 있지만, 사람이 변한 것이니 치료를 잘 받으면 다시 사람으로 돌아올 수 있을지도 모르는데 배를 폭파하면….

"우리가 살려면 어쩔 수 없어. 빨리 움직이자고!"

산소의 폭발 위력은 웬만한 가스보다 셌다. 아세틸렌 가스 한 통만 유출 시켜 터트려도 이층집이 폭삭 무너지는데 용접용 산소통에 든 산소까지 같이 폭발하면 엄청난 폭발음과 함께 마린보이호가 커다란 불덩어리로 변해 순식간에 깊은 바닷속으로 가라앉을 터였다.

"야야! 빨리, 빨리! 전기 스위치는 건드리지 말고 문은 스파크 안

나게 조심해서 닫아!"

비가 와서 습기가 많아 그나마 다행이었다.

갑판은 여전히 비가 내리고 있었고 여전히 나이트클럽처럼 번쩍거렸다. 하지만 배의 배터리가 거의 다 소모되었는지 불빛이 누렇고 약했다.

괴물들은 여전히 보트가 묶여 있는 선미 쪽에 모여 웅크리고 있었다.

"잠깐! 먼저 가슈. 바로 뒤 따라갈게유."

순석은 이도형을 먼저 보내고 조타실 뒤쪽 이윤정의 방으로 올라가 이윤정의 노트북 가방을 챙겼다. 이윤정이 꽤 소중하게 여기는 것이었다.

계단참에 서서 바다를 살폈다. 검은 공간에서 반짝이는 두 개의 불빛, 유조선은 선수와 선미에서 불빛이 깜빡이고 있었는데 그 두 불빛 간의 거리로 볼 때 마린보이호에서 유조선까지의 거리는 10킬로미터쯤 될 것 같았다.

조타실로 올라가자마자 순석은 이윤정에게 노트북 가방을 내밀었다. 이윤정은 황당하다는 표정을 지었다가 밝게 웃었다.

"고마워요."

"자, 시작합시다. 각자 무슨 일을 해야 하는지 알죠? 10분쯤 있으면 이 배가 폭파돼요."

순석의 말에 이윤정과 이하민이 놀라는 표정을 지었다.

428

"이 사장님이 기관실에 가스를 틀어놓고 모기향을 피워놨어요."

순석은 이윤정의 눈길을 피하지 않고 눈싸움이라도 하듯 오래도록 쳐다봤다. 이게 마지막일지도 모른다는 생각이 들었다. 순석은 이윤정에게 좋아한다는 말이라도 한마디 하고 싶었지만 마음뿐….

"저는 그럼!"

"순석 씨, 조심해요!"

쇠파이프를 들고 조타실을 나가 계단을 뛰어 내려간 순석은 비가 내리고 있는 갑판에서 발길을 멈췄다.

"야 이 괴물들아!"

그러나 선미에 모여 있는 괴물들은 순석의 고함에도 움직임이 없었다. 문어의 다리 같은 촉수들만 느리게 꿈틀댔다.

순석은 더 가까이 다가갔다.

"야! 이 괴물들아! 나 여기 있다. 나 잡아봐라!"

이제 괴물들과의 거리는 5미터 남짓이었다. 먹이가 눈앞에 있는데도 괴물들은 반응을 보이지 않았다. 다른 방법을 찾아야 했다.

순석은 갑판 구석에 쌓여 있는 20킬로그램짜리 금괴 하나를 두 손으로 들고 비틀거리며 걸어가서 괴물들을 향해 힘껏 던졌다. 금괴는 겨우 3미터 정도를 날아가 괴물들 앞에 떨어졌다.

쿵!

여전히 반응이 없었다.

'또 탈피라도 하려는 건가?'

마음이 더 급해졌다. 곧 배가 폭발한다.

쇠파이프를 들고 괴물들을 노려보던 순석은 검도선수처럼 번개같이 달려들어 맨 앞에 있는 괴물을 후려치고 재빨리 뒤로 물러났다.

꽤액!

괴물이 촉수 하나를 순석을 향해 날렸다. 순석은 뒤로 물러나며 쇠파이프를 휘둘러 그 촉수를 쳐냈다. 다음 순간, 맨발의 뒤꿈치에 뭔가가 걸렸다. 금괴였다. 순석의 몸이 뒤로 꽈당 넘어졌다.

"이런 제길!"

순석이 넘어지는 것을 본 괴물들이 온몸을 꿈틀거리며 움직이기 시작했다.

위기감을 느낀 순석은 재빨리 몸을 돌려 일어났다. 발목에서 날카로운 통증이 일었다. 순석은 절룩거리며 하갑판 입구를 향해 달렸다. 괴물들이 빠르게 뒤쫓아 왔다. 사냥감의 절룩거리는 모습이 사냥꾼들의 사냥 본능을 자극한 것 같았다.

"그래! 어디 잡아봐라."

순석은 하갑판 계단을 빠르게 뛰어 내려갔다. 복도를 달려 제2창고 앞에서 뒤를 돌아보니 괴물 한 마리가 계단 위에서 아래로 펄쩍 뛰어내렸다.

창고에 들어서자마자 순석은 출입문을 닫고 문손잡이에 매달렸다. 괴물들을 창고에 가두지 못할 경우를 대비해 보트를 바다에 띄울 수 있도록 시간을 끌어야 했다.

"야 이 추잡한 괴물들아! 나 여기 있다!"

괴물들을 자극하기 위해 쇠파이프로 철문을 쾅쾅 두드려대며 고래고래 소리 질렀다.

무엇인가가 문에 쿵 부딪히는 소리에 이어 괴물들이 문을 열려고 문손잡이를 돌려댔다. 순석은 있는 힘을 다해 문손잡이를 잡고 버텼다.

'시간이 얼마나 지났을까? 5분쯤? 7분쯤?'

이 선실에서 너무 늦게 탈출하면 목숨이 위험했고 너무 일찍 탈출하면 일을 그르칠 수 있었다.

순석이 문손잡이를 잡고 악착같이 버티자 어느 순간 밖에서 문손잡이를 돌려대던 힘이 사라졌다. 기회였다. 순석은 문손잡이를 놓고 빠르게 뒤로 물러나며 소리쳤다.

"이 기생충들아! 들어와서 날 잡아먹어 봐!"

순석은 창문 앞에 쌓아놓은 금괴를 밟고 올라섰다. 하지만 예상과 달리 출입문이 열리지 않았다. 순석은 들고 있던 쇠파이프를 힘껏 출입문 쪽으로 집어 던졌다.

쾅! 쨍그랑!

"아이 괴물들아!"

그때 창고 문이 활짝 열렸다. 괴물 한 마리가 안으로 들어왔다. 순석은 위기감을 느꼈지만 그대로 가만히 있었다. 다른 괴물들이 모두 창고 안으로 들어올 때까지 미끼 노릇을 해야 했다.

다른 괴물들이 출입문 앞에 모습을 나타냈다. 순석은 됐다 싶어 얼른 창문으로 머리를 들이밀었다. 빗줄기와 파도 물방울들이 얼굴을 때렸다. 좁은 창문 밖으로 빠져나가기 위해 발버둥을 쳤다. 몸이 창문 밖으로 반쯤 빠져나가며 금괴를 밟고 있던 발이 허공에 떴다. 그 순간 괴물의 촉수가 오른 발목을 휘감았다. 다친 발목에서 통증이 일었다.

"놔! 놔!"

순석은 왼발로 오른발 발목을 감고 있는 촉수를 마구 차댔다.

출입문이 닫히는 쿵 소리가 났다. 밖에 있던 이도형과 이윤정이 창고 출입문을 닫아 괴물들을 가둔 것 같았다. 이어서, 출입문 밖에서 망치와 쇠파이프로 철문을 마구 두드려대는 요란한 소리가 들려왔다.

탕탕탕탕…. 텅텅텅텅….

시끄러운 소리에 이끌린 괴물들이 출입문 쪽으로 움직여 가며 순석의 발목에서 촉수를 풀었다. 순석의 몸이 창문 밖으로 떨어져 내렸다.

풍덩!

물이 꽤 차가웠다. 파도도 거칠었다. 순석은 물속에서 몸을 돌려 수면으로 얼굴을 내밀어 방금 빠져나온 창문을 올려다봤다. 희미한 빛이 흘러나오고 있을 뿐 괴물들은 보이지 않았다.

순석은 배의 후미를 향해 헤엄치기 시작했다. 체력이 거의 남아 있지 않았다.

'보트가 왜 나를 태우러 오지 않는 거지?'

일이 잘 진행되었다면 보트가 먼저 창문 밑에 와서 순석을 기다리고 있었어야 했다.

순석이 있는 곳에서는 반대쪽에 있는 보트가 보이지 않았다.

'혹시 보트가 고장이라도 난 걸까?'

곧 배가 폭발할 것이다.

'어떻게 하지? 배에서 멀리 떨어져 보트를 기다리는 게 좋을까, 아니면 배의 후미로 가봐야 할까?'

순석은 마린보이호에서 떨어져야 한다고 생각했다. 무슨 변수가 생겨 세 사람이 보트에 늦게 탔다면 폭발이 임박했기에 일단 마린보이호에서 떨어졌다가 폭발 후 돌아와 자신을 구하려 할 것 같았다.

폭발이 일어나기 전에 마린보이호에서 최대한 떨어져야 했다. 순석은 지친 팔과 다리를 정신없이 휘저었다.

마린보이호에서 30미터쯤 벗어난 순석은 헤엄치는 것을 멈추고 바다 위에 떠서 마린보이호를 살폈다.

"어, 뭐야? 왜 저러고 있는 거야?"

마린보이호 선미 갑판에서 누군가가 움직이는 것이 보였다. 배터리가 다되어 불빛이 흐리고 빗줄기 때문에 자세히 보이지는 않았지만 누군가가 선미 쪽 갑판 위를 빠르게 왔다 갔다 하고 있었다. 몸집으로 봐서 이윤정은 아니고 이도형이나 이하민 같았다.

"어이! 어이! 배에서 떠나요! 배에서 떠나!"

순석이 두 손을 흔들며 크게 외쳤으나 갑판 위에 있는 사람은 여전히 갑판을 왔다 갔다 할 뿐이었다. 빗소리 때문에 외침이 들리지 않는 것 같았다.

"제기랄!"

순석은 선미를 향해 헤엄치기 시작했다. 평소라면 40미터 정도는 정말 잠수로도 갈 수 있는 거리였다. 그런데 3킬로미터를 헤엄치는 것처럼 멀게 느껴졌다.

뱃속에서 신물이 올라오고 머리에서 현기증이 나도록 헤엄을 쳐서 선미의 다이빙덱을 겨우 움켜쥐었다.

쾅!

빗소리, 바람 소리, 파도 소리 사이로 뭔가 둔탁한 금속음이 반복해 들려왔다.

무슨 소리지?

서둘러야 한다는 생각을 하며 순석은 다이빙덱에 붙어 있는 사다리를 타고 다이빙덱 위로 올라갔다. 무엇인가를 들고 어기적어기적 갑판을 달려간 이하민이 손에 든 것을 난간 너머로 집어 던지는 것이 보였다.

쾅!

이하민은 갑판에 쌓여있는 금괴를 하나씩 집어 들고 배의 난간으로 달려가서 난간 너머로 집어 던지고 있었다. 그럴 때마다 난간 너머에서 둔탁한 금속음이 났다. 난간 너머에 보트가 있는 것 같았다.

"아니, 1초가 급한데 지금 뭐 하는 거유?"

순석이 갑판으로 올라가며 소리를 지르자 금괴를 두 손으로 들고 난간으로 달려가던 이하민이 멈춰서서 순석을 돌아봤다.

"배가 곧 폭발한다고!"

이하민이 인상을 쓰며 다시 움직였다. 손에 들고 있던 금괴를 난간 너머로 내던지고 난 이하민이 난간에 묶여 있는 보트의 밧줄을 잡아채 단번에 풀며 난간 너머로 뛰어내렸다.

"어어?"

순석은 이하민이 뛰어 넘어간 난간으로 달려갔다. 곧장 부르르릉 하는 엔진소리가 났다.

"아니, 뭘 하는 거여?"

마린보이호 난간 밑에 있던 보트가 파도를 헤치며 어둠 속으로 달려나갔다. 보트에는 이하민 혼자 타고 있었고 금괴가 보트 바닥에 잔뜩 깔려 있었다. 금괴의 무게에 의해 보트가 금방이라도 가라앉을 것처럼 위태위태했다.

검은 바다 위에 떠 있는 유조선은 이제 마린보이호로부터 점점 멀어져 가고 있었다. 불빛이 아까보다 더 작게 보였다. 금괴를 잔뜩 실은 보트가 바다에 떠 있는 그 작은 불빛을 따라잡기 위해 전속력을 내고 있었다.

"이런 배신자 새끼!"

그렇다면 이윤정과 이도형은?

"이윤정? 이 사장님?"

순석은 주변을 빠르게 두리번거리며 두 사람의 이름을 불렀다. 대답이 없었다.

곧 배가 폭발한다. 이대로 갑판에 서 있다가는 목숨을 잃게 될 것이다. 그렇다고 어딘가에 있을 이윤정과 이도형을 그냥 두고 바다에 뛰어들 수도 없었다.

"제길!"

마린보이호가 폭발하는 것부터 막아야 했다. 하지만 지금 기관실로 내려가는 것은 자살 행위였다.

쿵! 쿵! 쿵쿵쿵!

하갑판 입구에서 뭔가로 철문을 요란하게 두드리는 소리가 났다.

소리를 따라 몇 걸음 옮기니 닫혀 있는 하갑판 출입문 앞에 금괴가 잔뜩 쌓여 있는 것이 보였다.

"이런 개새끼!"

출입문을 막고 있는 금괴를 본 순간 순석은 어떻게 된 일인지 단번에 알 수 있었다. 이하민이 이윤정과 이도형이 밖으로 못 나오도록 금괴로 문을 막은 것이었다.

"안에 누굽니까?"

순석은 빠르게 금괴를 치우며 혹시 몰라 확인을 했다.

"순석 씨, 저예요. 이윤정하고 이 사장님! 빨리 문 좀 열어주세요!"

금괴를 모두 치우고 문을 열자 창백한 표정의 이윤정과 이도형이 갑판으로 뛰어나왔다. 안에서 지독한 가스 냄새가 따라 나왔다.

"씨팔! 이하민, 이 새끼 어딨어?"

"일단 피해요! 곧 배가 폭발하는디…"

"아니, 배는 폭발하지 않아요. 모기향 점화 장치를 제거했어요."

이윤정이 빠르게 말했다.

"이하민, 이 새끼 어딨어?"

이도형이 보트를 확인하기 위해 배의 난간을 향해 비틀비틀 뛰어갔다.

"좀 전에 혼자 떠났슈. 보트에 금괴 잔뜩 싣고!"

순석이 이도형의 등에 대고 외쳤다.

"이런 개새끼!"

"계획이 틀어졌는데 이제 어떻게 하죠? 아까보다 유조선과의 거리가 더 멀어진 것 같은데 지금이라도 배에 불을 지르면 유조선에서 볼 수 있을까요?"

"그럼 우리는? 우리가 바다에 몇 시간이라도 떠 있을 방법이 있어야 배에 불을 지르든 말든 하지. 또 배에 불을 지르고 바다에 뛰어들었는데 유조선이 오지 않으면…?"

그때 순석의 눈에 갑판 구석에 있는 물탱크 모양의 사제 재압체임버가 들어왔다. 잠수병으로 정신을 잃은 손철근을 치료하는 데 사용했던 그 통이었다.

"저거 어떨까요? 구명정으로 쓰면 딱이겠네."

순석의 제안이 그럴듯했는지 이도형이 급히 재압체임버로 다가 갔다.

"그래, 이거 좋네! 비상용 구명정처럼 출입구 뚜껑을 닫고 바다에 떠 있으면 아무리 파도가 몰아쳐도 끄떡없겠어."

"그럼 배에 불을 지르자고요?"

"글쎄…?"

정말 어려운 결정이었다. 하지만 빨리 결정하지 않으면 늦었다. 유조선은 점점 멀어져 가고 있었다.

"마린보이호에 이대로 남아 있으면 살아서 구조될 확률이 얼마 나 될까?"

이도형이 순석과 이윤정을 쳐다보며 물었다.

이윤정이 고개를 옆으로 흔들었다.

"물만 마시고는 앞으로 며칠 못 버틸걸요…."

"젠장! 어쨌든 이 구명정을 바다에 띄워놓고 생각해보자고. 이걸 10분 안에 띄우지 못하면 이마저도 가망이 없어."

이도형이 재압체임버에 연결된 산소통을 제거하고 재압체임버를 묶어 고정해놓은 벨트들을 풀어냈다.

"자, 밀어 굴려!"

이도형과 순석은 둥근 물탱크를 이용해 만든 재압체임버를 선미 쪽으로 밀어 굴려 갔다. 재압체임버는 바깥쪽에 몇 개의 벨브와 파이프가 달려 있기는 했지만 둥글어서 혼자서도 굴릴 수 있을 정도로 잘 굴러갔다. 다만 안에 고정하지 않은 간이침대가 들어 있어 굴릴 때마다 우당탕하는 소리가 났다.

재압체임버가 선미 난간에 가서 쿵 부딪혔다.

이도형이 밧줄을 가져다 재압체임버의 입구 뚜껑에 묶었다.

두 사람이 다시 힘을 합쳐 재압체임버를 다이빙덱 너머로 떠밀었다.

"으영차!"

재압체임버가 바다에 떨어지며 물이 사방으로 튀었다. 플라스틱 물탱크로 만든 사제 재압체임버가 빈 음료수 병처럼 바다 위에 둥둥 떠서 파도에 흔들렸다.

"금괴, 한 열 개만 날라 와."

이도형은 아무리 급해도 금괴 몇 개 정도는 가져가고 싶은 모양이었다. 그건 순석도 마찬가지였다.

갑판에 쌓여 있는 금괴 더미의 높이가 낮아진 정도로 보아 이하민이 보트에 실은 금괴는 100개에서 150개쯤 될 것 같았다. 벽돌 크기 금괴 하나의 무게가 20킬로그램이니 2톤에서 3톤 정도를 보트에 싣고 간 셈이었다. 그 보트의 용적량을 초과한 것이었다.

순석이 금괴를 날라 오자 이도형이 다이빙덱 위에서 금괴를 받아 재압체임버 바닥에 조심스럽게 내려놓았다.

금괴 열 개가 재압체임버의 아랫부분에 보도블록처럼 깔리자, 페트병처럼 떠서 이리저리 흔들리던 재압체임버가 오뚝이처럼 균형을 잡았다. 큰 파도가 밀려와도 위아래로만 흔들릴 뿐 옆으로는 흔들리지 않았다.

"자, 됐다! 이 금괴들이 밸러스트 역할을 해서 이 구명정의 무게중심을 잡아줄 거야. 전에 초잔마루 밑바닥에서 건져 올렸던 그 납덩어리들처럼 말야."

그 말을 듣는 순간 순석은 이도형이 재압체임버 안에 금괴를 실은 것이 금괴에 대한 욕심 때문이 아니라 어쩌면 단순히 밸러스트가 필요했기 때문인지도 모른다는 생각이 들었다. 전에 그가 말했던, 금괴를 인양하여 자신이 평생 허황된 꿈을 좇은 것이 아니라는 걸 이미 증명했기에 이제 금괴에 대한 미련이 없다고 했던 말이 진심인지도….

"이것도 좀…."

이윤정이 순석이 가져다준 노트북 가방과 물병 두 개를 가져와 이도형에게 건넸다. 이도형이 이윤정의 노트북을 받아 재압체임버 한쪽 구석에 놓으며 중얼거렸다.

"나에게 물을 제외하고 이 배에 있는 것 중 하나만 가져가라고 한다면 난 금괴나 이런 노트북이 아니라 원명원의 12지신상을 가져 갈 거야. 문화재야말로 한번 사라지면 영원히 복구 불가능한 인류의 공동재산이지."

모든 준비가 끝났다.

"이제 어떻게 하죠?"

이도형은 순석의 질문에 대답하지 않고 바다 위의 반짝이는 불빛을 쳐다봤다.

"어떻게 하지?"

이도형이 오히려 순석과 이윤정에게 되물었다.

"빨리 결정하지 않으면 늦어. 우리 모두의 목숨이 걸린 일이니만큼 다수결로 할까?"

다수결이라니? 그동안 일방적으로 명령만을 내리던 이도형의 이미지와 맞지 않았다.

"그래 좋아! 다수결로 하자. 마린보이호에 불을 지르고 저 구명정 타고 탈출했으면 싶은 사람?"

어느 쪽을 선택하면 살 수 있는 확률이 높을까? 이 경우야말로 순간의 선택이 목숨을 좌우하는 것이었다.

순석이 망설이고 있는데 순석과 이도형의 얼굴을 번갈아 쳐다보던 이윤정이 슬며시 손을 들었다.

"둘 다 어차피 모험인데, 가만히 앉아서 굶어 죽어가며 구조를 기다리는 것보다는 우리가 할 수 있는 일을 해보는 것이 좋을 것 같아요. 그래야 죽을 때 죽더라도 후회를 덜 할 것 같아요."

"저, 저도 그게 나을 것 같아요."

순석도 이윤정을 따라 번쩍 손을 들었다.

"그래, 좋아! 최순석, 날 따라와!"

순석은 이도형을 따라 하갑판으로 내려갔다. 가스 냄새가 코를 찔렀다. 복도의 불빛이 취침등처럼 흐릿했다.

"헉!"

앞서가던 이도형이 우뚝 멈추어 섰다. 창고 문이 활짝 열리며 괴물 한 마리가 꿈틀꿈틀 기어 나왔다. 두 사람을 본 괴물의 움직임이 빨라졌다. 뒤에 두 마리가 더 있었다.

이도형이 주머니에서 라이터를 꺼내 들었다. 버튼을 누르면 점화가 되어 불이 켜지는 일회용 라이터였다.

"어, 어쩌려고 그래유?"

고의든 실수든 라이터에서 불똥이 튀면 모든 것이 끝이었다. 하갑판 안에는 아세틸렌 가스와 산소가 가득 차 있었다.

"씨팔! 아무래도 너 먼저 나가야 할 것 같다. 내가 이것들을 잡고 시간을 끌어볼 테니 먼저 나가서 구명정을 바다에 띄워."

이도형이 순석을 돌아보지 않은 채 낮은 목소리로 말했다.

순석이 밖으로 나가서 바다에 재압체임버를 띄워놓고 대기하고 있으면 이도형이 곧바로 도망쳐 나와 바다로 뛰어들겠다는 의미 같았다.

"알았슈! 30초면 충분할 거유."

순석은 괴물들이 다가오는 속도에 맞춰 뒷걸음질을 치다가 획 돌아서서 계단을 뛰어 올라갔다. 괴물 한 마리가 달아나는 순석을 잡기 위해 이도형의 옆으로 빠져나오려고 하자 이도형이 괴물을 온몸으로 막았다. 쓰러진 이도형을 향해 괴물들의 촉수가 날아들었다.

"이, 이 사장님!"

"가! 빨리 가란 말이야."

이도형이 소리를 지르며 라이터를 쥔 손을 들어 보였다.

"난, 난 틀렸어! 다, 다섯! 다섯을 세고 붙인다!"

"아, 안 돼요!"

괴물 한 마리가 다른 괴물들의 촉수가 칭칭 감겨 있는 이도형의 몸을 타고 넘어 순석을 향해 달려왔다.

"씨팔! 모두 같이 죽을래? 가! 빨리… 윽…!"

이도형의 외침에 순석은 생각할 틈도 없이 출입문을 빠져나가 속으로 숫자를 세며 선미를 향해 내달렸다. 하나, 둘, 셋, 넷….

다이빙덱 위에 이윤정이 서 있는 것이 보였다.

"피해요!"

순석은 선미의 난간을 뛰어넘으며 이윤정을 덮쳤다. 그러나 이윤정이 순석보다 조금 더 빨랐다. 이윤정이 상체를 숙여, 무서운 속도로 달려오는 순석을 본능적으로 피한 것이었다. 순석은 이윤정의 옷조차 움켜쥐지 못하고 헛손질을 하여 바다에 거꾸로 처박혔다. 그 순간 귀청이 찢어질 것 같은 굉음을 내며 마린보이호가 폭발했다.

물속에서도 마린보이호 선상에서 하늘로 치솟는 불길이 보였다.

순석이 수면 밖으로 고개를 내밀었을 때는 불기둥이 사라지고 선상의 조명이 모두 꺼져 마린보이호가 암흑에 휩싸여 있었다.

"윤정 씨? 윤정 씨?"

귀가 이상했다. 자신의 목소리가 들리지 않았다.

"윤정 씨? 이윤정?"

커다란 파도가 소리 없이 밀려왔고 빗줄기가 소리 없이 순석의 얼굴을 때려댔다.

순석은 다이빙덱이 있는 방향을 추측하여 헤엄을 쳤다. 예상대로 손에 다이빙덱이 잡혔다. 이윤정이 서 있었던 다이빙덱 위로 팔을 뻗어 더듬었다. 그러나 아무것도 만져지지 않았다.

"이윤정? 이윤정?"

다시 마린보이호의 갑판 위쪽으로 불길이 치솟아 올랐다. 조명탄이라도 터트린 것처럼 세상이 환하게 밝아졌다.

이윤정은 다이빙덱 위에 없었다. 순석은 불길을 등지고 바다를 살폈다. 바다 위에 이윤정이 엎어져 떠 있었다.

"윤정 씨!"

젖먹던 힘까지 다해 이윤정을 바다에서 끌어내 다이빙덱 위에 눕혔다. 가슴에 귀를 가져다 댔다. 심장 뛰는 소리뿐만 아니라 파도 소리까지 안 들린다는 것을 깨달은 순석은 목의 경동맥에 손을 대보고 코에 손가락을 대보았다. 맥이 뛰지 않았다. 숨도 쉬지 않았다.

"윤정 씨, 정신 차려요!"

손으로 이윤정의 뺨을 서너 번 세게 때렸다. 아무 반응이 없었다. 전에 이윤정에게서 배워 김성실과 이상홍에게 했던 것처럼 이윤정의 배 위에 쪼그리고 앉아 가슴 한복판을 두 손으로 반복해 누르는 심폐소생술을 시작했다.

"하, 나, 둘, 셋, 넷, 다섯, 여섯, 일곱, 여덟, 아홉, 열!"

순석은 이윤정의 목을 젖혀 기도를 확보한 뒤 코를 손으로 잡고 입에 입을 대고 폐에 공기를 몇 번 불어넣었다. 그리고 다시 심폐소생술을 반복했다.

인공호흡과 심폐소생술을 번갈아 가며 몇 번이나 했을까. 체중을 다 실어 가슴뼈가 부러지지 않을까 싶게 눌러댔는데도 이윤정의 맥박은 돌아오지 않았다.

차가운 빗물이 흐르고 있는 볼에 뜨거운 눈물이 흐르기 시작했다.

"제발 좀, 제발! 하나, 둘, 셋, 넷, 다섯, 여섯, 일곱, 여덟…."

바로 그때 이윤정이 아래턱을 쳐들며 컥 기침했다. 입에서 작은 침들이 튀어 나왔다.

"정신이 들어요?"

그러나 이윤정은 다시 어떤 반응도 없었다.

이윤정의 목과 코에 손가락을 댔다. 약하지만 맥이 뛰고 있었다. 숨도 쉬었다. 아직 정신이 돌아오지는 않았지만, 목숨은 건진 것이다. 그제야 순석은 등이 매우 뜨거운 것을 느꼈다. 마린보이호의 갑판에서 하늘을 향해 불기둥이 치솟고 있었다. 다이빙덱은 갑판보다 낮은 곳에 있었지만 복사열에 무척 뜨거웠다.

순석은 재빨리 일어나서 바다에 떠 있는 재압체임버를 살폈다.

마린보이호가 폭발할 때 어떤 파편에 맞았는지 위쪽에 세로로 금이 가 있었지만 아래쪽은 괜찮은 것 같았다. 바닷물과 닿는 아래쪽만 틈이 없으면 물이 들어올 염려는 없었다.

축 늘어진 이윤정을 들어서 재압체임버 안으로 밀어 넣고 재압체임버 입구에 묶여 있는 밧줄을 풀었다. 다이빙텍에 서서 재압체임버를 힘껏 밀어냈다. 재압체임버는 3미터 정도 밀려난 뒤 멈췄다. 바다로 뛰어든 순석은 재압체임버를 불타는 마린보이호에서 떨어트리기 위해 재압체임버 입구를 잡고 다리를 빠르게 저었다. 하지만 아무리 발버둥을 쳐도 재압체임버는 좀처럼 밀려나지 않았다.

불타고 있는 마린보이호에서 재압체임버를 30미터쯤 밀어내고 나자 더는 몸을 움직일 수 없을 정도로 녹초가 되었다. 재압체임버 입구로 올라가려고 했지만 몸을 물속에서 공기 중으로 30센티미터 정도 끌어올릴 힘조차 남아있지 않았다. 순석은 재압체임버의 입구를 손으로 잡은 채 거친 숨만 헉헉 몰아쉬었다.

한참 만에 고개를 들어 화물선이 떠 있는 먼바다를 살폈다. 멀리 가물거리던 불빛조차도 보이지 않았다. 거친 파도에 시선이 걸려 멀리 내다보이지도 않았고, 마린보이호가 불타고 있어 주변이 너무 밝았다.

10분 정도 힘을 비축하고 나서 재압체임버 입구로 몸을 끌어올렸다. 몸을 이리저리 발버둥 쳐서 겨우 재압체임버 안으로 들어갈 수 있었다.

빗물과 파도가 들어오지 않도록 재압체임버의 뚜껑을 닫았다.

원래 용도가 물탱크인 재압체임버의 중간쯤에 물 수위를 파악하기 위해 만들어 둔 긴 투명창이 있었다. 그곳으로 불타고 있는 마린보이호가 보였다. 마린보이호는 재압체임버의 반대쪽으로 비스듬히 기울어 있었다. 마린보이호는 곧 20여 톤의 금괴를 실은 채 깊고 깊은 바닷속으로 가라앉을 것이리라.

괴물들은 어떻게 되었을까? 아, 박판돌…. 아버지의 친구인 박판돌은 순석에게 삼촌 같은 존재였다. 눈에서 미지근한 눈물이 흘러내렸다. 하지만 순석은 감상에 빠져 있을 수 없었다.

"정신 차려요!"

이윤정에게 외친 목소리가 어색하게나마 귀에 들렸다. 두 손을 왼쪽 오른쪽 귀로 옮겨가며 손뼉을 쳐보았다. 두 귀 다 소리가 들렸다. 다행이었다. 시간이 지나며 귀의 감각이 돌아오고 있는 것 같았다.

"윤정 씨, 정신 차려요!"

순석은 이윤정의 뺨을 약간 아플 정도로 몇 대 때려보았지만, 여전히 어떤 미동도 없었다.

'머리를 다친 것일까?'

심장이 멎을 정도의 충격이라면 아무래도 가슴이나 머리를 다친 것이 아닐까 싶었다. 순석은 이윤정의 단발머리를 손으로 헤쳐 가며 이리저리 살펴보았다. 머리 왼쪽에 무엇인가에 세게 얻어맞은 듯한 피멍이 있었다. 뇌를 크게 다친 것이 아닌지 걱정되었다.

'유조선의 누군가가 마린보이호의 불길을 발견했어야 할 텐데…'

유조선은 배의 크기에 비해 승선 인원이 적고 원해에서는 대부분 여객기처럼 자동운항시스템으로 운항한다는 게 마음에 걸렸다. 지금 이 시각이 사람들이 잠을 자는 밤이라는 것도 안 좋은 조건이었다. 몇 시간 동안 아무도 바다를 내다보지 않을 수도 있었다.

어쨌든, 할 수 있는 일은 다 했다. 이제 앞으로의 일은 하늘의 뜻이었다.

순석은 이윤정의 옆에 힘없이 드러누워 마린보이호의 불길에 희미하게 보이는 이윤정의 옆얼굴을 쳐다봤다. 진흙탕 속에 처박혀 있을수록 더욱 빛나는 진주처럼 이윤정은 이런 상황에서도 여전히 아름다움을 잃지 않고 있었다. 하얀 대리석 조각 같은 볼, 그리고 이마에서 코로, 코에서 입술을 타고 내려와 턱으로 이어지는 선이 그 어떤 예술작품보다도 아름다웠다.

황금 기생충

9월 30일.

눈을 뜨자마자 수능시험 날 늦잠을 잔 고3 학생처럼 벌떡 일어난 순석은 재압체임버의 문을 활짝 열었다.

헉!

날이 훤하게 밝아 있었다. 아침이었다.

순석은 절망감에 그대로 털썩 주저앉았다. 유조선이 마린보이호의 불길을 보지 못한 것이었다. 아니, 불길을 보고 구조하러 오다가 보트를 탄 이하민을 만나 생존자가 없다는 거짓말을 듣고 그냥 돌아갔을 수도 있었다. 아니, 유조선이 불길을 보고 와서 바다에 떠 있는 커다란 물탱크를 발견했지만 인기척이 없으니 침몰한 배에서 떨어져 나온 단순한 부유물로 생각하고 눈여겨보지 않았을 수도 있었다.

"죽으려고 작정한 새끼…."

순석은 주먹으로 자신의 머리를 아프게 몇 번 때렸다. 이런 다급한 상황에서 몇 시간 동안이나 잔 자신을 이해할 수도 없었고 용서할 수도 없었다. 설령 잠을 잔 것이 아니라 정신을 잃었던 것이라고 해도 마찬가지였다. 순석은 자신의 실수로 이윤정까지 죽게 되었다고 자책했다.

순석은 출입구를 손으로 잡고 엉거주춤 서서 출입구 밖으로 상체를 내밀어 바다 위를 살폈다. 사방팔방 살펴봐도 눈에 보이는 것은 하늘과 망망대해뿐이었다. 마린보이호도, 유조선도, 그 어떤 것도 보이지 않았다.

이윤정은 여전히 의식이 없었다.

"정신 차려요!"

순석은 이윤정의 뺨을 몇 번 가볍게 때리다가 멈추고 조심스럽게 뺨을 어루만져보았다. 손을 제외하고 그녀의 피부를 처음 만져본 것이었다. 아마 앞으로도 두 번 다시 이렇게 아름다운 얼굴을 만져볼 기회는 없을 것이다.

"어? 웬 물이지?"

이윤정이 누워 있는 간이침대 밑에 물이 고여 있었다. 처음에는 어제 출입구로 들이친 빗물이라고 생각했다. 그런데 물의 양이 너무 많았다. 뭔가 이상하다는 생각에 손가락으로 찍어 맛을 보았다. 짰다. 바닷물이었다.

바닥의 금괴들을 출입구 쪽으로 옮겨서 출입구 쪽이 낮아지게 한 뒤 고인 물을 두 손으로 퍼냈다.

물이 더는 퍼낼 수 없을 정도로 적어지자 플라스틱통 바닥을 꼼꼼히 살펴보았다. 물이 스며 나오는 곳이 보였다. 물은 벽의 금이 간 틈에서 흘러들고 있었다. 그 금은 천장 쪽의 균열과 이어져 있었다. 어제 살펴보았을 때는 미세하게 금이 간 정도였는데 그 균열이 이제 1센티미터 이상 쩍 벌어져서 양쪽으로 뻗어 나가고 있었다. 파도가 치거나 안에서 사람이 움직여 어떤 충격이 가해질 때마다 균열이 바닥을 향해 조금씩 더 뻗어 나가고 있는 것 같았다. 이렇게 계속 진행된다면 머지않아 재압체임버가 두 쪽으로 쩍 갈라질 수도 있었다. 아니, 그렇게 되기 전에 안에 바닷물이 들어차서 바닷속 깊이 가라앉고 말 것이다.

균열의 양쪽 끝에 손톱을 문질러 표시했다. 균열이 계속 진행되고 있는지, 진행된다면 얼마나 빠른 속도로 진행되는지 파악하려는 것이었다.

재압체임버의 균열을 늦추려면 재압체임버 안의 무게를 줄여야 했다. 그런데 재압체임버 안에 버릴 수 있는 것이 없었다. 열 개의 금괴, 식수 두 통, 이윤정의 노트북이 든 가방, 간이침대.

간이침대를 버려야 할까?

하지만 간이침대는 알루미늄이라 무게도 얼마 나가지 않았고 침대가 없으면 이윤정의 몸 일부가 물에 잠길 수밖에 없었다.

이윤정의 노트북을 버릴까?

이윤정의 노트북 가방을 집어 무게를 가늠해보았다. 무게가 1킬로그램쯤 나갈 것 같았다.

'아 그래, 몰래카메라!'

순석은 바지 주머니에 들어있던 SD카드를 꺼냈다. 김성실의 망가진 캠코더에서 빼내 주머니에 넣어뒀던 것이었다. 김성실은 몰래카메라를 찍은 다음 날 아침 캠코더를 벽에 던져 망가트린 뒤 자살했다. 그 때문에 순석은 그녀의 SD카드 속에 뭔가 특별한 영상이 담겨 있을지도 모른다고 줄곧 생각해 왔다.

순석은 가방에서 이윤정의 노트북을 조심스럽게 꺼내 전원 버튼을 눌렀다. 곧 암호 입력 창이 떴다. 순석은 키보드를 눌러 아무 숫자나 입력해봤다. 비밀번호 오류 메시지가 떴다. 이윤정에게 묻지 않는 이상 비밀번호를 알아낼 방법은 없었다. 동영상 보는 것을 포기할 수밖에 없었다.

"하아!"

그런데 순석은 이상하게도 안도감이 들었다.

그랬다. 순석은 동영상 속의 진실을 막연히 두려워하고 있었다.

"그래, 다 끝난 일이야. 이제 진실 같은 건 중요하지 않아."

모두 끝난 일이었다. 누가 무슨 짓을 했든 이미 모두 죽었다. 살아남은 사람은 자신과 의식이 없는 이윤정과 이하민뿐인데, 이하민은 김성실이 몰카를 찍을 때 선장과 함께 보트를 타고 육지를 향해 가고 있었기에 마린보이호에 없었다.

다시 재압체임버 바닥에 물이 흥건히 고였다. 순석은 다시 두 손을 모아 출입구 밖으로 물을 퍼냈다.

바닥이 드러내자 손톱으로 표시해놓은 균열의 끝을 살폈다. 양쪽 모두 2밀리미터 정도 더 진행된 것 같았다. 6분에 2밀리미터씩 진행된다고 치면 1시간이면 2센티미터, 10시간이면 20센티미터, 하루 24시간이면 48센티미터의 균열이 진행될 것이다. 그런데 균열이라는 것은 점점 가속도가 붙는 특성이 있었다. 또 양쪽에서 진행이 되고 있으니 두 배의 속도였다. 어떻게라도 균열이 진행되는 속도를 줄이지 않으면 굶어 죽기 전에 바다에 빠져 죽을 것 같았다.

순석은 재압체임버의 위쪽을 꼼꼼히 살폈다. 통에 구멍을 뚫을 도구가 있다면 균열 양쪽으로 구멍을 뚫은 뒤 옷을 찢어 만든 밧줄로 단단히 묶어놓으면 균열이 진행되는 속도가 줄어들 것 같았다. 하지만 재압체임버 안에 구멍을 뚫을 수 있을 만한 도구는 없었다.

균열의 진행 속도를 늦추는 방법은 통 안의 무게를 줄이는 방법밖에 없었다.

순석은 금괴 하나를 두 손으로 집어 들었다. 20킬로그램짜리 금괴였다. 값으로 따지면 13억 원 정도는 할 것이다. 13억 원은 순석이 허리띠를 졸라맨 채 늙어 죽을 때까지 머구리질을 하고 막노동을 해도 만져보기 어려운 돈이었다. 이 금괴 하나면 어머니와 동생 순영의 고된 인생을 과거의 평범했던 시절로 되돌릴 수 있었다.

순석은 들고 있던 금괴에 입을 맞춘 뒤 물탱크의 출입구 밖으로 집어 던졌다. 금괴는 풍덩 소리를 내며 순식간에 바닷속 깊이 모습을 감췄다. 순석은 다시 다른 금괴를 집어 바다에 던졌다.

풍덩! 풍덩! 풍덩! 풍덩!

금괴를 바다에 버릴 때마다 어머니의 삶에 찌든 얼굴이 떠오르고, 병실 구석에 누워 소리를 질러대는 아버지의 모습이 떠오르고, 그런 아버지 옆에 앉아 구슬을 꿰고 있는 순영이의 슬픈 눈동자가 떠올랐다.

다섯 개의 금괴. 100킬로그램. 약 65억 원어치의 금덩어리가 잠깐 사이 깊이조차 알 수 없는 바닷속으로 사라졌다. 평생 뼈 빠지게 일을 해도 손에 쥘 수 없는 재물을 자신의 두 손으로 바다에 버렸다.

이제 다섯 개의 금괴가 남았다.

순석은 다시 바닥 쪽으로 진행되고 있는 균열의 끝에 손톱을 문질러 표시했다.

잔 것인지 정신을 잃었던 것인지, 눈을 뜨니 해가 중천을 지나 조금씩 기울고 있었다. 간이침대 아래에 바닷물이 10센티미터 정도 고여 있었다. 순석은 다시 두 손을 모아 바닥에 고인 물을 출입구 밖으로 빠르게 퍼냈다. 그런데 물은 퍼내도, 퍼내도 줄어드는 것 같지가 않았다. 퍼내는 만큼 갈라진 틈을 통해 스며들어 오는 것이 아닌가 싶을 정도였다.

줄어들지 않는 것 같던 물도 결국 바닥을 드러냈다. 머리에서 현기증이 일었다.

바닥 쪽으로 진행되고 있는 균열을 살펴보았다. 양쪽 다, 순석이 손톱으로 표시해놓은 부분에서 5센티미터쯤 더 진행되어 있었다. 금괴를 반이나 버렸는데도 균열이 진행되는 속도가 줄어들지 않았다. 어쩌면 안에 고인 물의 무게에 의해 균열이 더 빨리 진행된 것일 수도 있었다.

순석은 여전히 의식이 없는 이윤정의 가슴과 코에 귀를 대보았다. 심장 맥박과 호흡이 꽤 안정적이었다. 뇌에 손상이 없어야 할 텐데….

바닥에 다시 물이 고이기 시작했다. 무게를 더 줄여야 했다. 무게를 줄여야 물이 스며드는 속도도, 균열이 진행되는 속도도 느려질 것이다.

순석은 다시 금괴 하나를 집어 들었다.

사실, 혼수상태의 이윤정만 이 재압체임버 안에 없다면 순석은 더는 금괴를 버릴 필요가 없었다. 균열이 계속되어 재압체임버가 두 쪽으로 갈라지면 두 개의 커다란 고무통이 되는 것이니, 어떻게 해서든 고무통 한쪽을 배처럼 이용해 금괴를 싣고 계속 바다 위를 표류할 수 있을 것이다. 하지만 정신을 잃은 이윤정이 있기에 그렇게 할 수 없었다. 이 상태로 최대한 버티는 것이 이윤정의 목숨을 조금이라도 더 연장하는 방법이었다.

순석은 손에 들고 한동안 들여다보던 금괴 하나를 다시 바다에 던졌다. 누런 금괴가 검푸른 바닷속으로 사라져갔다. 순석은 금괴가 가라앉은 검푸른 바다를 또 한참 동안 들여다봤다. 그러다 뒤돌아서 이윤정의 얼굴을 쳐다봤다. 이상홍의 말이 생각났다.

'금괴만 찾으면 너의 위치가 지금과는 크게 달라진다. 금괴만 찾으면 네가 이윤정에게 꿀릴 것이 전혀 없다.'

금괴만이 이윤정과 평등해질 수 있는 순석의 유일한 자격이었다. 금괴가 있어야 이윤정처럼 대학을 졸업할 수 있었고 이윤정을 태우고 다닐 차도 살 수 있었다. 금괴가 있어야 이윤정에게 좋아한다는 말이나마 할 수 있었다. 그런데 순석은 이윤정을 살리기 위해 이윤정을 사랑할 수 있는 자격을 스스로 포기하고 있었다.

고등학교 때 친구가 했던 말이 기억났다.

'네가 죽을 만큼 사랑하는 여자가 있는데 그녀가 안 좋은 상황에 처해 있다. 만약 네가 도와주면 그 여자는 어려움에서 벗어날 수 있지만 너는 다시는 그 여자를 볼 수 없다. 이런 상황이 된다면 무엇을 선택하겠느냐?'

'어느 쪽을 선택하겠다고 했더라?'

바닥으로 진행되는 균열이 점점 더 빨라지고 있었다. 순석은 바닥에 고인 물을 다시 한참 동안 손으로 퍼내고 나서 금괴 하나를 바다에 집어 던졌다. 그리고 다시 금괴 하나를 더 바다에 던졌다. 재압체임버 안의 무게를 크게 줄였는데도 물이 스며들어 오는 속도가 줄지 않았다.

순석은 출입구에 붙어서 손으로 계속 물을 퍼냈다. 숨이 턱턱 찼고 머리에서 현기증이 일어났다. 의식까지 몽롱해져 왔다. 하지만 정신을 잃을 수는 없었다.

'내가 정신을 잃으면 나뿐만이 아니라 이윤정까지 위험해진다.'

이제 물을 퍼내는 것은 불가능하다는 생각이 들었다. 그가 퍼내는 물보다 스며드는 물이 더 많았고, 지금도 지쳐서 정신을 잃고 쓰러지기 직전인데 쉬지 않고 계속 물을 퍼낼 수는 없었다.

이제 다시 결정해야 할 때가 되었다. 물이 출입구까지 차오르면 출입구로 물이 유입되어 재압체임버가 순식간에 바닷속으로 가라앉을 터였다. 출입구의 뚜껑을 닫아 출입구를 봉쇄하면 물이 재압체임버 천장에 찰 때까지 침몰하는 것은 늦출 수는 있겠지만 그때는 탈출할 방법이 없었다. 혼자라면 몰라도 정신을 잃은 이윤정을 데리고 잠수해서 밖으로 빠져나가는 것은 불가능할 수도 있었다.

다시 뭔가 중대한 결정을 해야 할 시간이었다.

순석은 물병의 물을 마실 수 있는 만큼 벌컥벌컥 들이켰다. 그런 뒤 이윤정의 입을 벌리고 입안으로 물을 조금씩 흘려 넣다가 중단했다. 물을 최대한 많이 먹여두고 싶었지만 억지로 물을 먹이면 물이 기도로 흘러 들어가 폐에 차서 숨을 쉴 수 없게 될지도 몰랐다.

순석은 두 개의 물병 속 물을 조금씩만 남기고 버렸다. 이어서

간이침대의 천을 길게 찢어냈다. 그 천으로 빈 물병 하나를 이윤정의 가슴 윗부분에 묶어 고정하고 다른 하나는 천을 겨드랑이 밑으로 넣어 묶어 베개처럼 목 뒤에 매달았다.

재압체임버에서 조금이라도 더 오래 머물러 있으려면 재압체임버의 무게를 최대로 줄여야 했다.

순석은 남은 금괴 두 개 중 하나를 집어 바다에 던지고 이윤정의 노트북과 이윤정이 누워 있는 알루미늄 간이침대마저 입구 밖으로 밀어내 버린 뒤 물이 차오르고 있는 재압체임버 벽에 등을 기대고 앉아 이윤정을 뒤에서 꼭 끌어안았다. 그 상태로, 마지막 남은 하나의 금괴를 자신의 허벅지 위에 올려놓고 바지 허리띠 버클을 빼내 모서리로 금괴에 글씨를 새겨나갔다. 금은 무른 금속이어서 어렵지 않게 그가 원하는 글씨들을 새길 수 있었다.

글씨를 새기는 동안 순석은 무슨 나쁜 짓이라도 하는 것처럼 얼굴이 화끈거렸다. 글씨 한 자를 새길 때마다 끌어안고 있는 이윤정의 옆얼굴을 몇 번씩이나 쳐다보았다.

최순석 ♡ 이윤정 여기 있었다 (2020. 09. 30.)

글씨를 다 새기고 난 순석은 이윤정의 얼굴을 물끄러미 쳐다보다가 자신의 이름과 이윤정의 이름이 쓰인 마지막 금괴는 바다에 던지지 않고 재압체임버 바닥에 살며시 내려놓았다.

9월 30일? 내일이 추석이었다. 지금쯤 대부분의 도로가 주차장이 되어 있을 것이다. 다시 어머니 얼굴, 아버지 얼굴, 순영의 얼굴이 떠올랐다. 바다에 나간 하나뿐인 아들, 하나뿐인 오빠가 실종되었으니 이번 추석은 더욱 우울한 추석이 되겠구나.

재압체임버의 출입구에 파도가 찰랑거렸다. 조금 더 버티다가는 순식간에 물이 유입되어 탈출한 기회를 잃을 수도 있었다.

순석은 이윤정을 출입구까지 끌어다 놓고 먼저 바다로 빠져나가서 이윤정을 바다로 끌어냈다. 아열대 해류의 영향을 받는 바다일 텐데 바닷물이 꽤 찼다. 이런 물속에 오래 있으면 저체온증으로 의식을 잃게 된다.

이윤정은 가슴과 목 뒤에 빈 물병을 달고 있어 몸을 물 위에 눕히자 얼굴이 물 밖으로 나왔다. 하지만 순석은 폐에 공기를 가득 집어넣고 버텨야 했다. 순석은 이윤정과 달리 정신을 잃으면 머리가 물에 잠겨 익사하게 될 것이다.

이윤정과 떨어지지 않기 위해, 재압체임버의 간이침대에서 찢어내 가지고 있던 1미터 정도 길이의 천으로 이윤정의 오른쪽 손목과 자신의 왼쪽 손목을 묶어 연결했다.

'구조되지 못한다면 내가 먼저 죽게 될까, 이윤정이 먼저 죽게 될까?'

자신이 먼저 죽으면 두 사람이 묶여 있어, 자신이 이윤정을 물속으로 끌고 들어가지나 않을까 걱정되었다.

해가 기울고 있는데도 햇볕이 무척 따가웠다. 물속에 잠긴 몸은 차가웠지만 물 밖으로 드러난 얼굴과 목덜미는 금방 화상을 입을 것만 같았다. 하지만 순석은 괜찮았다. 남자니까. 살아날 수만 있다면 얼굴에 기미가 좀 생기면 어떻고 여드름이 좀 생기면 그게 무슨 대수란 말인가? 하지만 이윤정은 얼굴에 잡티 하나 없는 스물여섯 살의 아름다운 아가씨였다. 피부가 희어서 멜라닌 색소가 적어 순석보다 화상의 정도가 심할 것 같았다. 이윤정은 벌써 얼굴이 핑크빛으로 물들어가고 있는 것처럼 보였다.

순석은 입고 있는 티를 벗어서 이윤정의 얼굴을 덮어보았다. 하지만 그렇게 하면 물기 때문에 숨을 쉬기가 어려울 것 같았다. 순석은 마치 추운 겨울에 목도리로 얼굴을 싸매듯 자신의 티셔츠로 이윤정의 코와 입만 남겨두고 온 얼굴을 감싸 놓았다.

해의 높이로 봐서 오후 네 시쯤 된 것 같았다. 감일 뿐이었지만 북쪽으로 흐르고 있는 해류의 흐름이 무척 빠른 것 같았다.

언젠가 텔레비전에서 필리핀 앞바다에서부터 한반도 쪽으로 흐르는 구로시오 해류가 한 시간에 3~4노트 정도의 속도라는 말을 들은 적이 있었다. 만약 그런 흐름이 하루 내내 유지된다면 1노트가 1.852킬로미터니 24시간 동안 흘러가면 150킬로미터 정도 이동하는 셈이었다. 마린보이호의 기름이 떨어진 이후 지금까지 꽤 흘러온 것 같은데 얼마나 더 흘러가야 육지에 닿게 될까?

순석은 왼손으로 이윤정의 오른손을 잡은 채 물 위에 드러누워 파도가 치는 대로, 조류가 흐르는 대로 떠밀려 다녔다. 바닷물에 잠긴 부분은 추웠고 아무것도 입지 않은 상체의 어깨 부분과 얼굴은 무척 따가웠다. 의식이 열병이라도 앓고 있는 것처럼 혼미해져 왔다. 조는 것인지 정신을 잃는 것인지, 정신을 차려보면 번번이 입과 코로 바닷물이 밀려들어 오고 있었다.

재압체임버에서 탈출하기 전에 물을 많이 마셔두었고 바닷물 속에 몸을 담그고 있는데도 목이 마르기 시작했다. 이윤정의 목 뒤에 묶여 있는 물병 속에 한두 번 마실 수 있을 정도의 물이 들어 있었지만 꾹 참았다. 이윤정이 깨어나면 물부터 찾을 테니까. 보이는 것은 물밖에 없고 물에 빠져 죽게 생겼는데 한 모금의 마실 물이 없다니.

몇 시나 되었을까? 저녁 6시쯤 되었을 것이다. 해가 지기 시작했다. 어쩌면 이것이 순석의 마지막 일몰일 수도 있었다. 죽음의 문턱에 와 있었지만 바다 위에 떠서 보는 일몰은 지금까지 한 번도 보지 못한 장관이었다. 불에 달구어진 유리공 같은 색깔의 커다란 해가 바닷속으로 서서히 가라앉고 있었다. 해가 넘어가자 서쪽 하늘이 붉게 물들더니 붉은색이 점점 시커멓게 변해갔다.

어둠이 몰려왔다. 순석은 의식이 없는 이윤정의 손을 끌어당겨 뒤에서 몸을 꼭 끌어안았다. 둘이 끌어안고 있으면 조금이라도 더 체온을 유지할 수 있을 것이다. 이윤정의 차가운 배를 두 손으로 감쌌다. 배 속의 장기들이 차가워지면 인체의 신진대사가 보다 빨리 멈추지 않을까 싶어 배를 따뜻하게 하기 위해서였다.

이윤정이 입고 있는 조끼의 앞주머니에 뭔가가 들어 있었다. 지퍼를 열고 꺼냈다. 방수기능이 뛰어난 최신 휴대전화였다. 켜질까? 전원 버튼을 길게 누르자 이상 없이 켜졌다. 장시간 물속에 있었는데도 물이 스며들지 않은 것이 놀라웠다.

이윤정의 오른손 검지를 휴대전화 센서에 대자 잠금이 해제되었다. 하지만 역시 신호는 잡히지 않았다. 이윤정의 사생활에 해당하는 사진들을 훔쳐보고 싶은 충동이 생겼으나 남은 배터리가 거의 없었다. 휴대전화를 켜놓고 신호가 잡히는지 수시로 확인할 수 있다면 좋을 텐데, 배터리를 아끼기 위해 휴대전화를 꺼놓을 수밖에 없었다.

'어? 뭐지?'

이윤정의 다른 쪽 조끼 주머니에서 둥근 물체가 만져졌다.

이윤정의 주머니에서 밀폐된 작은 유리병을 꺼내 살펴본 순석은 꽤 당혹스러웠다. 유리병 안에 침몰한 731부대 병원선에서 건져 올린 그 이상한 알들이 가득 들어 있었다.

'이게 왜 여기에…?'

평소에 가지고 다니지는 않았을 테고 마린보이호를 탈출할 때 호주머니에 챙겨 넣은 것이 틀림없었다.

'이딴 걸 챙길 시간이 있으면 목숨을 구할 구명조끼나 하나 챙기지….'

이윤정도 이 기생충 알이 얼마나 무서운 것인지 누구보다 잘 안다. 그런데도 챙겨온 데에는 무슨 이유가 있을 것이다.

그런데 만약…?

혹시 이윤정이 기생충에 감염된 것은 아닐까? 모든 동식물의 궁극적 목표는 번식, 즉 종의 보존이다. 이 기생충이 인간의 심리를 조종할 수 있다면 이윤정의 심리를 조종해 숙주가 넘쳐나는 인간 세상으로 나가려고 할 것 같았다. 구명조끼조차 챙길 시간이 없었던 그 다급한 상황에서 이따위 것을 왜 챙긴 것일까?

이윤정의 호주머니에 들어 있는 기생충 알을 보는 순간 순석은 자신도 모르게 이윤정을 의심하고 있었다.

설령 이윤정이 의학적인 호기심이나 다른 어떤 좋은 의도로 기생충 알을 가져온 것이라고 해도 예상 밖의 일이 일어나 이 기생충 알들이 육지에서 부화하고 번식을 하는 날에는 인류에게 커다란 재앙이 될 수도 있었다.

순석은 한참 생각을 하다가 기생충 알이 든 유리병을 이윤정의 조끼 호주머니에 다시 넣고 지퍼를 잠갔다. 이유는 단지 이윤정을 믿고 싶었기 때문이었다.

눈은 침침했고, 입안은 모래라도 물고 있는 것처럼 껄껄했고, 목은 바싹 타들어 갔다. 피부는 바닷물에 절여져 쭈글쭈글했다. 무엇보다 큰 문제는 정신이 너무 혼미하다는 것이었다.

자꾸 졸음이 밀려왔다. 세상에서 가장 무거운 것이 눈꺼풀이라고 했다. 순석은 잠속으로 빠져들지 않으려고, 정신을 잃지 않으려고 노력했지만 졸면 죽는다는 것을 알면서도 졸음운전을 하게 되는 운전자처럼 정신이 자꾸 깜빡깜빡했다. 자신이 정신을 잃으면 이윤정도 목숨을 잃게 될 것이다. 어떻게든 버텨야 한다.

이윤정의 목숨이 자신의 손에 달렸다고 생각하자 그 책임감 때문인지 힘이 좀 났다.

곧 크고 둥근달이 떠올랐다. 추석은 내일이었지만, 보름달만큼이나 둥글었다.

'하필이면 추석 때 죽다니.'

저 달이 져야 날이 밝는다. 날이 밝아야 배가 지나갈 확률이 높아질 것이다. 그런데 달은 한자리에서 좀처럼 움직이지 않았다. 한 시간이 한 달처럼 느껴졌다.

"제길!"

죽기 전에 따뜻한 컵라면 한 그릇만 먹었으면 소원이 없겠다는 생각이 들었다. 그리고 어느 추석날에 먹었던 따끈따끈한 군밤 맛이 혀끝을 스치고 지나갔다. 초등학교 2학년 추석 때, 아버지가 충남 청양의 칠갑산 밑에서 밤농사를 짓는 친구, 황영환 아저씨네 집에서 햇밤을 얻어왔고 그 알밤을 순영이와 함께 구워 먹었는데 그 맛이 기가 막혔다. 그때는 철이 없어 서로 더 먹겠다고 어린 여동생 순영이와 다툼까지 벌였었는데…. 지금도 그렇듯이 그때도 순석보다 착한 순영이가 결국 제 몫의 일부를 오빠에게 양보했었다.

저체온증이 오는 건가? 의식이 자꾸 혼미해졌다.

몇 번이나 정신을 잃었다 차렸을까. 한 번은 물속으로 가라앉다가 정신을 차리고 허우적거리며 물 밖으로 나온 적도 있었다. 그나마 다행인 것은 자신이 이윤정을 물속으로 끌고 들어가지 않은 것이었다. 어쨌든 그가 의식을 잃거나 죽게 되면 이윤정도 죽을 수밖에 없었다.

'그래, 노래를 불러보자.'

정신을 잃지 않기 위해 악을 써가며 노래를 부르기 시작했다. 깔깔한 입에서 쉰 목소리가 흘러나왔다.

"넓고 넓은 바닷가에 오막살이 집 한 채, 고기 잡는 아버지와 철모르는 딸 있네. 내 사랑아 내 사랑아 나의 사랑 클레멘타인, 늙은 아비 혼자 두고 영영 어딜…."

"수, 순석 씨…?"

노래를 부르던 순석은 귀를 의심했다. 잘못 들은 건가?

"유, 윤정 씨?"

순석은 끌어안고 있는 이윤정의 어깨너머로 이윤정의 옆얼굴을 쳐다봤다. 이윤정이 손을 들어 눈을 비비고 있었다. 순석은 이상한 짓이라도 하고 있었던 것처럼, 두 손으로 감싸고 있던 이윤정의 배에서 급히 손을 떼었다.

"윤정 씨, 괜찮아요? 어디 아픈 데 없슈?"

"머리가 좀…. 두통이…. 여, 여기 어디죠?"

"바다예유. 하지만 걱정하지 말아유. 조류가 빠르게 흐르고 있으니 곧 육지에 도착할 거유."

"바다라고요? 어, 어떻게 된 거죠?"

"이야기하자면 긴다…."

이윤정에게 그녀가 정신을 잃은 뒤의 일들을 대충 이야기해줬다. 순석은 폐에 공기를 가득 채우고 옅은 숨을 쉬며 물에 떠 있는 것이어서 말을 하는 것도 쉬운 일은 아니었다.

"금괴를 모두 바다에 버렸으니 어쩌죠?"

"지금 금괴가 문제는 아니잖아유. 죽느냐 사느냐가 문제지…."

"…."

곧바로 순석은 생각 없이 말한 것을 후회했다. '죽느냐 사느냐' 같은 말을 할 필요까지는 없었는데….

"순석 씨 지금 사투리 쓰는 거 알아요?"

"예?"

"내 앞에서 사투리 쓰는 거 처음인데요."

"그, 그래요…?"

"그런데 이 옷은…?"

순석이 상의를 입고 있지 않은 것을 본 이윤정이 자신의 얼굴 주변에 감겨 있는 것이 무엇인지 깨달은 것 같았다.

"낮에 햇볕이 강해서…."

이윤정이 티셔츠를 풀어서 순석에게 돌려줬다.

"정말 고마워요."

순석이 티셔츠를 받아서 몸에 걸쳤다. 밤이라 햇볕 걱정은 하지 않아도 되었다. 오히려 너무 추웠다.

"물이 차요. 아까처럼 뒤에서 안아줄래요. 그럼 순석 씨도 좀 따뜻해질 거예요."

순석은 이윤정의 뒤로 가서 다시 꼭 끌어안으며 두 손을 배에 가져다 댔다.

바다와 대기의 기온 차 때문인지 해무가 연기처럼 밀려왔다. 곧 밝은 보름달마저도 보이지 않게 되었다. 날이 밝아도 해무가 걷히려면 오전 10시나 11시는 되어야 할 것이다. 그만큼 밤이 길어지는 셈이었다.

"저…, 주머니에 그 알이 든 병이 들어 있던데…. 그 무서운 걸 왜…?"

순석은 그 말을 꺼내기 전에 몇 번 망설였지만 결국 묻지 않을 수 없었다.

"이, 이거요."

"왜 그걸…?"

"이걸 없었으면 싶어요?"

"그런 무서운 게 이 세상에 존재해 좋을 게 없죠. 실수로라도 번식을 하게 되면…."

"내 생각은 좀 다른데…. 날 한번 믿어줄래요?"

무엇을 믿어달라는 것일까?

"윤정 씨야 당연히 믿죠."

"그럼 됐어요."

순석은 무슨 설명을 듣고 싶었는데 이윤정은 더는 말을 하지 않았다. 아니, 말을 할 힘이 없는 것일 수도 있었다.

순석이 눈을 뜨니 이윤정이 두 손으로 그의 머리를 받치고 있었다. 얼굴이 바닷물에 잠기지 않게 하려고 필사적으로 노력한 것 같았다.

순석은 다시 이윤정을 뒤에서 껴안았다.

"얼, 얼마나 잤죠?"

"잔 게 아니고 정신을 잃었었어요. 한 30분쯤. 얼마나 걱정했는지 몰라요."

"고마워요. 어어?"

바다 위에 못 보던 밝은 별 하나가 보였다. 순석은 침침한 눈을 손으로 비비고 나서 다시 별을 살폈다. 아니, 별이 아니고 배였다.

"배, 저기 배가 지나가요!"

"어디요?"

"저기, 오른쪽 앞에…"

"아, 보여요. 그런데 거리가 너무 머네요. 헤엄을 칠 수 있는 거리도 아니고 소리를 지른다고 들릴 것 같지도 않아요."

"야, 우리 여기 있다! 야!"

들릴 리 없었지만 순석은 몇 번이나 크게 소리를 질렀다.

"야, 우리 여기 있어요! 여기 산 사람이 두 명이나 있다고!"

이윤정도 순석을 따라 소리를 질렀다. 두 사람은 합창하듯 소리를 질러댔다.

"사람 살려!"

"하아, 그만하죠. 힘만 빠지겠어요."

그런데 오래도록 쳐다보고 있어도 불빛은 조금도 이동하지 않았다.

"배가 아니고 섬, 섬이에요!"

꽤 큰 섬인 것 같았다. 작은 불빛 여러 개가 하나의 밝은 불빛으로 보였던 것이었다.

"그래요, 섬이에요! 섬!"

"조류가 빠르게 흐르고 있으니 날이 밝을 때쯤 저 섬 인근에 도착할 수 있을 거예요. 그럼 누군가가 우릴 발견할 수도 있어요. 아! 주머니에 방수 휴대폰 있던데 신호 잡히는지 켜봐요. 이 정도 거리면 전화가 가능할 수도 있어요."

이윤정이 주머니에서 휴대전화를 꺼내 공중에 흔들어 물기를 제거한 뒤 전원 버튼을 눌렀다. 통신사 로고가 뜨며 휴대전화가 켜졌다.

"잡혀요! 신호가 하나 잡혀요! 우리, 살았어요! 살았어!"

막 눈물이라도 흘린 것 같은 표정의 이윤정이 몸을 돌려 순석을
꼭 끌어안았다.

—

바다를 서치라이트로 훑어대던 경비정이 두 팔을 흔들어대며 쉰
목소리로 소리치는 순석과 이윤정을 발견하고 속도를 줄이며 다가
왔다.

경비정이 두 사람을 데려간 곳은 목포에서 남서쪽으로 136킬로
미터 떨어져 있는 가거도였다. 그들이 본 그 밝은 불빛은 추석 준비
를 하느라 집집마다 환하게 불을 밝히고 있던 가거도 어느 마을의
불빛이었다.

가거도 보건진료소에서 링거를 꽂은 채 하룻밤을 보낸 두 사람은
다음날 12시 30분 배를 타고 흑산도를 거쳐 목포로 향했다. 가거도
에서 목포까지는 4시간 30분이 걸려서 오후 5시 도착 예정이었다.

계속 잠을 자던 순석은 이윤정이 깨워서 억지로 정신을 차렸다.
배가 목포항으로 접어들고 있었다. 배가 선착장으로 다가가니 선착
장에 많은 이들이 늘어서 있는 것이 보였다. 선착장의 사람들 속에
서 누군가가 갑자기 펄쩍펄쩍 뛰며 순석이 타고 있는 여객선을 향
해 두 손을 마구 흔들어댔다. 누군지 자세히 보이지는 않았지만 모

습이 눈에 익었다. 동생 순영, 순영이었다.

순영이 옆에는 목발을 짚고 있는 어머니의 모습도 보였다. 그 옆에 작은아버지, 작은어머니, 고모, 외삼촌, 이모⋯. 추석을 쇠려고 모였던 사람들이 행방불명되었던 순석이 바다에서 구조되었다는 소식을 듣고 모두 몰려온 것이었다.

"야, 순영아!"

순석은 큰소리로 동생의 이름을 부르며 난간으로 다가가 두 팔을 크게 흔들었다. 그러자 순석을 알아본 친척들이 모두 "와!" 소리를 지르며 순영이처럼 손을 높이 들어 흔들었다.

그러나 순석은 금방 흔들던 손을 힘없이 털썩 떨어트렸다. 선착장에는 그의 가족들뿐만이 아니라 다른 사람들의 가족들도 몰려와 있었다. 이상홍의 아버지, 어머니, 여동생. 박판돌의 아내와 아들딸들. 박미경의 아들과 가족들. 그리고 그 누군가의 가족들과 친척들⋯.

저 많은 사람들에게 도대체 무슨 이야기를 해야 한단 말인가?

순석과 이윤정은 목포의 종합병원에 입원해 건강검진을 받고 경찰 조사도 받았다. 하지만 두 사람은 다른 사람들에게 모든 것을 다 이야기하지는 않았다. 괴물 어쩌고저쩌고하면 다른 이야기들까지도 안 믿어줄 테니까.

순석이 거짓말을 못 하고 말을 더듬을 때면 머리가 좋은 이윤정이 적당히 거짓말을 꾸며냈다.

순석과 이윤정은 초음파검사도 하고 MRI 검사도 했다. 배설물검사와 혈액검사도 했다. 몸속 어딘가에 그 기생충이 있으면 어쩌나 걱정했는데 회충 한 마리 없었다.

병원에서 퇴원하기 전날이었다. 이윤정이 순석을 찾아와 뜬금없이 물었다.

"이제 뭐 할 거예요?"

"예?"

"그냥, 앞으로 무엇을 할 계획인지 궁금해서…"

순석은 자신이 앞으로 무엇을 하고 어떤 사람이 되어야겠다, 생각해본 적이 있기나 했나 싶었다. 하루하루 돈에 찌들어 살다 보니 꿈을 가졌던 게 언제인지 너무 오래되어 기억조차 나지 않았다.

"아, 예. 글쎄…? 당장은 돈을 좀 벌어야 할 것 같고, 약간 여유가 생기면 다시 대학에 진학할 생각이고, 공부해서 해양 관련 공무원 시험을 쳐볼까 합니다."

순석은 이윤정에게 하루하루 생각 없이 사는 사람으로 보이고 싶지 않아 생각나는 대로 둘러댔다.

말을 해놓고 보니 순석은 바다를 터전으로 일하는 공무원이 되는 것도 나쁘지 않겠다는 생각이 들었다.

'하지만, 하루 벌어 하루 먹고 사는 내게 그런 계획을 실천할 여유가 있을까?'

"금괴를 한 개라도 가지고 왔더라면 정말 좋았을 텐데…."

이윤정이 미안하다는 표정을 지었다.

"아쉽지만 신의 뜻이 그런데 어쩌겠어요. 대신 이렇게 살아 있잖아요. 살아서 뭔가를 먹을 수 있는 것만으로도 행복하다는 걸 실감하고 있잖아요."

"그래요. 죽다 살아나서 그런지 세상이 다르게 보이긴 보이네요. 순석 씨, 앞으로 대학도 다니고 잘 지내길 기원할게요."

"윤정 씨도…. 아 참, 어머니 사고 때문에 빌린 돈 오백만 원 갚아야 하는데…."

"급한 돈 아니니 나중에 천천히 갚아요. 그리고 건강 좋아지면 만나서 술 한잔해요. 곧 연락할게요."

그 말이 끝이었다. 이윤정이 순석에게 환한 미소를 지어 보이고는 뒤돌아서서 병실 쪽으로 걸어갔다.

'과연 이윤정이 내게 연락을 하기는 할까?'

순석은 누군가의 머릿속에 어떤 나쁜 기억이 있으면 그 트라우마 때문에 그 기억과 관련된 사람들마저도 만나는 것이 꺼려진다는 이야기를 들은 적이 있었다.

인터넷을 샅샅이 뒤져보았지만 금괴가 가득 실린 보트를 타고 혼자 유조선을 뒤쫓아 갔던 이하민에 관한 어떤 기사도, 어떤 이야기도 없었다.

경찰관들에게 물어보니 이하민은 계속 실종상태였다.

순석은 당시 그곳을 지나간 유조선이 무엇이었는지 알아내려 했지만 정보가 부족해 쉽지 않았다.

순석은 병원에서 퇴원하며 이윤정에게 인사하려고 이윤정의 병실을 찾아갔다. 그러나 이윤정은 이미 퇴원하고 없었다.

대천으로 돌아온 순석은 어머니의 강요로 3일 동안 동네병원에 입원해서 영양제가 든 링거와 이상한 주사들을 맞았다. 아버지 때문에 지겹도록 드나든 병원인데 자신의 건강 문제로 입원한 것은 처음이었다.

어머니는 순석을 병원에 억지로 입원시켰으면서도 병원 밥만큼은 못 미더워했다. 어머니는 시골에서 농사일 할 때 일꾼들에게 참을 먹이듯, 병원 밥 이외에 두 끼를 더 순석에게 먹였다. 반찬은 대부분 고기였다.

병원에서 퇴원하자 순석은 오랜만에 백수건달이 되었다.

순석은 집과 아버지가 있는 병원을 오가며 무료한 시간을 보냈다. 머리가 복잡할 때는 바쁘고 힘든 일을 하는 것이 좋은데 온종일 빈둥거리려니 마린보이호에서 있었던 일들이 자꾸 되살아나곤

했다. 또 몇 분이 멀다 하고 이윤정의 얼굴이 계속 눈앞에서 어른거렸다.

순석은 하루에도 몇 번씩이나 이윤정에게 전화를 걸어볼까 망설이다가 말았다. 이윤정이 트라우마 때문에 자신과 통화하는 것을 꺼릴 수도 있다는 생각이 들어서였다.

오랜 고심 끝에 이윤정에게 문자 한 통을 보냈다.

'최순석입니다. 어떻게 지내는지 궁금하군요. 저는 잘 지냅니다.'

그러나 십 분이 가고, 한 시간이 가고, 열 시간이 가고, 하루가 가고, 이틀이 가도록 답장은 오지 않았다.

'역시…'

맥이 빠졌다. 이윤정이 마린보이호에서 겪은 일들이 결코 좋은 일들이 아니기에 자신에 대한 기억도 그리 좋은 기억은 아닐 터였다. 아니 안 좋은 기억 정도가 아니라, 끔찍한 기억으로 각인되어 있을지도 몰랐다.

순석은 만나지는 못하더라도 이윤정의 얼굴 정도는 한번 봤으면 좋겠다는 생각이 들었다.

'김성실이 찍어놓은 동영상에 이윤정의 모습이 생생히 담겨 있을 텐데…'

순석은 김성실의 캠코더에서 빼낸 SD카드를 보관하고 있었다. 마린보이호에서 탈출하기 전부터 줄곧 바지 주머니에 들어 있었다. 바닷물 속에 오래 있었지만 훼손되었을 것 같지는 않았다.

낡은 노트북에 SD카드를 꽂으면 동영상이 재생될 테고 이윤정의 해맑게 웃는 얼굴을 볼 수 있을 것이다. 하지만 순석은 동영상 보는 것을 계속 미루고 있었다. 이윤정이 나오지 말아야 할 부분에서 나오면 어쩌나 하는 그런 막연한 두려움….

'이윤정과 나를 제외하고 이미 모두 죽었다. 그렇기에 마린보이호에서 그런 짓을 벌인 범인이 누구든 이제는 그리 중요한 문제가 아니다. 그래, 아주 오랜 시간이 지나서 더는 이윤정을 짝사랑하지 않게 되었을 때, 그때나 한번 보자.'

하지만 순석의 그런 결심은 며칠을 넘기지 못했다. 집에서 혼자 막걸리를 마시다 말고 감정이 격해져 SD카드를 낡은 노트북에 찔러 넣었다. 단지, 단순히, 동영상 속 이윤정의 얼굴을 한번 보고자 하는 의도였다.

하지만 그건 큰 실수였다.

어두운 갑판을 달려가며 찍은 동영상이 심하게 흔들린다. 선미쪽에 사람들이 모여 있다. 사람들이 갑판에 놓여 있는 무엇인가를 중심으로 빙 둘러 서 있다. 카메라가 사람들을 향해 다가간다.

사람들 가운데에 있는 무엇인가를 구경하던 박판돌이 고개를 뒤로 돌렸다가 김성실의 카메라를 발견하고 돌아선다.

"아, 상어여, 상어! 낚시에 걸렸어. 그런데 왜 이렇게 동작이 굼뜨디야? 이번에도 좋은 구경 다 놓칠 뻔했네."

카메라가 사람들 사이로 파고든다. 주빠지에가 갑판에 쓰러져 있다. 알몸이고 온몸이 물에 젖어 있다. 이미 죽은 것 같다.

"헉!"

이윤정의 예쁜 모습이 나타나길 기대하며 모니터를 들여다보던 순석은 기겁하지 않을 수 없었다. 모든 것이 눈에 익은 장면이었다. 그런데 주빠지에가 왜 저기에 저런 모습으로…?

다음 순간 순석은 온몸이 부들부들 떨려왔다.

누군가가 칼로 주빠지에의 배를 가르고 내장을 꺼낸다. 살을 도려내고 저며서 칼도마 위에 쌓아놓는다. 배고픈 사람들이 칼도마 위에 있는 생고기를 경쟁하듯 집어서 입에 넣고 씹어 먹기 시작한다….

순석이 공포에 질려 있는 사이 갑판에서 찍은 화면이 끝나고 다른 화면이 나타났다.

카메라가 멀리서 갑판을 잡고 있다. 김성실이 몰래카메라를 설치한 뒤의 화면일 것이다. 영상이 흑백인 것을 보면 적외선 모드로 찍은 것 같다. 마치 한 장의 사진처럼 변화 없는 장면이 한동안 계속 이어진다.

촬영이 멈췄던 캠코더가 갑판에 사람이 나타나자 동작감지 센서가 작동해 다시 촬영을 시작한다.

한밤중에 갑판으로 나온 기관장과 갑판장이 주변을 둘러본다. 갑판장의 손에 칼이 들려 있다. 아무도 없음을 확인한 그들은 갑판 가운데의 통으로 다가가 통속에서 뭔가를 꺼낸다. 통속에 들어 있는 것은 네 토막 난 상어가 아니라 네 토막 난 시체다. 그들은 시체에서 잘라낸 피가 뚝뚝 떨어지는 살덩이를 들고 주방 쪽으로 향한다.

동영상을 본 순석은 엄청난 충격에 심장이 멎는 것 같았다.

이 동영상을 찍은 다음 날 김성실은 캠코더를 벽에 던져 부수고 목매달아 죽었다. 순석은 김성실이 왜 자살을 했는지 그 이유를 이제야 깨달았다.

순석이 괴물들을 유인해 마린보이호의 하갑판 창고에 가두고 탈출하려 할 때, 이미 부서져 있는 창문을 발견하고 그토록 찜찜했던 이유가 바로 이것 때문이었다. 그 창고에 갇혀 있었던 칼자국과 주빠지에가 그 창문으로 탈출을 했던 것이다. 하지만 그들은 갑판으로 올라가기 직전 누군가에게 발견되어 사냥당했다.

'도대체 내 머릿속의 기억이 어디까지가 환각이고 어디까지가 현실이었던 걸까? 우리가 금괴를 찾기는 찾았던 것일까? 내가 짝사랑하는 이윤정이 실제로 내 머릿속에 있는 그 이윤정이 맞을까?'

언젠가 이윤정이 순석 앞에서 했던 말이 떠올랐다.

'세상이 미칠 수는 없는 것이니 미쳤다면 내가 미친 것이다.'

또 그가 괴물들을 피해 이윤정, 이하민과 함께 상갑판 창고로 피신했을 때, 창고 밖에 있던 괴물이 창고 안에 있던 이하민에게 외쳐댔던 말이 떠올랐다.

"이 봐! 보트를 타고 돌아온 사람 누구지? 선장? 이하민? 누군지는 모르겠지만 안에 있는 최순석이 하고 이윤정이는 몹쓸 기생충에 감염되어 완전히 미쳐버렸어. 머리가 완전히 돌았다니까! 두 사람하고 같이 있다가는 잡아먹히고 말 거야. 오히려 우리가 기생충에 감염된 괴물이라며 도끼 들고 우리를 죽이려고 하는 거 봤지?"

혹시, 그 말이 진실이었던 것은 아닐까?

너무나 큰 충격을 받은 순석은 아주 오랫동안 노트북 앞에 얼어붙은 듯이 앉아있었다.

순석은 이 영상을 누군가에게 보여주고 상담을 받고 싶었지만 그럴 만한 사람이 없었다. 이런 끔찍한 영상을 누구에게 보여준단 말인가? 마린보이호에 탔던 누군가가 살아 있다면 같이 보며 서로의 생각을 이야기라도 해볼 텐데 살아 있는 사람은 자신과 이윤정뿐이었다. 그런데 이런 끔찍한 동영상을 어떻게 이윤정에게 보여준단 말인가! 이 동영상을 본 이윤정이 충격을 받아 김성실처럼 자살이라도 하려고 든다면….

순석은 노트북에서 SD카드를 빼내 어떻게 할까 생각하다가 라이터를 찾아들고 밖으로 나가 불을 붙여 태워버렸다. 이 동영상으로 인한 충격은 자신을 끝으로 그만 끝내고 싶었다.

이하민의 시체가 발견되었다는 연락이 왔다. 이하민은 순석이 구조되고 1주일 정도 지나서 쌍끌이 어선의 그물에 걸려 올라왔다. 시체 옆구리에 금괴 하나가 단단히 묶여 있었다.

이하민이 몰고 간, 금괴를 가득 실은 보트는 너무 무거워서 유조선을 따라잡지 못하고 바다 위를 떠돌다가 어딘가에서 침몰했던 것 같았다. 배가 침몰하는 순간 이하민은 20킬로그램이나 나가는 금괴 하나를 몸에 묶고 물에 뜨는 무엇인가를 잡고 표류하다가 결국 익사한 것 같았다.

그런데 이하민은 금괴 때문에 깊은 바닷속으로 가라앉는 순간까지도 몸에서 금괴를 떼어내지 않았다.

'우리처럼, 아니, 나처럼 금괴를 모두 바다에 버렸더라면 살아서 구조가 되었을지도 모르는데…'

아니, 그 전에, 보트에 금괴를 가득 싣지 않고 몇 개만 실었으면 유조선을 충분히 따라잡았을 것이다. 또 설령 유조선을 따라잡지 못했더라도 표류 중에 보트가 파도에 침몰하는 일은 일어나지 않았을 것이다.

몸에 묶고 있던 금괴를 물에 빠져 죽어가면서도 풀어내지 않은 이하민….

'무엇 때문에 금괴가 그렇게 목숨보다도 더 소중했던 것일까? 나

처럼 어떤 절박한 사정이 있었던 것일까?'

순석 역시 이하민과 같은 상황에 놓였다면 이하민처럼 행동했을 것 같았다. 그때, 금괴를 깊은 바닷속으로 하나씩 하나씩 던질 때, 옆에 이윤정이 없었다면 순석 역시도 이하민처럼 몸에 금괴를 묶고 바다로 뛰어들었을 것이다. 그리고 표류하다가 금괴의 무게에 이끌려 끝을 알 수 없는 바닷속으로 몸이 가라앉으면서도 이하민처럼 결코 몸에서 금괴를 풀어내려 하지 않았을 것이다. 금괴와 맞바꿔야 했던 것이 이윤정의 목숨이 아닌 순석 자신의 목숨뿐이었다면 틀림없이….

아버지의 병원비를 대기 위해 순석은 다시 일을 시작했다.

어머니는 순석이 바다에 나가지 못하게 말렸지만 순석이 능숙하게 할 수 있는 일은 바닷일밖에 없었다.

온종일 바닷속에서 키조개를 채취하고 나온 순석이 휴대전화를 켜니 같은 사람에게 걸려온 부재중 전화가 2통 있었다. 모르는 전화번호였다. 전화를 걸어보았다.

"순석 씨!"

뜻밖에도, 이윤정이었다.

—순석 씨가 내게 문자를 했었다고요? 아, 미안! 휴대폰을 새로

장만하며 전화번호가 바뀌었어요. 우리 목숨을 구한 그 행운의 휴대폰이, 그때 물이 들어갔는지 며칠 뒤 맛이 가서….

순석은 이윤정이 자신의 문자를 씹은 것이 아니어서 다행이라고 생각했다. 아니, 설령 씹었다고 해도 변명을 해줘서 다행이라고 생각했다.

─내가 가져온 그 기생충 알을 어떻게 했는지 궁금할 것 같아 알려드리려고요. 궁금했죠?

"예."

─나, 병원에서 정밀검사를 받았는데 결과가 이상하게 나왔어요. 사실 나는 전에 말했듯이 피가 잘 멈추지 않는 병을 앓고 있었어요. 그런데 그 병이 감쪽같이 사라졌어요. 의사에게 어떻게 된 것인지 물었더니 그럴 리 없다, 잘못 알고 있었던 것이 아니냐고 오히려 되물었을 정도예요. 나도 그 기생충에 감염되었던 것이 분명해요. 그게 아니라면 설명할 방법이 없어요. 내 병이 사라졌다는 병원 검사가 나오자 나는 확신이 생겼어요. 이 기생충 알을 이대로 폐기하여 멸종시켜선 안 된다….

이윤정이 침을 한 번 삼키고 나서 다시 말을 이어갔다.

─아마존은 셀 수 없이 많은 종류의 동식물이 자라고 있는, 약초로 가득 찬 인류의 보물창고예요. 정글 전체가 하나의 거대한 약국이라고 할 수 있죠. 현재 아마존의 식물에서 우리가 사용하는 약의 4분의 1 정도를 얻는다고 해요. 지금 이 시각에도 수많은 사람

들이 아마존에서 새로운 식물을 찾아내 연구하고 그것들을 원료로 신약을 개발하고 있어요. 그런데 이 아마존의 동식물들은 매년 많은 종이 멸종하고 있어요. 아마존의 식물 중 지금까지 조사된 것이 10분의 1 정도밖에 안 된다니, 지금까지 우리가 모르고 있던 어떤 식물이 오늘 멸종을 한다면, 인류는 앞으로 그 식물을 이용해 신약을 만들 기회를, 그 식물의 멸종으로 영원히 잃게 되는 것이죠.

"그러니까 그걸, 그 알이 무엇인지도 모르면서 함부로 없애면 안 된다?"

―그래요. 그게 뭔지는 모르지만 상처의 치료와 세포 재생 등에 탁월한 효과를 발휘하고 있어요. 어쩌면 뇌세포처럼 재생이 안 되는 세포까지도 재생할 수 있을지도 몰라요. 단순한 상처뿐만이 아니라 백혈병이나 치매 같은 병을 고칠 수 있을지도 몰라요. 내 난치병이 치유되었고, 회복 불가능해 보이던 순석 씨의 어깨관절 연골과 신경조직이 재생되었듯…. 예수님에 의해, 시신경이 손상된 시각장애인이 눈을 뜨고 중추신경이 손상된 앉은뱅이가 걷는 것 같은 그런 기적이 일어난 거죠.

이윤정의 말을 들으며 순석은 아버지를 생각했다.

'아버지의 손상된 뇌를 재생할 수 있는 신약이 개발되어 아버지가 정상적인 사람이 된다면 얼마나 좋을까. 그럼 우리 가족들도 정말 남부럽지 않게 살 수 있을 텐데. 돈이 없어도 예전처럼 온 식구가 건강하기만 하면 남부럽지 않게, 행복하게 살 수 있을 것이다. 금

괴 같은 것이 없어도 온 가족이 건강하기만 하다면…'

"그렇다고 해도 그건 부작용이 너무 치명적이고 감염력이 큰 기생충인데…"

―약은 대부분 양면성을 갖고 있어요. 퀴닌 같은 경우도 독성이 강해서 많이 먹으면 죽지만 적당히 쓰면 말라리아를 고치는 특효약이죠. 독과 약은 종이 한 장 차이라서 완전히 구분하기가 곤란해요. 이것도 부작용만 없애면 정말 페니실린 같은, 인류를 질병과 고통으로부터 구원해줄 수 있는 꿈의 치료제가 될 수도 있어요.

이윤정은 역시 약사였고 연구원이었다. 시각이 순석과 같을 수는 없을 것이다.

―하여튼, 내 그런 판단으로 그 기생충 알을 국내외의 이름난 의학연구소 몇 곳에 제공했어요. 그런데 그 소식을 들은 일본의 아주 유명한 의학자가 날 만나러 왔어요. 그가 이 기생충 알을 어떻게 구했냐고 묻기에 나는 지금까지의 이야기를 대충 해줬어요. 그랬더니 고개를 끄떡이며 하는 말이, 자신의 조부께서 악랄한 인간 생체실험으로 유명한 731부대의 의학자였는데 그는 조부로부터 어떤 특이한 기생충에 관한 이야기를 들은 적이 있다고 하더라고요. 성인이 되어 의학자가 된 그는 오랜 세월 동남아의 밀림을 헤매며 그 기생충을 찾으려 했으나 실패했다고 하더군요. 너무나 희귀한 기생충이거나 수십 년 사이 완전히 멸종해버린 것일 수도 있다고…. 그는 그 기생충을 연구하고 싶다고 했어요. 하지만 나는 그 사람이 산사람

을 상대로 악랄한 실험을 했던 731부대 관계자의 후손이라는 말을 듣자 반감이 생겼고, 절대 그 사람에게만큼은 기생충 알을 넘기지 말아야겠구나, 생각했어요. 그런데 그 사람이 하는 말이, 내가 모든 걸 사실대로 말하면 좋을 게 없다는 것을 잘 안다, 그런데도 내가 사실대로 말한 것은 과거를 인정하고 속죄하자는 취지다. 나는 과거를 제대로 반성하지 않는 우리 일본 정부, 그리고 일본 극우파를 혐오한다. 그 기생충 알은 우리 할아버지가 뿌린 씨앗이니 내가 거두어 더 연구해서 병으로 고통받는 환자들의 치료 목적으로만 사용하겠다. 내가 이 기생충으로 신약을 만들어 병으로 고통받는 자들의 고통을 덜어주면 그제야 비로소 지옥에 계신 우리 할아버지도 구원받을 수 있을 것이다. 제발 나에게도 연구할 기회를 달라. 그렇게 사정을 하더군요. 자기 조상의 과거를 반성하고 피해자들과 인류에 도움이 되는 일을 하려고 노력하는 일본인이라면 얼마든지 믿을 수 있겠다 싶어서, 다른 연구소에 그 기생충 알을 넘길 때와 같은 조건으로, 즉, 품종특허를 인정받는 조건으로 그에게도 기생충 알의 일부를 넘겼어요. 그 기생충 알을 가져간 어느 연구소든 앞으로 그 기생충으로 신약을 개발하여 수익을 내게 된다면 그 수익의 5퍼센트를 로열티로 받게 되어 있어요. 물론 그 품종특허의 권리자는 내가 아니라 마린보이호에 탔던 사람들 모두예요. 이 기생충으로 신약을 개발하여 암이나 치매 등을 치료할 수 있게 된다면 그 가치는 금괴 28톤 같은 건 비교도 되지 않을 만큼 엄청나요. 순석 씨 의견 묻지 않고 혼자의 판단으로 행동해서 미안해요.

"아, 아뇨! 잘하셨어요."

─그리고…, 순석 씨 보러 대천에 한번 갈까 하는데 언제 시간 괜찮으세요?

"그 글쎄…?"

순석은 이윤정을 당장이라도 만나고 싶었지만 그가 쉬는 날은 날씨가 나빠서 바다에 나가지 못하는 날들뿐이었다.

─

폭풍이 몰아치는 며칠 뒤 이윤정이 대천에 왔다.

순석은 친구들에게 물어서 대천에서 제일 분위기 좋은 술집으로 그녀를 안내했다. 그런데 이윤정은 막걸리가 아닌 것은 술이 아니라며 고급 술집 옆의 싸구려 막걸릿집을 택했다. 순석의 술 취향과 주머니 사정을 배려한 행동 같았다.

두 사람의 만남은 처음에는 선이라도 보는 것처럼 어색했다. 하지만 그런 분위기는 금방 사라졌다. 막걸리를 한잔 마시고 난 이윤정이 어제저녁에 본 연속극 이야기를 시작으로 갖은 수다를 떨어댔기 때문이다.

이윤정은 그 기생충 알을 가져간 일본 어느 의학연구소의 소장에게 들은 이야기를 자세히 이야기했다.

1943년, 일본 과학자들은 동남아의 어느 밀림 속에서 이상한 기생충을 채집했다.

어떤 파충류의 몸속에 사는 기생충이었는데 이 기생충에 걸린 파충류는 마치 좀비가 된 것처럼 이상한 행동을 했다. 그리고 이 기생충에 걸린 파충류를 인간이 잡아먹음으로써 가끔 인간이 감염되는 경우가 있는데, 이 기생충에 감염된 사람은 조현병 환자처럼 갖은 환각과 환청에 시달리며 문제를 일으켰다. 하지만 이 기생충은 인간을 숙주로 기생하는 기생충이 아니어서 인간의 몸속에서는 그리 오래 살아남지 못했다.

이 기생충을 건네받은 일본군 731부대에서는 이 기생충들을 산 사람에게 감염시켜 증상을 살피고 배양하고 변종을 만들어내고 다시 산사람에게 감염시켜 증상을 살피는 작업을 수없이 반복했다. 적에게 사용할 생물학무기를 만들기 위해서였다.

731부대 연구원들의 오랜 연구와 실험을 통해 몇 종류의 기생충 변종들이 만들어졌다. 이 변종 기생충에 감염된 사람들은 현실과 환각을 구분하지 못하는 증상을 보이는데, 특이한 것은 같은 종에 감염된 사람들끼리는 똑같은 환상을 보고 똑같은 환청을 듣는 집단 환각을 경험하기도 한다는 것이었다. 그리고 패를 나누어, 다른 종의 기생충에 감염된 사람들을 죽이려 했다. 적군이 이 기생충에 감염되면 자멸하는 것은 시간문제였다.

그런데, 생물학무기로 개발한 이 기생충에 감염되면 이런 치명적인 증상만 나타나는 것이 아니라 먹을 것이 충분해, 충분한 에너지를 공급해주면 상처 회복이 무척 빠르고 자연적으로는 재생되지 않는 인체조직까지 재생되어 불치병이나 난치병이 완치되는, 적을 이롭게 하는, 생물학무기로는 치명적인 단점이 있었다. 또 이 기생충은 원래 사람의 몸속에 기생하던 기생충이 아니어서 사람의 몸속에서 오래 생존하지 못했고 사람의 몸속에서 번식도 하지 못해 전파력도 약했다.

태평양전쟁 말기, 이 기생충을 치명적인 전쟁 무기로 개발하려고 연구하던 일본 731부대 의학자들은 이 기생충은 생물학무기보다는 부상자나 질병의 치료에 더 적합하다는 결론을 내리고 연구 방향을 전환하자는 의견서를 일본 정부에 제출했다. 하지만 패전 직전의 일본 권력자들에게 당장 급한 것은 기적의 신약이 아니라 적에게 치명상을 안겨줄 핵폭탄 같은 어떤 강력한 무기였다.

독일이 항복하자 우방을 잃은 일본은 자신들 역시 곧 전쟁에서 패하리라는 것을 예견하고 생물학무기로 개발하던 이 기생충과 관련된 모든 자료를 폐기하고 실험 결과물 일부만을 극비리에 본국으로 수송하기로 결정했다. 그런데, 다량의 금괴와 함께 이 기생충을 싣고 일본으로 가던 731부대의 위장 병원선 초잔마루가 서해에서 침몰함으로써 이마저도 깊은 바닷속으로 가라앉아 버렸다.

이 기생충은 그 이후 75년의 세월이 흐른 뒤 금괴를 찾던 시골 어부들에 의해 다시 세상에 나오게 된 것이었다.

———

고갈비를 안주로 막걸리를 두 병쯤 마시고 난 이윤정이 왜 자신이 마린보이호에 탔는지 아느냐고 순석의 눈을 바라보며 물었다. 순석은 모른다며 고개를 저었다.

"사실 난 금괴 같은 것이 있으리라고는 믿지도 않았어요. 다만, 목숨 걸고 우리 아버지를 바닷속에서 건져 올린 그 멋진 남자가 어떤 사람인지 알아봐야겠다는 생각을 했었어요. 그게 내가 마린보이호에 충동적으로 탔던 유일한 이유예요."

뜻밖의 이야기였다.

"그, 그래요. 결론은요?"

"훌륭해요!"

이윤정이 장난스러운 표정으로 윙크하며 예쁜 엄지손가락을 번쩍 치켜들어 보였다.

헉! 순석의 심장에서 쿵 소리가 났다. 이렇게 예쁘고 귀여운 여자가 세상에 또 있을까.

"아… 다, 다행이네요."

"그런데 한 가지 단점이 있더라고요."

"예?"

"자신감이 없다는 거죠. 데이트를 여자가 먼저 신청하는 법이 어딨어요, 자존심 상하게…."

"예? 데, 데이트요…."

"앞으로 우리 데이트 자주 해요. 다음 쉬는 날이 언제예요?"

"그, 글쎄…."

"우리, 다음 폭풍 때는 아침부터 만나요."

술집에서 나와 서울로 돌아가기 위해 버스를 기다리던 이윤정이 순석에게 밀봉된 작은 통을 내밀었다.

"이게 뭐예요?"

"그거 남은 거 전부예요."

통 안에 침몰선에서 건져 올린 기생충 알이 몇 개 들어 있었다.

"이걸 왜 내게…?"

하지만 이윤정은 대답하지 않고 빙그레 웃었다.

순석은 이윤정에게 더는 묻지 않았다. 이윤정이 기생충 알을 왜 자신에게 줬는지 이미 그 답을 알고 있었다.

과연 이것으로 아버지의 손상된 뇌를 재생할 수 있을까?

만약 그렇게만 된다면 그의 가족들은 비록 가난해도 예전처럼 다시 행복해질 수 있으리라. 하지만 이상홍 같은 부작용이 나타난다면? 모험이었다.

하지만 순석은 자신이 어떤 결정을 하리란 걸 이미 잘 알고 있었다.

서울행 버스가 승차장으로 들어왔다.

"순석 씨. 한 가지 궁금한 게 있는데, 다른 사람들 앞에서는 사투리를 쓰면서 왜 내 앞에서는 그런 어설픈 표준말을 쓰세요?"

"예? 아… 아따, 내, 내가 그랬나…? 그, 그거야…."

"호호호, 이제는 말까지 더듬네요. 혹시, 순석 씨도 나 좋아하세요? 나도 순석 씨 무지무지 좋아하는데…."

그 말을 듣는 순간 순석은 마치 몸속의 기생충이 시키기라도 한 것처럼 이윤정을 와락 끌어안으며 입술에 키스했다. 기다렸다는 듯이, 이윤정 역시 순석을 꼭 끌어안으며 눈을 감았다.

에 필 로 그

풍덩!

몸이 파도에 떠밀려 거꾸로 곤두박질치며 천천히 바다 깊은 곳으로 가라앉기 시작했다. 거친 파도에 바닷물이 뒤집히기 시작했는지 물이 꽤 탁했다. 가시거리가 2미터도 안 될 것 같았다.

고막이 터질 것 같은 수압에 순석이 침을 몇 번 삼키는 사이 주변이 점점 어두워졌다. 주변 물빛이 어두운 파란색으로 변했다가 남색으로, 이어서 시커멓게 변해갔다.

곧 몸의 하강이 멈추며 고운 개흙 속에 발이 푹 빠졌다. 수심 33미터, 바닥이었다.

아파트 10층 높이의 바닷속은 전문잠수부들도 극복하기 쉽지 않은 높이이자 깊이다. 수중에서는 수심이 10미터 깊어질 때마다 1기압씩 높아져 수중 30미터에서는 인체가 4기압의 압력을 받게 되고 폐도 지상에서의 4분의 1 크기로 줄어든다. 이렇게 폐가 줄어들면 인체의 부력이 약해져 물속 깊이 들어가면 들어갈수록 하강하는 속도가 빨라지고 떠오르기도 쉽지 않다.

30킬로그램짜리 납 벨트를 허리에 차고 있어도 부력이 있는 물속에서는 지상과 달리 발에 체중이 거의 실리지 않는다.

순석은 파도와 조류가 이리저리 잡아당기는 공기호스를 이끌고 시야가 좁은 헤드랜턴 불빛을 이리저리 비추며 깊이 33미터 어둠 속을 천천히 걸어 앞으로 나아갔다.

작가의 말

『삼각파도 속으로』는 존 카펜터 감독의 1982년 SF 미스터리 영화 '괴물(The Thing)'에서 영감을 얻었다.

'초잔마루'라고도 부르고 '장산환(長山丸)'이라고도 부르는 침몰선에 대해 처음 알게 된 것은 10여 년 전이다. 어느 화창한 봄날, 인터넷을 검색하다가 초잔마루를 찾고 있는 사람들이 만든 인터넷 사이트를 발견했다.

'2차 대전 말기 중국에서 약탈한 28톤의 금괴를 싣고 일본으로 가던 위장 병원선이 군산 앞바다 어딘가에서 미군기의 폭격을 받고 침몰하여 역사 속으로 사라졌다고?'

접속자가 많을 것 같지 않은 조잡한 사이트였지만 초잔마루에 대한 그럴듯한 정보와 흥미로운 내용들이 많았다. 초잔마루를 찾고 있는 사람들 중에는 '삼각파도 속으로'의 '이도형'처럼 초잔마루를 찾기 위해 평생을 바친 사람도 있었다.

실제로 존재했었고 실제로 미군기의 폭격을 받고 침몰한 배에 금괴 28톤이 실려 있다는 이야기는 사실이든 오류든 꽤 흥미로웠다. 하지만 2차 대전 때의 금괴나 보물을 찾는 이야기는 흔한 편이어서 소설의 소재로는 식상해 보였다. 그런데 다량의 금괴를 싣고 가다가 침몰한 초잔마루라는 배가 인간 생체실험으로 악명 높은 731부대의 위장 병원선일 가능성이 크다는 글을 보는 순간 "바로 이거야!"라고 외쳤다. 흥미진진한 소설이 나올 것 같은 예감이 들었다. 낯설고 괴기한 분위기의 미스터리 소설!

하지만 당시에는 바쁘게 회사 생활을 할 때라 소설을 쓸 여력이 없었다.

몇 년 뒤 다니던 회사가 타 회사에 합병되며 직장에서 잘리고 나서 다시 소설을 쓰기로 마음먹었을 때 처음으로 떠올린 것이 바로 초잔마루였다.

소설의 배경인 군산 앞바다를 두 차례 둘러보고 인터넷과 도서관을 뒤져 이런저런 자료를 확보한 뒤 소설 집필을 시작했다.

『삼각파도 속으로』는 나의 다른 소설들에 비해 집필 기간이 몇 배 더 걸렸다. 오랜 기간 자료를 찾아가며 소설을 쓰다 보니 이런저런 사족이 많이 붙었다. 초고가 완성되었을 때는 두꺼운 책 3권 정도의 분량이었다. 책으로 출간하기에는 분량이 너무 많다는 생각에 몇 번에 걸쳐 분량을 줄였다.

『삼각파도 속으로』의 원고를 반 이상 잘라내고 나니 구성과 스토리가 탄탄해지고 지루한 부분 없이 빠르게 읽을 수 있는 속도감이 생겼다. 하지만 등장인물들의 개성과 서로 간의 감정선을 보여주는 잔가지들까지 많이 잘려나간 것 같아 아쉬움도 남는다.

군산 앞바다 어딘가에 잠들어 있는 초잔마루가 하루빨리 발견되어 세상에 모습을 드러냈으면 좋겠다. 초잔마루에 과연 무엇이 실려 있을지 몹시 궁금하다.